Cristina Caboni

Die Insel der Honigtöchter

Cristina Caboni

DIE INSEL DER HONIGTÖCHTER

Roman

Deutsch von Ingrid Ickler

blanvalet

Die Originalausgabe erschien 2022 unter dem Titel
»La via del miele« bei Garzanti, S.r.l., Gruppo editoriale
Mauri Spagnol, Milano.

Penguin Random House Verlagsgruppe FSC® N001967

3. Auflage 2023

Umschlaggestaltung und -motiv: © www.buerosued.de
KW · Herstellung: sam
Satz: Uhl + Massopust, Aalen
Druck und Bindung: GGP Media GmbH, Pößneck
Printed in Germany
ISBN 978-3-7341-1154-9
www.blanvalet.de

Für alle, die mit der Erde verbunden sind,
Blumen pflanzen, zu den Sternen singen.
Für die Träumer, die das Meer betrachten
und die Geschichten hören, die der Wind erzählt.
Für alle, die nicht aufgeben.
Dieses Buch ist für euch.

La vie est une fleur.
L'amour en est le miel.
Einer Blume gleicht das Leben.
Liebe ist ihr Honig.

(Victor Hugo)

Prolog

In der Mitte der Wiese stehen Frauen im Kreis um ein Feuer, halten sich an den Händen und singen. Der Wind lässt ihre Röcke flattern, spielt mit ihren Haaren, bringt Düfte und Worte mit, die gleichen Lieder, die ihre tanzenden Finger zu einem imaginären Stoff verweben.

Maddalena Azara steht am Rand der Wiese und schaut den Frauen fasziniert zu. Die lodernden Flammen tauchen die Nacht in rötlich goldenes Licht. Es wirkt, als würden kleine Feen tanzen. Maddalena lächelt, denn im Grunde ihres Herzens weiß sie, dass sie eine von ihnen ist.

Sie nennen sich die Wächterinnen.

Singende Frauen, Schöpferinnen und Beschützerinnen, die nach den alten Traditionen leben.

»Schwestern«, murmelt sie mit klopfendem Herzen.

Jetzt erhebt sich ihr Gesang aus der Dunkelheit. Wie ein zärtlicher Begleiter der an den Strand brandenden Wellen in ihrem ewigen Kommen und Gehen.

»Schwestern«, wiederholt Maddalena, und das Wort klingt behütend und tröstlich. Sie öffnet die Lippen ein wenig und atmet den Wind ein, der sie nährt und stärkt. Sie lächelt und stimmt in den Gesang mit ein. Ein warmes Gefühl steigt in ihr auf und durchflutet sie.

Wie gerne würde sie sich in den Kreis einreihen, mit den Frauen tanzen, aber es geht nicht. Das ist nicht mehr ihr

Platz. Sie weicht ein paar Schritte zurück, die Hände auf den gewölbten Bauch gelegt. Während sie den Hügel hinaufsteigt, denkt sie an die Zukunft. Es ist alles vorbereitet. Im Morgengrauen wird sie ihre Heimat verlassen, die Insel der goldenen Bienen, und alles, was war, wird Erinnerung sein. Aber diese Frauen, die ihr Freundschaft geschenkt haben, die die Türen ihrer Häuser und ihre Herzen geöffnet haben, werden für immer in ihr weiterleben. Wie aus dem Nichts taucht die Villa vor ihr auf. Vom Mondlicht beschienen, strahlt sie etwas Magisches, oder besser: eine starke Energie aus, die Energie der Liebe, der Güte.

Das Haus umfängt sie und nimmt sie liebevoll in den Arm. In diesen Mauern hat Maddalena Verständnis und Frieden gefunden. Aber jetzt muss sie gehen.

Und bezahlen.

»Die Freiheit, meine Liebe, hat immer einen Preis. Du musst wählen. Vergiss nie, Maddalena, was auch immer du tust, wir werden bei dir sein. Du kannst immer auf uns zählen.«

Das waren Margheritas Worte, damals, als sie gedacht hatte, alles sei verloren. In ihr hatte Maddalena eine treue Freundin gefunden. Eine Frau, die den Namen einer Blume trägt, die aber eigentlich Hoffnung heißen müsste. Denn mit ihrer Freundlichkeit hatte sie ihr genau das gegeben: Hoffnung. Und Zeit. Zeit zu verstehen und über ihre Zukunft zu entscheiden.

Als sie in ihrem Bett zwischen den frischen und nach Zitrone und Rosmarin duftenden Laken liegt, stellt sich Maddalena ihr Leben vor, das Gesicht ihrer Tochter, die sie nicht hier zur Welt bringen wird, die eine andere Sprache sprechen und eines Tages über ihre Entscheidung urteilen wird. Und es wird ein hartes Urteil sein, das weiß sie, denn Kinder sehen immer nur die eine Seite der Medaille, ihre eigene.

Bei Tagesanbruch geht Maddalena zum Strand, die Wächterinnen sind an ihrer Seite. Als sie die Mole betritt und das stahlgraue Meer betrachtet, beginnt sie zu zittern und weicht zurück. Doch sie spürt die Hände, die sie fassen und ihr Kraft geben.

»Wo auch immer du bist, wir werden bei dir sein.«

Maddalena hebt den Kopf und schaut zu dem Mann auf dem Schiff. Er wird sie fortbringen, weit weg von allem, was einmal ihr Leben war. Das Schwappen der Wellen wird stärker, sie reicht ihm eine Tasche, Geld, Papiere, Bewerbungsschreiben. Sie haben lange darüber gesprochen, bevor sie sich endgültig entschieden hat. Es war ein Abschied.

»Das Schiff wartet, wir haben es eilig«, sagt der Mann mit drängender Stimme. Sie umarmt jede einzelne Wächterin, sie hört Segenswünsche, bekommt kleine Geschenke, verabschiedet sich unter Tränen und doch voller Hoffnung.

Und dann empfängt sie das Meer, in dem sie als Kind schwimmen gelernt hat, das sie befragt hat, was hinter dem Horizont liegt. Das Schiff bringt sie zu ihrem neuen Leben, übergibt sie ihrem Schicksal.

1.

Cuevas de la Avaña ist ein Höhlensystem in der spanischen Provinz Valencia, in dem sich zahlreiche Höhlenmalereien befinden, darunter die stilisierte Darstellung einer Frau, die Honig sammelt. Womöglich hat vor mehr als 7000 Jahren ein einladender Gesang die Bienen angelockt und einen Künstler zu diesem Werk inspiriert.

Als Alice Pascal Azara die Biene sah, die sich auf ihren Handrücken gesetzt hatte, zuckte sie zusammen. Nicht weil sie Angst hatte. Sie wusste, dass sie nicht stechen würde.

Aber sie wusste nicht, was der Besuch der Biene ihr sagen wollte, nur dass es etwas Wichtiges war. Daran gab es keinen Zweifel. Sie hätte besser aufpassen müssen, für ihre Unachtsamkeit hatte sie schon einmal teuer bezahlt.

So war es immer.

Sie beschirmte die Biene mit der Hand, damit niemand im Konferenzsaal sie bemerkte, stand vorsichtig auf und ging auf die Glastür zu und weiter nach draußen. Hinter sich hörte sie, wie Guy Leroy, der Geschäftsführer der Firma für Datenanalyse, für die sie seit acht Jahren arbeitete, den Jahresbericht präsentierte. Sie musste sich beeilen. An diesem Tag ging es auch um ihren persönlichen Erfolg, sie durfte jetzt nicht fehlen.

Die Biene schien keine Angst zu kennen und krabbelte auf ihrem Handrücken herum.

Alice fragte sich, woher sie wohl kam. Sie zog Bienen magisch an, egal, ob im Haus ihrer Eltern in der Provence oder mitten in Paris, stets fanden sie sie.

»Was möchtest du mir dieses Mal sagen?«

Eine Erinnerung wallte in ihr auf, und sie schauderte. Dann konzentrierte sich Alice wieder auf die Biene und erlaubte sich noch einen Moment der Entspannung, um sie zu beobachten, dann hob sie den Arm in Richtung des kobaltblauen Himmels und flüsterte: »Die Sonne geht bald unter, flieg nach Hause.«

Sie kam gerade rechtzeitig in den Konferenzraum zurück.

»Das Ziel wurde weit übertroffen, und jeder von euch hat dazu beigetragen, vielen Dank.«

Beifall brandete auf.

Alice setzte sich in die Nähe des offenen Fensters, falls die Biene sich dazu entscheiden sollte zurückzukehren. Sie lächelte Noëlle Fabre, der Personalchefin, auf dem Stuhl neben ihr zu.

»Sehr gute Arbeit, meine Liebe, Glückwunsch zu deiner Beförderung, sie ist hochverdient.«

»Danke.«

Noëlle stand auf und legte ihr eine Hand auf die Schulter, dann winkte sie Leroy zu sich.

Alice warf noch einen letzten Blick nach draußen, die Biene war sicher auf dem Rückflug in ihren Stock. Dann richtete sie ihre ganze Aufmerksamkeit auf den Kollegen und lächelte. Die gelöste Stimmung tat ihr gut.

Das ganze Team hatte für dieses Ergebnis hart gearbeitet. Alice selbst war im Hintergrund geblieben, hatte Probleme analysiert und Lösungen erarbeitet. Diese Rolle wollte sie auch nach ihrer Beförderung weiter beibehalten.

Noëlle stand jetzt neben dem Geschäftsführer und strahlte ihn an, aus ihrem Blick sprach tiefe Zufriedenheit. Einen Moment lang wünschte Alice, sie wäre wie sie.

Aber nur kurz.

Lieber nicht, das war nicht ihre Welt. Sie las lieber den ganzen Tag Berichte. Zahlen hatten keine Meinung, stritten oder beschwerten sich nicht. Zahlen stellten keine Fragen, auf die man nicht antworten wollte. Kein Chaos, keine Überraschungen. Alles war unter Kontrolle.

Sie hob das Glas, das ihr ein livrierter junger Kellner gereicht hatte, und stieß in Gedanken mit sich selbst auf ihre Beförderung an. Sie hatte einen wichtigen Schritt auf der Karriereleiter nach oben gemacht.

»Solltest du nicht an seiner Seite sein?«

Sie hatte ihn nicht kommen hören, ihn nicht mal gesehen, abgelenkt durch den Besuch der kleinen Biene.

»Ich spreche nicht gerne in der Öffentlichkeit«, antwortete sie für ihre Verhältnisse ungewöhnlich direkt.

Gérard Clavel nahm nur selten an Konferenzen teil. Er war zurückhaltend, genau wie sie, aber bei diesem wichtigen Ereignis durfte er als Leiter der Rechtsabteilung nicht fehlen.

»Das ist mir schon aufgefallen. Ich frage mich, wie lange du noch im Hintergrund bleiben willst.«

Was meinte er damit? Alice hob den Kopf, überrascht von der Intensität seines Blicks. Ihr Herz schlug schneller. »Was willst du damit sagen?«

»Ich versuche es zu erklären.«

Seine sonore Stimme klang sinnlich, ein Hauch seines Aftershaves lag in der Luft, dezent und elegant. Sie spürte wieder dieses schwärmerische Gefühl, das sie früher für ihn empfunden hatte und das scheinbar immer noch nicht ganz erloschen war.

»Wenn du schüchtern oder unsicher wärst, könnte ich es noch verstehen, aber so ist es nicht. Deshalb bleibt die Frage, warum eine so starke und kompetente Frau wie du auf einen Moment des Triumphs wie diesen verzichtet.«

Überrascht trank sie einen Schluck. Der Wein war sehr herb, fast sauer. Er schmeckte ihr nicht, und sie stellte das Glas auf einem kleinen Tisch ab, neben einen Blumenstrauß, der allmählich zu welken begann. Bei ihrer Ankunft hatte sie daran gerochen, aber er duftete nicht. Er war schön, mehr nicht. Weiß – wie die gesamte Inneneinrichtung – passte er perfekt. Selbst die Kellner waren weiß gekleidet.

»Triumph ist ein weites Feld und vor allem ein subjektives Empfinden. Ich würde es eher Zufriedenheit nennen.«

Sie waren einen Schritt beiseitegetreten. Durch die großen Scheiben konnte Alice die Lichter der Stadt sehen. Sie hätte das rote Kleid nicht anziehen sollen. Zu auffällig. Aber schließlich war das ihr Abend. Der perfekte Anlass, um mal etwas anderes zu tragen als ein graues Kostüm. Oder ein schwarzes. Einmal hatte sie über ihren Schatten springen wollen.

»Du bist eine ungewöhnliche Frau.«

Sie nahm ihm das nicht übel, man hatte sie schon schlimmer tituliert. »Warst du deshalb gegen meine Kandidatur?« Mit den Jahren hatte sie gelernt, dass Männer wie Gérard sich den ganzen verfügbaren Raum nahmen.

Besonders er. Ihre Gefühle ihm gegenüber waren widersprüchlicher Natur. Er war attraktiv, selbstsicher, er hatte etwas Besonderes an sich. Das gefiel ihr ... von Anfang an.

»Sagen wir, das war einer der Gründe.«

»Ich war eure beste Option, und das weißt du auch.« Das war kein Selbstlob, sondern eine Tatsache. Sie hatte sich bestimmt doppelt so viel Mühe gegeben wie die anderen, ihre ganze Zeit in die Firma investiert. Sie kannte die Strukturen, das System, alle kritischen Punkte. Der Erfolg der Firma war ihr Lebenszweck. Der Einzige, den sie hatte.

»Ich habe nie das Gegenteil behauptet.«

Sie schloss die Augen. »Liegt es daran, dass ich eine Frau bin?« Sie wusste, dass sie ihn mit der Frage provozierte. Das war eigentlich nicht ihre Art, sie scheute Konflikte. Aber jetzt ließ sie nicht locker. War er wütend? Oder wollte er sich entschuldigen? Was wollte er überhaupt?

»Komm schon, du solltest mich gut genug kennen, um zu wissen, dass es das nicht ist.«

Das war keine Antwort, jedenfalls nicht die, nach der sie suchte. »Warum dann?«

Gérard lächelte.

»Nun, Alice, wenn ich dir in die Augen schaue – und das tue ich immer, wenn ich die Chance dazu habe –, habe ich den Eindruck, in einen tiefen, ruhigen See zu blicken. Nicht mal nach Stunden kann man den Grund erkennen.« Er hielt inne. »Ich frage mich, was sich unter der Oberfläche verbirgt. Und dass ich es nicht weiß, ist mir unangenehm.«

Seine Worte machten sie nachdenklich. Hatte er sie wirklich ständig im Auge? Er lächelte, und Alice fuhr sich nervös mit der Zunge über die Lippen. Dann gewann die

Logik wieder die Oberhand. Der Grund für sein Interesse war offensichtlich: Sie hatte Zugang zu allen wichtigen Informationen die Firma betreffend, natürlich war sie wichtig für ihn. Mit einem Schlag hatte sie ihre Selbstsicherheit eingebüßt. »Was genau willst du von mir, Gérard?«

»Ein Abendessen wäre ein guter Anfang.«

Erneut überrascht, dachte sie über das Angebot nach. Warum eigentlich nicht? Gerard strahlte Autorität, Sicherheit, Kontrolle aus, Qualitäten, die sie sehr schätzte. Der Gedanke beunruhigte sie. An diesem Abend schienen sich sogar ihre verborgensten Wünsche zu erfüllen. Sie nickte einer Kollegin zu und wandte sich wieder an ihn. »Ich denke darüber nach.«

Gérard schüttelte amüsiert den Kopf. »Ich habe noch eine Frage.«

Sie seufzte und lächelte wider Willen. »Ja?«

»Warum hast du deine Meinung geändert?«

Alice sah ihn erstaunt an. »Bitte?«

»Dieses Kleid, diese Farbe. Gewagt, auffällig. Alle schauen dich an. Du bist … unvergesslich.«

»Es ist nur ein Kleid.«

Er wusste, dass mehr dahintersteckte. »Ich dachte, du wolltest deinen Erfolg feiern, endlich mal aus dem Schatten treten. Aber auch dieses Mal bist du im Hintergrund geblieben.«

»Und warum solltest dich das etwas angehen?«

»Ich schaue dich an, Alice. Und ich sehe dich.«

Sie wich zurück. »Danke für das Gespräch, ich muss jetzt gehen. Einen schönen Abend noch, Gérard.«

Er wollte etwas erwidern, schüttelte dann aber den

Kopf und vergrub die Hände in den Hosentaschen. »Bis bald, Alice.«

Er ging und wusste, dass sie ihm nachsah. Allein der Ton, in dem er ihren Namen ausgesprochen hatte, hatte sie aufgewühlt.

Damit nicht genug. Das alles war zu viel für sie, zu viele Gefühle, zu viel zu bewältigen. Ein Gewicht drückte auf ihre Schultern, ihr Atem beschleunigte sich. Sie zog rasch ihren Mantel über, wollte nur noch hier weg. Sie musste unbedingt ihre Gedanken ordnen. Erst wollte sie ein Taxi nehmen, überlegte es sich dann aber anders. Ein bisschen Bewegung an der frischen Luft würde ihr helfen, ihre Gefühle wieder in den Griff zu bekommen.

Im Aufzug traf sie gut gelaunte Kollegen. Sie mochte es, glückliche Menschen zu sehen, ihr Lächeln, ihr entspannter Gesichtsausdruck. Einige wollten mit dem Bonus, den sie erhalten hatten, in den Urlaub fahren, andere mussten noch Kredite abbezahlen, doch die meisten wollten ihren Kindern etwas schenken. Sie arbeiteten schon Jahre zusammen, aber privat wusste Alice nichts über sie.

Draußen spürte sie erst, wie kalt es war, und ärgerte sich, dass sie den Wollschal nicht mitgenommen hatte. Obwohl sie schon länger in Paris lebte, hatte sie sich noch immer nicht an die Temperaturen gewöhnt. Irgendwann würde sie an einem Ort leben, an dem es immer warm und der Himmel blau war. Gérard hatte wissen wollen, was sie unter der Oberfläche bewegte. Aber sie behielt ihre Träume lieber für sich, nur den Bienen erzählte sie davon. Das war zwar nicht das Gleiche, aber für sie passte es so.

Seit sie sich erinnern konnte, waren Bienen ein Teil ihres Lebens. Ihre Großmutter Maddalena oder Mallena, wie sie in der Familie genannt wurde, hatte ihr den Gesang beigebracht, mit dem man nach ihnen rief.

»Von wem hast du das gelernt, *nonna*?«, hatte sie eines Tages gefragt.

»Eine Frau hat es mir beigebracht.«

Alice hatten mit den Füßen in dem kleinen Bach gestanden, der durch das Gelände des Gutes führte, auf dem sie mit ihrer Familie und ihrer kleinen Schwester gelebt hatte. Um sie herum hatten die Lavendelfelder geleuchtet. Alice und Mallena hatten die Bienenstöcke betrachtet, die an der Hecke standen, gut geschützt vor dem Mistral. Der kleine See weiter unten im Tal sorgte für die nötige Bewässerung der Felder, auf denen Thymian, Bohnenkraut, Kletten, Salbei und Rosmarin wuchsen. Der Duft der Kräuter wehte bis ins Haus. Aus ihnen hatte Mallena Tees, Seifen und Kerzen hergestellt, die sie auf dem Markt verkaufte.

»Und wie hieß die Frau?«

»Margherita, wie die Blume. Sie war der gütigste Mensch, den ich jemals getroffen habe.«

»Und sie hat für ihre Bienen gesungen?«

»Ja, sie und die anderen Frauen. Sie hat es allen beigebracht.«

Alice sah die Szene vor sich. Eine blühende Wiese, Frauen, hochgewachsen und gut aussehend wie ihre Großmutter, die Arme nach vorne gestreckt, die Handflächen in Richtung Himmel gedreht. In hellen Kleidern, denn die Bienen mochten sonnige Farben. Der sanfte Gesang, der sich mit ihrem Summen, dem säuselnden Wind und dem Wasserrauschen vermischte.

»Eines Tages mache ich das auch, Großmutter. Dann werde ich wie du.«

Mallena hatte sie angelächelt und mit dem warmen Wasser bespritzt, das über die Kiesel plätscherte. Sie war eine lebenslustige und zuweilen etwas seltsame Frau gewesen, was Alices Mutter nicht immer gefallen hatte. Sie hatte sich immer darüber Sorgen gemacht, was die Leute sagen könnten. Aber dann hatte Mallena ihre Enkelin an sich gezogen, und irgendwann hatte auch Céline gelacht.

»Das weiß ich, mein Kind, ich weiß.«

Die Erinnerung schwand und hinterließ ein bittersüßes Gefühl in Alices Herzen. »Eines Tages« war ein wirkmächtiger, hoffnungsvoller Ausdruck. Eines Tages würde sie einen Hund oder eine Katze haben. Ein Haus mit einem Torbogen, durch den man das Meer sehen und seinen salzigen Duft einatmen konnte. Wo sie endlich sie selbst sein konnte. Dazu einen Garten voller Blumen und Bienen.

Das Heulen einer Sirene durchbrach den Zauber, Motorengeräusche und lautes Hupen folgten. Die Stadt war von pulsierendem Leben, Lachen und Stimmen erfüllt.

Sie kehrte in die Realität zurück.

Zu sich.

»Das sind nur Träume, Hirngespinste, das Leben sieht anders aus.«

Sie reihte sich in den Strom der Passanten ein, löste den Knoten, zu dem sie ihre Haare gebunden hatte, und ließ sie über die Schultern fallen. Sie seufzte erleichtert. Während sie die restlichen sechs Querstraßen passierte, die sie noch von ihrer Wohnung trennten, dachte sie wieder an Gérard. Er war zwar nicht ihr Chef, aber die Hierarchie in der Firma war klar. Deshalb hatte sie beschlossen, sich von ihm fernzuhalten, für flüchtige Beziehungen hatte sie sowieso nichts übrig. Warum war er jetzt auf sie zugekommen? Was wollte er von ihr? Was wollte er *wirklich*? Ihr wurde warm, das Wort »unvergesslich« kam ihr wieder in den Sinn. So hatte er sie genannt. Das war sicher kein Zufall. Eine Schmeichelei, eines der Komplimente, das Männer benutzten, um Frauen zu beeindrucken. Sie wusste das alles, und doch konnte sie es nicht abschütteln. Ihre Angst und ein unbestimmtes Verlangen machten sie unruhig, die Situation entglitt ihrer Kontrolle.

War es etwa Zeit für eine Veränderung?

Sie fühlte sich einsam. Aber anders als sonst. Es war nicht die Stille, die sie bedrückte, auch nicht das Fehlen von Gesprächspartnern oder Gesellschaft, die fand sie immer, sondern etwas Intimeres. Ihr fehlte die vollkommene Verbindung mit einem anderen Menschen.

Sie dachte weiter darüber nach, wägte ab. Wenn sie die Einladung zum Abendessen annehmen würde, müssten *ihre* Regeln gelten. Keine Romantik.

Sie scheute das Risiko. Sie beobachtete, analysierte, steckte Ziele und entwickelte Strategien, sie arbeitete hart. Außerdem war sie geduldig und ausdauernd, potenziell instabile Situationen vermied sie. In ihrem Leben gab es keine Zufälle. Chaos führte zu Fehlern, und dann war das Scheitern nicht mehr weit. Das wusste sie.

Sie schaute sich um, und ihr Blick blieb an einem Pärchen hängen, das sich an den Händen hielt und sich küsste.

Wie es sich wohl anfühlte, sich einfach fallen zu lassen, sich den Gefühlen hinzugeben, sodass kein Raum mehr für etwas anderes war?

An diesem Freitagabend war es auf der Rue de Buci noch voller als sonst. Ein Straßenkünstler spielte Geige, umringt von einer dichten Menschentraube. Die Musik zog Alice magisch an, sie blieb stehen und schaute dem Geiger in die Augen, suchte nach etwas Kleingeld und legte es in die aufgestellte Kiste. Er schenkte ihr ein Lächeln. Es fiel ihr schwer, sich von ihm zu lösen, aber sie musste weiter, es würde noch eine Weile dauern, bis sie zu Hause war.

In der Rue de Furstemberg betrachtete sie die kahlen Zweige der mächtigen Blauglockenbäume. Im Frühling würden sie voller Blüten sein, sie konnte es kaum erwarten.

Noch um eine Ecke, dann war sie endlich zu Hause. Sie betrat ihre minimalistisch und funktional eingerichtete Wohnung. Ein kleines Wohnzimmer mit Kochnische, Schlafzimmer, Bad und Balkon. Schlichte Möbel, Meeresbilder an den Wänden. Und Bücher. Kein Schnickschnack. Kein Geräusch war zu hören. Das erste Mal fand sie die Stille bedrückend.

Sie zog die Vorhänge auf und betrachtete die Stadt. Überall Lichter, auf den Straßen, hinter den Fenstern, überall Leben. Und bei ihr? Sie hatte das Gefühl, dass das Leben an ihr vorüberglitt. Sie lehnte die Stirn an die kalte Scheibe. Gérards Worte führten sie zurück in die Vergangenheit, als ihr jemand genau das Gleiche gesagt hatte: Emma, ihre Schwester. Sie hatte es gesagt, bevor sie die Tür hinter ihr zugeschlagen und sie aus ihrem Leben verbannt hatte. Oder war es umgekehrt gewesen?

Vor langer Zeit.

Gérard kam ihr wieder in den Sinn, sein Blick, die sinnlichen Worte. Sie dachte an die Leere, die sie um sich herum geschaffen hatte. Sie war zu ihrem Lebensstil geworden. Und dann spürte sie es, dieses nagende Bedürfnis, es war nicht mehr wegzuschieben.

Sie griff nach der Tasche und suchte nach ihrem Telefon. Sie hatte seine Nummer eingespeichert, musste nur die Taste drücken. Und das tat sie, mit wild klopfendem Herzen.

»Alice.«

»Nächste Woche, Samstagabend. Um sieben. Du suchst das Lokal aus.«

Sie hörte ihn lachen, aber es war ihr egal. Sie wollte ausgehen, Gérard danach fragen, was er noch über sie wusste. Sie wollte ihm von ihrer Schwester erzählen. Wenn sie nur wüsste, wo Emma jetzt war. Aber es stand zu viel zwischen ihnen.

»Ich hole dich ab.«

»Ich schicke dir eine Nachricht mit meiner Adresse.«

»Nicht nötig, ich weiß, wo du wohnst.«

Sie legte auf und lächelte. Ja, vielleicht war es Zeit, ein neues Kapitel aufzuschlagen und ihrem Leben eine andere Richtung zu geben.

2.

Von den Bergen bis ins Tal, von den Flüssen bis zum Meer, mit den Bienen sieht man die Landschaft von oben. Sie sammeln den Nektar Abertausender Blüten und verwandeln ihn in ein außergewöhnliches Nahrungsmittel. Seit Jahrtausenden begleitet der Honig wichtige Momente des Lebens, und in manchen Ländern ist er auch heute noch das Symbol für die Liebe.

Von der Galerie der Opera Garnier ließ Alice den Blick über die Stadt schweifen. Über der Horizontlinie, hinter den großen Palais, durchschnitt die Seine die Stadt. In der Abenddämmerung spiegelten sich die Lichter auf der Oberfläche des langsam dahinströmenden Flusses. Sie musste an die Worte denken, die sie vor vielen Jahren gelesen hatte.

Wer in die Tiefen von Paris blickt, dem schwindelt es. Nichts ist bizarrer, tragischer, großartiger.

Viktor Hugos Worte beschrieben sehr gut, was sie gerade empfand. Sie stand hoch oben und blickte auf die Straße, während der Wind ihr über das Gesicht strich und ihre innere Leere füllte.

Ihr war klar, dass das Gefühl nicht anhalten würde, mit diesem Frieden wäre es bald vorbei. Als Kind hatte sie ihrer Angst ohnmächtig gegenübergestanden, aber mit der Zeit hatte sie gelernt, sich von dem zu lösen, was sie leiden ließ.

Ihr Handy vibrierte. Alice las die Nachricht.

Bonjour, bist du schon da?

Ja, Éloise, ich brauche aber noch ein bisschen.

Wir haben die Sitzung vorverlegt. Kommst du, wenn du fertig bist?

Selbstverständlich.

Eine Windböe ließ sie spüren, wie nah sie tatsächlich am Abgrund stand, und sie trat ein paar Schritte zurück. Dann warf sie einen Blick in den Himmel. Auch wenn die Sonne noch schien, senkte sich die Dunkelheit um diese Zeit des Jahres rasch herab. Sie hatte noch etwas Zeit, bevor sie die anderen treffen würde. Éloise, die Vizepräsidentin des Verbands der Stadtimker, hatte sie zur Mitgliederversammlung eingeladen. Alice hatte die sympathische Frau auf Anhieb gemocht, als sie sich das erste Mal in deren sonnendurchflutetem Büro getroffen hatten. Sie erinnerte sich noch an Éloises ermutigendes Lächeln, an die vielen Pflanzen, die das Zimmer in einen Garten zu verwandeln schienen, an die Fotos an den Wänden, auf denen die Balkone, Terrassen und Dächer zu sehen waren, auf denen die Stadtimker ihre Stöcke aufgestellt hatten. Alice war so fasziniert gewesen, dass sie alle Vorbehalte über Bord geworfen hatte. Und Éloise schien ihre

Gedanken gelesen zu haben und hatte sie gebeten, Platz zu nehmen.

»Würden Sie gerne Mitglied unseres Verbands werden?«

Alice war sich plötzlich sicher gewesen. »Ja, gerne, aber ich habe kein Bienenvolk.«

»Sind Sie Imkerin?«

»Ich liebe Bienen«, hatte sie ausweichend geantwortet. Sie hatte nicht gelogen, aber auch keine weitere Erklärung gegeben. Bienen waren seit jeher ihre Freundinnen gewesen, ihre Vertrauten. In ihrer Nähe hatte Alice sich immer wohl gefühlt. Sie war bei ihrer Großmutter aufgewachsen, die für die Bienen gesungen hatte. Aber das war ein Geheimnis, sicher würde das nicht jeder verstehen, also behielt sie diese Gabe besser für sich. Das hatte sie schon schmerzhaft lernen müssen.

»Dann sind Sie hier richtig.«

Alice war einer Gruppe von Imkern zugeordnet worden. Mit der Zeit hatte man ihr die schwierigen Bienenvölker anvertraut, mit denen sie stets bestens zurechtkam. Im Kreise der anderen Imker fühlte sie sich zwar wohl, aber bei Gesprächen hielt sie sich meist zurück und beobachtete lieber.

Obwohl seit ihrem Beitritt bereits einige Jahre vergangen waren, war sie jedes Mal aufgeregt, wenn sie zu den Bienenstöcken ging. Der jahreszeitliche Rhythmus im Bienenstock war wie ein Wunder der Natur.

Alice zog die Jacke aus, schlüpfte in den Arbeitsoverall, fasste ihre Haare zusammen und streifte die Handschuhe über.

Wenn sie bei ihren Bienen war, hatte sie das Gefühl, eine

von ihnen zu sein: leicht, schnell, nützlich. Der Gesang drang aus ihrer Seele ans Freie, ließ sie ihre Lippen öffnen. Sie stellte sich vor, über die Dächer von Paris zu fliegen, zusammen mit ihren Gefährtinnen. Nur von oben verstand sie das Wesen der Stadt, entdeckte verborgene Gärten, landete auf weit geöffneten Blüten, hatte Einblicke in das Leben anderer. Sie sog den Duft des Lebens ein, die Herbstrosen auf den Terrassen, die Astern und Dahlien auf den Balkonen. Die Stiefmütterchen auf den Beeten. Sie fühlte sich frei, war Teil eines großen Ganzen, hatte ihren Platz.

Sie überließ sich ihren Gedanken, bis sie fast zu schweben schien wie die kleinen weißen Wolken am Himmel.

Sie stieg die Leiter hoch zu einer kleinen Plattform. Dort, geschützt vor dem Wind, stand ihr Bienenstock. Als sie direkt vor ihm stand, befiel sie ein gewisses Unbehagen, und sie hielt inne.

Alles war still. »Merkwürdig.«

Alice blickte sich um, dann konzentrierte sie sich wieder auf den Bienenstock. »Was ist mit der Einflugschneise los?« Sie schloss die Augen, ging einige Schritte nach vorne, das Räuchergerät ließ sie auf einem Vorsprung stehen. Sie hatte es natürlich dabei, wie es die Vorschriften vorsahen, aber es war nicht angezündet. Die Bienen taten ihr nichts, Rauch hatte sie noch nie gebraucht.

Alice ging an die Arbeit: Sie schob den Haken unter die Abdeckung des Kastens, hob den Deckel behutsam ab und legte ihn auf die Seite. Ihr Herz raste, da stimmte etwas nicht.

»Wie ist das möglich?«

Der Stock war verwaist, die Bienen waren verschwunden.

Das Wachs war erkaltet. »Was ist hier los?« Alice schnupperte, prüfte die Temperatur. Bildeten sie etwa schon ihre Wintertraube? »Nein, dafür ist es noch nicht kalt genug.«

In den kalten Wintermonaten rücken die Bienen ganz eng zusammen und wärmen sich gegenseitig, mittendrin die Königin.

Ein Schauer lief ihr über den Rücken, das bedrückende Gefühl, das sie schon die ganze Zeit gehabt hatte, wurde stärker.

Sie hob den ersten Wabenrahmen heraus, dann den zweiten.

Die Waben waren voller Honig, aber die Brut in den Wabenzellen war vertrocknet und von bräunlicher Farbe. Der beißende Geruch ließ keinen Zweifel: Der Stock war verlassen. Traurig kratzte sie über die Wachsschicht und hoffte auf ein Wunder, aber die Puppen bewegten sich nicht. Ohne die für die Brutpflege zuständigen Arbeiterinnen hatten sie keine Chance. Hatte das Bienenvolk beschlossen, von hier wegzugehen? »Aber warum?«

Als sie vor einigen Wochen hier gewesen war, war alles in bester Ordnung gewesen. Auch wenn die Großstadt ein eher insektenfeindliches Habitat war, hatten die Bienen sich an die Bedingungen angepasst. Blühpflanzen auf Balkonen, in Gärten und Parks lieferten die überlebenswichtige Nahrung. Sie bestäubten auf ihren Ausflügen die Blüten und saugten den Nektar auf, ein ständiges Geben und Nehmen, Grundvoraussetzung allen Lebens. Denn auch die Pflanzen profitierten, aus den bestäubten Blüten entwickelten sich Früchte. Bienen waren die Wächterinnen der Natur, die Hüterinnen des Lebens.

Das Stadtimkern galt zwar als neumodische Laune,

doch Bienenvölker gab es in Paris schon seit langer Zeit. Der Pariser Imkerverband, bei dem sie Mitglied war, die Société Centrale d'Apiculture, hatte vor einigen Jahren seinen 150. Geburtstag gefeiert.

Alice zog die Maske ab und ließ sie zu Boden fallen. »*Die Bienen kümmern sich um uns alle und bleiben immer freundlich, mein Kind.*«

Die Erinnerung tauchte aus dem Nichts auf. Ihre Großmutter hatte recht. Bienen kümmerten sich um ihre Umgebung. Aber ihre Zahl nahm immer mehr ab, und das machte Alice Sorgen. Es sollte allen zu denken geben, aber die meisten Menschen sahen nur das, was sie sehen wollten.

Sie hob den Blick suchend zum Himmel, aber sosehr sie sich auch konzentrierte, sie konnte den Schwarm nicht entdecken. Sie hörte ihre Bienen auch nicht mehr, denn sie waren ganz einfach nicht mehr da. Sie hatten sie verlassen. Alice fühlte sich ohnmächtig, setzte sich mit gekreuzten Beinen auf den Boden, den Rücken an den Bienenkasten gelehnt, und starrte ins Nichts. Gefühle wallten in ihr auf und drohten, sie zu übermannen. »Tief einatmen, dann geht es vorbei. Es geht vorbei.« Sie klammerte sich an diese Überzeugung: Alles ging vorbei, auch der Schmerz. Nicht weil er sich auflöste, er veränderte sich und wurde erträglicher.

Langsam beruhigte sie sich, ordnete ihre Gedanken und analysierte einen nach dem anderen. Das logische Denken hatte wieder die Oberhand gewonnen. Alles deutete darauf hin, dass der Besuch der Biene vor einigen Tagen nichts mit dem verlassenen Stock zu tun hatte. Aber ganz sicher war sie sich nicht. Sie hatte das Gefühl, dass da noch mehr war. Etwas, das ihrer Aufmerksamkeit bedurfte, das sie aber noch nicht greifen konnte.

Schließlich musste sie aufgeben, sie konnte nicht ewig hier sitzen. Auf dem Dach würde sie die Antwort sicher nicht finden, vorausgesetzt es gab eine.

Sie griff nach ihrer Ausrüstung und ging zum Aufzug, dann verließ sie das Gebäude Richtung Place Vendôme. Als sie im Tuilerien-Garten war, schaute sie zum Himmel, streckte den Arm aus und wartete, bis sich ein Blatt darauf legte. Sie liebte es, wenn im Herbst die Blätter fielen, wenn die Äste kahl wurden und die Bäume sich schlafen legten, um im Frühling wieder zu erwachen. Sie liebte die warmen Farben, die Bernstein- und Karamelltöne und das Versprechen, das die Natur ihr zuflüsterte: »Ich komme wieder, du wirst sehen.«

Und der Frühling kam. Immer.

Das Gewicht des Rucksacks auf den Schultern gab ihr Sicherheit. Ebenso wie der Weg, dem sie folgte und der sie an ihr Ziel führte. Bestimmte Schritte, festgelegte Rituale – das war es, was ihr Leben ausmachte. Und sie wollte, dass es so weiterging.

Aber die Ereignisse der letzten Zeit deuteten auf Veränderung hin. Gérard war dafür der lebende Beweis. Sie war verwirrt, und das mochte sie gar nicht. Eine gefährliche Situation, überall konnte sich ihr etwas Unvorhersehbares in den Weg stellen. Sie musste aufpassen. Die Biene auf ihrer Hand, der leere Stock. Alles um sie herum veränderte sich. Das war ein Zeichen.

»*Nichts geschieht einfach so, mein Kind, es gibt immer Zeichen um uns herum. Du musst achtsam sein, die Augen können nie alles sehen. Du musst mit dem Her-*

zen sehen, denn es ist weise und wird dir den richtigen Weg zeigen.«

Damals hatte sie die Worte ihrer Großmutter nicht verstanden, und später hatte sie sie bewusst ignoriert. Zeichen waren nichts Konkretes und schon gar keine Beweise, nichts, was man beherrschen konnte. Emma hatten sie immer fasziniert, im Gegensatz zu ihr selbst. Warum kamen ihr gerade jetzt Mallenas Warnungen wieder in den Sinn? Alice war verwirrt wie jedes Mal, wenn sie an die Vergangenheit dachte.

Als sie den Saal betrat, war sie noch immer durcheinander, zwang sich aber zu ein paar Worten, trank einen Orangensaft und suchte sich einen Platz. Die Versammlung begann, die meisten Teilnehmer waren ehrenamtliche Imker und Imkerinnen wie sie, die sich um die Stadtbienen kümmerten. Es gab mehr als 1000 Bienenstöcke auf den Dächern von Paris: auf dem Mandarin-Oriental-Hotel am Place Vendôme, der Opéra Garnier und dem Musée d'Orsay, sogar auf der Kathedrale von Notre-Dame. Sie hörte den Berichten ihrer Kolleginnen und Kollegen zu: Ihren Stöcken ging es durchweg gut, es gab ausreichend Futter, Wabenrahmen für die Brut, der Winter konnte kommen.

Die einzige Ausnahme bildete ihr leerer Stock. Die Bienen hatten sie verlassen. Dass diese Feststellung selbst in ihren Ohren lächerlich klang, kümmerte sie nicht. Sie wusste es, und das reichte ihr. Was sie quälte, war die Frage nach dem Warum.

»Ich habe vor drei Wochen die letzte Kontrolle durchgeführt«, sagte sie, als sie an der Reihe war. »Alles war normal.« Dann erzählte sie weiter, hin und wieder stellte jemand eine Frage. Sie antwortete ruhig und präzise. »Sie habe den Honig und die Brut zurückgelassen, alles. Als ob sie niemals dort gewesen wären.«

Danach herrschte Schweigen, bis einige zu flüstern begannen, die bereits ihre eigene Theorie hatten.

»Ist euch das schon mal passiert?«, fragte Alice mit einer Spur von Angst in der Stimme.

Éloise nickte. »Ja. Aber wir wissen nicht, warum. Es gibt eine Vielzahl von Erklärungsmöglichkeiten, aber keine endgültigen Erkenntnisse. Wir lassen die Waben analysieren, dann werden wir dir einen neuen Schwarm geben.«

»Nein, besser nicht.« Der Satz war spontan aus ihr herausgesprudelt. Es war besser so, auch wenn es wehtat. Wenn sie mit ihren Bienen zusammen war, öffnete sie ihre Seele, vertraute sich ihnen an. Ihr Bienenstock war ein Zufluchtsort, der Sicherheit und Geborgenheit bedeutete, aber offensichtlich hatte sie sich getäuscht. Auch die Bienen hatten sie allein gelassen. Wieder einmal war sie abgelehnt worden.

Sie hatte das Gefühl, eine Zeitreise in die Vergangenheit zu machen. Sosehr sie sich auch anstrengte und das Richtige tun wollte, es war nie genug.

Das war damals auch mit ihrer Mutter und später mit Emma passiert.

»Es ist ganz normal, dass du enttäuscht bist.« Éloise warf ihr ein warmes Lächeln zu. »Nimm es dir nicht so zu Herzen. Früher oder später passiert das jedem einmal.«

Éloise verstand es nicht. Niemand konnte es verstehen. Sie war nicht enttäuscht, sie trauerte. Sie war traurig, fast verletzt. Es war ungerecht. Womit hatte sie das verdient? Sie schüttelte den Kopf, kam sich lächerlich vor. Es war verrückt, wütend auf die Bienen zu sein, weil sie sie verlassen hatten. Aber sie blieb bei ihrer Entscheidung: Sie würde kein neues Bienenvolk übernehmen. »Ich habe meine Entscheidung getroffen. Wenn jemand Hilfe braucht, könnt ihr mich gerne anrufen. Aber es ist besser so. Ich überlasse euch den Stock, ihr könnt ihn nutzen, wenn ihr wollt.«

Es war nicht das erste Mal, dass sie sich von der Last befreite, unter der sie litt. Sie hatte es auch damals getan, als sie Saint-Rémy-de-Provence den Rücken gekehrt und ihre Familie und ihre Schwester verlassen hatte. Es hatte sein müssen. Sie hatte einen anderen Weg eingeschlagen, war das Zentrum ihrer eigenen Welt geworden. Sie hatte einmal gelesen, dass man einen Kreis ziehen musste, wenn man an einer Grenze angekommen war. Im Inneren dieses Kreises war nur Raum für eine einzige Person. Wenn man nicht zerbrechen wollte, musste man in den Kreis gehen und alle anderen draußen lassen. Und das hatte sie getan. Sie würde sich auch jetzt verändern, wieder einmal. Immer dann, wenn es nötig war. Sie würde nach vorne schauen, sich auf ihre Zukunft konzentrieren und gradlinig in die neue Richtung gehen, die ihr Leben genommen hatte.

3.

Wenn Honig kristallisiert, ist das ein natürlicher Prozess, der unter anderem für seine Qualität spricht. Diese physikalische Reaktion hängt von einer Vielzahl von Faktoren ab, darunter die Temperatur, die Art des Nektars oder das Verhältnis zwischen Fructose und Glucose.

»Mademoiselle, ein Anruf für Sie.«

Alice hob den Blick von dem Dokument, das sie gerade prüfte.

»Der Anrufer hat seinen Namen nicht genannt«, fügte die junge Frau entschuldigend hinzu. Gérard saß neben ihr, hob den Hörer ab und reichte ihn ihr.

»Danke.«

»Gerne.« Er lächelte und schaute wieder auf die Papiere, über die sie in der letzten halben Stunde gesprochen hatten.

Er war wie immer. Doch manchmal überraschte sie ihn dabei, dass er sie anders ansah als sonst. In der Vorwoche waren sie zusammen essen gewesen, dann hatten sie getanzt. Es war schön gewesen, wie der Kuss, den sie sich gegeben hatten. Vielversprechend. Sie war positiv überrascht, wer weiß, was die Zukunft bringen würde. Sie lächelte zurück und hielt den Hörer ans Ohr.

»Ja?«

»Alice, bist du's?«

»Mama?«, fragte sie erstaunt. Ihre Mutter hatte noch nie im Büro angerufen. »Geht es dir gut? Was ist mit Papa?« Wie lange hatten sie nicht miteinander gesprochen? Zu lange. Am Ende gab es immer Streit, deshalb hatte sie schon ewig nicht mehr angerufen. Und auch ihre Mutter hatte sich nicht gemeldet.

»Du musst nach Hause kommen. Sofort.«

Alice seufzte und schloss die Augen. Warum fragte sie nicht? Warum verlangte sie es einfach? »Ich rufe dich an, wenn ich hier Schluss habe, und dann sprechen wir in Ruhe darüber, ja?«

»Wag es ja nicht aufzulegen! Ich …« Ihre Mutter stockte, dann atmete sie tief durch. »Ich weiß nicht mehr, was ich machen soll.«

Alice legte den Stift beiseite und fragte beunruhigt: »Was ist los?«

Erst Schweigen, dann ein Schluchzer.

»Mama, rede mit mir!« Sie wühlte in der Tasche nach ihrem Handy, das sie stumm geschaltet hatte. Sie riss entsetzt die Augen auf. Zehn Anrufe, einige von ihrem Vater. Was war nur passiert?

»Deine Schwester, sie … Die Therapie schien anzuschlagen, aber dann ist etwas schiefgegangen.«

Therapie? Ihr Herz begann wie wild zu klopfen. Was für eine Therapie? »Emma? Ich verstehe das nicht.«

»Weil du nicht zuhörst. Du hörst nie zu!«

Der Vorwurf traf sie unvermittelt. Sie fühlte sich in ihre Kindheit zurückversetzt und schaute aus dem Fenster. »Das stimmt nicht, ich höre sehr wohl zu. Was ist mit Emma?«

Gérard warf ihr einen erstaunten Blick zu.

»Sie war sicher, dass alles wieder gut werden würde. Ich habe sie gedrängt, dich endlich anzurufen, aber sie wollte persönlich mit dir sprechen, dich sehen. Auch wenn du sie immer so schlecht behandelt hast, sie hat trotzdem an dich gedacht.«

Alice umklammerte den Hörer, ihr Mund war wie ausgetrocknet, sie konnte sich nur mühsam beherrschen. »Mama, bitte ... erklär mir endlich, was los ist.«

Erneutes Schweigen, dann wieder Schluchzen. »Sie ist tot, verstehst du? Deine Schwester ist tot.«

»Was?«, stammelte Alice.

»Bitte, komm nach Hause.«

Es dauerte eine Weile, bis sie begriff, was sie da gerade gehört hatte. Sie begann zu zittern, wollte sagen, dass sie den ersten Flug nehmen würde. Sie dachte an ihren Vater Simon. Er war sicher auch am Boden zerstört, genau wie ihre Mutter. Aber sie war wie gelähmt, bekam kein Wort heraus. Der Hörer rutschte ihr aus der Hand und fiel zu Boden. Sie starrte ihn an. Emma ... Das konnte nicht sein. Sie ging zur Tür, schwankte und musste sich am Rahmen abstützen.

Gérard sprang auf. »Was ist los, *ma chérie*?«

Sie versuchte, tief zu atmen, wieder die Kontrolle über sich zu erlangen. »Meine Schwester ist ...« Das konnte nicht sein, unmöglich. Sie schloss die Augen und legte ihre Wange an Gérards Brust. Sie lauschte seinem Herzschlag, während er ihr über die Schultern strich.

»Sie kann nicht tot sein, sie ist erst 26, verstehst du?«

Er drückte sie auf einen Stuhl und goss ihr ein Glas Wasser ein. Alice trank es in einem Zug. Sie dachte an die letzten Worte, die sie miteinander gewechselt hatten. So bitter, so abweisend. Emma war zu ihr gekommen, hatte ihre Hilfe gewollt, aber Alice hatte gar nicht richtig zugehört, sondern ihr bittere Vorwürfe gemacht. Obwohl sie wusste, dass sie ungerecht gewesen war, hatte sie sich nie entschuldigt. Jetzt war es zu spät.

Sie suchte in ihrem Kopf nach einem Bild, nach etwas, woran sie sich festhalten konnte. Da musste es etwas geben. Doch sie fand nichts und brach in Tränen aus.

Die folgenden Tage waren die schlimmsten in Alices Leben. Ein nicht enden wollender Albtraum, Erinnerungen an ihre Kindheit, in der sie oft von quälenden Träumen geplagt schreiend aus dem Schlaf geschreckt war. Sie hatte den ersten Flug nach Marseille genommen.

In ihrem Gedankenkarussell kam Emma wieder wie früher zu ihr ans Bett, schlüpfte hinein und klammerte sich an sie. Erst dann bekam sie wieder Luft. Bevor ihre Mutter etwas gemerkt hatte, hatte sie ihre kleine Schwester längst in ihr eigenes Bett zurückgebracht. Wie lange war das her? Wie hatten sie sich nur so fremd werden können? Und jetzt war es zu spät … sie konnte nichts mehr ändern.

Alice hatte das Gefühl, die Welt würde zusammenbrechen, als sei das alles ein schrecklicher Irrtum. Sie müsste nur die Augen schließen, und schon könnte sie wieder das Lachen ihrer kleinen Schwester hören. Ihre Emma, das ewige Kind, das alles mit großen Augen betrachtete. Sie war bildhübsch, brillant und voller Enthusiasmus. Sie schien innerlich zu leuchten und stand überall im Mittelpunkt. Und das wusste sie auch. Zwei Schwestern und doch grundverschieden.

Emma ähnelte ihrer Mutter Céline: blond, anmutig,

zart. Alice dagegen hatte vieles von ihrer *nonna* Mallena, sie war hochgewachsen und hatte seidige braune Haare.

»Zwei Schwestern. Die eine ist der Tag, die andere die Nacht.«

Das hatte Mallena eines Abends gesagt, als sie sich bei Céline für sie eingesetzt hatte. Was ihre Mutter damals so sehr gegen sie aufgebracht hatte, wusste Alice nicht mehr, aber ihre Großmutter hatte sie immer verteidigt, egal, was passiert war.

»Alice ist nicht wie Emma, das muss dir doch klar sein, Céline, du bist schließlich ihre Mutter. Du musst den Charakter deiner Töchter besser verstehen und spüren, wer dich mehr braucht!«

»Alice sicher nicht, sie braucht niemanden!«

Diesen Satz hatte sie nie vergessen. Was danach geschah, hatte die Kluft zwischen ihnen nur noch mehr vertieft.

Als Alice in Marseille gelandet war, hatte ein Wagen auf sie gewartet. Gérard hatte an alles gedacht. Ohne ihn hätte sie es in der Kürze der Zeit nicht geschafft.

Die Reise ins Hinterland von Saint-Rèmy-de-Provence war lang. Der Fahrer hatte versucht, ihr die Schönheit der Landschaft zu vermitteln, aber sie war hier aufgewachsen und kannte jeden Winkel. Trotzdem hatte sie geschwiegen und ihn reden lassen. Sie hatte versucht, sich auf das Meer zu konzentrieren, das hin und wieder zu sehen war, auf die Pinien und Zypressen links und rechts der Autobahn, aber ihre Gedanken waren immer wieder zu Emma zurückgekehrt. Der heiteren, lebenslustigen Emma. Alice hatte vergeblich versucht, wenigstens ein bisschen Ordnung in ihre Gedanken zu bringen.

Schließlich hatte sie sich ihren Erinnerungen hingegeben, in ihnen herumgewühlt, bis sie endlich auf die letzte Begegnung mit ihrer Schwester gestoßen war.

»Trink ihn, solange er heiß ist. Noch ein bisschen Sahne?«

Alice wusste nicht, was sie von dem Überraschungsbesuch ihrer Schwester halten sollte. Emma starrte auf die dampfende Kaffeetasse. Das würzige Aroma stieg auf und verbreitete sich im Raum.

»Ich habe keinen Hunger.«

»Komm schon, du bist nur noch Haut und Knochen.«

Emma fuhr sich mit der Hand übers Gesicht. »Ich dachte, du hättest aufgehört.«

»Mit was?«

»Dich wie Mama zu benehmen. Du bist nicht meine Mutter, Alice, du musst keine Verantwortung übernehmen.«

Verantwortung. Es stimmte, sie hatte sich immer für ihre kleine Schwester verantwortlich gefühlt. Und das war ein Teil des Problems zwischen ihnen gewesen.

Alice schaute durch die Windschutzscheibe auf die düster wirkenden Hügel, die sich im Frühling rosa und violett färben würden. Sie erkannte den Weg zum Gut sofort wieder. Hier war sie immer mit ihrer Schwester auf ihren mit Lavendelgirlanden geschmückten Ponys nach Hause geritten. Mallena hatte sie stets begleitet.

»Nehmen Sie die erste Straße rechts, dann fahren Sie bis zum Ende.«

Als sie angekommen waren, stieg sie aus und bedankte sich.

»Wenn Sie mich wieder brauchen, rufen Sie einfach an.«

Sie nickte und drückte die Handtasche an ihre Brust.

Alles war genau so, wie sie es in Erinnerung hatte. Das zweigeschossige Haus aus weißem Naturstein mit den Holzläden. Die Kletterrose, die *nonna* Mallena aus Dankbarkeit über die Geburt ihrer Tochter Céline gepflanzt hatte, wuchs inzwischen bis unters Dach. Céline Azara, ihre Mutter, stand reglos auf der Schwelle des Hauses.

Am liebsten wäre Alice auf sie zugerannt, aber sie zwang sich, langsam zu gehen, und blieb vor ihr stehen. Von den verweinten Augen abgesehen, sah ihre Mutter aus wie immer, das schwarze Kleid ließ sie noch zarter wirken und unterstrich ihre Schönheit.

»Ciao, Mama.«

»Endlich bist du da.«

Alice hatte die Lippen zusammengepresst und die Finger ineinander verkrallt. Sie hatte das Gefühl zu zerbrechen, wenn sie jetzt losließ, aber sie sehnte sich so sehr nach einer tröstenden Umarmung. Mehr als alles andere wollte sie jetzt gehalten werden. »Es tut mir unendlich leid«, sagte sie und versuchte weiter, ihre Gefühle unter Kontrolle zu halten, aber es gelang ihr nicht. Verzweifelt hob sie den Blick. »Es tut mir leid«, wiederholte sie.

»Ich weiß.«

Plötzlich brachen alle Dämme, alles andere war nicht mehr wichtig. Der Schmerz war so tief, dass er die Jahre voller Missverständnisse, des Schweigens und der Zurückweisungen einfach wegwischte. Sie umarmten sich, nur sie beide zählten in diesem Moment. Eine Mutter und die einzige Tochter, die ihr geblieben war. Die Falsche, die immer Probleme machte, während die andere, der Sonnenschein, tot war.

Das wussten sie beide.

»Komm rein, dein Vater hat den Kamin angezündet.«

»Ist er nicht da?«, fragte Alice enttäuscht. Sie hatte gehofft, ihn zu treffen. Er fehlte ihr so sehr. Simon Pascal hatte einen besonderen Platz in ihrem Herzen, er war in den Herzen »aller seiner Frauen«, wie er sie immer scherzhaft genannt hatte. Jetzt waren nur noch zwei übrig: Céline und sie.

»Er kommt später, es ist noch einiges zu erledigen. Vielleicht hast du es vergessen, seitdem du in der Stadt lebst, aber auf dem Land gibt es immer etwas zu tun.«

Sie ging nicht auf die Provokation ein. Sie konnte nicht mehr und spürte, dass es ihrer Mutter ebenso ging. Schweigen machte sich breit, Alice streckte die Hände in Richtung des wärmenden Kaminfeuers aus. Die Holzscheite knackten und knisterten und brachten schöne Erinnerungen zurück. Darauf musste sie sich konzentrieren, wenn sie diesen Tag überstehen wollte.

»Warum erzählst du mir nicht alles von Anfang an, Mama?«

Célines Augen waren voller Tränen. »Seit eurem Streit?«

Ein Satz wie eine Ohrfeige. »Ist das jetzt so wichtig?«

Céline senkte den Blick und schüttelte den Kopf. Mitleid wallte in Alice auf. Für sich selbst, aber auch für ihre Mutter. Und für Emma. Ein tiefer Schmerz pulsierte in ihrem Herzen. Sie wollte ihre Mutter trösten, sie an sich ziehen, weil sie so verzweifelt und einsam war. Weil die

Kluft zwischen ihnen mit der Zeit immer größer geworden war und jetzt unüberwindbar schien.

»Ich … nein. Was vorbei ist, ist vorbei. Aber ich weiß nicht, wie es weitergehen soll, verstehst du?«

Ja, das verstand sie. Alice verstand sie nur allzu gut. Und das war neu.

»Ich bin so wütend, so unglaublich wütend.« Célines Stimme war rau, man spürte, wie sie sich quälte. »Warum sie? Von allen Menschen auf der Welt, warum ausgerechnet mein Kind?«

Alice wurde eiskalt. Sie verstand sofort, was sie sagen wollte: Warum Emma und nicht sie?

Aber Alice wollte sich nicht noch mehr quälen und verdrängte diesen Gedanken sofort wieder, teilte ihn in ihrem Kopf in so kleine Fetzen, bis er verschwunden war, und schluckte die Tränen hinunter. Sie konnte jederzeit aufstehen und gehen. Sie hatte ihre Familie schon einmal aus ihrem Leben verbannt, sie konnte es ein zweites Mal tun. Aber diesmal würde das schlechte Gewissen sie erdrücken, das wusste sie genau. Und es würde definitiv kein Zurück mehr geben. Sie suchte nach den richtigen Worten. Sie war kein Kind mehr, ihre Mutter brauchte sie jetzt. Alles andere konnte warten. Sie konnte warten.

»Warum quälst du dich mit der Frage nach dem Warum? Du weißt, dass es darauf keine Antwort gibt. Erzähl mir von Emma, was ist passiert?« Sie wusste nur, dass ihre Schwester plötzlich schwer erkrankt und innerhalb weniger Monate gestorben war. Seit dem Anruf ihrer Mutter hatte sie an nichts anderes mehr denken können.

Céline schaute sie verwirrt an, aus ihrem Blick sprach unendliche Trauer. »In letzter Zeit war sie schwer zu fassen, nur noch mit ihren Fotos beschäftigt, sie war lange im Ausland.«

»Im Ausland?«

»Auf Sardinien.«

Alice öffnete den Mund. Ein Gedanke schoss ihr durch den Kopf und riss sie in die Vergangenheit.

»Es ist etwas Unglaubliches passiert!«

»Sag nicht, dass …?«

Sie hatte immer über Emmas Enthusiasmus gelächelt. Ihre Schwester war ungeduldig, immer in Bewegung gewesen, man wusste nie, was sie als Nächstes tat.

»Es geht um Mallena. Ich muss dir etwas sagen, etwas sehr Wichtiges.«

Emma war tatsächlich auf Großmutters Insel zurückgekehrt.

Sie wollte nicht daran denken, nicht jetzt.

Céline fuhr fort: »Sie hat es uns verschwiegen, damit wir uns keine Sorgen machen, weißt du?«

Alice nickte. Typisch Emma. Unvernünftig, leidenschaftlich, emotional. So war sie eben: Ihr war nichts wichtig außer dem, was sie selbst dachte und von dem sie überzeugt war.

»Ich habe nicht gemerkt, wie krank sie wirklich war. Was bin ich nur für eine Mutter?«

Die Beste, dachte Alice. Für ihre Schwester war Céline eine wunderbare Mutter gewesen. »Wie solltest du es merken, wenn sie es mit Absicht vor dir verborgen hat?«

Sie griff nach den Händen ihrer Mutter und hielt sie fest.

»Emma hat dich vergöttert, Mama, das weißt du.«

»Ja, oder? Du hast recht, sie hat mich geliebt.« Sie

lächelte unter Tränen, voller Verzweiflung und Bitterkeit. Am liebsten wäre auch Alice in Tränen ausgebrochen.

»Und dich hat sie auch geliebt, Alice. Du warst die große Schwester, an deinem Vorbild hätte sie sich orientieren können. Du hättest sie verstehen und akzeptieren müssen, aber das hast du nicht. Man streitet nicht allein. Du wusstest doch, wie Emma war, du hättest Geduld mit ihr haben müssen.«

Das Urteil ihrer Mutter war erbarmungslos, aber Alice ließ es wehrlos über sich ergehen. Erneut blitzte eine Erinnerung auf.

»Deine Wohnung ist ja grässlich, du wirst immer schlimmer.«

Schlimmer? Sie war an Emmas dramatische Ausdrucksweise gewöhnt, aber das war absurd. Sie schaute sich um. Es war hell, alles aufgeräumt, nichts stand herum. Die Wohnung war perfekt. »Was ist daran schlimm?«

»Die Wohnung ist leer und steril. Keine Fotos, keine Pflanzen, keine Lebensmittelvorräte in den Schränken, nichts im Kühlschrank. *Und du hast kein Haustier.«*

»Ich esse auswärts. Du weißt, wie viel ich arbeite. Da macht es keinen Sinn, etwas einzukaufen, das ich dann eh wegschmeiße.« Emmas abschätziger Blick tat weh, deshalb antwortete sie: »Alle Fotos, die du mir geschickt hast, habe ich in ein Album geklebt, mach dir keine Sorgen. Heute ist schönes Wetter, die Pflanzen sind auf dem Balkon.« Sie öffnete die Tür und zeigte sie ihr. »Kannst du bitte aufhören, meine Sachen umzustellen? Das macht mich nervös. Und ein Haustier habe ich übrigens auch.« In der Mitte des Tisches stand ein kleines Aquarium mit einem Goldfisch.

Emma schaute ihn misstrauisch an. »Wie heißt er?«

»Fisch. Er heißt Fisch.«

Emma seufzte. »Du hast ihm nicht mal einen Namen gegeben.«

»Das kommt noch.«

Tatsächlich hatte der Fisch der Nachbarin gehört, Alice hatte nur ein paar Tage auf ihn aufgepasst. Aber das hatte sie Emma nicht verraten.

»Und diese Tabelle?«, Emma deutete auf die Tafel neben dem Kühlschrank und musterte die Eintragungen. »Hast du wirklich einen Plan, wann du isst, liest und schläfst? Alice, hast du den Verstand verloren?«

»Es reicht! Mir reicht Mama, die mir sagt, wie enttäuscht sie von mir ist.«

Emma stutzte, erst jetzt war ihr klar geworden, was sie da gesagt hatte. Sie nahm Alice in den Arm. »Du bist nicht enttäuschend, du bist schön, brillant und erfolgreich. Aber wir machen uns Sorgen um dich.«

»Papa nicht.«

»Aber er zählt nicht, das weißt du.«

»Vielleicht für dich nicht, mir ist er wichtig.«

»Er bezieht nie Stellung und versucht immer, es allen recht zu machen.« Emma lachte und fragte: »Wann hast du das letzte Mal mit ihm gesprochen?«

Sie setzten sich nebeneinander aufs Sofa. »Vor einigen Monaten. Mit Mama zu sprechen fällt mir schwer.«

Emma sah sie ungeduldig an. »Sie macht sich eben Sorgen um dich.«

»Das braucht sie nicht, es ist alles unter Kontrolle. Ich habe einen verantwortungsvollen Beruf, ich bin gut in dem, was ich mache. Aber ich muss funktionieren. Wenn

ich einen Fehler mache, könnte alles bald vorbei sein. Das könnte ich nicht ertragen. Ich bin nicht wie du, ich bin keine Abenteurerin, ich brauche Routine und Sicherheiten.«

»Mein Gott, es ist schlimmer, als ich dachte.«

»Hast du mir überhaupt zugehört?«

Emma griff nach ihren Händen. »Alice, hör zu. Lass alles stehen und liegen und komm mit.«

»Wohin?«

»Wir fahren zusammen in den Urlaub und lassen es uns gut gehen. Zum Teufel mit der Arbeit, mit der Verantwortung. Du musst leben, lachen, Leute kennenlernen. Begleite mich! Das wird dein Leben von Grund auf verändern. Großmutter ruft nach uns.«

Alice schwieg und fragte dann: »Ist das eine deiner Intuitionen?«

»Ganz genau.«

Warum eigentlich nicht? »Vielleicht passt es im Juli.«

»Nein, jetzt sofort. Lass alles stehen und liegen und komm mit!«

Nein, dachte Alice, den folgenden Streit hatte sie nicht gewollt, die gemeinsame Reise hätte ihr gefallen, aber sie hatte nicht einfach alle Brücken abbrechen können. Deshalb hatte sie einen Kompromissvorschlag gemacht, den Emma wütend zurückgewiesen hatte.

»Schluss damit, Mama.«

Ihre Mutter seufzte und wieder standen Tränen in ihren Augen. »Mein kleines wunderbares Mädchen. Sie war großartig, nicht wahr?«

»Oh ja, das war sie.«

»Wie soll es ohne sie weitergehen?«

»Es gibt immer einen Weg.« Nur wusste Alice selbst nicht, wie dieser Weg aussehen sollte.

Die Tür ging auf. »Alice, mein Schatz, endlich.«

»Papa!« Sie stürzte auf ihn zu. »Es tut mir so leid.«

»Wir hatten nicht mit Emmas Tod gerechnet. Sie erholte sich gerade, aber dann ist sie plötzlich zusammengebrochen.«

Alice strich ihm über das regennasse Gesicht, legte den Kopf an seine Schulter, und als er zu weinen begann, nahm sie ihn an der Hand und führte ihn vor den Kamin. »Ich kümmere mich um alles, du bleibst bei Mama.«

Noch am selben Abend sprach Alice mit dem Priester über die Trauerfeier, wählte die Bibeltexte aus, die Blumen, die Emma auf ihrer letzten Reise begleiten würden. Und sie organisierte den Wagen, der den Sarg transportieren würde. Sie regelte alles bis ins kleinste Detail.

»Schmeiß alles hin, und komm mit!«

Wenn sie nur mitgefahren wäre.

Heute wirkten ihre Bedenken unbedeutend, lächerlich. In der eiskalten Leichenhalle strich sie Emma über das mit einem weißen Schleier bedeckte Gesicht. Ein letzter Gruß.

4.

Im Laufe der Jahrtausende haben sich Imker Gedanken über die passende Behausung für ihre Bienenschwärme gemacht. Die alten Ägypter bauten Bienenstöcke aus Ton, in Sardinien verwendete man Korkzylinder, wie man aus Beschreibungen von Vergil und Plinius weiß. Die heutigen Stöcke haben ein Brutnest, in dem sich das Volk entwickeln kann, darüber befinden sich die Honigwaben, in denen die Honigvorräte gelagert werden.

»Die Feier war wirklich bewegend.«

»Ja, danke, dass Sie gekommen sind.«

Alice betrachtete ihre Mutter, die am Arm ihres Mannes geduldig die Beileidsbekundungen über sich ergehen ließ und so gut wie möglich Fragen beantwortete.

Sie war mit ihren Kräften am Ende, aber sie tat das, was von ihr erwartet wurde. Gesellschaftliche Anerkennung war für Céline Azara schon immer wichtig gewesen.

Ihre Mutter hob den Kopf und suchte sie unter den Trauergästen. Alice erwiderte ihren Blick und hatte einen Moment lang das Gefühl, als gäbe es nur sie beide. Sie und ihre Mutter, ihr gemeinsamer Schmerz über den schlimmsten Verlust, den beide jemals erlitten hatten.

Dann wandte Céline den Blick ab, und Alice fühlte sich wieder allein.

»Eine so junge Frau.«

»Ja, unglaublich, eine Tragödie.«

In der Küche standen Teller mit Essen, das niemand anrühren würde, das Haus war erfüllt vom Geplauder von Freunden und Verwandten, die Alice seit Jahren nicht mehr gesehen hatte. Es war ein ständiges Kommen und Gehen, immer die gleichen Fragen, auf die sie einsilbige Antworten gab. Sie wunderte sich nicht über die neugierigen Blicke. Diese elegante, kontrollierte und autoritär auftretende junge Frau war so ganz anders als das junge Mädchen, das vor etlichen Jahren das Dorf verlassen hatte, um in die Hauptstadt zu ziehen. Einige der Trauergäste, die ihr jetzt ihr Mitgefühl aussprachen, hatten sie damals verhöhnt. Für sie war Alice irgendwie anders gewesen, genau wie Mallena. Und jetzt? Eigentlich hätte Alice ihre bewundernden Blicke genießen sollen, aber stattdessen wartete sie darauf, dass alles bald vorbei wäre.

Als der letzte Trauergast endlich das Haus verlassen hatte, murmelte Simon etwas von einer dringenden Angelegenheit und verschwand. Alice goss zwei Gläser Wasser ein und stellte sie auf den Tisch, Céline bedankte sich. Beide versuchten, den leeren Platz am Tisch zu ignorieren. Als ihre Mutter zu sprechen begann, konzentrierte sich Alice ganz auf ihre Worte.

»Bist du befördert worden?«

Überrascht zog sie die Augenbrauen hoch. »Ja. Du erinnerst dich?«

»Dann wirst du die Wohnung kaufen?«

»Ich habe mich noch nicht entschieden.«

»Aber du würdest gerne.«

Das war keine Frage, deshalb antwortete sie nicht.

»Hast du einen festen Freund? Das würde dir guttun.«

Alice war nervös, solche Fragen war sie nicht gewohnt. »Du musst dir keine Sorgen machen.«

Ihre Mutter zuckte zusammen. »Jetzt habe ich nur noch dich.«

So brüsk hatte sie nicht reagieren wollen. »Entschuldige, Mama.«

»Es war schon immer schwer, mit dir zu reden.«

Das konnte Alice nicht leugnen. Auch für sie war es schwer gewesen. Nur mit Mallena nicht. Sie waren sich ähnlich. Mit ihr musste sie nicht auf jedes Wort achten, konnte sein, wie sie war.

Simon kam wieder, er zog den Mantel aus, blieb stehen und schwieg. Dann wanderte sein Blick über Céline zu ihr. Er küsste sie auf den Kopf, setzte sich neben sie und strich ihr übers Gesicht.

»Brauchst du Geld für die Beerdigung? Ich habe nicht mal gefragt …«, seine Stimme brach.

»Mach dir keine Gedanken, Papa, es ist alles in Ordnung.« Sie hatte alles bezahlt, wie immer. Schon seit Jahren unterstützte sie ihre Eltern finanziell. Und sie war stolz darauf, denn sie konnte mit dem, was sie am besten beherrschte, ihrer Familie helfen.

»Ich bin froh, dass du da bist.« Sein Blick war voller Liebe, und Alice wurde warm ums Herz.

»Wir müssen über einiges reden. Über Dinge, die du wissen musst«, sagte Céline. Sie war bleich und erschöpft. Wie sie alle.

»Um was geht es, Mama?«

»Emma. Sie hatte … Es ist kompliziert.«

Alice spürte ihre Verlegenheit. Was wollte sie ihr sagen?

»Ist das jetzt noch wichtig?«

»Oh ja.« Céline streckte die Hand nach Simon aus, der einen Umschlag umklammerte. Seine Hände, seine großen Hände, mit denen er wunderbare Sandburgen, Leitern und Vogelhäuser bauen, Schilfkörbe und Hüte für Céline flechten konnte, zitterten. Ihr Vater war der gütigste und beste Mensch auf Erden.

»Das ist für dich, Alice. Von Emma.«

Sie griff nach dem Umschlag und legte behutsam ihre Hand darauf, ihr Herz raste, in ihren Augen standen Tränen.

»Alles ging so schnell. Und es gab so viel zu tun. Ihr ging es furchtbar schlecht. Ich wollte dich anrufen, wirklich. Ich wollte es dir sagen. Aber ich konnte nicht, ich hatte es ihr versprochen.«

»Was wolltest du mir sagen?«

»Dass sie ...« Simon hielt inne. »Ich weiß nicht, wo ich anfangen soll. Lies den Brief, das ist besser.«

Worüber konnten ihre Eltern dermaßen aufgewühlt sein? Alice wollte es unbedingt wissen, aber gleichzeitig hatte sie auch Angst. Sie stand auf, den Brief nahm sie mit. »Ich brauche ein bisschen frische Luft.«

»Natürlich, wir warten hier.«

Unter dem Kirschbaum lagen welke Blätter, es wirkte wie ein brauner Teppich. Geistesabwesend starrte sie darauf, dann fasste sie sich ein Herz. Die kühle Luft tat ihr gut. Es war schön hier, als Kind hatte sie das gar nicht wahrgenommen, aber die Dinge hatten sich verändert.

»Ach Emma, du musstest erst sterben, damit ich hierher zurückkomme.«

Sie ging weiter, die Gedanken wirbelten durch ihren Kopf, sie spürte das dringende Bedürfnis, mit ihrer Schwester zu sprechen, ein allerletztes Mal. Sie würde alles darum geben, die Zeit zurückzudrehen. Sie tauchte wieder in ihre Erinnerungen ein.

»Wir fahren sofort los, Alice, du und ich, zum Teufel mit der Arbeit.«

Einen Moment lang hatte sie gedacht, Emma würde sie auf den Arm nehmen, aber dann war ihr klar geworden, dass sie es ernst meinte.

»Das geht nicht!«

»Papperlapapp, natürlich geht das, mach einfach Urlaub. Nimm dir frei.«

»Ich habe lange für diese Position gekämpft, ich kann nicht einfach abhauen. Bitte versteh das doch.«

»Nein, du musst verstehen! Du hast noch nie etwas verstanden. Es gibt essenzielle Dinge im Leben: Glücklichsein, die Liebe, die Familie. Und die Träume, die du dir nicht erlaubst.«

»Was weißt du denn von meinen Träumen?«

»Nichts, und ist dir auch klar, warum? Weil du nicht darüber sprichst. Du hast mich aus deinem Leben ausgeschlossen, behandelst mich wie eine Fremde, zeigst nur das, was ich sehen soll. Aber wer bist du wirklich?«

Alice erinnerte sich gut an Emmas tief enttäuschten Blick. Zwischen ihnen war eine Mauer entstanden, die sie nur niederreißen konnte, wenn sie nachgab. Aber das konnte oder wollte sie nicht.

»Du kannst einfach keine Wurzeln schlagen, Emma, du läufst vor dir und deiner Verantwortung weg. Schau dich

doch an: Du lebst dein Leben aus dem Rucksack. Du hast keine feste Wohnung, schmeißt dein Geld aus dem Fenster. Wie soll denn deine Zukunft aussehen?«

»Ich bin wenigstens lebendig, was man von dir nicht behaupten kann.«

»Was willst du damit sagen?«

»Das, was mit Großmutter passiert ist, hat uns alle getroffen. Meinst du etwa, du wärst die Einzige, die gelitten hat? Glaubst du wirklich, sie hätte dich so sehen wollen?«

»Wie denn?«

»Kalt, steif, distanziert. Du lässt nichts an dich heran. Weißt du was? Ich habe mich jahrelang angestrengt, dich zu erreichen, aber du gehst deinen Weg einfach weiter. Ungerührt. Ganz allein.«

»Was soll ich denn tun? Mit dir weggehen? Alles aufgeben, was ich mir mühsam aufgebaut habe? Nur um deinen Luftschlössern zu folgen? Wenn du glaubst, dass ich für irgendeine windige Idee alles aufgebe, hast du dich getäuscht. Such dir einen festen Job und werde endlich sesshaft. Kauf dir eine Wohnung, komm endlich irgendwo an, Emma.«

»Ich komme gut zurecht, Schwesterherz, um dich solltest du dir Sorgen machen. Von uns beiden bin ich diejenige, die glücklich ist. Schau dich doch an: Du versteckst dich hinter einer dämlichen Fassade. Aber das Leben ist mehr. Das Leben ist Leidenschaft, Risiko, Freude und Schmerz, Gefühle, die du schon lange aufgegeben hast. Du bist feige, Alice! Wo ist dein Mut geblieben? Ich habe dich bewundert, du warst mein Vorbild. Jetzt frage ich mich, wie ich mich nur so in dir täuschen konnte.«

Emma hatte zutiefst enttäuscht gewirkt. Aber auch bei

ihr hatte die Auseinandersetzung Spuren hinterlassen, ihre so mühevoll aufgebaute Mauer war Stück für Stück zerbröselt. Sie hatte sich so einsam gefühlt wie nie zuvor. Sie hatte schweigend zugesehen, wie ihre kleine Schwester aus ihrem Leben verschwunden war. Und sie hatte sie gehen lassen.

Als Alice am Friedhof ankam, war noch jemand da. Sie wartete ein paar Minuten, bis sie die schwere Pforte öffnete.

Sie hatte sich schon immer vor dem schweren und imposanten Eisentor gefürchtet, das vor langer Zeit, noch vor der Revolution, zum hochherrschaftlichen Anwesen eines Adligen gehört hatte. Immer wenn sie mit ihrer Mutter zu Mallenas Grab gegangen war, um ihr frische Blumen zu bringen, war es ihr genauso gegangen wie jetzt, als sie auf der feuchten Erde kniete und weinte. Ihre Schwester war tot, fortgeflogen wie ein Schmetterling, wie einer der Vögel mit dem glänzenden Gefieder, die sie so gern fotografiert hatte.

»Warum hast du dich mir nicht anvertraut?«, murmelte Alice. »Warum hast du mir nicht gesagt, wie krank du bist? Es tut mir unendlich leid, Schwesterherz.« Wie oft hatte sie Emma anrufen wollen, hatte es dann doch nicht getan und auf einen anderen Zeitpunkt verschoben, der angeblich besser geeignet war.

Jetzt war es zu spät.

Sie setzte sich auf einen Stein neben dem Grab und öffnete den Umschlag. Ein einziges Blatt Papier, Emmas letzte Worte. Alice blickte auf den Brief und wartete, bis sie sicher war, dass sie ihn lesen konnte, ohne in Tränen auszubrechen.

Liebste Alice,

ich habe dir so viel zu sagen, aber ich kann nicht mehr sprechen, deshalb schreibe ich dir. Ich wollte dich vor einigen Monaten besuchen, aber du warst nicht da, danach musste ich wieder ins Krankenhaus. Ich wollte dir alles erzählen, alles, was passiert war.

Oh Gott! Wenn sie das nur gewusst hätte! Emma war in Paris gewesen. »Warum hast du mir nicht Bescheid gesagt? Warum …?« Sie schaute zum Himmel, der sich langsam verdüsterte. Dann fuhr sie sich mit dem Handrücken über die Augen, atmete tief durch und las weiter.

Was zwischen uns vorgefallen ist, tut mir leid. Ich wünsche mir die Zeit zurück, in der ich dich nur ansehen musste, um zu wissen, wie es dir geht. Ich wünsche mir all das zurück, was wir verloren haben. Ich will nur, dass du weißt, dass nicht ein Tag vergangen ist, an dem ich dich nicht vermisst habe.

»Ich auch, glaube mir, ich bedaure so sehr, dass ich nicht mit dir gefahren bin«, sagte sie leise. Wie dumm sie gewesen war. Was wäre dabei gewesen? Was hätte ihr schon passieren können? Nichts. Jetzt wusste sie das, jetzt verstand sie es.

In diesen zwei Jahren ist in meinem Leben viel passiert. Schönes und weniger Schönes. Manches hatte mit dir zu tun, deshalb hätte ich gerne mit dir darüber gesprochen. Es hatte mit unserer Vergangenheit zu tun, deiner und meiner, mit Großmutters Vergangenheit. Einen Teil davon kennst du, sie hat es uns erzählt, als wir klein waren.

Ich bin nach Sardinien gefahren, um der Sache auf den Grund zu gehen. Ich habe dort erfüllte und intensive Monate verbracht, die mein Leben von Grund auf verändert haben. Ich habe gesucht, gefunden, geliebt. Auf dieser Insel sind unsere Wurzeln, die von Großmutter und die von Mama. Ich dachte, ich hätte noch mehr Zeit, weißt du? Ich dachte, dass ich dir eines Tages Amélie vorstellen könnte und alles vergeben und vergessen wäre. Sie hat mein Leben verändert, das Beste in mir zum Strahlen gebracht. Sie ist der Quell meiner Freude, die Zukunft, die ich immer wollte, mein Lebenssinn. Ich habe meinem Leben endlich einen Sinn gegeben und hoffe, dass es auch dir gelingen wird.

Die Buchstaben verschwammen vor Alices Augen, ihre Kehle hatte sich zusammengezogen, ein Fragezeichen reihte sich an das nächste. Sie las den Absatz noch einmal. Amélie? Wer war Amélie?

Ich liebe dich von ganzem Herzen und bin mir sicher, dass du das immer gewusst hast, wollte es dir aber persönlich sagen. Ich wollte dir von Amélie erzählen, aber dann ist alles kompliziert geworden. Ich vertraue dir das Wertvollste an, das ich habe. Ich bitte dich nicht um Verzeihung, sondern darum, deine Angst, die Vorurteile und dein Pflichtbewusstsein beiseitezuschieben. Geh nach Sardinien, Alice, reise auf diese wunderbare Insel. Höre dem Wind und seinen Geschichten zu, es sind deine, meine, unsere. Lebe, Alice, und liebe. Nur die Liebe zählt.
Für mich und für dich. Für Amélie.

Deine Emma

Alice schaute in den dunklen Himmel, der Abend brach herein. Sie atmete tief durch und schloss kurz die Augen, ihr Kopf schmerzte, und sie war erschöpft. Was hatte ihre Schwester getan? Hatte sie Emma überhaupt jemals richtig wahrgenommen? Amélie. Der Name ließ sie nicht los.

Der Mistral fuhr ihr bis in die Knochen, und Alice zog die Jacke enger um sich. Sie konnte hier nicht bleiben, der Friedhofswärter würde bald das Tor schließen. Sie nahm den langen Weg durch die Allee zu den Wiesen, die sich bis an den kleinen See erstreckten, an dessen Ufer Mallena ihre Bienenstöcke gehabt hatte. Dort hatte sie Alice die Sprache der Bienen beigebracht, ihr gezeigt, wie man die Wabenrahmen richtig einsetzt, damit die Königin die neue Brut ablegen und der Schwarm sich vermehren kann.

»Denk dran, Alice, die Stöcke müssen in Richtung der aufgehenden Sonne stehen, denn die Königin folgt ihrem Lauf.«

»Wie eine Uhr?«

»Genau, als ob die Strahlen die Zeiger einer Uhr wären, die weiterwandern.«

Sie schaute auf den Weg. Wann war sie das letzte Mal hier entlanggegangen? Hier war ihre Kindheit zu einem Ende gelangt. An ihrem Lieblingsort. Dort, wo sie mit Mallena glückliche Stunden erlebt hatte, an die sie sich gerne zurückerinnerte.

Sie schloss kurz die Augen, plötzlich war alles überdeutlich.

An diesem Morgen vor vielen Jahren hatten die Bienen sie gewarnt, aber sie hatte die Warnung ignoriert. Sie hatte nicht aufgepasst, und das war sie teuer zu stehen gekommen. Schlimmer noch, es hatte ihr alles genommen.

Alice eilte nach Hause zurück, stieg die Treppenstufen hoch und hörte ein kleines Kind weinen. »Bestimmt ein Kondolenzbesuch«, sagte sie sich. Sie wollte mit ihren Eltern nicht über Emmas Brief sprechen ... Ihre Schwester hatte ihr Amélie anvertraut, eine Unbekannte, von der sie nichts wusste.

Sie brauchte Zeit, um sich damit auseinanderzusetzen. Zum Glück wäre Gérards Fahrer bald da, sie konnte es kaum erwarten, nach Paris zurückzukehren, in die Arme der Stadt, in die Sicherheit. Sie atmete nochmal tief durch, fasste sich ein Herz und öffnete die Tür.

»Alice.«

Ihre Mutter saß im Sessel neben dem Kamin. Sie hatte ein Baby im Arm, das verzweifelt strampelte.

Alice starrte die Kleine an, dann wanderte der Blick zu ihrer Mutter, die offensichtlich überfordert war. Außer ihnen war nur noch ihr Vater im Raum.

»Mama?« Sie deutete auf das Baby, das wieder zu schreien begonnen hatte. »Wer ist das?« Sie stellte diese Frage, obwohl sie die Antwort kannte. Sie spürte es. Sie hatte es schon beim Lesen des Briefes gewusst.

Sie trat näher, den Blick unverwandt auf das feuerrote Gesicht und die geballten Fäuste gerichtet. Dann sah sie zu ihrem Vater hinüber. Er seufzte und schüttelte den Kopf. »Erinnerst du dich, dass wir dir etwas sagen wollten?«

Etwas Wichtiges. Sie hätte es verstehen müssen. Alles rückte plötzlich an den richtigen Platz. Das Fläschchen, das sie beim Aufräumen in der Küche gefunden hatte. Das seltsame Benehmen ihrer Eltern, die geheimnisvolle Abwesenheit ihres Vaters. Die Anrufe, wahrscheinlich bei der Person, die sich in diesen schwierigen Tagen um die

Kleine gekümmert hatte. Der Brief ihrer Schwester. Sie hoffte immer noch, sie würde sich täuschen.

»Mama …« Das war keine Frage. In ihrer Stimme lag Ungläubigkeit, langsam nahm der Gedanke in ihr Gestalt an. Sie flehte darum, dass das Ganze ein Irrtum war. »Was hat das zu bedeuten?«

Céline verzog den Mund. »Frag mich nicht nach etwas, das offensichtlich ist, Alice. Das ist Amélie, Emmas Tochter, deine Nichte.«

Sie brauchte ein paar Augenblicke, um das Gehörte zu akzeptieren. Nur kurz, aber ausreichend Zeit, sich auf die Tragweite der Nachricht einzustellen, auf die tiefgreifenden Implikationen einer verrückten, unsinnigen Wahrheit.

»Emma hatte eine Tochter … und ihr habt nichts gesagt?«

Das Schreien wurde lauter. Die Verzweiflung, die darin lag, schob alles andere beiseite.

»Das lag nicht an uns.«

»Warum hat sich Emma mir nicht anvertraut?«

»Sie wollte dich überraschen, sie dachte, dass sie damit die Kluft zwischen euch überwinden könnte. Sie hoffte, Amélie würde euch wieder vereinen.«

Das Baby streckte die Ärmchen aus, als würde sie jemanden suchen. Instinktiv hielt Alice ihr den Zeigefinger hin, den Amélie mit ihren kleinen Händchen umklammerte.

»Ciao, meine Kleine«, flüsterte sie und wischte sich die Tränen aus dem Gesicht.

»Sie will nicht essen und nicht schlafen. Ich weiß nicht mehr, was ich machen soll.«

Emmas Tochter.

Alice streckte die Arme aus. »Gib sie mir, Mama.« Ihr Herz klopfte wie wild.

Sie starrte das Gesicht der Kleinen an und suchte nach Ähnlichkeiten mit ihrer Schwester. Der verzogene Mund, die großen Augen, die seidigen Wimpern. Amélie erwiderte ihren Blick. Ein intensives Gefühl überkam Alice. Sie drückte das Baby an die Brust, sog seinen Duft ein, spürte sein Gewicht.

Es war so zart, so schön.

Das kleine Wesen legte sein Köpfchen an ihre Schulter, umschlang mit den Ärmchen ihren Hals. Dann griff es nach einer Haarlocke, und Alice durchzuckte eine Erinnerung. Genau das hatte Emma als Baby auch gemacht. »Schon gut, alles wird gut.« Alice begann Amélie zu wiegen, das Weinen ebbte ab.

Ich vertraue dir das Wertvollste an, das ich habe.

Amélie.

»Sie sieht ihr nicht ähnlich«, flüsterte Céline.

Sie war nicht blond wie Emma, sie hatte glatte schwarze Haare, die großen Augen von Mallena, ihre Augen. Hexenaugen, wie ihre Mutter einmal gesagt hatte. Amélie ähnelte ihr.

»Sie sieht aus wie du in diesem Alter.« Célines Augen waren voller Tränen, aber sie lächelte.

Mit einem Mal verschwand die Wut in Alices Herzen und machte einem warmen, tiefen Gefühl Platz, das so intensiv war, dass es alles andere beiseiteschob. »Alles gut, ich bin ja da.«

Aber das stimmte nicht.

»Wie lange wisst ihr es schon?«

»Was spielt das für eine Rolle?«

Die Antwort tat ihr weh, wieder einmal fühlte sie sich ausgeschlossen. Und sie schämte sich. Emma war tot, sie stand hier und hielt ihre Nichte im Arm, ein Kind, das seine Mutter nie kennenlernen würde. Sie senkte den Blick.

»Als deine Schwester hier mit Amélie aufgetaucht ist, war das ein Schock für uns. Sie hatte nichts gesagt. Aber wir stellten keine Fragen. Sie war krank, sehr krank. Es wurde mal besser, dann wieder schlechter, aber Emma glaubte fest daran, wieder gesund zu werden. Und wir haben das bis zum Schluss auch gehofft.«

»Warum hat sie nichts gesagt?«, fragte Alice leise.

Dass Emma *sie* nicht eingeweiht hatte, verstand sie gut. Aber warum nicht ihre Eltern, die sie so liebte?

Simon zuckte mit den Schultern. Eine Geste der Ohnmacht.

Céline wischte sich mit dem Handrücken über die Augen. »Als sie schwanger war, ist sie zu einer Routineuntersuchung gegangen, da haben sie den Tumor gefunden.«

»Sie hat sich nicht behandeln lassen ...« Alices Stimme war nur ein Flüstern.

Simon nickte. »Sie wollte das Kind mehr als alles andere auf der Welt.«

Bestimmt hatte Emma befürchtet, ihre Eltern würden sie unter Druck setzen, deshalb hatte sie geschwiegen. Eine mutige und zugleich lebensgefährliche Entscheidung. Alice küsste Amélie auf den Kopf.

»Wer ist der Vater?«

»Es gibt keinen«, antwortete Céline.

»Natürlich gibt es den«, sagte Simon, »aber wir wissen kaum etwas über ihn. Emma wollte das nicht.«

Die arme Kleine. Alice wiegte sie sanft. Sie spürte, dass das Baby ihr vertraute.

Simon schien sie zu verstehen, er lächelte sie an, behutsam, schüchtern wie immer. Er war immer da gewesen, aber nie richtig. Er war Beobachter, Friedensstifter, eine Nebenfigur im Hintergrund ihrer Konflikte. Er war die Leere, wo Céline die Fülle war, sie hatten ihre Rollen gefunden.

»Wir haben uns ihrer Entscheidung beugen müssen. Du weißt ja, wie sie ist.« Simons Stimme brach. »Ich kann von ihr nicht in der Vergangenheit sprechen.«

Das konnte Alice auch nicht. »Ich weiß, Papa, es ist schwer.«

Sie schien Emma vor sich zu sehen, ihren pfiffigen Blick, ihre Entschlossenheit. Sie lächelte.

»Und jetzt?« Tod, neues Leben, Abschied, Ankunft. Alices Gedanken rasten, die Last der Verantwortung schien sie zu erdrücken. Ihre Schwester hatte ihr ihre Tochter anvertraut. »Ich muss ihr ein Nest bauen, alles Notwendige anschaffen. Mein Leben neu organisieren.« Sie sprach zu sich selbst, voller Angst und Respekt vor dieser Aufgabe.

Céline schüttelte den Kopf. »Amélie bleibt hier. Wir werden uns um das Mädchen kümmern, das ist das Beste für alle.«

Erleichterung, Enttäuschung, widersprüchliche Gefühle trafen aufeinander. *Das Beste.*

Sie schaute zu ihrer Mutter und zuckte zusammen. Sie kannte diesen entschlossenen Gesichtsausdruck nur allzu gut. Alice drückte das Baby noch fester an sich. Amélie weinte nicht mehr, ihre Fingerchen krallten sich in Alices Pullover. Ob Amélie ihr nicht nur äußerlich, sondern auch charakterlich ähnelte? Wie war sie als Kind gewesen? Die

Vergangenheit holte sie wieder ein, eine bleierne, kaum zu ertragende Last.

»Nein, das ist meine Entscheidung, meine Aufgabe, Emma hat mir ihre Tochter anvertraut.«

»Aber du bist doch schon immer weggelaufen, wenn es schwierig wurde!«

Alice wusste, was jetzt kam. Wie oft hatte sie sich diese Vorwürfe schon anhören müssen?

Unfähig, unzuverlässig.

»Du bist mit dem Kind doch völlig überfordert!«, fuhr Céline fort.

Du schaffst das nicht …

»Halte dich gerade, sprich langsam, bedanke dich. Du hast einen Fehler gemacht, schreib das noch mal, nicht so, du dummes Ding. Schau dir Emma an, sie ist viel kleiner und hat es schon verstanden. Kannst du nicht einmal wie deine kleine Schwester sein?«

Die Vergangenheit konnte Alice nicht ungeschehen machen, aber jetzt galt es, nach vorne zu schauen. Sie hatte eine neue Aufgabe und würde alles für Amélie tun. Und ihre Mutter konnte sie nicht daran hindern.

»Ich werde Emmas Wunsch erfüllen und mich um ihre Tochter kümmern. Ich nehme Amélie mit nach Paris, und zwar sofort.«

Sie hatte keine Ahnung, wie sie das bewerkstelligen sollte, aber sie hatte sich entschieden. Um jeden Preis. Die Bedenken ihrer Mutter ignorierte sie. Sie war nicht mehr die kleine Alice, die nach der Pfeife ihrer Mutter tanzen musste. Das war ein für alle Mal vorbei. Ihre Schwester hatte sich klar ausgedrückt, und sie würde sich der Verantwortung stellen.

5.

Honig ist ein ausgezeichnetes Süßungsmittel. Er besteht neben Zucker noch aus anderen für den Körper wichtigen Stoffen wie Enzymen, organischen Säuren, Vitaminen, pflanzlichen Pigmenten und Mineralstoffen. Außerdem enthält er Tryptophan, das im Körper in Serotonin umgewandelt wird. Schon immer gilt Honig als »Speise der Götter«, er tut wohl und entspannt.

Seit einigen Minuten beobachtete Giuseppe Fenu seine Cousine. Was machte Angelica da unter dem Baum? Sie schien mit sich selbst zu sprechen, umarmte den Stamm und hatte die Stirn gegen die Rinde gelegt.

Einen Moment lang dachte er, sie hätte ein Problem. Er kletterte die Leiter hinunter, sprang auf den Boden und ging mit großen Schritten auf sie zu. Aber als er merkte, dass sie nicht weinte, sondern den Baum eher liebkoste, blieb er stehen.

»Ob sie wirklich mit dem Baum redet?« Er schüttelte den Kopf und lächelte. Warum wunderte ihn das? Er wusste doch, wie eng Angelicas Beziehung zur Natur war.

Genau wie die ihrer Tante Margherita.

Margherita hatte mit Blumen, Tieren, sogar mit dem Meer gesprochen, und bevor sie etwas einpflanzte, hatte sie die Erde gestreichelt. Dass ihre Erbin Angelica es genauso machte, war also nicht verwunderlich.

Angelica Senes brauchte seine Hilfe nicht, sie konnte auf sich selbst achten. Ihre Tatkraft hatte sie zur Genüge bewiesen, als sie dafür gesorgt hatte, dass ein umweltschädigendes Bauprojekt auf der Insel gestoppt wurde.

Seitdem er sie zwischen Margheritas Bienenstöcken entdeckt hatte, waren fünf Jahre vergangen. Sie hatte mit zum Himmel ausgestreckten Armen für die Bienen gesungen. Damals hatte das etwas in ihm aufgewühlt: alte Erinnerungen, Scham, ein Gefühl von Verantwortung.

Dieses Erlebnis hatte ihn verändert. Hatte er zuvor geplant, das Erbe anzufechten, akzeptierte er nun, dass Margherita Angelica den Hof vererbt hatte und nicht ihm.

Er hatte seine Koffer gepackt und sich auf die Suche nach einem Heilmittel für seine Tochter Anna gemacht, wobei er sich allein auf seine eigene Kraft verließ.

Nein, Angelica brauchte seine Hilfe nicht.

Er schaute zum Himmel, die Wolken wurden immer dunkler, bald würde es zu regnen beginnen. In dieser Woche hatte sich die Sonne nur selten gezeigt, für die Jahreszeit war es ungewöhnlich kalt.

»Warte noch einen Moment, ich bin fast fertig«, flehte er den Himmel an. Er hatte einen Riss in der Hauswand zugespachtelt, die Farbe musste noch trocknen. Eine provisorische Maßnahme, aber bis zum Sommer würde es halten. Mit den Einkünften aus dem Honigverkauf, vorausgesetzt es würde eine gute Saison, könnte er dann die Fassade gründlich renovieren lassen.

Es war bitter nötig.

Er machte das Werkzeug sauber, räumte alles in den Werkzeugkoffer und nahm die Leiter von der Wand. Besser so. Er dachte an seine Tochter und lächelte. Sie liebte es, überall hinaufzuklettern, und eine Leiter war eine zu verlockende Einladung. Er hätte mit Emma darüber sprechen sollen, sie hatte Anna erfolgreich die Angst vor der Höhe genommen. Er hoffte, dass Emma gefunden hatte, was sie suchte, egal, wo sie gerade war. Ihre überstürzte Abreise im letzten Jahr hatte ihn überrascht.

Er brachte die Leiter und die Werkzeuge in den Schuppen. Emma hatte auf keinen seiner Anrufe reagiert, auch Angelica hatte sie nicht erreichen können. Sie hatte Emma eine Frau auf der Reise genannt. Eine Zeit lang hatte er gehofft, sie würde in Abbadulche bleiben, das schien durchaus möglich. Er zog die Arbeitshandschuhe aus und steckte sie in den Rucksack. Um diese Uhrzeit war Anna sicher zu Hause. Er ging auf den Hof, sah sich um, und als er seine Tochter entdeckte, entspannte er sich. Das Mädchen rannte den Hügel herab, ihre dunklen Haare wehten im Wind, die Arme hatte sie ausgebreitet, als würde sie fliegen. Was hatte sie dieses Mal wohl im Sinn?

»Papa, Angelica sagt, wir bleiben zum Essen. Auf dem Boot, oder? Das geht doch, oder, Papa?«

»Lass mich überlegen.«

»Bitte, bitte.« Neben ihr stand Lorenzo, Angelicas riesiger Mastiff, der ihn mit hängender Zunge beobachtete. Giuseppe hatte das Gefühl, als würde er lachen. Und er lachte zurück.

»Na gut, aber nicht zu lange, morgen schreibst du eine Klassenarbeit.«

»Mathe, Papa, keine große Sache!«

Vor Glück strahlend hüpfte sie davon, der Hund folgte ihr.

Wie aufgeweckt und pfiffig sie war! Welch ein Unterschied zu der Zeit, als sie plötzlich nicht mehr gesprochen hatte, selbst mit ihm nicht. Ein Schatten glitt über sein Gesicht. Er hatte gelernt, dass im Leben nur die Gegenwart zählte. Heute war Anna gesund und glücklich, alles andere war unwichtig. Er betrat den Schuppen, griff nach einem Bienenkorb und stellte ihn auf den Tisch. Der Himmel hatte sich wieder aufgehellt, also konnte er noch ein paar Stunden draußen arbeiten.

Er zog die dicke Jacke aus, er arbeitete gerne hemdsärmelig. Die Haare fielen ihm ins Gesicht, und er sog die kalte Luft ein, die vom Meer heraufzog. Hin und wieder wanderte sein Blick in Richtung Wald.

Angelica schien zwischen den Bäumen hindurch zu schweben wie eine der Feen, von denen Margherita immer erzählt hatte. Seine Cousine war eine außergewöhnliche Frau, die außergewöhnliche Entscheidungen traf. Er konnte immer noch nicht glauben, dass sie Geschäftspartner waren.

»Ich habe nicht genug getan«, sagte sie.

»Wenn du nicht gewesen wärst, gäbe es all das hier nicht mehr«, erwiderte er und breitete die Arme aus. »Das hast du alles allein geschafft.«

Sie standen auf der Rückseite der Villa. Angelica hatte ihn angerufen und davon überzeugt, die Hälfte von Margheritas Erbe anzunehmen.

»Nach allem, was ich dir angetan habe, habe ich das nicht verdient«, versuchte er abzulehnen.

Angelica lächelte ihn auf eine Weise an, die ihn unruhig werden ließ.

»Glaubst du, es soll eine Art Prämie sein?«

Sie betrachtete ihn aufmerksam.

»Hörst du diese Stille, Giuseppe? Das Haus ist leer. Ich brauche deine Hilfe, um das alles hier zu erhalten.«

»Ich bin nicht der Richtige.«

»Du bist Margherita Senes Neffe und der Vater der zukünftigen Hüterin der Bienen. Anna wird die nächste sein, und sie braucht uns. Sie braucht dich. Ich möchte Margheritas Traum Wirklichkeit werden lassen: deine Tochter Seite an Seite mit Frauen, die sie verstehen und ihr helfen – mit den Bienen, auf dem Hof und im Haus. Sie braucht Verbündete und Freundinnen.«

Konnte es sein, dass sie seinen inneren Konflikt nicht bemerkte? Er verdiente diese Wertschätzung nicht und ihr großzügiges Angebot erst recht nicht. Sie vertraute dem Menschen, der ihr noch vor Kurzem alles hatte nehmen wollen.

»Du verstehst es nicht!«

»Nein, du verstehst nicht. Das bist du mir schuldig, Giuseppe.«

Ihre raue Stimme klang ruhig, ihr Blick war ebenso eindringlich wie der von Margherita. Und sie hatte recht. Er war es ihr schuldig. Wegen Anna, wegen allem.

Er lächelte. »Du bist verrückt.«

Sie nickte. »Da sind wir uns ähnlich.«

Damit hatte ihre Zusammenarbeit begonnen, und Giuseppe musste zugeben, dass die Dinge gut liefen. Aber Angelica war immer noch nicht zufrieden. Seitdem sie Nicola Grimaldi geheiratet hatte, stand die stattliche Villa leer. Früher war sie Wohnhaus, Schule und Rückzugsort gewesen. Ein Anlaufpunkt für Frauen, die Hilfe gebraucht hatten. Angelica wollte den alten Glanz wiederbeleben. Deshalb hatte sie an Margheritas alte Freundinnen geschrieben, die damals hier gelebt hatten. Mit einigen hatte Margherita lange Briefwechsel gepflegt. Und einer dieser Briefe war der Anlass gewesen, dass Emma nach Abbadulche gekommen war. Die Empfängerin des Briefes war Maddalena Azara gewesen, die bereits vor Jahren verstorben war, aber ihre Enkelin Emma hatte davon erfahren und war nach Sardinien gekommen. Seit sie wieder weg war, war nichts mehr passiert, aber Angelica gab die Hoffnung nicht auf.

Giuseppe schlug Nägel in ein Holzbrett, dann griff er nach dem nächsten. Er achtete sorgfältig auf die Behausung, er wollte, dass die Bienen sich wohlfühlten. Er hatte die Rahmen bereits mit Wachsplatten bestückt, eine gute Hilfe für den Wabenbau. Noch war der Frühling weit, aber Giuseppe war gerne früh dran und legte Wert auf handwerkliche Sorgfalt. Trotz der konzentrierten Arbeit hatte er Anna, die Angelica wie ein Schatten folgte, immer im Blick. Nicola setzte das Mädchen auf seine Schulter, dann gingen alle drei hinunter zum Strand.

Lorenzo lief bellend hinter ihnen her.

Giuseppe blickte ihnen nach. Er schätzte Nicola, über die Jahre waren sie Freunde geworden. Nicolas Bruder Claudio war ein anderes Kapitel, aber trotz allem, was passiert war, hatte er beschlossen, die Vergangenheit ruhen zu lassen.

Wieder schaute er zu Angelica und Nicola, die gerade an Deck ihres Katamarans *Maestrale* gingen, während Anna und Lorenzo zur Villa zurückkehrten. Der Katamaran lag hinten in der Bucht vor Anker. Sicher würden sie bald ablegen. Er brachte die Bienenstöcke in die Werkstatt zurück, für heute machte er Schluss.

Es roch nach Tannenharz und Bienenwachs, der Duft des Neuanfangs. Er sog ihn tief in sich ein und fühlte sich besser. Eines Tages würde das alles seiner Tochter gehören, der zukünftigen Hüterin. Von Generation zu Generation, so war es immer gewesen.

6.

Der Kenner nimmt als Erstes die Farbe des Honigs wahr. Ob sich der Geschmack und das Aroma im Mund verbinden werden, sagt ihm der Duft. Genau wie ein Sommelier beim Wein kann er Geschmacksparameter benennen und die Typologie und die Herkunft des Honigs erkennen.

Alice saß auf dem Teppich in ihrer Pariser Wohnung und hielt ihre Nichte im Arm. Sie dachte nach – wie schon die ganze Zeit, seitdem sie aus der Provence zurück war.

»Ganz ruhig, deine Tante ist bei dir.«

Am liebsten hätte sie geweint, aber sie durfte sich nicht gehen lassen. Sie musste Ruhe bewahren, vernünftig bleiben und an die Zukunft denken.

Sie konzentrierte sich auf Amélies Gewicht, ihr Gesicht. Die Anspannung des kleinen Mädchens tat ihr weh.

»Es wird alles gut«, flüsterte sie.

Mit der Zeigefingerspitze strich sie Amélie über die glatte Stirn, die Wangen und die geschwungenen Lippen. Das Mondlicht fiel durch die Vorhänge und erhellte das kleine Gesicht. Sie bemerkte, dass Amélie sie mit großen Augen musterte, so tief und dunkel wie ihre eigenen und die ihrer Großmutter.

Plötzlich lächelte sie, und Alice ließ den seit Stunden zurückgehaltenen Tränen freien Lauf.

Sie hatte keine Ahnung, wie sie ihre neue Aufgabe bewältigen sollte, aber sie hatte keine Wahl.

»Wir schaffen das, du wirst sehen«, flüsterte sie und begann zu singen, ganz instinktiv. Nach und nach fand sie Rhythmus und Melodie.

»Schlaf, Kindlein, schlaf …«

Das Schlaflied ihrer Kindheit kam ihr in den Sinn, es hatte ihr immer beim Einschlafen geholfen. Als sie spürte, dass Amélie tief und regelmäßig atmete, legte sie sich neben die Kleine und starrte an die Decke.

Alice war sechs gewesen, als die Familie Lyon verlassen hatte, um auf den Hof der Großmutter in der Provence zu ziehen. Kurze Zeit später wurde Emma geboren. Alice hatte wunderbare Erinnerungen an diese Zeit. Mallena war eine zupackende und lebensfrohe Frau gewesen, in ihren Armen hatte Alice Sicherheit und Seelenruhe gefunden. Mallena liebte lebhafte Farben, vor allem Lavendelblau. *Mauve*, wie sie es nannte. Als Alice die Augen schloss, glaubte sie, den Duft der Blumen zu riechen. Langsam nahmen die Bilder vor ihrem inneren Auge Gestalt an, sie schien in die Zeit zurückzureisen, als sie und Emma auf den Wiesen gespielt hatten. Mallena hatte sie überall mitgenommen.

»Großmutter, Bienen mögen Gelb, oder?«

»Natürlich, denn das ist die Farbe der Sonne. Weißt du noch, wie sie tanzen, um den Gefährtinnen zu zeigen, wo die Blüten sind?«

Alice nahm Emma bei der Hand, und sie hopsten hin und her. »Wenn die Blüten in der Nähe sind, tanzen sie im Kreis, wenn sie weiter weg sind, ist ihr Tanz wie eine Acht, ein Doppelkreis. Wenn sie dabei nach oben fliegen, dann befinden sich die Blüten in Richtung der Sonne, wenn sie nach unten fliegen, sind sie in der Gegenrichtung.«

»Bravo, Alice. Und wir helfen ihnen, sich zu orientieren. Nehmt Pinsel und Farbe, und los geht's.« Sie deutete auf die Bienenstöcke. »Malt alles, was ihr wollt.«

»Auch einen Adler?«

»Ja, mein Schatz, alles, egal was, Emma.«

Die Holzwände der Kästen waren ihre Zeichenblöcke gewesen, und sie malten darauf alles, was ihnen in den Sinn kam. Emmas Lieblingsmotiv waren merkwürdige einbeinige Vögel mit bunten Federn gewesen, das von Alice Sterne und blauer Himmel.

All das hätte sie fast vergessen. Sie streichelte Amélies Köpfchen und flüsterte: »Ich werde ihr alles erzählen, Emma. Deine Tochter wird alles über dich erfahren, das verspreche ich dir.«

In den folgenden Wochen organisierte Alice ihren Alltag neu. Um sich besser um ihre Nichte kümmern zu können, verbrachte sie weniger Zeit im Büro und nahm stattdessen Arbeit mit nach Hause. Aber schon bald machte sich der Schlafmangel bemerkbar. Alice war frustriert, dass sich die Dinge nicht so entwickelten, wie sie es sich vorgestellt hatte. So ging es nicht weiter, sie musste improvisieren.

Die Sitzung an diesem Nachmittag war ein wichtiger Schritt in die richtige Richtung. Das neue System zum automatisierten Datenabgleich versprach Entlastung. Das war auch dringend nötig, denn Amélie war eine echte Herausforderung.

Sie hatte ihre Nichte in einer sündhaft teuren Kinderkrippe in der Nähe ihres Büros untergebracht, einen Kinderarzt und eine Ernährungsberaterin gefunden. Zudem hatte sie einen minutiösen Zeitplan entworfen.

Leider hielten sich Kleinkinder nicht an Zeitpläne.

Alice kontrollierte die letzten Daten und schickte sie zur Prüfung an ihre Assistentin. Als ihr Handy klingelte, zuckte sie zusammen. Amélies Vitamine – sie hatte vergessen, die Erinnerungsfunktion auszuschalten. Sie drückte den Alarm weg und gähnte. Sie war unbeschreiblich müde und erschöpft. Es gab Tage, da gab allein Amélies Anwesenheit ihrem Leben einen Sinn. Sie war das beste Mittel gegen den Schmerz. Die durchgetakteten Tage ließen keinen Raum für Trauer.

Aber es gab auch Tage, an denen sie sich fragte, warum Emma gerade ihr ihre Tochter anvertraut hatte. Woher hatte sie die Gewissheit genommen, dass Alice fähig sein würde, sich um ein Baby zu kümmern? Auf alle Fälle war es Emma wieder einmal gelungen, Alices Leben auf den Kopf zu stellen.

Zum Glück hatte sie ihren Job, wo alles seine Ordnung hatte, hier kannte Alice sich aus. Alles hatte seinen Platz, jeder seine Rolle.

Sie schaute auf die Uhr: Für das Mittagessen mit Noëlle war es zu spät, auch diesen Termin hatte sie verpasst. Sie ließ sich ein belegtes Brötchen bringen und arbeitete beim Essen weiter. Sie blätterte ihre Notizen durch und zog überrascht die Augenbrauen hoch. Warum hatte Viviane ihr die Zahlen noch nicht vorbeigebracht? Sie rief sie an: »Bist du mit der Überprüfung der Daten fertig?«

»Ich habe keine Mail bekommen, Mademoiselle.«

»Ich habe sie schon vor Stunden geschickt, bitte schau noch mal nach.«

»Sicher, sofort. Ich ... entschuldigen Sie.«

Sie ging ins Büro ihrer Assistentin. »Nun? Alles da?«

Aber es war ohnehin zu spät. Sie musste die Zahlen ungeprüft weitergeben und hoffen, dass alles korrekt war. »Lass gut sein, Viviane.«

»Es tut mir leid, Mademoiselle, es wird nicht wieder vorkommen.«

Sie verkniff sich einen Kommentar. »Gut, arbeiten wir mit dem, was wir haben.« Sie ging in ihr Büro zurück. Warum hatte sie nur so lange mit der Nachfrage gewartet? Sie hätte sich früher darum kümmern müssen, aber die Gedanken an ihre Nichte hatten sie abgelenkt, wie so häufig in den letzten Tagen. Sie hatte noch nie ungeprüfte Zahlen in einer Sitzung vorgelegt. Mit etwas Glück würde alles gut gehen. Sie atmete tief durch, aber dann stockte ihr der Atem. Auf das Glück hatte sie sich noch nie verlassen. Aber es war zu spät, ihre gewohnte Welt war ins Wanken geraten, sie war auf stürmischer See unterwegs. Sie hatte kein gutes Gefühl, stand auf und ging vor ihrem Fenster auf und ab.

»Alice? Ist alles in Ordnung? Du siehst mitgenommen aus.« Gérard blieb auf der Türschwelle stehen.

Sie fuhr sich über die Augen. »Ich ... nichts weiter, ich habe mir nur Gedanken gemacht. Ist der Flug nach New York gut verlaufen?«, antwortete sie mit gezwungenem Lächeln.

»Ja, einigermaßen, ich komme direkt vom Flughafen.« Er hängte seinen Mantel auf, strich ihr über die Wange und hauchte ihr einen Kuss auf die Lippen. Sie erwiderte den Kuss, Gérard gab ihr Sicherheit. Er war in der letzten Zeit immer an ihrer Seite gewesen.

»Ich kann nicht lange bleiben, aber ich habe dir etwas mitgebracht.«

Sie betrachtete das Päckchen in seiner Hand. »Für mich?«, fragte sie überrascht. Er lächelte.

»Mach es auf.«

Sie löste das Geschenkband und strich das Papier glatt.

Er lachte. »Darauf hätte ich wetten können.«

»Worauf?«

»Dass du das Papier nicht zerreißen würdest.«

Sie hatte sich diszipliniert, es nicht zu tun, hatte gelernt, sich zu beherrschen, vorher nachzudenken. Sich im Griff zu haben. Sie brauchte eine Weile, bis sie den Glasreiher aus der Schutzhülle gezogen hatte. Eine stilisierte Figur, schwarz, mit angelegten Flügeln, der Blick zum Himmel gerichtet mit dem Wunsch, in unbekannte Weiten aufzubrechen. In die Freiheit.

»Er ist wunderschön.«

»Ich musste dabei an dich denken.«

So nahm er sie wahr? »Danke, das war eine schöne Idee.«

»Mademoiselle, die Sitzung beginnt.«

»Danke, Viviane, ich komme sofort.« Sie griff nach den Akten, die sie neben dem Computer zurechtgelegt hatte und lächelte Gérard an. »Ich muss los.«

»Ich auch. Ich komme um sieben vorbei, okay?«

»Wie bitte?«

»Unser Abendessen, erinnerst du dich?«

Verdammt, wie hatte sie das vergessen können? Sie schloss einen kurzen Augenblick lang die Augen. »Ich weiß nicht, ob ich so spontan einen Babysitter finde.«

Seine Lippen wurden schmal.

Alice spürte seine Enttäuschung. »Es tut mir leid, entschuldige.«

Sie strich ihm über seine warme Wange, die Berührung tat ihr gut.

»Mir auch.« Gérard packte ihr Handgelenk und zog sie an sich. »Lass die Umstände nicht dein Leben bestimmen, *ma chérie.*«

Umstände? Ihr Lächeln erlosch. Amélie war kein Umstand. Sie löste sich aus der Umarmung.

»Ich rufe dich später an.«

»Wie du meinst.«

Gedankenverloren verließ sie das Büro und ging in Richtung Konferenzraum. Sie hatte weder Lust noch Zeit, über das nachzudenken, was gerade mit Gérard geschehen war. Sie hatte den Eindruck, dass er ihre Entscheidung, Amélie zu sich zu nehmen, nicht unterstützte. Kurz vor der Glastür blieb sie stehen. Hinter der Scheibe erkannte sie ihre Mitarbeiter. Sie setzte ein Lächeln auf, atmete tief durch und ging hinein.

»Guten Tag, wir können anfangen.« Sie nahm Platz und nickte Viviane zu, die die Handouts verteilte. Während sie die Abläufe beschrieb, die Funktionen erklärte und Fragen beantwortete, spürte sie die Anspannung im Raum. Nach und nach wurde sie ruhiger. »Kommen wir zu den Slides.« Das Wichtigste war geschafft, dachte sie. Doch plötzlich hörte sie Gemurmel. Stirnrunzelnd blickte sie zum Bildschirm. »Da muss sich ein Fehler eingeschlichen haben, sorry.« Sie übernahm den Platz ihrer Assistentin und wollte die Sache klären, doch die gesamte Präsentation war voller unvollständiger Berichte und vertauschter Seiten. Das war ihr noch nie passiert.

Als sie einige Stunden später in die Kinderbetreuung kam, war sie immer noch außer sich. Es war fast Schließzeit. Amélie saß Daumen lutschend in einer Ecke. Alice kniete sich neben sie. »Ciao, mein Schatz, was ist denn los?« Sie fuhr ihr über die tränenüberströmten Wangen. »Warum weinst du? Ich habe doch gesagt, dass ich dich abhole.« Die Kleine sah sie mit traurigen Augen an. Wie sollte sie sie trösten? Alice hatte sich versprochen, alles für Amélie zu tun, sie sollte lachen, spielen, glücklich und behütet aufwachsen. »Komm, wir gehen nach Hause, meine Süße.« Sie lächelte anderen Eltern zu, zog Amélie den Mantel und die Mütze über, setzte sie in den Kinderwagen und ging.

In der Vorweihnachtszeit war Paris in Gold, Rot, Silber und Blau getaucht. Die Lichter an den Ästen der Bäume auf der Champs-Élysées sahen aus wie Sternschnuppen, ein wunderbares Bild. Die zauberhafte Atmosphäre verdrängte die Realität, von irgendwo war ein Weihnachtslied zu hören. Die Menschen um sie herum waren in Vorweihnachtsstimmung. Alice hatte die Adventszeit immer sehr geliebt, aber dieses Jahr war alles anders. Tief betrübt ging sie durch die Straßen, ihr Herz war schwer, die Last der Verantwortung schien sie zu erdrücken. Seitdem Amélie in ihr Leben getreten war, waren etwas mehr als vier Wochen vergangen. Sie hatte sich eingeredet, alles unter Kontrolle zu haben, aber die Realität war eine andere: Ihr war einfach alles zu viel. Der Tod ihrer Schwester, der grausame Schmerz, der sie immer wieder überwältigte. Amélie gewöhnte sich nur schwer an die unbekannte Situation. Das neue komplizierte Leben nahm viel zu viel Platz in Alices Gedanken ein. Zu allem Überfluss rief ihre Mutter ständig an, stellte bohrende Fragen und überschüttete sie mit Ratschlägen, die in ihren Ohren wie Vorwürfe klangen.

Als sie endlich zu Hause war, schloss sie die Tür hinter sich und sah sich um. Das Wohnzimmer war ein einziges Chaos. Sie seufzte. Sie war am Ende ihrer Kräfte, aber so konnte es nicht bleiben. Ihre peinlich saubere und ordentliche Wohnung war immer ihr ganzer Stolz gewesen, aber jetzt ... war daran nicht zu denken.

»Du bleibst hier sitzen, während deine Tante ein wenig aufräumt, in Ordnung?«

Sie setzte Amélie auf den Teppich. Während sie die Spielsachen zusammensuchte, kam ihr wieder in den Sinn, dass sie eine neue Wickelkommode brauchte. Die jetzige war viel zu groß für das Badezimmer. Mit diesem Problem würde sie sich morgen in der Mittagspause auseinandersetzen. Sie räumte das Wohnzimmer auf, dann ging sie in die Küche. Amélie wurde ungeduldig. Alice schaute auf die Uhr.

»Noch keine Essenszeit, mein Schatz.«

Sollte sie ihr einen Keks zur Beruhigung geben? Aber dann hätte sie später wahrscheinlich keinen Appetit mehr. Laut dem Erziehungsratgeber, den sie gelesen hatte, sollte man das auf keinen Fall machen.

Das Wimmern wurde lauter. Alice warf ihr einen besorgten Blick zu, aber sie musste konsequent bleiben, sonst würde sich Amélie nie daran gewöhnen, auch einmal warten zu müssen.

Aus dem Wimmern wurde ein unerträgliches Schreien. Alice hielt noch eine Weile durch, flüchtete sich sogar ins Badezimmer, aber dann gab sie auf. »Zum Teufel mit den Ratgebern!« Sie ging rasch zu Amélie und nahm sie auf den Arm. »Ich bin ja da, alles ist gut.« Sie hatte fertige Gemüsesuppe gekauft, die sie nur aufwärmen musste. Ihre Nichte brüllte aus Leibeskräften, während sie die Suppe aus der Mikrowelle nahm. Statt sie in einen Teller zu füllen, wie sie es sonst immer machte, begann sie die Kleine direkt aus der Verpackung zu füttern.

Amélie hörte auf zu schreien. Erleichtert setzte Alice sie in den Kindersitz und fütterte sie weiter. Die Panik verebbte und verwandelte sich in Müdigkeit, der eine unerklärliche Heiterkeit folgte. »Weißt du, dass du wie ein süßer kleiner Vogel aussiehst? Deine Mutter liebte Vögel. Ich weiß nicht wie, aber sie konnte jedes kranke gefiederte Wesen wieder aufpäppeln.«

Amélie schenkte ihr ein Lächeln.

»Apfel oder Birne?«, fragte Alice. Auch hier waren die Ratgeber deutlich: kein Obst am Abend. Aber sie hatte das Gefühl, dass die Kleine noch nicht satt war.

»Was soll ich machen, Emma?« Mit ihrer toten Schwester Kontakt zu suchen war nicht gerade vernünftig, aber ihre Seele brauchten den Austausch und Emmas Nähe so sehr. »Ich glaube, sie hat noch Hunger«, murmelte sie. »Du würdest das nach Gefühl entscheiden, aber ich habe diese Gabe nicht. Ich tue, was ich kann, weißt du?« Dann las sie noch mal im Ratgeber mit dem Titel *Wie man ein glückliches Kind erzieht* nach, klappte ihn aber schnell wieder zu.

»Heute machen wir eine Ausnahme, meine Süße.« Amélie brabbelte zufrieden. Es war für beide ein harter Tag gewesen, die Kleine hatte sich eine Belohnung verdient.

»Jetzt geht's in die Wanne und dann ins Bett, was meinst du?«

Sie planschten im Schaum, und als die Kleine sich allmählich entspannte, begann Alice eine Geschichte zu erzählen.

»Es war einmal eine Insel im Mittelmeer.« Sie hielt kurz inne. »Das Mittelmeer ist wunderschön, keine Ahnung, ob du schon dort warst, aber ich zeige es dir so bald wie möglich. Auf dieser Insel hat jemand hohe Steintürme gebaut. Wer das war, weiß man nicht genau. Ich selbst war noch nicht da, aber *nonna* Mallena, deine Urgroßmutter, sagte immer, Sardinien sei der schönste Platz auf der ganzen Welt. Ja, ich habe mich auch gefragt, warum sie dieses Paradies verlassen hat, das sie so sehr geliebt hat, aber sie war eine geheimnisvolle Frau. Sie hat mir beigebracht, mit den Bienen zu sprechen, weißt du? Sie hat mir erklärt, wie ich ihre Botschaften hören kann. Schon seit der Antike gelten sie als Überbringerinnen wichtiger Nachrichten.« Und Nachrichten hatte es viele gegeben: schöne, weniger schöne, schreckliche, wunderbare, entscheidende. Keiner hatte das besser gewusst als sie. Alice seufzte und fuhr fort: »Wenn eine Biene direkt auf dich zufliegt und sich auf dich setzt, dann solltest du ihr zuhören, mein Kind. Ich werde es dir beibringen, wie es *nonna* Mallena mit mir gemacht hat. Deine Mutter interessierte sich nicht für Bienen, sie mochte lieber Flamingos und Wildenten. Sie kletterte auf die höchsten Bäume und ich hinterher. Wenn die Nacht klar war, zeigte uns Großmutter die Sterne am Himmel. Auf ihrer Insel haben sie andere Namen, weißt du? Dort erzählt der vom Meer her wehende Wind die Geschichte der goldenen Bienen, die einen ganz besonderen Honig machen. Ihn gibt es nur ein einziges Mal auf der Welt. Wenn du größer bist, wird er dir bestimmt schmecken. Der Honig der Insel ist wie ein Parfüm, er verändert sich. Während er auf der Zunge zergeht, bringt er dich an seinen Ursprungsort, dorthin, wo die Bienen den Nektar sammeln. Direkt in die Blüten. Es kommt dir vor, als würdest du durch den grenzenlosen Himmel fliegen und auf die Blumen und Wälder hinabblicken. Es ist ein wunderbares Gefühl, Amélie, du fühlst dich frei und bist Teil eines kostbaren großen Ganzen.«

Alice dachte an ihre Großmutter, sie fehlte ihr so sehr. Aber da sie wusste, wohin sie dieser Gedanken führen würde, konzentrierte sie sich auf Abbadulche, auf die Insel und ihre Geheimnisse. »Dort steht ein riesiger Baum, ein uralter Olivenbaum, dessen Wurzeln bis zu einer Quelle mit klarem Wasser reichen …«

Sie erzählte weiter und schmückte die Geschichte mit vielerlei Details aus. Amélie hörte mit staunenden Augen zu, bis sie irgendwann eingeschlafen war. Alice ging ins Wohnzimmer, fuhr den Computer hoch und überprüfte das Feedback zu der katastrophalen Konferenz. Es dauerte eine Weile, aber dann riss sie sich zusammen und versuchte, der Sache auf den Grund zu gehen. Sie kontrollierte die Daten, analysierte die Zusammenfassungen und rekapitulierte die ganze Präsentation. Allmählich wurde sie müde, sie gähnte, rieb sich die Augen. Die Zahlen verschwammen, dann klappten Alices Lider zu. »Nur ein paar Minuten«, dachte sie.

»Ciao, Alice.«

Sie zuckte zusammen. »Emma?«

»Mach nicht so ein Gesicht, ich bin doch kein Gespenst.«

»Das ist ein Traum, nicht wahr?«

Ein scheues Lächeln, eine zarte Berührung. »Du musst immer allem einen Namen geben, oder?«

Alice antwortete nicht und sah sich um. Eine Wiese voller Blumen, eine weite Ebene und ein Wäldchen. Das Meer. Und von irgendwoher die Wellen. »Wo sind wir?«

Emma zuckte mit den Schultern. »Das ist dein Traum.«

Erst jetzt fielen Alice die Bienen auf. Sie waren überall, saßen auf den Blüten, schwirrten durch die Luft, getragen vom Wind. Ein wunderbar würziger Duft umfing sie. Die Bienen fehlten ihr. Mit ihnen war immer alles einfach gewesen. »Es ist so schön hier«, flüsterte sie.

»Nein, ist es nicht, es ist wahrhaftig, schön ist vieles. Erinnerst du dich, wie oft du mir diesen Unterschied erklärt hast?«

Sie nickte. Die Gefühle übermannten sie. Dieser Ort hatte etwas Magisches. Sie fühlte sich glücklich und leicht. Im Frieden mit sich selbst und mit Emma. War das das Paradies? Und wenn ja, dann musste ihre Schwester dort sein, bestimmt hatte Gott ihr einen Ehrenplatz reserviert. »Es tut mir leid, was zwischen uns vorgefallen ist. Wie kann ich das wieder gutmachen?« Aber Emma war nicht mehr da.

Alice schreckte hoch und richtete sich auf. Ihre Kehle war wie zugeschnürt. Während der Traum langsam wich und sie wieder klar denken konnte, fiel ihr auf, dass sie in der Küche saß. Sie rannte ins Schlafzimmer zur Wiege. Amélie schlief in ihrem Katzenpyjama, den Alice ihr gleich nach der Ankunft in Paris gekauft hatte, ihre kleinen Hände lagen entspannt auf dem Kissen. Alice strich ihr die Haare aus dem Gesicht, sanft und liebevoll. Amélies Augenlider zuckten, und sie seufzte. Ob sie auch von

Emma träumte? Sah sie deshalb so friedlich aus? Alices Herz zog sich zusammen. Als ob das Mädchen ihre Unruhe bemerkt hätte, begann sie sich zu bewegen. »Ganz ruhig, ich bin bei dir.« Alice strich ihr über die Schultern und schaute zum Fenster, draußen war es schon hell. Der Wecker klingelte. Sie schaltete ihn aus, ging ins Bad, duschte und machte sich fertig. Dann setzte sie Amélies Milch auf. Während sie wartete, dass sie warm wurde, schaute sie auf ihr Handy. Die Nachricht ihrer Freundin war kurz und knapp.

»Alles okay?«

Sie tippte rasch eine Antwort:

Sicher, warum denn nicht?

Die Konferenz? Mir ist da etwas zu Ohren gekommen.

Verdammt! Ihr Herz schlug schneller.

Vergiss die Gerüchte, alles in Ordnung. Ein Versehen, das Problem ist mittlerweile gelöst.

Wessen Schuld war das?

Noëlle war ein Schatz, aber wenn es um die Firma ging, kannte sie kein Pardon. Normalerweise war Viviane eine verlässliche Assistentin, Alice wollte sie nicht bloßstellen.

Meine, das weißt du doch, antwortete sie deshalb nur.

Wenn du meinst.

Ich bin für das Projekt verantwortlich.

Eben. Wenn du etwas brauchst, sag einfach Bescheid, Alice.

Danke, im Moment nicht. Eine Lüge.

Wirklich? Das glaube ich dir nicht.

Amélies Weinen riss sie aus ihren Gedanken. Sie beendete die Chatunterhaltung, nahm ihre Nichte auf den Arm, wechselte ihr die Windel, gab ihr das Fläschchen und machte sie fertig. Als sie aufbrachen – mal wieder zu spät –, dachte sie an Noëlles Worte. Sie hoffte, dass das Taxi trotz Rushhour nicht zu lange brauchen würde. Sie hielt Amélie fest an sich gepresst, die Kleine streckte eine Hand aus und berührte ihr Gesicht. Alice schloss die Augen. Wie gut das tat. »Du bist ein Schatz, *ma douce.*« Das Taxi hielt vor ihr. »Endlich!«, seufzte sie, nannte dem Fahrer die Adresse und setzte das Mädchen in den Kindersitz. Dann atmete sie tief durch. Der Tag hatte gerade erst begonnen, und sie war schon jetzt erschöpft.

7.

Honig hat einen niedrigen PH-Wert, fast wie Zitronensaft, aber er ist geschmeidig und weich. Man kann ihn gut zum Marinieren verwenden. Gibt man etwas Salz dazu, verliert er an Süße, aber das Aroma wird noch verstärkt.

Alica saß am Schreibtisch und warf einen sehnsüchtigen Blick aus dem Fenster. Der Himmel war düster geworden, genau wie ihre Gefühle.

»Nur ein einziger Sonnenstrahl, das würde mir schon reichen«, bat sie. Schon ein kleines Zeichen könnte alles ändern, würde das Grau in Silber verwandeln und alles erhellen. Die Menschen glaubten immer, Schönheit und Glück wären etwas Großes, dabei waren die kleinen Dinge entscheidend. Ein Sonnenstrahl genügte, um die Perspektive zu verändern.

Amélies Lächeln genügte.

Heute Morgen im Hort hatte die Kleine geweint, ihr die Ärmchen entgegengestreckt, das Gesicht tränenüberströmt. Sie dort zu lassen hatte Alice alles abverlangt. Allein daran zu denken, tat ihr weh. Das war ihr größtes Problem: Sie konnte es nicht ertragen, wenn ihre Nichte unglücklich war. Sie fühlte sich überfordert, haderte damit, dass sie nicht alles im Griff hatte.

Wieder schaute sie auf den Bildschirm. Sie musste einige

Simulationen prüfen, das beherrschte sie ohne nachzudenken, ging ihr sonst immer leicht von der Hand. Aber im Augenblick war sie nur müde. Unendlich müde. Die Schultern schmerzten, der Nacken, die Kiefermuskeln, der ganze Körper war verspannt.

Ihren turnusmäßigen Termin beim Friseur hatte sie schon zweimal verschoben, die Kosmetikerin einmal. Sie trug zweckmäßige Kleidung und keine High Heels mehr, damit sie Amélie besser tragen konnte. Was passierte da gerade mit ihr? Wo blieb ihr sorgfältig aufgebautes Image? Sie hatte Angst – eine Angst, die sie nicht mehr losließ. Sie ließ den Kopf sinken und seufzte.

»Alice?«

Überrascht hob sie den Blick und sah zur Tür. »Ciao, Noëlle.«

Ihre Freundin setzte sich vor ihr an den Schreibtisch. »Du siehst furchtbar aus.«

»Ich habe kaum geschlafen, Alice bekommt Zähne.«

»Zähne?«

»Ja, und sie hat Schmerzen, sogar ein bisschen Fieber.«

»Da spricht wohl die Expertin in Kinderfragen?«

Expertin? Nein, sie hatte nur genau hingeschaut und dann den Kinderarzt angerufen. Immerhin war Amélie nun schon vier Monate bei ihr. Es war Ende Februar, bald würde es Frühling werden und die Tage länger, die Sonne wärmer. Alice hatte eine Babytrage gekauft und hoffte, bald lange Spaziergänge mit der Kleinen machen zu können. Und Ausflüge ans Meer, das würde ihnen beiden sicher guttun. Aber im Moment hatte sie das Gefühl, immer tiefer im Sumpf zu versinken.

»Du solltest ein Kindermädchen in Vollzeit anstellen.«

Als ob sie das nicht versucht hätte! »Jemand Verlässliches zu finden ist nicht einfach.«

Der private Hort kostete ein Vermögen, dazu die ständigen Taxifahrten, von den Windeln, dem Milchpulver und allem anderen ganz zu schweigen. Zum Glück hatte sie ihre Ersparnisse.

»Hast du mit deinen Eltern darüber gesprochen?«

Sie erstarrte. »Nein, und das werde ich auch nicht, das weißt du genau.«

»Ich erkenne dich nicht wieder, Alice, du bist ein anderer Mensch geworden.«

»Ich gebe mein Bestes, Noëlle, das kannst du mir glauben.«

Noëlle atmete tief durch, räusperte sich und sagte dann: »Es tut mir sehr, sehr leid.«

Alice zuckte zusammen. »Was meinst du?«

»Du lässt mir keine andere Wahl. Du bist von deinen Aufgaben entbunden. Fournier wird deinen Posten übernehmen, bis die Direktion die Nachfolge geregelt hat. Du kehrst auf deinen alten Posten zurück, er ist dir gegenüber weisungsberechtigt.«

Alice erbleichte. Es dauerte eine Weile, bis sie begriff, was Noëlle gerade gesagt hatte. »Das ist ein Scherz, oder?«

Noëlle schüttelte den Kopf. »Ich habe dich gewarnt, erinnerst du dich? Du hast nicht auf mich gehört. Ich wünschte, es wäre ein Scherz, und glaube mir, ich habe mich für dich eingesetzt. Jemand hat deine Beurlaubung auf unbestimmte Zeit beantragt.«

Entlassung. Sie wollten sie entlassen. »Wer?«

»Es ist besser, wenn ich den Namen nicht nenne.«

»Ich habe jahrelang für diese Firma gearbeitet, ohne

einen einzigen Fehltag. Ich habe mich aufgeopfert, sie erfolgreich gemacht.«

»Und dafür wurdest du bezahlt.«

»Denkst du das wirklich?«

Noëlle schüttelte den Kopf und streckte ihr die Hand entgegen. »Was ich denke, spielt keine Rolle. Hingabe wird weder bezahlt noch wertgeschätzt. Du warst die beste Analystin, die diese Firma jemals hatte, aber die Dinge haben sich verändert, und das weißt du. Du und deine Prioritäten haben sich verändert.«

Alice dachte an all die Tage und Nächte, die sie über den Bilanzen verbracht hatte, an die Wochenenden, die sie für die Firma geopfert hatte. Bis auf Emmas Beerdigung und die Tage danach war sie immer im Büro gewesen. War das jetzt alles vergessen? Erst jetzt wurde ihr die Tragweite von Noëlles harten und unbarmherzigen Worten bewusst. Sie würde womöglich ihren Job verlieren. Ihr Herz raste, Panik erfasste sie. Dann schaute sie zu Noëlle. Sie waren Freundinnen, sie würde ihr helfen ... Aber als sie ihren Blick sah, ließ sie es bleiben. So würde es nicht laufen. Sie richtete sich auf und versuchte, ihre Gedanken zu ordnen. In diesem Moment war Noëlle nur die Personalverantwortliche der Firma.

»Was meine Prioritäten angeht, da hat sich nichts geändert«, erwiderte sie, schichtete die Papiere aufeinander und packte ihre Utensilien ein. Sie würde diesen Job nicht verlieren. Sie *war* dieser Job. Ohne ihn war sie nichts, dessen war sie sich bewusst.

Kampflos würde sie nicht aufgeben.

»Fournier ist gut, aber glaubst du, dass er Lösungen anbieten kann, wenn es Probleme gibt? Durchhaltevermögen ist nicht gerade seine Stärke.« Sie stand auf, ging zum Fenster und lehnte sich dann gegen die Wand. »Er ist anders als ich. Mir liegen die Interessen der Firma wirklich am Herzen. Das ist der entscheidende Unterschied zwischen uns.« Da war sie wieder, die alte Alice, die Kämpferin, die jeder Situation gewachsen war und die sie in letzter Zeit vernachlässigt hatte. »Du weißt, dass ich recht habe.« Ihre Stimme war ruhig, ihr Lächeln erwartungsvoll.

»Das klingt gut.«

Sie hatte es fast geschafft. »Ich werde nach einer für alle Seiten akzeptablen Lösung suchen. Was Amélie angeht, werde ich mich mit ihrem Vater abstimmen.« Eine Lüge, aber für schlechtes Gewissen hatte sie jetzt keine Zeit, dazu stand zu viel auf dem Spiel, auch das Wohlergehen ihrer Nichte. Ohne ihren gut bezahlten Job hätte sie nicht mehr die nötigen finanziellen Mittel, um sich bestmöglich um Amélie zu kümmern. Sie legte die Hand auf ihr Foto auf dem Schreibtisch, was Noëlle mit Stirnrunzeln zur Kenntnis nahm.

»Das scheint mir eine gute Lösung zu sein. Ich bin einverstanden.«

Alice setzte sich wieder. »Er lebt im Ausland, es wird nicht leicht sein, ihn zu finden.«

»Das kann ich mir vorstellen ... Du hast doch noch jede Menge Urlaub. Warum nimmst du den nicht auf einmal? Spann richtig aus, fahre irgendwohin, nimm dir Zeit für dich. Und dann kommst du in Bestform zu uns zurück.«

Sie hatte es geschafft! Aber glücklich machte sie das nicht. Sie hatte gelogen, das war ein hoher Preis. »Danke, so mache ich das.«

Noëlle stand auf. »Du wirst sehen, alles wird gut. Hier

wird sich alles beruhigen, du bekommst deine Probleme in den Griff. In letzter Zeit hattest du ja wirklich viel zu bewältigen: der plötzliche Trauerfall, die Verantwortung für das Baby, die beruflichen Herausforderungen ... Das hätte jeden umgeworfen. Nimm dir den Rest des Tages frei, Alice, dann machst du Urlaub, und wenn du zurück bist, sprechen wir über deine Zukunft.«

»Gut, so machen wir es.« Zu diesem Satz musste sie sich regelrecht zwingen.

Im Grunde wollte sie nicht gehen, wollte die Sicherheit dieses Büros nicht verlassen. Aber es musste sein. Noëlle hatte ihr eine Chance geboten, und die musste sie nutzen. Sie zog den Mantel an und griff nach ihrer Tasche.

»Ruf mich an.«

Sie nickte. »Das mache ich. Einen schönen Nachmittag, Noëlle.«

Sie verließ das Gebäude, überquerte den Platz und zwang sich, nicht zurückzublicken. »Atme«, sagte sie sich, »tief atmen.« Sie ging ziellos durch die Straßen, die Hände in den Taschen vergraben. Erneut überkam sie ein Gefühl der Hilflosigkeit. Hatte sie den ganzen Weg bis hierhin zurückgelegt, nur um wieder am Ausgangspunkt anzukommen? Wenn sie ihren Job verlor ... Daran wollte sie nicht mal denken, allein die Vorstellung nahm ihr fast den Atem. Sie zitterte, wieder stieg Panik in ihr auf. Sie musste zur Ruhe kommen. Immerhin hatte sie Zeit gewonnen, das war das Wichtigste. Sie dachte an Gérard. Wusste er Bescheid? Einen Moment lang überlegte sie, ihn anzurufen. Aber was sollte sie ihm sagen? Nein, sie würde ihre Probleme alleine lösen, das hatte sie schon immer getan.

Auf der Place Vendôme wimmelte es von Touristen.

Alice blieb vor dem Mandarin-Oriental-Hotel stehen und schaute hoch zur Dachterrasse. Dort oben, vor den Winden geschützt, standen die leeren Stöcke.

Die Bienen fehlten ihr so sehr.

Sie waren jahrelang ihr Fixpunkt gewesen. Sie hatten ihrem Leben einen Rhythmus gegeben, Alice optimistisch in die Zukunft schauen lassen. Sie hatten ihr eine tiefe Zufriedenheit geschenkt, ein Gefühl, das sie bei ihrer Arbeit mit Zahlen und Statistiken nicht empfand. Die Bienen waren ein Stück Vergangenheit gewesen, eine Reminiszenz an ihre Zeit in der Provence.

Sie erinnerte sich an ihre Kindheit und an den Moment, als sich die Bienen das erste Mal auf ihr niedergelassen hatten. Alice hatte die Luft angehalten. Sie war allein im Lavendelfeld unterwegs gewesen und hatte die Bienenstöcke ihrer Großmutter entdeckt. Sie wusste, dass sie nicht so weit gehen durfte, das hatte ihre Mutter ihr verboten. Aber seit ihre kleine Schwester da war, hatte Céline nur noch Augen für das Baby. Alice fühlte sich, als sei sie gar nicht mehr existent. Wenn sie es gar nicht mehr aushielt, rannte sie nach draußen, so lange, bis sie nicht mehr konnte. Sie legte sich ins Gras oberhalb des Weihers, betrachtete die Libellen, die auf der Wasseroberfläche entlangzuschlittern schienen. Ihre Flügel schillerten violettblau, manchmal sogar rosa. Die Vögel glätteten sich die Federn, Schmetterlinge und Marienkäfer flatterten durch die Luft. Rund um den kleinen See existierte eine eigene kleine Welt. Sie liebte diesen Ort, der immer wieder nach ihr zu rufen schien.

Dann hatte sich eine Biene auf ihren Handrücken gesetzt, was kitzelte, und sie hatte gelacht. Seit diesem

Moment hatte Alice jede freie Minute in der Nähe der Bienenstöcke verbracht. Sie hatte den Bienen alles erzählt, was sie gerade fühlte, sie hatten ihr zugehört und sie verstanden.

»Mein Refugium«, murmelte Alice, als die Erinnerungen in ihr aufstiegen. Selbst hier in der Großstadt konnte sie den tiefen Frieden von damals spüren. Doch dann kehrte die Realität zurück.

Die Bienen hatten sie verlassen. An alles andere wollte sie nicht denken.

Sie sog die kalte Abendluft ein und ging weiter, bis sie vor dem Hort ankam. Genau zur richtigen Zeit. Als sie Amélie sah, wurde ihr warm ums Herz. Sie umarmte das Mädchen, nahm es hoch und schloss es in die Arme. »Ciao, mein Schatz, ich habe dich so sehr vermisst.« Die Kleine schaute sie an und streichelte ihr Gesicht. Alice war gerührt von der zärtlichen Geste, am liebsten hätte sie geweint. Eilig verließ sie den Hort, sie musste an die frische Luft, wollte mit ihrer Nichte alleine sein.

Wie sollte es weitergehen? Wer war Amélies Vater? Sollte sie ihn wirklich suchen? Emma hatte ihr das Kind anvertraut, es wegzugeben kam eigentlich nicht infrage. Doch hatte ihre Mutter ihr nicht gesagt, dass ihre Schwester in ihren letzten Lebenstagen nicht ganz bei sich gewesen war? Alice schob den Gedanken beiseite und konzentrierte sich auf das Hier und Jetzt, auf Amélie, auf ihre Zukunft. Wie sollte sie mit der Situation klarkommen, wenn sie ihren Job verlor? Irgendwann wären ihre Ersparnisse aufgebraucht, und dann?

Vor ihr strömten Menschen auf ein Ausflugsboot, das am Ufer der Seine angelegt hatte. Touristengruppen stiegen die Steinstufen hinunter. Die Lichter der Stadt spiegelten sich auf der glatten schwarzen Wasseroberfläche. Während Alice am Ufer entlangging, streckte sie immer wieder die Hand nach Amélie im Kinderwagen aus, um sie zu berühren. Was sollte sie tun? Wie sollte sie die verfahrene Situation lösen? Ein Halbtagsjob stand nicht zur Debatte. Ihre Mutter drängte sie, das Kind in ihre Obhut zu geben, aber das kam für Alice nicht infrage. Das spürte sie deutlich, obwohl es auf den ersten Blick die beste Lösung zu sein schien. In diesem Augenblick brabbelte Amélie etwas vor sich hin, und Alice beugte sich über sie.

In den Augen dieses kleinen Mädchens lag etwas Einzigartiges: grenzenloses Vertrauen, Liebe, etwas, das Alice direkt ins Herz drang, sie bezauberte, ihr aber auch Angst machte. »Komm, wir gehen nach Hause, *ma douce.*«

Während Amélie auf dem Teppich spielte, brachte Alice die Wohnung in Ordnung, räumte die Küche auf, dann stellte sie den Wasserkocher an, öffnete den Küchenschrank und holte den Honig heraus, den sie als Letztes geerntet hatte. Die Bienen hatten sie zwar verlassen, aber sie hatten ihr noch ein kostbares Abschiedsgeschenk gemacht. Sie strich die goldgelbe Flüssigkeit auf ein Brot und biss hinein. Mit geschlossenen Augen genoss sie die Süße und das Aroma am Gaumen. Sie stellte sich die Plätze der Stadt vor, wo die Bienen den Nektar gesammelt hatten, die Blüten, um die sie geschwirrt, die Parks und Gärten, über die sie geflogen waren. Nach einer Weile hatte sie das Gefühl, dass es ihr besser ging, sie fühlte sich stärker, und die Trauer fiel von ihr ab. Das war die Kraft des Honigs, ein geheimnisvolles, komplexes und kraftvolles Lebenselixier. Als wollte die Natur mithilfe der Bienen den Menschen ihre Liebe zeigen, eine wohlwollende Umarmung schenken, Frieden und Harmonie. Schon immer war der Honig Alices Glücksbringer gewesen. So war es auch dieses Mal. Er gab ihr die Kraft, die sie woanders vergeblich suchte, er zeigte ihr den Weg zu ihrer Seele. Der Honig aus der Provence war unvergleichlich weich und aromatisch. Er schmeckte nach Lavendel, aber auch nach Minze, Rosmarin und Koriander. Die Kräuter, aus denen ihre Großmutter ihre Tees gebrüht hatte, waren die gleichen, die den Bienen den Nektar für ihren besonderen Saft lieferten. Selbst auf ihre skeptische Mutter hatte er immer eine beruhigende Wirkung gehabt. Im Mai, immer ganz früh am Morgen, hatten die Bienen ihre Waben gebaut und sie mit Honig gefüllt, den *nonna* Mallena dann geerntet und zum Frühstück serviert hatte.

»Du musst kräftig hineinbeißen, mein Kind, ja, genau so. Schließ die Augen. Du musst den Honig in dich hineinfließen sehen, dann kann er seine Wirkung entfalten.« Auf ihre Art war Mallena eine Poetin gewesen. Alice seufzte, es fiel ihr schwer, in die Realität zurückzukehren.

Sie warf einen Blick auf den Ordner mit den Unterlagen, aber sie war zu nervös, um sich zu konzentrieren. Ein plötzlicher Impuls ließ sie aufstehen. Wo hatte sie nur die Bienenwachskerze hingelegt, die ihr Louise geschenkt hatte? Sie durchsuchte die Küchenschränke, bis sie die Schachtel gefunden hatte, dann wickelte sie die Kerze aus dem schützenden Seidenpapier und rollte sie zwischen ihren Handflächen, bis sie zu duften begann. Anschließend zündete sie die Kerze an und suchte einen geeigneten Platz für sie aus, so wie Mallena es früher auch immer gemacht hatte. Die Flamme brannte und bekam etwas

Hypnotisches. Alice spürte, wie ihr Herzschlag gleichmäßiger wurde und sie ihre Seelenruhe wiederfand.

Emmas Ordner enthielt keine Überraschungen: Personalausweis, Reisepass, Zeugnisse, Papiere aus der Klinik, der Impfausweis und die Blutgruppe der Kleinen. Damit hatte sie Amélie in der Krippe angemeldet. Blieb noch Emmas Tasche. Sie zog sie aus dem Schrank, aus dem Fach, das sie für die persönlichen Sachen ihrer Schwester reserviert hatte. Sie brauchte zwei Versuche, bis sie die Kraft hatte, sie zu öffnen, ohne in Tränen auszubrechen. Darin lagen mehrere Kameras in Schutzhüllen. Alice streichelte mit geschlossenen Augen darüber, ihr Herz klopfte. Emma hatte mit großer Leidenschaft die Natur fotografiert, vor allem die Zugvögel. Mit ihren Aufnahmen hatte sie renommierte Preise gewonnen. Plötzlich fiel Alice die erste Erinnerung wieder ein, die sie überhaupt von ihrer Schwester hatte: Ihre Mutter war mit Emma aus dem Krankenhaus gekommen. Man hatte ihr gesagt, sie solle sich setzen. Eine Weile hatte Alice das kleine Bündel mit einer Mischung aus Neugier und Aufregung betrachtet und auf die kleinen rosa Fäuste gestarrt, die unter der Decke hervorschauten. Danach hatte sie sie in den Arm nehmen dürfen. »Ich habe eine Schwester«, hatte sie gedacht, und eine tiefe Freude hatte sie erfüllt. Alice hatte die Augen geschlossen und ihre Wange an den Kopf des kleinen Wesens geschmiegt. Die Haut war so weich gewesen wie das Samtband, das ihre Mutter ihr in die Haare flocht und das sie in die Bäume hängte, weil es so schön flatterte.

»Vorsicht, Alice, nicht zu fest.«

»Ja, Mama.«

Sie hatte aufgepasst, aber manchmal weinte Emma trotzdem.

»Was hast du gemacht?«

»Ich? Nichts, sie ist eben nicht gern den ganzen Tag drin.«

»Lass sie in Ruhe, Alice. Sie ist noch zu klein, um mit dir draußen zu spielen, verstehst du das nicht?«

Nein, das hatte sie nicht verstanden. Zwischen Emma und ihr lagen zehn Jahre. Wenn ihre Mutter mit ihr geschimpft hatte, dann hatte Mallena sie mit in die Werkstatt genommen und die Strafe war zur Belohnung geworden. Sie hatte ihrer Enkelin beigebracht, wie man aus Bienenwachs Kerzen machte. Die zitternde Flamme oben am Docht hatte Alice schon immer fasziniert. Sie seufzte. Sie hatte ihrer Mutter nicht gehorcht.

Unter ihrer strengen Aufsicht durfte Alice weiterhin mit Emma spielen. Das kleine Mädchen hatte immer gestrahlt und war zum Zentrum des Lebens in der Familie geworden.

Aber dann war der Unfall passiert, und alles war anders geworden.

Alice schob den Gedanken beiseite. Sie musste sich um die anstehenden Probleme kümmern, sie durfte nicht in Selbstmitleid versinken. Das führte ohnehin zu nichts. Der Vergangenheit nachzutrauern war genauso unnütz und gefährlich wie Weinen. Wieder blätterte sie durch die Papiere; eine Lösung würde Alice darin bestimmt nicht finden, aber vielleicht eine Spur.

Mit dem Rest musste sie sich abfinden.

Emmas Tagebuch weckte ihre Aufmerksamkeit. Vielleicht hatte ihre Schwester dort etwas Wichtiges notiert?

Sie schlug es auf und blätterte durch die Seiten. Dabei fiel ihr ein blauer Umschlag auf, der an Maddalena Azara adressiert war. Der Poststempel war zwei Jahre alt. »Der Brief!«, rief sie. Davon hatte Emma gesprochen, er stammte aus Sardinien und war an ihre Großmutter adressiert.

»Er ist von einer gewissen Angelica Senes, sagt dir der Name etwas?«, fragte Emma.

Alice dachte nach. »Nein, aber er hat sicher etwas mit Margherita Senes zu tun.« Von dieser Frau hatte sie als Kind oft geträumt. »Großmutter hat sie sehr geschätzt.«

»Wir müssen antworten, Alice, besser noch: direkt hinfahren. Du und ich. Das ist die Chance, auf die wir gewartet haben.«

Bewegt zog Alice den Brief aus dem Umschlag, faltete ihn auf und begann zu lesen. Er war auf Italienisch, was Emma und sie einigermaßen verstanden. Mallena und Céline hatten immer Italienisch miteinander gesprochen, Mallenas Muttersprache. Alice sprach es zwar nicht gut, verstand aber alles.

Ich heiße Angelica Senes und schreibe Ihnen aus Abbadulche auf Sardinien. Ich habe Ihre Adresse unter den Papieren meiner Tante Margherita gefunden. Ich weiß nicht, ob Sie von ihrem Tod wissen. Ich möchte Ihnen sagen, dass Margherita Sie nie vergessen hat, weder Sie noch die anderen Honigfrauen. Auch ich muss oft an sie denken. Als kleines Mädchen habe ich sie immer für Schwestern gehalten, genau wie die Bienen. Entschuldigen Sie die Offenheit, aber gerade habe ich das Gefühl, als würde ich nicht mit Ihnen, sondern mit Margherita sprechen. Ich habe lange überlegt, ob ich Ihnen schreiben soll. Meine Tante hat mir das Haus, die Bienenstöcke und das Land in Abbadulche hinterlassen. Sie wünschte sich, dass das Haus mit Leben erfüllt wird, dass es weiterhin eine Zuflucht ist, ein Ort der Begegnung, der Wiedergeburt. Deshalb hat sie es mir gegeben, damit ihr spirituelles Erbe von neuen Honigfrauen fortgeführt werden kann. Wenn ich durch die leeren Räume der Villa gehe, die ihr so sehr am Herzen gelegen hat, muss ich daran denken, welch eine Freude es wäre, es in ihrem Sinne zu nutzen. Ich möchte Sie um Ihre Hilfe bitten. Bitte kommen Sie zurück.

Alice wurde immer neugieriger. Als sie den Brief zu Ende gelesen hatte, war sie wie gebannt. Was für eine faszinierende Geschichte: Frauen, die sich als Schwestern verstanden, Bienen und ihre Hüterinnen. Sie kannte die Geschichte der Honigfrauen und der Bienen. Mallena hatte sie ihr und Emma erzählt. Besondere Frauen, die sich fürsorglich um die Natur und ihre Umgebung kümmerten.

»*Die Erde ist traurig, weil ihre geliebte Sonne so weit weg ist, so weit oben am Himmel. Von ihr kommen Wärme und Licht, aber die Erde kann ihre Zärtlichkeiten nicht erwidern, weil sie keine Strahlen hat, um die Sonne zu erreichen. Deshalb sang sie jeden Morgen, besang ihre Liebe zum Licht. Die Sonne war gerührt und wollte die Erde heiraten. Als diese Ja sagte, weinte die Sonne vor Glück. Ihre Tränen der Liebe und der Zärtlichkeit trafen auf die Erde. Aus dieser Verbindung entstanden die goldenen Bienen. Die Frauen lernten den Gesang, den die Bienen verstanden. Und die Frauen verstanden wiederum, was die Bienen sangen. Sie sangen für den Funken der göttlichen*

Liebe und behüteten sich gegenseitig. Jede Honigfrau gibt ihr Wissen an ihre Nachfolgerin weiter. Solange es Bienen gibt, wird es immer auch Hüterinnen geben, die sich um sie kümmern …«

Wie oft hatte Alice diese Geschichte gehört …? Und eines Tages hatte ihre Großmutter ihr den Gesang beigebracht, deshalb suchten die Bienen ihre Nähe. Zwischen Frauen und Bienen gab es einen Bund, der lange zurückreichte. Ein unzerstörbares Band. Das klang alles so irreal, so unglaublich. Der Brief hatte alles wieder aufgewühlt. Eine solche Situation hatte sie immer zu vermeiden versucht. Jetzt drohte sie, darin zu versinken. Sie musste ihre Gedanken ordnen, sich an die Fakten halten und sich der Herausforderung stellen, die vor ihr lag.

»Hast du etwa auf Sardinien gelebt, Emma?« Amélie war nun fast neun Monate alt, dazu die Zeit der Schwangerschaft, das passte zum Poststempel. Vor zwei Jahren hatte ihre Schwester sie gedrängt, die Reise mit ihr zusammen zu unternehmen. »Du bist ohne mich nach Abbadulche gefahren, hast diese Frau getroffen … Angelica Senes. Du hast ihre Einladung angenommen und bist geblieben. Hast einen Mann kennengelernt. Amélies Vater.«

Alles passte. Ihre Schwester war auf Sardinien schwanger geworden. »Was ist dort passiert, Emma?«

Sie überprüfte nochmals die Papiere, dann warf sie einen Blick auf das Handy und den Laptop ihrer Schwester. Wenn sie nur die Zugangsdaten hätte. Sie war sicher, dort das zu finden, was sie suchte. Aber wie sollte sie an das Passwort kommen? Ihre Eltern würden ihr nicht helfen können. Erneut schaute sie in das Tagebuch und umkreiste mit einem Stift die Frage, die sie dort notiert hatte. »Wer ist Amélies Vater?« Dann wanderte ihr Blick zu Gérards schwarzem Reiher. Sie hatte seit Tagen nichts von ihm gehört. Hatte das etwas mit dem Vorfall im Büro zu tun? Wollte sie das wirklich wissen? Das sah ihr gar nicht ähnlich. Sie gab sich einen Ruck, griff nach dem Handy und wählte seine Nummer.

»Ma, ma, ma!«

Alice glaubte, sich verhört zu haben. Sie legte auf und lief ins Schlafzimmer. »Mama? Wolltest du Mama sagen?« Sie beugte sich über ihre Nichte. »Ihr erstes Wort, es ist für dich, Emma.« Freude erfüllte Alice. Jeder Fortschritt, den Amélie machte, war eine Quelle der Freude und des Glücks.

Ich vertraue dir Amélie an.

Die Erinnerung an den Satz ließ sie erstarren. Das Lächeln verschwand.

»Dein Vater wird sich um dich kümmern. Du musst in einer richtigen Familie aufwachsen.«

Amélie umklammerte die Gitter des Bettchens und lächelte sie an.

»Es ist besser so, *ma douce.*«

Ihr Hals war wie zugeschnürt.

Warum musste alles so kompliziert sein? »Schau mich nicht so an. Ich werde immer für dich da sein, aber ich kann nicht deine Mutter sein, das würde in einer Katastrophe enden. Gute Vorsätze allein reichen nicht. Deshalb müssen wir deinen Vater finden.«

Amélie streckte die Hand nach ihrem Gesicht aus, Alice beugte sich vor und sog tief ihren Duft ein. »Ich habe es versucht, meine Kleine, wirklich, das kannst du mir glauben.« Sie wischte sich die Tränen aus dem Gesicht, das

Mädchen sollte sie nicht weinen sehen. Bedauern nutzte nichts. Sie brauchte Lösungen. Sie war nicht dafür gemacht, Mutter zu sein, sie hatte nie einen Kinderwunsch gehabt. Amélies Vater zu suchen wäre das Beste. Dann hätte das Kind eine Familie, Alice hätte ihr altes Leben zurück und wäre Tante – nicht mehr und nicht weniger. Ihre Eltern waren zu alt, um sich um ein so kleines Kind zu kümmern.

»Das ist das Beste«, flüsterte sie wieder und wieder. Doch trotz aller Logik tat ihr der Gedanke in der Seele weh.

Ich vertraue dir Amélie an, Alice. Du kümmerst dich um meine Tochter.

»Lass mich in Ruhe, Emma. Ich tue das, was für das Mädchen am besten ist. Und zwar auf meine Weise.«

8.

Die Bienen sind die Wächterinnen der Natur, und alles, was sie tun, ist auf Gemeinschaft ausgerichtet. Sie sammeln Nektar, bestäuben die Blüten, sorgen für die Befruchtung und das Wachstum der Früchte. Zwischen Blüten und Insekten herrscht eine Synergie, unterschiedliche Spezies treten in Interaktion. Nur so kann Fortschritt für alle entstehen.

Die Klingel ließ sie zusammenzucken. Wer konnte das sein?

Alice warf noch einen Blick auf Amélie, dann ging sie zur Tür. Nachdem sie durch den Spion geblickt hatte, öffnete sie.

»Hallo, Alice, darf ich reinkommen?« Gérard stand mit einem Rosenstrauß vor ihr.

»Ich habe dich nicht erwartet.«

»Wir müssen reden.«

»Bitte.« Sie nahm die Blumen und trat beiseite. Beide waren verlegen. Gérard warf Amélie einen Blick zu und sagte: »Sie sieht dir von Tag zu Tag ähnlicher.«

»Findest du?«

Er kam vorsichtig näher. »Meinst du, sie weint, wenn ich näher gehe?«

Amélie hatte ihn nie gemocht.

»Vielleicht.« Alice war sich sicher, dass sie weinen würde.

»Hallo, meine Kleine, wie geht's?«

Das Mädchen zuckte zurück.

»Warum ist sie so abweisend?«

Weil sie ihre Mutter verloren hat, weil das Leben es von Anfang an nicht gut mit ihr gemeint hat und der einzige Mensch, dem sie vertraut, sie loswerden will.

»Ganz ruhig, mein Schatz, ich bin ja bei dir.« Alice nahm Amélie auf den Arm. »Gérard ist ein Freund.«

»Das scheint sie nicht sehr zu beeindrucken.«

»Gib ihr ein wenig Zeit.«

»Vielleicht bin ich ihr unsympathisch. Und du schwärmst auch nicht gerade von mir.«

»Ich habe meine Meinung geändert.«

»Nur, weil ich dich verführt habe.«

»Das stimmt nicht!«

Er lachte. »Oh doch, ich arbeite seit Monaten daran, das musst du doch bemerkt haben.« Er wedelte mit einer Papiertüte. »Man hat mir gesagt, das sei genau das Richtige für ihr Alter.«

Der kleine Bär war bezaubernd. Gérard hielt ihn etwas linkisch in der Hand, und Alice winkte ihn näher. Amélie betrachtete den Teddy erst skeptisch, dann streckte sie die Hand danach aus.

»So schwer war das doch nicht, oder?«

»Kommt darauf an. Können wir reden?«

»Tun wir das nicht gerade?«

»Unter vier Augen.«

»Sie ist neun Monate alt, ihre Interessen sind noch sehr beschränkt, du kannst offen sprechen, glaub mir. Sie interessiert sich nicht für dich.«

»Das verletzt mich ein wenig.«

Alice lachte, die Anspannung löste sich. Sie hatte seinen Humor vermisst. Sie hatte *ihn* vermisst.

Amélie begann heftiger am Daumen zu saugen, ließ den Teddy fallen und legte ihren Kopf auf Alices Schulter. »Sie muss ins Bett, ich bin gleich zurück.«

Sie ging ins Schlafzimmer und zog die Spieluhr auf. »Ich bin gleich nebenan. Wenn irgendetwas ist, rufst du mich.« Sie küsste Amélies Fingerchen und ließ die Tür angelehnt.

»Da bin ich wieder.«

»Schläft sie schon?«, fragte er überrascht.

»Aber nein, sie hört der Spieluhr zu. Kann ich dir etwas anbieten?« Sie war nervös, mit seinem Besuch hatte sie nicht gerechnet.

»Nein danke. Warum setzt du dich nicht neben mich? Wie geht es dir?«

Ihr genügte ein Blick, um die Situation zu erfassen. »Du hast mit Noëlle gesprochen.«

»Beiläufig.«

»Dann weißt du ja Bescheid.«

»Nun ja, mir fehlt deine Version. Die interessiert mich am meisten.«

Alice fragte sich, ob er ehrlich war. Wie loyal war er wirklich? Stand er auf ihrer oder auf der Seite der Firma? Sie seufzte. »Erinnerst du dich noch an unser erstes Treffen?«

»Sicher, du hast mich auf einige Fehler in einem Vertrag hingewiesen. Kleinigkeiten, aber du hattest recht.«

»Dieser Job war … ist sehr wichtig für mich.«

Er griff nach ihren Händen. »Jetzt auch noch?«

»Mehr als je zuvor.«

»In den vergangenen Wochen war ich wenig präsent,

das stimmt, aber du bist mir sehr wichtig. Warum sagst du mir nicht, was los ist? Ich würde dir gerne helfen.«

Wie sollte sie ihm erklären, was sie fühlte? Sollte sie zugeben, dass sie ein echtes Problem hatte? »Ich darf diesen Job nicht verlieren.«

»Dann behalte ihn.«

»Aber wie soll das gehen? Die Kleine braucht mich.«

»Ich brauche dich auch, aber habe ich dich jemals gebeten, dein Leben aufzugeben? Ich weiß, dass der Vergleich hinkt, aber so ist es nun mal.«

»Du brauchst mich?« Es war das erste Mal, dass Gérard offen über seine Gefühle sprach. Bis jetzt war ihre Beziehung eher ein Zweckbündnis gegen die Einsamkeit gewesen. Alice streckte die Hand nach ihm aus, er griff danach und küsste sie, verkreuzte seine Finger mit den ihren. »Ich hatte eine wohlklingende Rede vorbereitet, wollte sogar Gedichte rezitieren, damit ich überzeugender rüberkomme, aber darum geht es gar nicht. Ich will nur eines: dich. Ich will dich küssen, bis du alles andere vergisst und dich mir hingibst.«

Sie musste lachen, war verwirrt, aber glücklich. Sie spürte seinen intensiven Blick. So etwas kannte sie nicht.

»Du und ich sind uns auf vielen Ebenen sehr ähnlich«, sagte er.

Jetzt verstand sie, was dieser Blick zu bedeuten hatte. Er wollte Klarheit. Sie war nicht die Einzige, die gerne plante. Sie dachte an ihren ersten gemeinsamen Abend, als er sie mit einem spiegelglatten See verglichen hatte, in dem es tief unten rumorte. Sie erschauerte. »Dieses verfluchte rote Kleid.«

Gérard lächelte. »Hoffentlich hast du es noch.«

»Ganz hinten im Schrank.«

»Gut, eines Tages werde ich dich bitten, es noch einmal anzuziehen. Ich habe viele gute Erinnerungen daran.«

»Sag das nicht.«

Gérard schaute zum Schlafzimmer, sein Lächeln erlosch. »Ein zauberhaftes Wesen.«

»Aber?«, sie spürte seinen Widerstand.

»Sie ist nicht deine Tochter.«

»Sie ist meine Nichte, meine Schwester hat sie mir anvertraut.«

»Und der Vater?«

Alice sprang auf und tigerte durch den Raum. Ihre Gedanken rasten. »Ich ... Ich weiß nicht, wer es sein könnte.« Sie fuhr sich mit der Hand über die Augen.

»Er hat ein Recht darauf, es zu erfahren! Sie ist seine Tochter. Du musst es ihm sagen.«

»Ich versuche es ja!« Sie hatte sich viele Gedanken gemacht, wie sie ihn ausfindig machen könnte, das war der einzig richtige Weg, keine Frage. Aber wenn sie diesen Weg einmal eingeschlagen hatte, gab es kein Zurück mehr. Sie hatte Angst. Angst, einen Fehler zu machen, und Angst, auf Amélie verzichten zu müssen.

»Gute Vorsätze reichen nicht, das weißt du genauso gut wie ich. Karriere und Kind lassen sich nicht vereinbaren. Schon seit Monaten bist du nicht mehr du selbst.«

Damit hatte er recht, ob es ihr gefiel oder nicht. »Ich habe Pläne für uns, Alice. Ich möchte dich wieder lächeln sehen.«

»Ich habe diesem Kind gegenüber eine moralische Pflicht, Gérard.«

»Nichts hält dich davon ab, sie zu erfüllen, ohne dich selbst aufzugeben.«

Sie senkte den Blick.

»Du kriegst das schon hin«, sagte er aufmunternd.

Alice war so müde, dass sie sich einfach gehen ließ. Sie legte ihren Kopf auf seine Schulter und seufzte tief. Gérard war ein guter Mensch, er tröstete und respektierte sie. Sie hatte das Alleinsein satt. »Soll ich uns etwas kochen?«

»Nein, ich will dich in meiner Nähe. Wir lassen uns etwas zu essen bringen, okay?«

Der Vorschlag gefiel ihr. Sie suchten sich einen Film aus und kuschelten sich aufs Sofa. Sie schlief sofort ein. Als sie mitten in der Nacht aufwachte, war er weg, hatte ihr einen Zettel mit einem knappen Gruß hinterlassen.

Sie ging ins Bad und spritzte sich kaltes Wasser ins Gesicht. Im Spiegel sah sie das Bild einer jungen Frau mit großen dunklen Augen und markanten Gesichtszügen. Sie wirkte angespannt. »Ich werde eine Lösung finden, die für alle gut ist«, sagte sie leise.

Dann ging sie ins Schlafzimmer, setzte sich neben das Gitterbett und betrachtete die schlafende Amélie.

»Du bist wunderschön.«

Sie fuhr ihr zärtlich über die Haare. »Du hast ein Meisterwerk geschaffen, Emma.« Bis zu diesem Augenblick hatte Alice noch nie darüber nachgedacht, aber ein Kind zur Welt zu bringen, war ein unbezahlbares Geschenk. Und zugleich ein Opfer: Ihre Schwester hatte ihr Leben für das ihres Kindes gegeben.

»Ich probiere es, und wenn es nicht klappt, dann …« Sie beendete den Satz nicht. Alice wusste nicht, was sie dann machen würde. Es gab Dinge, die man nicht planen konnte. Sie wusste nur, dass sie dieses kleine Wesen mehr liebte als alles andere auf der Welt.

Am nächsten Morgen machte sie Amélie fertig, kontrollierte ein weiteres Mal Emmas Unterlagen, ordnete sie neu und blätterte durch das Tagebuch in der Hoffnung, doch noch ein Indiz, vielleicht einen Namen zu finden. Sie drehte es sogar um und schüttelte es, aber da war nichts.

Dann griff sie nach dem Fotoalbum. Emmas Duft strömte ihr entgegen. Alice seufzte, fuhr sich über das Gesicht und betrachtete dann aufmerksam die Seiten.

Es waren nicht die üblichen Erinnerungsfotos, eher kunstvoll arrangierte Collagen. »Du willst mir eine Geschichte erzählen.« Sie schaute zu Amélie, die am Boden saß und spielte. »Du hast es für sie gemacht, nicht wahr, Emma?« Keine Worte, nur Bilder. Ihre Tochter sollte es sich anschauen und an ihre Mama denken können.

Alices Herz klopfte ungestüm. Neben Fotos, die Emma gemacht hatte, fand sie auch Aufnahmen, die sie schon kannte: sie und ihre Schwester als kleine Kinder, ihre noch jungen Eltern, die in die Kamera lächelten. Sogar Mallena als junge Frau, wahrscheinlich als sie mit Céline schwanger war. Auf den folgenden Seiten sah man das Gut und die Lavendelfelder, die rosa und violett gefärbten Hügel. Mallena trug natürlich Mauve. Sie liebte diese heitere und gleichzeitig elegante Farbe.

»Wie schön Großmutter war«, murmelte sie. Dann kamen die Einschulungsfotos und Urlaubsbilder. Emma mit Berte, ihrer besten Freundin aus Kindertagen. Die Seine, der Eiffelturm, sie beide. Landschaften, Zugvögel, schilfumstandene Weiher, an denen die Wildenten nisteten. Vier rosa Flamingos, die über den kobaltblauen Himmel flogen. »Deine Lieblingsvögel.« Die letzten Seiten waren anders: das Meer, weißer Sand und unbekannte Gesichter.

Eine bildschöne Frau, etwa in Alices Alter, mit intensivem Blick. Ein majestätischer Olivenbaum, ein kleines Mädchen, das nach oben kletterte und in die Kamera lächelte. Ein Mann, der einen Katamaran schrubbte. Aufmerksam betrachtete Alice die Gesichter, eines fiel ihr besonders auf. Das Alter des Mannes konnte sie nicht einschätzen, seine Haut war von der Sonne gegerbt, die Augen waren leuchtend grün, schwarze Haare umrahmten sein hageres Gesicht. Er sah ernst und traurig aus, zutiefst melancholisch. Daneben stand ein zweiter Mann, der älter wirkte. Aber das mochte auch an seinem ernsten Gesichtsausdruck liegen. Zwei attraktive Männer. Waren sie wichtig für Emma? War einer von beiden Amélies Vater?

Ihre Schwester war eine lebensfrohe, wunderschöne Frau gewesen, die etwas ganz Besonderes ausgestrahlt hatte. Niemand wusste das besser als sie. Alice spürte jetzt ihre tiefe Zuneigung zu Emma und dachte an deren perlendes Lachen. »Du fehlst mir so sehr.«

Als Kind hatte Alice immer gedacht, ihre Schwester wäre ein Engel, den Gott ihr geschickt hatte, damit sie nie mehr allein war. Mallena hatte es ihr so gesagt.

Aber sie hatte sich geirrt.

Es gab keine Engel, nur Menschen.

Und jeder war anders, hatte seinen eigenen Charakter, seine Hoffnungen und Wünsche, sein Schicksal.

»Wer sind diese beiden Männer, Emma?«

Welche Rolle hatten sie im Leben ihrer Schwester gespielt? Wussten sie von ihrem Tod? Von Amélie? Was war geschehen, als Emma auf Sardinien gelebt hatte?

Erneut betrachtete Alice die Fotos, sah in Emmas lächelndes Gesicht. Sie wirkte glücklich und hatte ein inneres Leuchten. War sie da etwa schon schwanger gewesen? Strahlte sie deshalb so? Emma hatte diesen wichtigen Moment nicht mit Alice geteilt. Auch den nächsten nicht, die Krankheit, die sie dahingerafft hatte. Sie hatte niemanden an ihrer Seite haben wollen. Tränen stiegen in Alice auf. Erneut blätterte sie das Album durch. Am nächsten Tag würde sie die Fotos Amélie zeigen. Sie würde ihre Mutter bestimmt erkennen, und Alice würde der Kleinen alles über sie erzählen.

Noch ein anderes Bild erregte Alices Interesse: ein Steinturm, um den sich ein Dorf gruppierte, eine sandige Ebene, die Reste einer römischen Stadt. Sie hatte schon viel von diesen Orten gehört. Wogende Weizenfelder, vom Wind zerzauste Bäume, klare, felsige Bäche.

Alice klappte das Fotoalbum zu. Sie konnte in Paris bleiben und dem Schicksal seinen Lauf lassen, oder sie konnte handeln. Egal, wie sie sich entschied, sie würde etwas verlieren.

9.

Gelée Royale ist der Futtersaft, der der Königin als Nahrung dient. Die genaue Zusammensetzung ist noch unbekannt, aber er verhält sich epigenetisch, das heißt, er schaltet bestimmte Gene der DNS an und andere aus. Die Königin unterscheidet sich sowohl in ihrer Größe als auch in ihrer Rolle von den anderen Bienen. Sie kann befruchtet werden, Eier legen und mehrere Jahre alt werden.

Nachdem er den letzten Bienenstock in den Lastwagen verladen hatte, setzte Giuseppe den Hut ab und wischte sich den Schweiß von der Stirn. Es war heiß, der Transport würde die Bienen nur noch mehr aufregen. Er musste sich beeilen.

»Bist du bereit?«

Anna tauchte hinter der Scheibe auf und winkte, sie startete den Motor und wartete, dass sich ihr Vater neben sie setzte. Sie lächelte ihn an.

»Was machst du denn für ein Gesicht? Sie freuen sich, in den Wald zu kommen.«

»Ihren Standort zu verändern verursacht immer Stress. Aber wenn sie dir gesagt haben, dass es ihnen gut geht, dann werde ich sicher nicht das Gegenteil behaupten.«

Er hatte schon lang seinen Frieden mit der Vorstellung gemacht, dass Anna die Gabe der Frauen der Familie geerbt hatte, mit Tieren sprechen zu können. Angelica hatte ihm einst erzählt, dass die kleine Anna sich hinter einem Bienenstock versteckt hatte, als sie sich um Margheritas Bienen gekümmert hatte. Die Bienen hatten sich auf dem Mädchen niedergelassen, sie mit ihren Füßen gekitzelt, sie in den Schwarm aufgenommen. Sie würde die neue Wächterin werden, das war Angelica sofort klar gewesen. Erst später hatte sie herausgefunden, dass sie tatsächlich zur Familie gehörte.

Giuseppe war froh, dass seine Tochter diese Gabe besaß, dass die Tradition weiterging. Er hoffte nur, dass sie damit keine Schwierigkeiten haben würde. Menschen konnten grausam sein, wenn sie etwas nicht verstanden. Das wusste er aus eigener Erfahrung. Er hatte mit seiner Frau Mara in einigen Ländern gelebt, in denen andere Traditionen und Gewohnheiten herrschten. Mara war dort immer eine Fremde geblieben, hatte sich nie integrieren können, war nie Teil der Gemeinschaft geworden. Erst mit Annas Geburt war es ihr leichter gefallen, zumindest ein wenig.

Voller Stolz beobachtete er die Fahrkünste seiner Tochter. Sie lenkte den Wagen vorsichtig und hochkonzentriert über die Einfahrt. Sie hatten eine Vereinbarung: Anna würde bis zum Tor fahren, dann würde er das Steuer übernehmen.

Genauso hatte ihm auch sein Vater das Autofahren beigebracht. Auch er war damals noch ein Junge gewesen, wenn auch größer und kräftiger als Anna, die mit den Füßen kaum an die Pedale kam. Aber irgendwie schaffte sie es dennoch. Auf Giuseppes Lippen lag ein anerkennendes Lächeln.

»Du machst dir zu viele Sorgen, Papa. Es geht ihnen gut, ich bin mir sicher, sie können es kaum erwarten. Wer weiß, vielleicht bauen sie sogar Waben in den Bäumen.«

Giuseppe seufzte. Das hätte gerade noch gefehlt! Aber der glückliche Gesichtsausdruck seiner Tochter entschädigte ihn für alles.

»Bis zum Tor, verstanden?«

»Abgemacht.«

Nachdem sie die Plätze getauscht hatten, nahm Giuseppe die Straße Richtung Berge. Die laue Luft strömte durch das offene Fenster in den Wagen, es duftete nach Erika. Der Frühling kam mit großen Schritten. Schon bald würden die Nester voller Nektar sein, die Bienen würden sich vermehren, und dann, wenn ihre innere Uhr es ihnen sagte, würden sie ihn in den Honigwaben ablegen, und Angelica, Anna und er konnten mit der Ernte beginnen.

»Schau nur, Papa.« Anna deutete zum Teich. Flamingos landeten auf der Wasseroberfläche. »*Genti arrubia* … rote Menschen, wie die Vögel hier heißen. Ein schöner Name, oder?«

»Oh ja.«

»Wenn wir fertig sind, fahren wir dann dorthin?«

Giuseppe wusste, woran seine Tochter dachte, noch bevor sie ihn ansah. An diesem Weiher hatte Emma ihr beigebracht, auf den richtigen Moment zu warten, um den Auslöser der Kamera zu drücken. Um die Erinnerung festzuhalten.

»Ich habe von ihr geträumt.«

»Von wem?« Dabei wusste er genau, wen Anna meinte.

»Emma. Ich habe geträumt, sie kommt zurück.«

Daran hatte Giuseppe seine Zweifel, sagte aber nichts.

»Wir können nachher ein paar Fotos machen, was meinst du?«

Annas strahlendes Gesicht war Antwort genug.

Giuseppe begann, die Halterungen und Abdeckziegel abzuladen, und stellte das Gerüst unter den Bäumen auf, wo die Bienenstöcke im Halbschatten stehen würden, ein idealer Standort. Dann brachte er die Verbindungsstücke an, die selbst Wildschweinen und Hirschen standhielten. Er fragte sich, wie lange es noch dauern würde, bis Anna sich der Welt gegenüber öffnete. Sie wirkte immer noch in sich gekehrt. Nur so konnte sie das Leben begreifen, mit dem umgehen, was sie traurig machte. Es hatte eine Zeit gegeben, in der sich seine Tochter vollends in einen Käfig des Schweigens eingeschlossen und gar nicht mehr gesprochen hatte. Aber das war Jahre her. Seitdem war sie zugänglicher geworden, hatte gleichaltrige Freundinnen gefunden. Sie war glücklich, und er würde alles tun, damit sie es auch bliebe. Er versuchte, sich auf seine Arbeit zu konzentrieren, aber immer wieder musste er an Anna denken, die neben einem Ginsterstrauch stand und in den Himmel schaute.

»Soll ich aufmachen, oder machst du es?«

»Ich.« Anna ging zu den Bienenstöcken und hob die Deckel hoch.

Die Bienen schwärmten heraus, flogen um sie herum und dann in Richtung Wald. »Sie fliegen zum Baum.«

Der Legende nach stammten alle Bienen der Insel von einem Schwarm, der seine Nisthöhle im Stamm eines jahrtausendealten Olivenbaums hatte, dessen Wurzeln bis zu einer Quelle reichten. Jedes Jahr füllten die Bienen die

Waben, und dann floss der Honig über die Rinde in den Bach und süßte das Wasser. Deshalb der Name Abbadulche: *Süßes Wasser*.

Nach getaner Arbeit räumten sie die Werkzeuge in den Lastwagen und fuhren nach Hause.

Als die Fähre sich näherte, tauchte das Städtchen auf einem niedrigen Hügel auf, der sanft zum Hafen hin auslief. Die Häuser von Abbadulche standen dicht gedrängt auf der Anhöhe, darüber leuchtete der kobaltblaue Himmel. Alles wirkte wie eine Kulisse, wie auf den Bildern, die Alice von den Verkaufsständen der Maler entlang der Seine kannte.

»Ich bin da, Emma«, murmelte sie. Widerstreitende Gefühle tobten in ihr: Furcht, Hoffnung, Neugier, Angst. Würde sie Emmas Erwartungen überhaupt erfüllen können? Nach einer Weile wurde sie ruhiger und hatte sich wieder im Griff. Alice wedelte sich mit ihrem Sardinien-Reiseführer Luft zu.

Dort hatte sie gelesen, dass das Städtchen von den Phöniziern gegründet worden war, genau wie das benachbarte Sant'Antioco. Mit dem vorgelagerten San Pietro ist Abbadulche Teil einer Inselgruppe im Südwesten Sardiniens. Sie steckte den Führer in die Tasche zurück und blickte aufs Meer. »Ich schwöre, solche Farben habe ich zuvor noch nie gesehen, *ma* douce.«

Während sich die Fähre dem Hafen näherte, wurde das Motorgeräusch lauter. Sie konnte das Dröhnen in Armen und Beinen, ja sogar im Kopf spüren.

Und dann wurde sie von Emotionen übermannt. Ein Empfinden, dem sie keinen Namen geben konnte, das aber ganz tief aus dem Inneren kam, stieg in ihr auf. Sie fühlte sich lebendig.

Und dann dieser unvergleichliche Duft! Die bunten Häuser, die Vögel am Himmel, davon hatte sie schon als Kind geträumt. Ihre Großmutter hatte immer von ihrer Heimat geschwärmt, und Emma und sie hatten sich diesen Ort vor ihrem inneren Auge in allen Einzelheiten ausgemalt. Für sie war er immer wie aus einem Märchen gewesen.

Alice war genauso aufgeregt wie das Kind von damals. Sie konnte es kaum erwarten, endlich an Land zu gehen.

Sie setzte Amélie in die Trage, zog den Gurt fest und ging die Gangway hinunter, dabei hielt sie sich am Geländer fest. Als sie festen Boden unter den Füßen hatte, ließ sie die Mole hinter sich und überquerte die Straße. »Es ist wunderschön hier … unbeschreiblich.« Sie schaute sich um, hatte die Augen mit der Hand abgeschirmt, damit die Sonne sie nicht blendete. Amélie hatte sie einen Hut aufgesetzt, aber auch sie selbst würde eine Kopfbedeckung brauchen.

Auf der gegenüberliegenden Seite der Piazza reihten sich strahlend weiße Häuser mit blauen Fensterläden und roten Ziegeldächern aneinander, hinter den Trockenmauern wuchsen Zitronenbäume. Sie hatten schon frische Blätter, die in der gleißenden Sonne glänzten. Der Frühling hatte Einzug gehalten.

»Wann legt die letzte Fähre ab?«

»Um Punkt sieben, Signora.«

»*Grazie*, danke.« Wie sie diese Sprache genoss, die ihr Mallena beigebracht und die sie nie vergessen hatte, obwohl sie in letzter Zeit kaum Italienisch gesprochen hatte.

Die vor Anker liegenden Schiffe tänzelten auf dem Wasser, die Möwen kreischten. Auf einem kleinen Sandstreifen lag eine Katze, die sie aufmerksam beobachtete.

Sie dankte den Matrosen, der ihr mit den Taschen geholfen hatte, und überquerte die belebte Piazza. Vorübergehende Passanten lächelten sie an und nickten ihr grüßend zu, andere plauderten miteinander. Alice war so viel Freundlichkeit nicht gewohnt, grüßte aber spontan zurück. Alles wirkte ganz natürlich. Ihre Verlegenheit verschwand und machte einer ungewohnten Neugier Platz. Normalerweise war sie Unbekannten gegenüber eher reserviert, aber das hier war die Insel, auf der Mallena vor vielen Jahren gelebt, wo ihre Schwester sich einige Zeit aufgehalten hatte und wo sie hoffentlich Amélies Vater finden würde.

Der Wind brachte den salzigen Geruch des Meeres mit an Land. Alice zog den Brief von Angelica Senes aus der Tasche. Seit sie Frankreich verlassen hatte, hatte sie das bereits viele Male getan.

Dieses seidenweiche blaue Papier hatte ihr Mut gemacht. Das war natürlich lächerlich, das war ihr klar, aber es genügte schon, den Brief unter den Fingern zu spüren, um sich besser zu fühlen.

Wie auch in diesem Moment.

Sie schaute sich um. Im Internet hatte sie eine Straßenkarte gefunden und sich den Weg zur Villa von Margherita Senes herausgesucht. Die Adresse hatte sie auf dem Umschlag entdeckt. Sie nahm an, dass Angelica dort leben musste. Wahrscheinlich würde sie das Haus ohnehin nicht übersehen, aber sie wollte sich nicht verlaufen, immerhin hatte sie Amélie dabei. Sie schaute das Mädchen an. »Ganz ruhig, mein Schatz, du musst keine Angst haben.«

Wahrscheinlich sagte sie das eher zu sich selbst. Situationen wie diese waren Alice fremd.

Sie hatte keinen Plan und schon gar keine konkreten Vorstellungen. Angelicas Brief und die Erinnerung an Emmas Wunsch, mit ihr gemeinsam die Insel zu besuchen, hatten sie dazu veranlasst, den Flug zu buchen. Vielleicht würde sie in Abbadulche Amélies Vater finden.

Sich Hals über Kopf in ein Abenteuer zu stürzen war sonst gar nicht ihre Art, sie erkannte sich selbst kaum wieder.

Noëlle hatte recht. Sie hatte sich verändert.

Rechtlich gesehen hätte sie Frankreich mit Amélie gar nicht verlassen dürfen, denn die Adoptionspapiere waren noch nicht rechtskräftig. Deshalb hatte Alice ihren Eltern nichts gesagt. Sie wollte nicht, dass ihre Mutter sich einmischte. Nur Gérard, der ihr zugeraten hatte, Amélies Vater zu suchen, war eingeweiht.

Unter den gegebenen Umständen war das die beste Lösung.

»Ich schaue ihn mir genau an, das verspreche ich dir, *ma douce.*« Aber wie sie Emma kannte, musste er ein anständiger Mann sein. Sie hatte ein gutes Gespür für Menschen gehabt, war intuitiv und intelligent. Warum hatte sie Amélie dann nicht ihrem biologischen Vater anvertraut? Diese Frage hatte Alice sich schon oft gestellt, aber noch keine Antwort darauf gefunden. Wie auch? Sie tappte völlig im Dunkeln.

Vom steinernen Kirchturm war ein Läuten zu hören, das sie an früher erinnerte. Möwen schwebten über den klaren blauen Himmel, bevor sie elegant auf den roten Ziegeldächern landeten. Langsam wich Alices Angst, tiefer

Friede trat an ihre Stelle. »Jetzt verstehe ich, warum sich deine Mutter in diesen Ort verliebt hat.«

Das glaubte sie zumindest, denn gesagt hatte es ihre Schwester so nicht, aber ihre Fotos sprachen für sich. Das Album sollte eine Geschichte erzählen, daran hatte Alice keinen Zweifel, das hatte sie durch die beeindruckenden Bilder spüren können, die Emmas Gefühle, ihr Vertrauen, ihre Heiterkeit und Leidenschaft zum Ausdruck brachten.

»Gehen wir weiter, was meinst du?«

Amélie brabbelte etwas, und Alice streichelte ihr übers Gesicht. »Das nehme ich mal als Ja.«

Sie überquerte die Straße und folgte dem Weg, den sie auf der Karte gefunden hatte. Je näher sie dem Stadtrand kam, desto größer wurden die Gärten der Häuser. Hohe Bäume überragten die Hecken. Die frischen grünen Blätter waren noch zart, ihnen entströmte ein betörender Duft nach Harz. Vor einem Zaun blieb Alice stehen, eine Herde Esel lief auf sie zu.

»Schau mal.«

Amélie streckte die Ärmchen nach den Tieren aus. Als sie alle auf einmal zu schreien begannen, wich Alice erschreckt zurück. Der Wind zerzauste ihr Haar und trieb sie weiter.

Vor einer einfachen Brücke, die über einen schmalen Bach führte, blieb sie stehen. Das Wasser rauschte über die Steine. »Hörst du das? Der Bach singt, weil er glücklich ist.«

Das war eines von Mallenas Lieblingsmärchen gewesen. Alice blickte zu den mächtigen Eukalyptusbäumen, deren Spitzen aus dem Gebüsch aus Erikasträuchern, Ginster, Rosmarin und Zistrosen herausragten.

»Hier in der Nähe hat deine Urgroßmutter gelebt«, sagte sie. »Über sie will ich gerne mehr wissen, verstehst du, Amélie?«

Sie war nicht nur hier, um Amélies Vater zu finden. Da gab es noch mehr, etwas, das mit Emma und Mallena zu tun hatte, aber auch mit ihr. Etwas, das sie miteinander verband. Diesem Geheimnis wollte sie auf die Spur kommen.

Hier waren ihre Wurzeln, das konnte sie spüren.

Hier war *nonna* Mallena aufgewachsen. Was hatte sie dazu gebracht, diesen Ort zu verlassen, der ihr so ans Herz gewachsen war? All das machte Alice neugierig. Sie dachte oft über ihre Familie nach. Sie musste mehr darüber herausfinden, um es an ihre Nichte weitergeben zu können. Das war ihre Pflicht, das war sie Emma schuldig.

»Wir schauen uns erst einmal um, wir können nicht einfach bei Angelica auftauchen. Ich weiß nicht mal, ob deine Mutter mit ihr über dich oder mich gesprochen hat.« Alice hatte noch einmal Emmas Tagebuch durchgeblättert, aber keinen Hinweis auf ein Passwort für ihren Laptop oder ihr Handy gefunden. Der Brief von Angelica Senes war ihr einziger Anhaltspunkt.

»Von dort muss ich ausgehen, weißt du, *ma douce*?«

Sie spürte, dass sie auf dem richtigen Wag war. Auch wenn sie Angelica nicht kannte, konnte sie sich die Frau nach der Lektüre des Briefes vorstellen. Sie machte einen freundlichen Eindruck, ihre Worte klangen aufrichtig und engagiert. Mallena von Margherita zu erzählen, hatte ihr am Herzen gelegen. Genau wusste sie das natürlich nicht, aber sie konnte es spüren. Und die Einladung an die Frauen, nach Abbadulche zurückzukehren? Das war ihr ein Bedürfnis gewesen, sie hatte es tun müssen. Alice spürte tief in ihrem Inneren, dass Angelica Senes ihr helfen würde. Sie blieb vor einer riesigen Pfütze stehen und warf erst einen besorgten Blick Richtung Himmel und dann zum Meer.

Und da stand es.

10.

Die Farbe des Honigs variiert je nach Qualität des Nektars, den die Bienen gesammelt haben. Der Nektar bestimmt auch den Geschmack und die Konsistenz. Die Farbpalette reicht von Creme bis Bernstein, vom Hellgelb des fast transparenten Affodillhonigs bis zum tiefen Orange des Sonnenblumenhonigs. »Honigfarben« kann unzählige Schattierungen haben.

Das zweiflügelige Gebäude hatte einen Turm mit einem runden Dach. Die roten Ziegel hoben sich vom grauen Stein ab und gaben dem imposanten Ganzen eine zarte Note. Eine Reihe mit Läden verschlossener Fenster ging auf den Innenhof hinaus, der von langen Blumenbeeten umrandet war. Alices Herz schlug schneller. »Wie wunderbar, schau nur!«

Das Anwesen sah anders aus, als sie es sich vorgestellt hatte, aber sie hätte es überall auf der Welt erkannt.

Margheritas Villa.

»Es gibt keine Klingel.« Sie schaute genauer hin. Hinter dem schweren Eisentor stand ein Fahrzeug, das früher mal ein Campingbus gewesen sein dürfte. Er war völlig von Pflanzen überwuchert. Ein eindrucksvolles Bild, als ob die Natur sich etwas zurückholen würde, was nicht mehr gebraucht wurde. Der Weg war gesäumt von unzähligen Blumentöpfen. Alles wirkte harmonisch und farbenfroh, als wäre es sorgfältig komponiert worden. »Das Werk eines Künstlers«, murmelte sie und umfasste die Gitterstäbe. Dann ging sie ein Stück weiter. Aus diesem Winkel war das Haus noch eindrucksvoller. Sie blieb vor einem Rosenspalier stehen, die Hagebutten wirkten wie reife rotwangige Kirschen. »Das haben wir den Bienen zu verdanken, mein Schatz.«

Ohne die Bestäubung durch die Bienen gäbe es keine Früchte. Ein Geschenk, das die Bienen den Menschen machten, der Honig war nur das süße Endprodukt. Alice suchte nach den Bienenstöcken.

»Kann ich Ihnen helfen?«

Alice fuhr herum und umklammerte Amélie, der das gar nicht gefiel. Ein Mann stand etwas abseits und musterte sie.

Er war hochgewachsen und muskulös und trug einen grauen Jogginganzug; die Kapuze der Jacke hatte er über den Kopf gezogen. Er war außer Atem, sicher war er eine längere Strecke gelaufen.

Alice schüttelte den Kopf. »Ich … Nein. Merci.«

Er steckte die Hände in die Taschen und trat ein paar Schritte zurück.

»Es wird hier rasch dunkel, und es gibt keine Straßenbeleuchtung.«

»Ah, verstehe.«

Seine Stimme war tief und angenehm, er hatte langsam gesprochen. Der Tonfall erinnerte sie an etwas. Sie glaubte Mallenas melodischen Singsang herauszuhören. Die Wellen ihrer Gefühle schlugen über ihr zusammen, sie musste sich zusammenreißen, um halbwegs vernünftig zu antworten. »Ich wollte gerade ins Dorf zurück, aber danke für den Hinweis.«

»Mein Name ist Giuseppe Fenu.« Er zog die Kapuze ab, als wäre sie ihm erst jetzt aufgefallen. »Ich wollte Sie nicht belästigen, aber es ist mir lieber, Sie halten mich für aufdringlich, als dass Sie in Schwierigkeiten geraten.«

»Vielen Dank.«

Als ob dies eine Einladung zum Näherkommen gewesen wäre, kam der Mann auf sie zu. Er hatte kantige Gesichtszüge, volle Lippen, das Kinn wirkte wie aus Stein gemeißelt. Und diese Augen! Alice hielt den Atem an.

Einer der Männer aus Amélies Fotoalbum!

Bis zu diesem Moment war sie nicht hundertprozentig sicher gewesen, aber dieser Mann und dieses Haus … Endlich hatte sie eine konkrete Spur. Sie lächelte. »Aufdringlich? Ich finde Sie eher freundlich.«

Er schaute sie erstaunt an, mit einer solch direkten Antwort hatte er offensichtlich nicht gerechnet.

»Suchen Sie jemand Bestimmtes? Vielleicht kann ich Ihnen helfen.«

Sie konnte es immer noch nicht glauben, ihn leibhaftig vor sich zu sehen.

Sein durchdringender Blick war mit einem Hauch Melancholie gepaart. Ihre Schwester hatte sein Wesen auf ihrem Foto perfekt eingefangen. Aber da war noch mehr: Kraft und Entschlossenheit. Seine Attraktivität war mit Händen zu greifen.

»Ich suche Angelica Senes.« Eigentlich hatte sie sich ja nur ein wenig umsehen wollen, aber jetzt fieberte sie der Begegnung entgegen.

»Es tut mir leid, aber sie ist gerade nicht da.«

»Ich kann warten.« Bis zur Abfahrt der Fähre hatte sie noch einige Stunden Zeit.

Der Mann schüttelte den Kopf. »Nein, ich habe mich wohl nicht deutlich genug ausgedrückt. Angelica ist auf Reisen.«

Das hatte Alice nicht eingeplant. »Oh, wie schade.«

»Sie können gerne mit mir sprechen, wenn Sie wollen. Ich kümmere mich um die Geschäfte meiner Cousine, während sie … unterwegs ist.«

»Ach, dann sind Sie ein Verwandter?«

Amélie begann zu wimmern. Giuseppe warf ihr einen besorgten Blick zu.

»Genau. Ich helfe Ihnen gerne, wenn es recht ist.« Mit einer geübten Bewegung hob er Amélie aus der Babytrage und hielt sie vor sich.

»Halt, Moment! Sie ist Fremden gegenüber ängstlich.« Aber statt des erwarteten Protestgeschreis, verstummte das kleine Mädchen, griff nach Giuseppes Haaren.

»Sie vertraut nicht jedem, ein kluges Kind.« Er kniff ihr zärtlich in die Wange, und sie lächelte ihn an. So wie er Amélie im Arm hielt, schien er Erfahrung mit kleinen Kindern zu haben. »Ihre Tochter sieht Ihnen sehr ähnlich.«

Alice wunderte sich über Amélies Verhalten und erwiderte: »Wie bitte? Ja, das sagen alle.« Gerade als sie erklären wollte, dass sie gar nicht die Mutter war, änderte sie ihre Meinung. Noch war sie unsicher, wie sie weiter vorgehen wollte. Da Angelica nicht auf der Insel war, brauchte sie eine neue Strategie.

»Ich glaube, sie braucht eine neue Windel.« Giuseppes Worte rissen Alice aus ihren Gedanken. Hier war es dafür zu kalt. »Ich muss ins Dorf zurück.«

»Das ist nicht nötig.« Giuseppe deutete auf die Villa. »Im Moment ist das Haus unbewohnt, aber besser als nichts.«

Alice zögerte einen Moment, sie kannte diesen Mann nicht. Aber warum hatte Emma ein Foto von ihm in Amélies Album geklebt? Das musste doch etwas zu bedeuten haben. Sie schaute zum Haus. Dort würde sie sicher sein, das spürte sie. »Danke, das ist sehr nett.«

»Gut.«

Giuseppe hatte Amélie noch immer auf dem Arm und ging langsam neben Alice her. Die Kleine schaute sich neugierig um.

»Was wollen Sie eigentlich von Angelica?«

»Wie bitte?« Dieser Mann verlor keine Zeit und kam direkt zum Punkt.

»Geht es um etwas Geschäftliches?«

»Nein, um etwas Persönliches.«

»Sie sind keine Italienerin, oder?«

»Ich bin Französin.«

Er warf ihr einen rätselhaften Blick zu. »Kommen Sie, hier entlang.«

Er blieb vor dem Gittertor stehen, steckte die Hand durch eine Öffnung und zog an einem Hebel. Ein Flügel des Tors sprang auf. »Normalerweise ist immer offen, aber wir haben gestern die Bienenstöcke rausgebracht, weil der Affodill blüht. Die Bienen sind noch sehr nervös.«

»Ihre Stöcke haben keinen festen Standort?« Seine Bienen waren demnach gewissermaßen Nomaden. Die Vorstellung, die Tiere immer dorthin zu bringen, wo es gerade am üppigsten blühte, um die Honigproduktion zu erleichtern, hatte sie schon immer fasziniert. Das war ganz anders als in Paris, auf den Dächern und Terrassen fanden immer nur wenige Stöcke Platz. Hier war alles anders: die unendlich wirkenden Wiesen, die sich im Wind wiegenden Blumen, der dezent würzige Duft. »Affodill.« Sie betonte jede Silbe. »Ist er das?«, sie deutete auf eine hohe schmale Pflanze mit Rispen, deren Blüten wie Sterne aussahen.

»Genau, das ist er. Ein gutes Jahr, es hat zur richtigen Zeit geregnet. Hier stehen die Kästen geschützt, das mögen die Bienen.«

Alice wusste, wie gefährlich Wind für die Bienenstöcke sein konnte. Die Bienen hatten dann Schwierigkeiten zu landen und suchten sich geschütztere Stöcke. Die anderen wurden immer seltener besucht, die Völker dort geschwächt.

»Entschuldigung, ich langweile Sie bestimmt.«

»Aber nein, ganz und gar nicht. Ist denn schon Erntezeit?« Sie wusste, dass die Honigernte entscheidend vom Standort der Bienenstöcke und ihrer Umgebung abhing.

»Noch ein paar Wochen Sonne, und die Produktion kann beginnen«

Unglaublich. Während an vielen Orten zu dieser Jahreszeit die Bienen gerade erst aus dem Winterschlaf erwachten, waren die Völker hier auf Sardinien schon wieder dabei, zu wachsen und sich auf die Ernte vorzubereiten. Sie gingen den Weg weiter bis zu einer blau gestrichenen Eingangstür.

»Wie heißt die Kleine?«

Giuseppes Frage kam überraschend. »Amélie.«

»Und Sie?

»Alice. Können wir uns duzen?«

»Ja, sehr gerne.«

Er schloss die Tür auf. »Bitte, hier entlang.« Obwohl

draußen noch die Sonne schien, schaltete Giuseppe das Licht an. Das Wohnzimmer mit der hohen Decke war geräumig, die Möbel waren mit Tüchern abgedeckt. Alice konnte den Duft von Bienenwachs und Zitrone wahrnehmen, die gleichen Mittel, die auch ihre Großmutter verwendet hatte. Gerührt schaute sie sich um, hatte das Gefühl, umarmt zu werden. War Emma hier gewesen? War es ihr auch so gegangen? Hatte auch sie geglaubt, zu Hause angekommen zu sein?

»Hier ist das Bad, und hier hast du saubere Handtücher.« Er deutete auf einen Wandschrank. »Du kannst sie auf die Waschmaschine legen, dann hat es Amélie beim Wickeln bequem.« Sie war beeindruckt: »Du weißt viel über Kinder.«

»Ich habe eine Tochter. Möchtest du einen Tee?«

Eine Tochter? »Ja, gerne.« Sie sah ihm nach und begann, Amélie eine neue Windel anzuziehen. Dann ging sie durch den Flur in die Küche. Ein massiver Holztisch, eine Bank, ein Geschirrschrank. Alles war sauber und aufgeräumt. Obwohl das Haus leer stand, musste sich jemand darum kümmern. An einem Haken hing eine bestickte Schürze, daneben ein Geschirrhandtuch. Es wirkte, als warteten sie nur darauf, benutzt zu werden.

»Ein schöner Kamin.«

»Ist dir kalt? Ich kann ihn sofort anmachen.«

Sie wollte ihm sagen, dass er sich keine Mühe machen sollte, aber er war schon hinter einer Tür verschwunden und kam mit einem Stapel Holz zurück. Kurz darauf loderten Flammen und erwärmten den Raum.

»Danke.«

Amélie strampelte.

»Ich glaube, sie hat Hunger.« Alice zog eine Packung Kekse aus der Tasche.

»Wenn du ein Fläschchen hast, mache ich es dir warm.«

»Das wäre toll.«

Giuseppe hatte eine Tischdecke aufgelegt, ein Glas Honig, einen Teller mit aufgeschnittenem Brot, eine Tasse und einen Wasserkessel darauf gestellt. »Es tut mir leid, viel ist es nicht, aber ich war nicht auf Besuch eingestellt.«

Es war mehr, als sie erwartet hatte. »Es ist wunderbar so.«

»Gib mir die Kleine, dann kannst du in Ruhe eine Kleinigkeit essen.«

Sie schaute ihn an. »Es ist das erste Mal, dass sie sich bei einem Fremden wohlfühlt.«

»Kinder haben ein Gespür für Menschen. Sie weiß, dass sie mir vertrauen kann.«

So eine herzliche Gastfreundschaft war Alice fremd. Das Tischtuch, das Brot, der Honig, die selbstlose Freundlichkeit. Es hatte etwas von einem Ritual. Sie dachte daran, wie *nonna* Mallena Gäste empfangen hatte. Ihre Augen hatten geleuchtet, aus jeder Geste sprach derselbe Stolz, der auch Giuseppes Blick ausstrahlte.

Sie konnte ihm trauen, das spürte Alice. Aber woher nahm sie diese Gewissheit?

»Ein wunderbares Kind.«

»Nur selten so ruhig.«

»Wirklich? Auf mich macht sie einen glücklichen und zufriedenen Eindruck.«

Ja, die kurze Zeit auf Sardinien hatte Amélie verändert. »Wie heißt eigentlich deine Tochter?«

Er blickte sie direkt an, und zum ersten Mal konnte

Alice eine Emotion in seinem Gesicht erkennen. »Anna, sie ist zwölf.«

»So alt schon? Du musst ja in ganz jungen Jahren Vater geworden sein!«

Das Lächeln verschwand. »Ja, das stimmt.«

Alice spürte, dass sie einen wunden Punkt getroffen hatte. Verlegen schaute sie sich um. An den Wänden hingen Fotografien, aber sie konnte keine Einzelheiten erkennen. Giuseppe folgte aufmerksam ihrem Blick, und Amélie begann zu wimmern.

Alice goss sich Tee ein und suchte nach einem neuen Gesprächsthema. Sie biss in ihr Brot, ihre Gedanken rasten, dann riss sie die Augen auf. »Dieser Honig ... wunderbar. Woher kommt er?« Sie tauchte den Löffel in das Glas, leckte ihn ab und ließ den Geschmack auf sich wirken. Der Honig schmolz in ihrem Mund, und sie versuchte, die Charakteristika herauszufinden. Einfach unglaublich, eine Explosion der Aromen.

»Es ist Margheritas Waldhonig.«

»Angelicas Tante.«

Er zog überrascht die Augenbrauen hoch. »Du weißt einiges über unsere Familie.«

»Nein, ich weiß nur von dieser Verbindung, mehr nicht.« Sie schenkte ihm ein Lächeln, das er nicht erwiderte, dann schaute sie zu Amélie, die eifrig an ihrer Flasche nuckelte.

Schweigen breitete sich aus. Alice räumte das Geschirr zusammen.

»Lass nur, ich mache das schon.«

»Aber nein, ich helfe gerne, das ist das Mindeste, um mich zu bedanken.«

Nach einer Weile fragte sie: »Hast du immer hier auf der Insel gewohnt?«

Er zögerte mit der Antwort. »Nein, ich bin wegen Anna zurückgekommen. Es ist ein guter Ort zum Aufwachsen. Im Sommer machen viele Familien hier Urlaub, die Ruhe und Erholung suchen.«

Über Amélies Zukunft hatte sie noch gar nicht nachgedacht, sie war viel zu sehr mit der Gegenwart beschäftigt gewesen. Alice sah aus dem Fenster, der Wind ließ die Zweige der Bäume tanzen. Sie war angespannt. Wie würde es sein, wenn Amélie älter wurde, was wäre gut für sie? Wie sollte sie das Mädchen vernünftig erziehen?

»Und die Schule?«

»Wir haben eine sehr gute Grundschule, später kann Anna nach Sant'Antioco oder Carbonia auf die weiterführende Schule gehen. Und wegen der Uni mache ich mir noch keine Gedanken. Hauptsache, sie ist glücklich.«

»Verstehe.«

Glücklich … Eltern haben häufig große Pläne für ihre Kinder. Giuseppe Fenu hingegen wollte, dass seine Tochter glücklich war. Das wollte sie für ihre Nichte auch. Deshalb konnte sie Amélie nicht bei sich behalten.

Während Giuseppe die Tür hinter ihnen schloss, schaute Alice zum Horizont. Die Sonne war untergegangen, und Dämmerung hatte sich über die Wiese gelegt, die eben noch im Abendlicht geglänzt hatte.

»Ich muss die Fähre nehmen.«

»Die letzte?«

»Ja.«

»Dazu ist noch Zeit. Komm, ich zeige dir das Grundstück.«

Sie gingen um das Hauptgebäude herum auf die rückwärtige Seite. Mehrere gleich aussehende Häuschen umstanden den gepflasterten Hof, in dessen Mitte ein Brunnen stand, flankiert von Blumenkübeln. »Ihr müsst einen kreativen Gärtner haben.«

Giuseppe warf ihr einen fragenden Blick zu, und als Alice auf die Geranien zeigte, wurde sein Gesicht weicher. Es war noch kein Lächeln, kam ihm aber schon ziemlich nahe.

»Pina hat das arrangiert. Sie ist eine ganz besondere Frau.«

Besonders? Alice fragte sich, was er damit meinte, aber schon bald war ihre Aufmerksamkeit von etwas anderem völlig gefesselt.

»Das ist der Raum für die Honiggewinnung, hier steht die Schleuder. Hier füllen wir den Honig ab und bewahren die leeren Wabenrahmen auf.«

Entlang der Wand waren hohe Edelstahlzylinder aufgereiht, eine Pumpe verband sie über Leitungen mit der Honigschleuder. Hier wurde der Honig geklärt. Die Honigschleuder, in der die Waben geschleudert wurden, war brandneu und strahlend sauber.

»Und dort?«

»Dort steht die Torrone-Maschine. Aber im Moment kümmert sich niemand darum.«

»Warum?«

»Unsere ganze Aufmerksamkeit gilt den Bienen. Früher haben wir auch Kerzen, Seifen und Heilmittel wie Salben hergestellt.«

Wie schade, dachte Alice. Ihr Handy piepte. »Die Fähre fährt in 20 Minuten.«

»Dann beeilen wir uns besser.«

Der Hinweg war ihr kürzer vorgekommen. Während sie durch Abbadulche gingen, spürte Alice ein deutliches Bedauern, ein Gefühl, das sie auch schon gehabt hatte, als sie die Villa verlassen hatten. Und je weiter sie sich entfernten, desto stärker wurde es.

Auf der Mole reichte Giuseppe ihr ein Glas. »Katzenminze, Johanniskraut und Waldblüten.«

»Danke sehr, das ist der beste Honig, den ich je gegessen habe.«

»Es rankt sich eine Legende um ihn. Vielleicht erzähle ich sie dir eines Tages.«

Unglaublich. »Meine Großmutter sagte immer, es gäbe einen Weg des Honigs. Ein Weg des Bewusstseins, der durch die Gefühle führt. Geht es darum?«

»Deine Großmutter?«

»Ja, sie lebte früher hier. Sie meinte, das hier sei die Insel der goldenen Bienen.«

Er sah sie nachdenklich an, wie eigentlich schon die ganze Zeit.

»Könntest du mir Angelicas Telefonnummer geben?«

»Ich sage ihr, dass du hier warst, wenn sie mich anruft.«

Alice wollte etwas erwidern, schüttelte dann aber den Kopf. »Gut, ich bin noch eine Weile auf der Insel, vielen Dank für alles. Es war schön, dich kennenzulernen.«

»Ganz meinerseits.« Giuseppe streichelte Amélie über den Kopf. »Ciao, meine Kleine. Und dir gute Reise, Alice.«

»Danke.« Sie winkte, dann ging sie mit den anderen Passagieren zur Fähre. Von hier aus konnte sie die ganze Insel überblicken. Sie setzte sich mit Amélie auf einen freien Platz im Innenraum.

»Du hast einen neuen Freund, *ma douce.*« Giuseppe Fenu war ein interessanter Mann, freundlich, aber mit melancholischem Blick. Er hatte eine Tochter, eine Frau, er mochte Kinder. Und er war auf einem Foto in Emmas Album, was bedeutete, dass er und ihre Schwester sich gekannt hatten. Es wäre jedenfalls logisch. Sie seufzte.

»War er dein Freund, Emma?«

Jenseits der dicken Glasscheiben verschwanden die Konturen von San Pietro. Als jemand die Tür öffnete, fuhr ein Windstoß ins Innere, der Alices Haare zerzauste.

Später, als Amélie im Kinderbettchen schlief, das die Besitzerin des Hotels in Sant'Antioco in ihr Zimmer gestellt hatte, blätterte Alice noch einmal im Fotoalbum. Dann gähnte sie herzhaft. Und nun? Ohne Angelica Senes würde sie nichts über Emmas Aufenthalt in Abbadulche herausfinden. Wie sollte sie nur Amélies Vater finden?

Das Handy klingelte, es war Gérard.

»Ciao, *ma belle,* wie geht es dir?«

»Jetzt, wo ich deine Stimme höre, sehr gut.«

»Ganz meinerseits. Wie bekommen dir deine Ferien? Warst du schon auf der Insel?«

»Ja, heute. Sie ist ein wahres Paradies, fast märchenhaft. Jetzt verstehe ich, warum Emma so begeistert war.«

Sie hörte ihn lachen und entspannte sich. Das Mondlicht fiel durch die Klappläden und malte Bilder auf die Bettdecke.

»Hast du die Freundin deiner Schwester gefunden?«

»Nein, sie ist verreist. Vielleicht war es ein Fehler, so überstürzt hierherzukommen.« Sie schloss einen Moment die Augen.

»Genieß das Meer, leg dich in die Sonne. Wir könnten einen Privatdetektiv engagieren, um den Mann zu finden.«

Die Idee gefiel ihr gar nicht, und sie schwieg.

»Du hast das Foto, ein Profi könnte ganz anders an den Fall herangehen. Vertrau mir, wir finden schon eine Lösung.«

Sie fuhr sich mit den Fingern durchs Haar. Sie plauderten noch ein wenig über die Situation in der Firma. Nach dem Telefonat war Alice aufgewühlt. Das alles fehlte ihr, ihr fehlten die Sicherheit, die Routine, ihre aufgeräumte Wohnung. Beim Einschlafen dachte sie an Emma. Sie hätte nicht gewollt, dass ein Fremder ihre Fotos anschaute, mit Leuten sprach, die ihr wichtig waren. Es war, als würde Alice das Vertrauen ihrer Schwester verletzen. Nein, Emma würde das nicht gefallen.

11.

Honig ist ein vielseitiges Therapeutikum. Im Alten Ägypten wurde er als Aufbaupräparat und Kräftigungsmittel verwendet. Noch heute wird Honig bei Halsschmerzen und leichten Verbrennungen (auf Gaze gestrichen und auf die Haut gelegt spürt man sofort Linderung) eingesetzt und ist Grundlage von Kosmetikprodukten.

Der Kaffee war stark und tiefschwarz, wie er ihn mochte. Claudio Grimaldi goss sich eine zweite Tasse ein, überflog die Online-Ausgaben der Zeitungen und griff dann nach den Printausgaben. Er hatte schon seine Mails bearbeitet und zwei Sitzungen gecancelt, später würde er mit seinem Bruder sprechen. Er konnte es kaum erwarten, bis Nicola und seine Schwägerin Angelica zurück waren. Es missfiel ihm, wenn die beiden auf dem Meer unterwegs waren und ihre Zweisamkeit genossen. Wie gerne würde auch er einfach mal für ein paar Wochen abtauchen!

Leider würde das Wunschdenken bleiben.

Er warf einen Blick auf die To-do-Liste des heutigen Tages und verzog das Gesicht. Das Wort »Bedauern« gab es in seinem Wortschatz nicht, das war etwas für Verlierer. Er war ein Macher und entwickelte Strategien. Aber es hatte lange gedauert, bis ihn Angelica davon überzeugt hatte, dass er der geborene Bürgermeister wäre. Diese

Frau war ein schleichendes Gift. Wenn sie sich einmal etwas in den Kopf gesetzt hatte, konnte man sich nicht dagegen wehren. Sein Bruder vergötterte sie, und auch er war ihr zugetan, das konnte er nicht leugnen. Aber es hatte Jahre gedauert, bis er mit der Vergangenheit abschließen konnte.

Er hatte diese Frau aufwachsen sehen, sie war Nicolas große Liebe gewesen. Sein Bruder hatte sehr gelitten, als sie mit ihrer Mutter Maria Florinas Abbadulche verlassen hatte. Wer hätte gedacht, dass sie zehn Jahre später zurückkehren würde? Sie hatte sich mit Nicola versöhnt und dafür gesorgt, dass die Pläne für ein Luxusferienresort auf der Insel ad acta gelegt wurden. Damals war er außer sich vor Wut gewesen, aber jetzt musste er zugeben, dass es die richtige Entscheidung gewesen war. Angelica hatte ihm gezeigt, was er zuvor immer übersehen hatte. Aber sie hatte nicht locker gelassen und sich auch noch auf die Suche nach Margheritas Weggefährtinnen gemacht.

Als Angelica das Erbe ihrer Patentante angenommen hatte, hatte sie ihr Leben Margheritas Traum verschrieben. Mit weitreichenden Konsequenzen für Nicola und auch für ihn.

Er räumte den Tisch ab und stellte die Tasse in die Spüle.

Seine Haushälterin Chiara würde jeden Moment kommen. Er öffnete die Terrassentür. Der Wind war kalt und brachte den salzigen Duft des Meeres und den Geruch von frisch gemähtem Gras mit sich. Jenseits des Vorgebirges waren die Lichter des Hafens zu erahnen. Die Vertreter der Fischergenossenschaft würde er zum Mittagessen, die Stadtverordneten am Nachmittag treffen.

Er zündete sich eine Zigarette an und sog tief den Rauch

ein. Als er hörte, wie sich die Haustür öffnete, lächelte er. »Pünktlich wie die Maurer«, murmelte er.

»Guten Tag, Herr Bürgermeister.« Chiara nahm ihm die Zigarette aus dem Mund. »Ich weiß nicht, wo Sie die immer herholen. Ich war mir sicher, ich hätte sie alle weggeworfen.«

Er öffnete die Tüte, die sie auf den Küchentisch gelegt hatte: Der Duft nach frisch gebackenem Brot ließ ihm das Wasser im Mund zusammenlaufen. Er biss in die Focaccia und genoss den Geschmack des Hefeteigs. »Es gibt Automaten.«

Er wusste, dass er sie nicht provozieren sollte, aber er nahm sie gerne auf den Arm. Er brauchte das. Er wischte die Krümel vom Tisch.

»Soll ich etwas zu Mittag richten?«

Er schüttelte den Kopf, griff nach der Jacke und der Brottüte. »Wir sehen uns morgen.«

Chiaras missmutiges Brummeln zauberte ihm ein Lächeln auf die Lippen. Er ging die Treppe nach unten, stieg ins Auto, setzte die Sonnenbrille auf und startete den Motor. Dann suchte er nach der Fernbedienung für das Tor. Wo hatte er sie nur hingelegt? Er wühlte im Handschuhfach herum, warf den Inhalt auf den Beifahrersitz. Ah, da war sie ja. Er räumte alles wieder ein und wollte gerade die Taste drücken, als ihm das Foto auffiel.

Sein Herz begann wie wild zu klopfen. Wie beim allerersten Mal, als er sie gesehen hatte. »Emma …«, murmelte er.

Er starrte auf das lächelnde Gesicht.

Erinnerungen und Gefühle stiegen in ihm auf. »Wo zum Teufel bist du nur?« Er zog das Handy heraus und wählte, wie schon so oft zuvor, ihre Nummer. Er wusste, dass sie nicht antworten würde; die Nummer gab es schon lange nicht mehr, aber er probierte es trotzdem. Als er die Ansage hörte, legte er auf, steckte das Foto in die Tasche und fuhr los. Er dachte an die Mail, die sie ihm geschrieben hatte. An die beiden schlichten Wörter, die ihn so tief berührt hatten.

Mein Geliebter.

»Du dumme kleine Romantikerin.«

Er schob die Gefühle beiseite und kämpfte darum, die Selbstkontrolle wiederzuerlangen. Ein langer Arbeitstag wartete auf ihn. Das Leben, das er sich ausgesucht hatte. Bedauern war etwas für Verlierer.

Alice schreckte aus dem Schlaf. Sie hatte die Klappläden nur angelehnt, und ein Flügel schlug gegen die Hauswand. Das rhythmische Geräusch klang wie ein stetiges Klopfen. Sie stand auf, streifte den Morgenmantel über, warf einen prüfenden Blick auf ihre schlafende Nichte und ging hinaus auf die Terrasse. Sie hatte das beste Zimmer bekommen, denn das Hotel war fast leer. Außer ihr war nur ein Pärchen auf Hochzeitsreise im Haus, das seine eigenen Wege ging.

Sie schaute zum Horizont. In der Ferne zuckten Blitze über dem Meer. Irgendwo musste sich ein Gewitter entladen. Sie hatte Angst vor Gewittern, war aber gleichermaßen fasziniert von ihrer ursprünglichen, kraftvollen Schönheit.

Es ging immer darum, aus welchem Blickwinkel man die Dinge betrachtete. Sie fröstelte, und während sie wieder in ihr Zimmer ging, wurde ihr klar, dass sie nicht länger warten wollte. Am nächsten Morgen würde sie mit ihrer Suche weitermachen.

Aber das Unwetter kam näher, erreichte die Küste, und Alice musste sich gedulden. Die hohen Wellen machten eine Überfahrt nach Abbadulche unmöglich. Sie musste auf besseres Wetter warten.

Sie ging in den Speisesaal, um etwas zu Mittag zu essen, als das Handy klingelte. »Ciao, Mama, wie geht's dir? Und Papa?«

»Wie immer. Wo bist du?«

Sie zuckte zusammen. »Wie meinst du das?«

»Ich habe im Büro angerufen, und sie meinten, du seist im Urlaub. Was hat das zu bedeuten?«

»Dass ich mich erhole.«

»Amélie?«

»Sie auch.«

»Du hättest mir Bescheid sagen sollen, ich hätte mich um die Kleine kümmern können. Ich ertrage nicht, dass du mich aus allem ausschließt, das habe ich nicht verdient!«

»Mama, warum hörst du nicht endlich damit auf? Wir haben schon so oft darüber gesprochen. Du musst auf dich achten, Papa sagt, es geht dir in letzter Zeit nicht gut. Ich kümmere mich um sie.«

»Da ist nichts, hin und wieder ein leichtes Unwohlsein. Ich bin nervös, das ist alles.«

Alice reagierte nicht und wartete ab. Ihre Mutter suchte die Konfrontation, und sie würde ihr keinen Vorwand für einen Streit liefern. Schweigen, dann ein Seufzer. Wider Erwarten wollte auch ihre Mutter nicht streiten. Sie war merkwürdig einsilbig.

»Wo genau bist du?«, fragte sie erneut.

Alice war im Zwiespalt. Einerseits wollte sie nicht lügen, andererseits würde die Wahrheit ihre Mutter nur aufregen, das wollte sie auch nicht.

»Am Meer. Ein kleines familiengeführtes Hotel, frisch gekochtes Essen. Es würde dir gefallen.« Das meinte sie ganz ernst. Vielleicht würden sie eines Tages tatsächlich gemeinsam wiederkommen? Aber nein, ihre Mutter würde sich niemals darauf einlassen. Alice lächelte. Sardinien hatte Emma verzaubert und auch ihr Herz erobert. Hier hatte ein Teil des Lebens ihrer Großmutter stattgefunden. Alice glaubte, ihre Stimme zu hören, ihren Blick zu spüren, der nicht locker ließ, bis man sein Herz ausgeschüttet hatte. Sardinien war die Insel einzigartiger Traditionen und Bräuche.

»Du musst auf die Stille achten, mein Kind.«

Alice hatte nonna Mallena verwirrt angesehen. Diese hatte sie angelächelt, als könnte sie ihre Gedanken lesen. »Wie kannst du in den Menschen lesen?«

»Schau ihnen immer in die Augen, beobachte, wie sie sich bewegen, schau auf die Hände, und dann wirst du wissen, was sie auf dem Herzen haben.«

Alice war Mallenas Ratschlägen gefolgt und hatte es irgendwann verstanden. Aber es war anstrengend und manchmal schmerzhaft, und deshalb hatte sie beschlossen, lieber nicht mehr so genau hinzusehen und die Fähigkeit schließlich wieder verloren.

»Bevor du nach Paris zurückfährst, kommst du bei mir vorbei. Ich habe ein Recht darauf, meine Enkelin zu sehen.«

Die Wortwahl und der Tonfall gefielen Alice gar nicht. »Darüber reden wir noch. Ich muss los. Ciao, Mama.« Sie legte auf. Sobald ihre Mutter von ihren Plänen erführe, wäre der Teufel los. Alice musste sich beeilen. Mit der Zeit würde sich ihre Mutter an die Situation gewöhnen und sie auch. Amélie könnte die Ferien in der Provence verbringen, bei ihren Großeltern, so wie es von Anfang an hätte sein sollen.

Giuseppe tauchte den Fahrradschlauch in den Eimer und drückte. Zu dieser Jahreszeit, wenn die Imkersaison noch nicht begonnen hatte, war Gelegenheit, sich um solche Dinge zu kümmern. Er betrachtete die Wasseroberfläche.

Keine Luftblasen mehr zu sehen. Zufrieden legte er den Schlauch in die Sonne zum Trocknen. Er hatte beide Schläuche geflickt, das Rad sauber gemacht, den Rahmen abgeschmirgelt und gelb gestrichen. Neue Bremsen, Rückspiegel und Schutzbleche hinten und vorne. Danach hatte er alles sorgsam wieder zusammengeschraubt, und jetzt strahlte das Fahrrad in der lauen Nachmittagssonne.

»Wie wunderschön, Papa!«

Anna rannte ihm entgegen, er nahm sie lächelnd in die Arme, vergrub sein Kinn in ihren Haaren, sog tief den Duft nach Aprikose ein, der von ihr ausging, und fragte sich, wie lange sie sich wohl noch so kosen lassen würde. »Ja, es ist gut geworden.«

»Reparieren kannst du wirklich gut.«

Seine Tochter hatte recht. Er brachte Dinge in Ordnung, das hatte ihm schon immer gefallen. Bereits als Kind hatte er sich um alles bemüht, was Pflege und Schutz gebraucht hatte. »Wo ist Lorenzo?« Er räusperte sich. Es fiel ihm schwer, seine Gefühle unter Kontrolle zu halten.

»Tante Maria macht einen Spaziergang mit ihm. Du weißt ja, ihm fehlt Angelica.«

»Sie fehlt uns allen.« Er hoffte, sie wäre bald wieder da. »Ich liefere jetzt Ware aus und komme später vorbei und hole dich ab. Wenn Lorenzo lieber bei Maria bleiben will, bitte lass ihn dort.«

»Aber Papa …«

Er ignorierte die Proteste seiner Tochter und lud das Rad auf den Laster. Sein Freund würde sich freuen, es sollte ein Geschenk für seine Frau sein. Dann beugte er sich noch einmal aus dem Autofenster. Anna hatte trotzig die Arme verschränkt und war zu allem bereit. Dieses Mädchen war wirklich unglaublich. Er seufzte. »Er hat das Sofa angefressen.«

»Er fühlt sich einsam. Er ist sensibel, das weißt du doch.«

»Durch ihn habe ich viel mehr Stress.«

»Du sagst immer, Langeweile sei Gift für den Verstand.«

Giuseppe musste lachen. Das würde ihm eine Lehre sein. Mit Lebensweisheiten sollte man bei Kindern vorsichtig sein. »Wenn er noch etwas anstellt, dann ziehe ich dir das vom Taschengeld ab.«

Anna lachte. »Ich bekomme gar kein Taschengeld!«

»Dann machst du jetzt schon Schulden für später.« Wieder einmal hatte er nachgegeben, dachte er.

»Danke, Papi.« Anna schenkte ihm ein strahlendes Lächeln und küsste ihn. Sie roch nach Karamell, und plötzlich hatte er gute Laune.

»Wollen wir eine Pizza holen und am Strand essen?«, fragte sie.

»Gut, wir sehen uns in einer Stunde, ich muss noch zu den Tanten.«

»Ich warte auf dich.«

Auf der Fahrt dachte er darüber nach, wie gut Lorenzo

seiner Tochter tat. Der massige Hund, der allen anderen Angst einflößte, war bei ihr brav wie ein Lamm. Lorenzo liebte Anna und Angelica abgöttisch. Angelica hatte ihn gefunden, als sie als Wanderimkerin mit ihrem Camper durch die Welt gereist war. Als der Imker, bei dem sie gearbeitet hatte, sie bezahlen wollte, hatte sie abgelehnt und ihn stattdessen darum gebeten, den abgemagerten Hund mitnehmen zu dürfen, den er an einer Kette hielt. Seitdem waren sie und das Tier unzertrennlich. Leider vertrug Lorenzo das Segeln nicht. Immer wenn Angelica mit Nicola auf der *Maestrale* unterwegs war, vertraute sie den Hund ihm und seiner Tochter an.

Am Wochenende würde er Angelica am Telefon von Alice erzählen. Diese junge Frau hatte ihm nicht die Wahrheit gesagt. Sie hatte etwas ganz Bestimmtes gesucht, da war er sich sicher. Was wollte sie wirklich? Sie hatte angespannt und nervös gewirkt, außer wenn sie sich um die kleine Amélie gekümmert hatte.

Er bog in eine schmale Straße ein und hielt vor einem Ziegelhäuschen mit dicht bepflanzten Balkonkästen an. Er hupte. Während er parkte, dachte er über Alices Verhalten nach, als er ihr Margheritas Villa gezeigt hatte. »Wer bist du, Alice?« Sie wusste viel über die Senes-Frauen, zu viel für eine zufällig vorbeikommende Touristin. Und dann war da diese Traurigkeit in ihrem Blick, die ihn tief berührt hatte.

12.

Monofloral nennt man einen sortenreinen Honig, der vorwiegend aus dem Nektar einer bestimmten Blume hergestellt wird und deshalb besondere organoleptische Eigenschaften hat. Im Gegensatz dazu gibt es polyflorale Honige aus dem Nektar verschiedener Blüten.

Es dauerte noch zwei weitere Tage, bis sich das Wetter beruhigt hatte. Alice nahm die Morgenfähre. Sie konnte nicht mehr länger untätig herumsitzen und warten, bis etwas passierte. Ihre Ungeduld war zu groß.

Die Passagiere gingen von Bord. Alice ließ den Hafen hinter sich, in dem auch dieses Mal ein sanfter Wind wehte, der sie liebkoste und ihr Geschichten zu erzählen schien. Natürlich nicht mit Worten, sondern mit Gefühlen und kurzen Momentaufnahmen so wie früher, als sie ein Kind gewesen war. Damals konnte sie mit Mallena über diese Erfahrungen reden. Ihre Großmutter hatte keine Fragen gestellt, sondern ihr einfach nur lächelnd zugehört. Ihr hatte Alice all ihre Geheimnisse anvertrauen können, während Mallena in ihrer Werkstatt stand und Inhaltsstoffe aus Kräutern extrahierte. Alice hatte gelernt, das Bienenwachs zu mischen, es in Formen zu gießen und geduldig abzuwarten, bis daraus Kerzen entstanden waren. Eine von Stille und Geduld geprägte, uralte Tradition, von Generation zu Generation überliefert.

»Wir brauchen das Abdeckwachs.«

Alice wusste, dass dieses Wachs besonders rein und empfindlich war, hauchfein wie ein Schleier legte es sich über die prall gefüllten Waben. Mallena schabte es mit einer Gabel ab, damit der Honig besser herausfließen konnte, stellte die Wabenrahmen in die Honigschleuder und griff nach der Kurbel. Es dauerte eine Weile, bis die Zentrifuge sich schnell genug drehte, um den goldgelben Honig zu ernten.

»Ohne Hast, Alice, vergiss das nie.«

»Ja, Großmutter.«

Tatsächlich war sie innerlich aufgewühlt, sie konnte kaum stillstehen. So gerne hätte sie den Finger in den Honig gesteckt und ihn probiert!

Endlich ließ ihre Großmutter die Kurbel los, die Schleuder hielt an. Jetzt begann ihre Aufgabe. Sie öffnete den Hahn, der unten am Edelstahlzylinder angebracht war. Ein goldener Strom mit bernsteinfarbenen Schlieren drang heraus. »Schau nur, wie schön!«

Mallena stand neben ihr und lächelte sie an. »Das hast du gut gemacht.«

Bei ihrer Großmutter fiel es Alice leicht, etwas gut zu machen, alles hatte seine Regeln, es war ein Kinderspiel. Einfache, sich wiederholende Gesten. Sie füllte die Gläser, die dann in die Vorratskammer gestellt wurden. Der Filter wurde ausgedrückt und geleert.

Noch heute glaubte Alice, den Honigduft zwischen ihren Fingern riechen zu können.

Danach zündete nonna Mallena die Kerzen an.

»Siehst du, wie besonders das Kerzenlicht ist, mein Kind?«

»Ja, Großmutter.«

Die Werkstatt war geräumig, hell und luftig. Auf einem Tisch lagen Dochte, Kerzenformen und eine Reibe. Alice wählte das klarste Wachs aus, Mallena sang und lächelte. Wenn sie zusammenarbeiteten, lag immer eine große Heiterkeit in der Luft.

»Hast du gesehen, wie stark sich dieses Wachs vom anderen unterscheidet?«

»Ja, das andere ist orange, dieses aber weiß.«

»Und weißt du, warum?«

Alice wusste es. Es hatte mit der Ernährung der Jungbienen in den ersten drei Wochen zu tun. »Es ist warm und leuchtet, wie Zauberei.«

Mallena nickte. »Seit Jahrtausenden werden Bienenwachskerzen bei wichtigen religiösen Festen angezündet. Kannst du den Duft riechen, Alice? Schau dir das Licht an, es wird dich führen, wenn du das Gefühl hast, dich verlaufen zu haben. Denke daran: Wenn du eine Kerze anzündest und in die Flamme blickst, findest du alle Antworten, nach denen du suchst.«

Die Worte und Bilder lösten sich auf.

»Ich hatte es vergessen, Großmutter.« Seit Alice auf Sardinien war, erinnerte sie sich an so vieles wieder.

Sie ging über die Piazza und hielt inne, die letzten Autos fuhren immer noch von der Fähre. In der Ferne verschmolz das Meer mit dem Blau des Himmels. Da war es wieder, das Gefühl von tiefer Vertrautheit mit der kleinen Insel.

Sie dachte an Giuseppes Honig, oder besser gesagt:

Margheritas Honig. Er war wirklich etwas ganz Besonderes. War dieser Waldhonig das Element, das sie und ihre Schwester mit ihrer Großmutter verband? War sie auf einer Reise in die Vergangenheit? Es war absurd, das wusste Alice, aber dieser Gedanke ging ihr nicht mehr aus dem Kopf. Dort, wo sonst analytisches Denken vorherrschte, waren plötzlich nur noch Zweifel. Der Verstand war von Gefühl, die Logik von Intuition abgelöst worden.

Sie überquerte die Straße und betrachtete die Auslagen in einem Schaufenster. Ihr Treffen mit Giuseppe war schon einige Tage her, vielleicht hatte er in der Zwischenzeit mit Angelica gesprochen, vielleicht war sie sogar schon zurück. Sie dachte an Emma. Ihre Schwester wäre bestimmt optimistisch gewesen.

Heute war Alice zielstrebiger. Sie ging auf direktem Weg in Richtung Villa und grüßte entgegenkommende Passanten. Sie fühlte sich ganz anders als beim ersten Mal.

»Was meinst du, mein Schatz, gehen wir nochmal zur Villa?«

Amélie reagierte nicht, sie streckte die Arme nach einem Schwarm Reiher aus, die in geringer Höhe über sie hinwegflogen.

Alice lächelte und überlegte kurz, ob sie den richtigen Weg eingeschlagen hatte. Als sie in der Ferne das Dach des Turms entdeckte, war sie erleichtert. Ihr Orientierungssinn funktionierte. Wer dieses Anwesen wohl gebaut hatte? Es war ganz anders als die Häuser in der Umgebung, und das nicht nur stilistisch. Alles wirkte großzügig und gut durchdacht.

»Das Tor ist offen.« Offensichtlich hatten die Bienen

sich eingelebt, dachte sie und musste an Giuseppes Worte denken.

Sie betrat den Hof und blieb mitten auf dem Weg stehen. »Ist jemand zu Hause?«, rief sie. Während sie auf eine Antwort wartete, sah sie sich um. Als niemand reagierte, ging sie weiter. »Vielleicht sind sie bei den Bienen.« Immer an der Einfriedungsmauer entlang kam sie zu einer Stelle, wo sich der Weg verzweigte. Das Hauptgebäude war in gutem Zustand, die Türen und Fenster waren frisch gestrichen, über allem hing ein Hauch Melancholie.

»Wie schade, früher musste das Haus voller Leben gewesen sein.«

Ein Weg führte in Richtung Meer. Alice schlug intuitiv diese Richtung ein und kam auf eine Lichtung in einem kleinen Wäldchen. Etwas verunsichert sah sie sich um. Normalerweise betrat sie nicht einfach ein fremdes Grundstück, aber wenn die Tür offen war, dann schien jeder willkommen zu sein. Sie machte sich Mut.

»Es wird alles gut, mach dir keine Sorgen«, sagte sie leise zu Amélie, aber im Grunde galt die Aufmunterung ihr selbst.

Nach einigen Schritten entdeckte sie die Bienenstöcke. »Siehst du, da sind die Bienen!« Sie würde ihnen nicht zu nahe kommen, aber sie wollte sie unbedingt sehen und ihren Gesang zu hören. Alice hatte das Gefühl, als würden sie nach ihr rufen. »Schau nur, wie schön sie sind!«, rief sie und umrundete ein Gebüsch. Und dann sah sie sie.

Neben den Bienenstöcken stand ein Mädchen, es hatte die Arme ausgebreitet, und die Bienen flogen um sie herum. Sie trug keinerlei Schutzkleidung, weder Overall noch Handschuhe noch Maske. Alice hielt überrascht den Atem an.

Eine Erinnerung stieg in ihr auf. Vor ihrem inneren Auge erkannte sie sich und ihre Großmutter. Sie hatte den Finger in eine Honigwabe getunkt, während Mallena zu singen begonnen hatte. Und dann hatte sie in den Gesang eingestimmt, die Augen fest auf die Bienen gerichtet, die um sie herumgeschwirrt waren. Ihr Gesang hatte sich mit dem Gesumme der Bienen vermischt und war zu einem einzigen melodischen Chor geworden.

»Anna, bist du fertig? Wir müssen gehen.«

Alice zuckte zusammen, und ihre Gedanken kehrten in die Realität zurück. Giuseppe tauchte in Gesellschaft eines riesigen Hundes auf der Lichtung auf. Sie winkte ihm zu. Als er sie sah, blieb er stehen, befahl dem Hund, sich hinzusetzen, und ging ihr dann entgegen. »Hallo, Alice.«

Und jetzt? Wie sollte sie ihre Anwesenheit, oder besser gesagt, ihr Eindringen, rechtfertigen? »Entschuldige, ich wollte nicht stören, aber das Tor war offen und …«

»Schon gut, schön, dich zu sehen.«

Dankbar lächelte sie ihn an. »Ich wollte fragen, ob Angelica schon zurück ist.«

Er schüttelte den Kopf und betrachtete dann Amélie, die ihm die Ärmchen entgegenstreckte. »Sie hat noch nicht mal angerufen. Darf ich sie mal nehmen?«

»Natürlich.«

Giuseppe holte das Mädchen aus der Trage und küsste sie auf den Kopf.

»Hallo, meine Schöne.«

Amélie gab einen gurrenden Laut von sich und klatschte in die Hände. Ihre Nichte schien von diesem Mann begeistert zu sein. Alice konnte es ihr nicht übel nehmen. »Du bist ihr Liebling.«

»Das sagst du so, als ob das etwas Merkwürdiges sei.«

»Das ist es, glaub mir, sonst ist sie eher reserviert.«

»Was für Leute kennst du denn?«

Sie musste lachen. »Ist das Anna?« Was auch immer sie zuvor gesehen hatte, es war vorbei. Das Mädchen näherte sich vorsichtig.

»Ja, das ist meine Tochter.« Er winkte sie heran. »Komm her, mein Schatz.«

Alice gefiel ihre Schüchternheit. »Hallo, schön dich kennenzulernen. Ich bin Alice, und das ist Amélie.« Sie wandte sich zu ihrer Nichte und verstummte. Eine Biene flog direkt auf Amélie zu. Alice streckte einen Arm aus und drehte die Handfläche nach oben, als wolle sie sagen: »Komm zu mir, und zwar sofort.« Die Biene gehorchte. Alice atmete tief durch. Sie wusste, dass die Biene nur neugierig war, aber wenn Amélie sich bewegt und die Biene das als Bedrohung angesehen hätte ... Nicht auszudenken. Bienen waren nicht angriffslustig, sie wollten sich nur verteidigen, und falls sie wirklich stachen, mussten sie danach sterben.

»Brav, meine Schöne.« Die Biene glänzte hell und war wohlgenährt. »Eine goldene Biene, erstaunlich.« Alice hob die Hand, und die Biene flog davon. »Kehr zu deinen Schwestern zurück.«

»Kannst du mit Bienen sprechen?«, fragte Anna.

Alice zuckte zusammen. »Nein, ich ... mag sie nur sehr, das ist alles.«

»Ich auch, sie sind meine Freundinnen.« Anna strahlte sie an. Sie sah ihrem Vater sehr ähnlich, die gleichen

Augen, auch wenn ihr Blick sanfter und freundlicher war. Alice hatte sie sofort ins Herz geschlossen.

»Mittagessen ist fertig!«

Eine schwarz gekleidete Frau kam auf sie zu, sie stützte sich auf einen schweren Stock. »Braucht ihr noch lange?«

Anna rannte auf sie zu. »Tante Memma, ich sterbe vor Hunger.«

Alice spürte, wie die alte Frau sie musterte. »Entschuldigen Sie mein Eindringen, ich gehe sofort wieder.«

Giuseppe schüttelte den Kopf. »Zu spät! Flüchten kannst du nicht mehr. Bleib doch zum Essen.«

»Wie? Aber ich kann doch nicht …«

»Natürlich, Maria Florinas wird auch da sein.«

»Wer?«

»Angelicas Mutter. Vielleicht hat sie mit ihr gesprochen.« Giuseppe nahm Amélie einfach auf den Arm und ging in Richtung Meer, hinter einer Trockenmauer war ein kleines Haus zu sehen.

Alice wusste, dass es kein Zurück mehr gab. Giuseppe hatte sie vor vollendete Tatsachen gestellt. »Guten Tag, Signora. Ich will wirklich nicht stören.«

»Das tust du nicht.« Memma strich Anna übers Haar. »Lauf zu Maria und sag ihr, dass wir noch eine Person mehr bei Tisch sind.«

»Wird gemacht.«

Dann wandte sie sich wieder an Alice. »Du scheinst hier aus der Gegend zu kommen, aber der Akzent ist anders.« Sie musterte sie eindringlich. Ein kribbelndes, aber kein unangenehmes Gefühl. Alice hatte den Eindruck, als würde die alte Frau in ihrem Gesicht nach etwas Vertrautem suchen.

»Ich bin Französin, aber meine Großmutter stammte von hier.«

»Und wie hieß sie?«

»Maddalena Azara.«

»Mallena? Du bist Mallena Azaras Enkelin?«

Alice riss überrascht die Augen auf. »Sie kannten sie?«

Memma legte ihr die Hand auf die Schulter. »Ja, komm, wir gehen.«

Eine Weile gingen sie schweigend nebeneinander her. Alice war verwirrt. Sie hoffte, die alte Frau würde noch etwas über ihre Großmutter sagen.

»Wir sind da!«

Hinter einer hohen Hecke war unter einem breiten Dach ein langer Tisch aufgebaut, an dem zahlreiche Gäste saßen und plauderten. Giuseppe und Amélie schienen im Mittelpunkt des Interesses zu stehen. »Oh, ein Familientreffen.« Unsicher blieb Alice stehen.

»Ach was, nur ein paar Freunde. Ich stelle dich vor, komm. Maria wird es kaum glauben können. Sie ist natürlich jünger als Mallena, aber sie erinnert sich bestimmt. Sie erinnert sich an alles.«

Würde sie sich auch an Emma erinnern? Wie lange war ihre Schwester in Abbadulche gewesen? Was hatte sie in der Zeit gemacht? Außer dem Brief und Amélies Album hatte sie keinerlei Anhaltspunkte.

»Komm. Alice, setz dich.« Giuseppe nahm neben einer jungen Frau mit kastanienbraunen Haaren Platz, die sich als Alessandra vorstellte. Vielleicht seine Frau?

Jemand schob ihr einen Stuhl zurecht, ein anderer füllte ihren Teller, und ein Dritter brachte ihr ein Glas Wein. Es wurden Fragen gestellt, alle lächelten sie an, es wirkte, als gehörte sie dazu. So viel Wohlwollen tat gut, machte Alice aber auch verlegen. Für Amélie hatte man einen Hochstuhl geholt, aber den brauchte es gar nicht, denn sie wurde von einem Arm in den nächsten weitergereicht. Die Kleine weinte kein einziges Mal, strahlte jeden an und lutschte an einer Brotrinde, die man ihr in die Hand gedrückt hatte. Alle plauderten munter miteinander, manchmal war es gar nicht so einfach, sich Gehör zu verschaffen. Alice war irritiert, aber auch amüsiert. Warum auch immer, sie fühlte sich pudelwohl.

»Giuseppe hat mir gesagt, dass du Angelica suchst.«

Maria Florinas hatte sie lange betrachtet und ihr dann einen Kaffee und Kekse gebracht. »Greif zu, wir backen sie mit unserem Honig. Sie sind köstlich.«

Angelicas Mutter hatte anfangs kritisch, fast misstrauisch gewirkt. Und wenn Alice genauer hinschaute, waren auch die anderen trotz aller Herzlichkeit ihr gegenüber eher reserviert. Unterschwellig war immer spürbar, dass sie eine Fremde war.

»Danke.« Sie biss in den Keks. Der Geschmack war intensiv, sie erkannte Orangenzesten und die bittere Note von Mandeln. »Ich muss mit ihr sprechen.«

»Warum?«

»Sie hat meiner Großmutter geschrieben.« Alice zog den Brief aus der Tasche und zeigte ihn ihr. Memma, die inzwischen dazugekommen war, griff danach und las. Dann sagte sie: »Du hättest anrufen können.«

Die Reaktion verblüffte sie. Hatte sie etwas falsch gemacht? »Ich dachte …« Sie suchte nach den richtigen Worten: »Meine Großmutter kam von hier, ich wollte die Insel kennenlernen, auf der sie geboren wurde.«

»Sie ist nicht in Abbadulche geboren, sie ist als junge Frau hergekommen.«

»Wie bitte?«

»Plötzlich war sie da und wohnte mit den anderen bei Margherita.«

»Den anderen?«

»Ja, den alleinstehenden Frauen, die Hilfe und einen Platz brauchten, an dem sie bleiben konnten.«

Alice fuhr sich mit der Zunge über die Lippen. »Vielleicht hatte sie nach Großvaters Tod niemanden mehr.«

»Hat Maddalena dir das erzählt?«

Irgendetwas stimmte nicht. Alice konnte deutlich ihr Mitleid spüren. Sie räusperte sich, vielleicht hatte sie sich unklar ausgedrückt ... »Meine Mutter wurde geboren, kurz nachdem meine Großmutter nach Frankreich gekommen war. Sie war Witwe.«

»Witwe?« Peinliches Schweigen folgte. Vielsagende Blicke. Seufzer. Memma und Maria schauten sich an.

Diese Frauen trauten ihr nicht.

Sie spürte ihr Misstrauen.

Aber konnte sie ihnen das übel nehmen?

»Warum sagst du uns nicht, was du wirklich suchst? Dann können wir dir besser helfen.«

Alice zuckte zusammen. Memma seufzte. »Dieser Brief ist der gleiche, von dem Emma gesprochen hat, oder?«

Alice nickte. »Sie war meine Schwester.«

»War?«

»Sie ist tot.« Tränen traten ihr in die Augen. Sie schaute zu Amélie, die in Memmas Armen lag und schlief. Die alte Frau malte ihr mit dem Zeigefinger ein Kreuz auf die Stirn und hielt schützend die Hand über ihr Köpfchen.

»Welch ein Unglück, das tut mir sehr leid.« Eine Hand schloss sich mitfühlend um ihre.

»Ich muss mit Angelica sprechen. Ich muss wissen, was passiert ist, als Emma hier auf der Insel war.«

»Sie kam und ging, sie machte Fotos. Was genau willst du wissen?«

Es gab viele Fragen, zu viele. Sie musste Schritt für Schritt vorgehen.

»Alice.«

Sie hob den Blick. Giuseppe drängte: »Du musst los, sonst verpasst du die Fähre.«

»Mir ist gar nicht aufgefallen, dass es schon so spät ist.« Sie wollte Amélie auf den Arm nehmen, aber Maria schüttelte den Kopf. »Lass mich sie tragen.«

Schweigend gingen sie über den Hof, jeder hing seinen eigenen Gedanken nach. Als sie schließlich am Auto waren, öffnete Giuseppe die Tür und half ihr auf den Rücksitz.

»Geh mit Gott, Alice, achte auf das Kind«, sagte Maria, wechselte noch ein paar Worte mit Giuseppe, dann ging sie zurück zum Haus und verschwand aus Alices Blickfeld.

13.

Die Kliffhonigbiene (Apis dorsata laboriosa) oder Himalaya-Riesenhonigbiene ist in Indien, Tibet und China beheimatet und baut große Wachswaben in über 2500 Metern Höhe. Ihr Honig ist eine Rarität. Sie befliegen bevorzugt Heidekrautgewächse wie Azaleen und Rhododendren, deren Nektar einen halluzinogenen Giftstoff enthält, deshalb auch der Begriff »verrückter Honig«.

Amélie war sofort eingeschlafen. Alice wickelte sie in eine Decke und dachte an ihr Gespräch mit Memma und Maria zurück.

»Hast du die Antworten gefunden, die du gesucht hast?«, fragte Giuseppe, der den Motor startete.

»Ich … Nein, leider nicht.« Sie hatte sogar noch mehr Fragen als zuvor: über Emma, über ihre Großmutter.

»Das tut mir leid.«

Sie schaute ihn durch den Rückspiegel an.

»Danke, du bist sehr freundlich.«

Er reagierte nicht.

Alice blickte zu Amélie, die selig schlief. Die Dinge liefen ganz anders als erwartet. Sie dachte daran, wie unglücklich die Kleine in der Kinderkrippe war, an Céline und daran, dass es ihr nicht gelungen war, das Leben des Kindes in geordnete Bahnen zu bringen.

Sie war seit fast einer Woche auf Sardinien, und ihre Nachforschungen waren an einem toten Punkt angekommen.

»Hast du schon mal das Gefühl gehabt, etwas tun zu müssen, auch wenn es etwas unglaublich Dummes war?«

Er schaltete einen Gang herunter und bog in die Straße ein, die zum Hafen führte. »Ich glaube, das habe ich schon so oft gemacht, dass ich ein Buch darüber schreiben könnte.«

Eine so direkte Antwort hatte sie nicht erwartet. »Ich suche nach jemandem.« Sie musste es ihm sagen, ihm konnte sie vertrauen.

»Ja, Angelica, das hast du doch schon gesagt.«

»Nein, also, doch. Es ist kompliziert.«

Schweigen. Dann sagte er: »Warum erzählst du nicht alles von Anfang an?«

Sie hatte das Gefühl, dass er nur darauf gewartet hatte. Das konnte sie ihm nicht einmal übel nehmen. Und ihr wurde bewusst, dass sie von ihm außer seinem Namen gar nichts wusste.

Aber wo wollte sie anfangen? Sollte sie von dem Foto in Amélies Album erzählen, auf dem sie ihn erkannt hatte? Nach all den Lügen musste sie endlich die Wahrheit sagen, ohne Wenn und Aber.

»Amélie ist meine Nichte.«

»Aha. Ich nehme an, du hattest einen guten Grund, mich glauben zu lassen, sie sei deine Tochter?«

Seine Stimme war kalt. Alice wusste, dass sie es nicht besser verdient hatte. Sie versuchte, ihm eine ehrliche Antwort zu geben. »Einen sehr guten.«

Giuseppe bremste scharf. Ein SUV blockierte die Straße. »Unverschämtheit!« Er hupte, aber es passierte nichts.

Giuseppe kurbelte das Fenster herunter. »Grimaldi, fahr deine protzige Karre zur Seite.«

»Du hast es immer eilig, was, Giuseppe? Es tut mir leid, mir ist ein Reifen geplatzt. Du musst die andere Straße nehmen.«

»Das geht nicht, dann verpassen wir die Fähre.«

»Oh, verstehe. Das werdet ihr nicht mehr schaffen.«

»Sag ihnen, sie sollen warten.«

»Ich bin Bürgermeister, kein Flottenkapitän. Warum bist du nicht rechtzeitig aufgebrochen? So etwas kann doch immer mal passieren.«

»Es ist meine Schuld, ich habe die Zeit vergessen«, schaltete sich Alice ein.

»Ach was, ich bin hier ohnehin für alles verantwortlich, ich bin der Bürgermeister. Es regnet? Meine Schuld. Die Fähre hat Verspätung? Meine Schuld. Keine Fische im Netz? Meine Schuld. So funktioniert das hier.«

Als sie genauer hinschaute, zuckte sie zusammen. Es war der andere Mann aus dem Fotoalbum.

»Sie sind nicht von hier, oder?«

Alice schüttelte den Kopf. »Nein, ich mache Ferien.«

»Ich heiße Claudio. Nett, Sie kennenzulernen.« Er reichte ihr die Hand.

»Alice, ebenfalls.« Sein Händedruck war fest und entschlossen.

Das Tuten der Fähre durchbrach die Stille.

»Jetzt fährt sie ab«, sagte er und schaute zum Hafen.

»Und jetzt? Alle Hotels sind geschlossen«, erwiderte Alice.

Giuseppe wischte sich die Hände an einem Lappen ab. »Wir werden schon eine Lösung finden, keine Sorge.«

»Ich will nicht aufdringlich sein, aber kennen Sie jemanden, der Zimmer vermietet?«, fragte sie Claudio.

Aber bevor er antworten konnte, hatte Giuseppe die Autotür geöffnet. »Du bist erschöpft, und auch Amélie braucht Ruhe. Ich bringe dich zur Villa, Memma und Maria wohnen direkt nebenan. Nur wenn du willst, natürlich.«

»Ich empfehle Ihnen, das Angebot anzunehmen. Dort sind Sie in guten Händen«, meinte Claudio.

»Ich weiß nicht recht.« Ein Hotel wäre ihr lieber gewesen. Sie hatte das Gefühl, sich aufzudrängen, besonders bei Giuseppe Fenu.

»Besser, als die Nacht auf einer Parkbank zu verbringen, glaub mir. Wir fahren zu mir, holen ein paar Sachen für euch, und dann bringe ich euch in die Villa.« Er startete den Motor.

»Einverstanden.«

»Sehen Sie, Problem gelöst«, sagte Claudio. »Wir sehen uns, Grüße an Anna.«

»Mach ich«, brummelte Giuseppe und wendete.

Alice nickte Claudio zu. Wer war dieser Mann? Und wer war er für ihre Schwester?

Das Haus der Fenus lag auf der anderen Seite des Dorfes. Eine hohe Ziegelmauer trennte es von der Straße. Giuseppe drückte auf die Fernbedienung, und das Tor öffnete sich. Lampen erhellten den gepflasterten Hof, der von Zitronenbäumen und Blumenbeeten gesäumt war. Auch ein kleines Schwimmbad fehlte nicht.

»Wie schön«, sagte Alice und sah sich um.

»Ja, es ist schön geworden, ich bin zufrieden.«

Nach seinem stolzen Blick zu urteilen, hatte er das Haus

selbst renoviert. Sie schaute auf seine Hände. Kräftige, zupackende Hände, die von feinen Linien durchzogen waren, die wie alte Narben wirkten. Giuseppe nahm Amélie aus dem Auto, die wohlig seufzte und ihn anstrahlte.

»Als Anna so klein war, habe ich sie nur selten gesehen.«

»Aber warum?«

»Ich habe in Afrika gearbeitet, in China, überall, wo man mich gebraucht hat. Manchmal war ich monatelang weg. Im Nachhinein bereue ich das. Aber meiner Familie sollte es eben an nichts fehlen. Komm Alice, es wird kalt, lass uns reingehen.«

Sie betraten einen großen offenen Raum, eine moderne Küche ging in ein geräumiges Wohnzimmer über. Ein Bücherregal an der einen Wand, ein Massivholztisch, ein weißes Sofa, ein schwarzer Ledersessel, ein Flachbildfernseher. Sonst nichts. Durch die Fensterscheiben konnte man in den Garten blicken.

»Ich nehme zwei Decken mit, nachts wird es empfindlich kalt. In der Villa gibt es zwar alles, aber wir sorgen besser vor. Willst du etwas Bequemes zum Schlafen? Das Schlafzimmer ist oben, ich bin gleich wieder da.«

»Danke, das ist sehr nett.«

Er ging die Treppe hoch. Durch ein vorhangloses Fenster konnte Alice die Lichter des Hafens erkennen. Das Haus und seine Einrichtung spiegelten Giuseppes Charakter wider.

»Wo ist Anna?«, fragte sie.

»Sie schläft bei einer Freundin.«

»Und Alessandra?«

Er schaute sie erstaunt an. »Alessandra? Was meinst du genau?«

Sie war nicht seine Frau? »Ich dachte …«

»Was?«

Erst jetzt wurde Alice klar, dass sie falsche Schlüsse gezogen hatte. Es gab keine Signora Fenu. Sie hatte sich geirrt.

»Nichts, entschuldige.«

Er musterte sie kritisch und sagte: »Ich bringe die Tasche ins Auto, dann können wir fahren.«

»Ja, danke.« Alice blickte sich um. Und jetzt?

14.

Jeder Nektar kann den Bienen das liefern, was sie brauchen, um Honig produzieren zu können. Blattläuse und sonstige Insekten, die sich vom Saft der Bäume und anderer Waldpflanzen ernähren, scheiden ein Sekret aus, das die Bienen sammeln und in Honigtauhonig verwandeln. Dieser ist dunkel und balsamartig, hat einen intensiven, würzigen Geschmack und ist auch als »Waldhonig« bekannt.

Als sie Margheritas Anwesen erreichten, war Alice immer noch verlegen. Giuseppe brachte den Wagen vor dem Tor zum Halten. Er hatte keine weiteren Fragen gestellt, wofür sie ihm dankbar war, aber trotzdem waren sie unausgesprochen zwischen ihnen präsent, und das machte sie nervös.

Als ob er ihre Gedanken lesen könnte, schaute er sie an. »Meine Frau hieß Mara. Sie starb, als Anna fünf war.«

»Ich … Das tut mir leid.«

Giuseppe stieg aus, öffnete das Tor und fuhr dann weiter. Alles ging ganz schnell, aber Alice hatte das Gefühl, die Zeit würde stillstehen. In seiner Antwort hatte unendlicher Schmerz gelegen. Dieser Mann trauerte immer noch, das war offensichtlich. Warum sie dessen so sicher war, wusste sie nicht, aber nach einer Weile begriff sie. Ihr ging es genauso. Sie fragte sich, ob Schmerz übertragbar war, ob Gefühle überspringen konnten.

»Wer hat dieses Haus gebaut?«

Sie stellte diese Frage einfach so, um das auszublenden, was sie nicht fühlen wollte, um die Leere zu füllen. Früher hätte sie eine solche Situation vermieden.

»Das weiß ich leider nicht.«

Von Anfang an war sie von Margheritas Villa fasziniert gewesen, sie wollte alles darüber wissen. Wer hatte die Villa geplant und gebaut? Wer hatte den Garten angelegt? Jedes Detail war ihr wichtig. Besonders interessierte sie die Geschichte der Bewohner, ihre Herkunft und ihr Werdegang. Das Haus war voller alter Geschichten, die es zu dem gemacht hatten, was es heute war.

Sie hatte so viele Fragen, die nach Antworten suchten. Ihre Großmutter hatte hier gelebt, Margherita Senes hatte sich um sie gekümmert. Und Angelica, ihre Enkelin, hatte den Brief an Mallena geschrieben, der Emma überzeugt hatte, nach Sardinien zu reisen. Alles war miteinander verbunden, auch wenn Alice nicht wusste, wie.

Giuseppe half ihr beim Aussteigen. Im Licht der Scheinwerfer wirkte das Haus wie ein Schatten: flüchtig und geheimnisvoll. »Aber es gibt Geschichten«, fügte er hinzu.

»Und was sagen die?« Alice verstand selbst nicht, warum sie nicht locker lassen konnte, aber sie gab dem Bedürfnis einfach nach. So vieles, was sie auf der Insel erlebt hatte, konnte sie sich nicht erklären. »Nichts Nachweisbares, kein historischer Hintergrund oder so.« Er holte die Tasche aus dem Kofferraum.

»Ich würde es trotzdem gerne wissen.«

»Der Legende nach hat eine Frau das Land gekauft, eine sehr reiche Ausländerin, die hier ihre Ferien verbringen wollte.« Er stellte die Tasche auf den Tisch neben dem Eingang und öffnete die Haustür. »Es heißt, dass sie die Villa auf antiken Fundamenten erbauen ließ. Es gibt Dutzende Geschichten darüber, jeder erzählt etwas anderes. Bevor du fragst: Es gibt keine Gespenster und herumirrenden Geister. Das ist ein wohlerzogenes Haus.«

Alice lachte. »Mir kommt es eher traurig und müde vor.«

»Das ist seltsam.«

»Warum?«

»Bevor Angelica abgereist ist, hat sie genau das Gleiche gesagt. Komm, wir gehen rein.« Er schaltete das Licht ein und trat in den Flur. »Es gibt mehrere Schlafzimmer. Ich würde dir ja das im Turm empfehlen, die Aussicht ist herrlich, aber mit dem Kind ist das schwierig, weil du immer hoch- und runterlaufen musst. Es ist sicher bequemer, im Erdgeschoss zu bleiben, aber entscheide selbst.«

»Erdgeschoss.«

Er öffnete die Tür zu einem geräumigen Zimmer, schaltete das Licht an und trat dann beiseite. »Das Gästezimmer, frisch bezogene Betten. Gefällt es dir?« Er lächelte.

»Es ist perfekt.«

Er nickte. »Gut, ich mache Feuer und koche uns etwas.«

Während er das Zimmer verließ, schaute sich Alice um. Der Raum war schlicht möbliert, wirkte aber freundlich und einladend. An den perlmuttfarben gestrichenen Wänden hingen Aquarelle, die die umliegende Landschaft zeigten. Ein großes Bett teilte den Raum in zwei Hälften. Auf dem schmiedeeisernen Kopfteil prangte ein vergoldetes Medaillon. Sie strich über den dreitürigen hohen Massivholzschrank mit kunstvollen Einlegearbeiten. Die mittlere Tür zierte ein Spiegel. Ein durchgesessener Sessel war in Richtung Garten ausgerichtet. Alice deckte die Spitzendecke auf und legte Amélie auf das Bett, dabei umfing sie eine Duftwolke aus Lavendel. Das Bettzeug war aus Leinen und ebenfalls bestickt. Sie fuhr mit den Fingerspitzen darüber. »Wie in einem Luxushotel.« So kam sie sich jedenfalls vor. Alles hier strahlte Sorgfalt, Fürsorge und Wohlbefinden aus. Amélie lag in der Bettmitte, Alice postierte Kissen rechts und links von ihr. Sie wusste, dass die Kleine nicht aufwachen würde, aber vorsorglich knipste sie die Nachttischlampe an und ließ die Tür einen Spaltbreit offen. Aus der Küche war das Knistern der Holzscheite zu hören, es duftete verführerisch. Giuseppe hatte den Tisch für zwei gedeckt, Amélies Flasche stand in der Spüle, auf den Stühlen lagen Decken. Sie fühlten sich warm und weich an.

»Bei Memma hast du kaum etwas gegessen, du hast sicher Hunger.«

Er hatte sie beobachtet. »Ich war verlegen.«

»Aber du hattest deinen Spaß.«

Sie nickte. »Für mich ist das alles neu.«

»Das Essen oder die Menschen?«

»Beides. Das Zimmer ist wunderschön, genau wie der Rest des Hauses.«

»Es gab Zeiten, da wollte ich es abreißen.«

»Was?«

Giuseppe lächelte, aber es war ein trauriges Lächeln. Sie beobachtete ihn, wie er Ravioli auf die Teller gab, selbstsicher, gelassen. Dann die Tomatensauce und geriebenen Pecorino. »Einmal Kartoffel-Minz-Füllung, einmal Ricotta.«

Sie wollte mehr wissen, sie wollte ihn verstehen. »Zum Glück hast du deine Pläne geändert. Die Villa ist einzigartig, vielleicht ein wenig in die Jahre gekommen …« Aber das machte sie nur noch schöner.

Er zuckte die Schultern. »Es gab ein Testament. Margherita hatte alles Angelica vererbt, die Fenus bekamen nichts. Sie hat über das Schicksal dieses Ortes bestimmt.«

Etwas zu einfach als Erklärung. Da musste es mehr geben. »Du magst das Haus.«

»Sehr, ich habe es von Anfang an geliebt. Als Kind war ich oft hier, es war meine Zuflucht.«

»Und warum wolltest du es dann abreißen?«

»Es gibt Umstände, die alles andere in den Hintergrund treten lassen.«

Wie seine Heimat zu verlassen, um den Vater eines in ihre Obhut gegebenen Kindes zu suchen.

»Das kann nur jemand verstehen, der selbst einmal in einer solchen Situation gewesen ist«, ergänzte er.

Dann setzten sie sich an den Tisch.

Giuseppe war ein freundlicher und verständnisvoller Mann. Aber wie lange würde er warten, bis er sie fragte, warum sie wegen Amélie gelogen hatte? Der Gedanke ließ sie nicht los. Er würde darauf zurückkommen, das spürte sie. Er würde nur auf den richtigen Moment warten.

Sie teilte den Raviolo, spießte eine Hälfte auf und führte die Gabel zum Mund. Die Süße der Kartoffel wurde von der Frische der Minze unterstrichen, die Füllung schmolz am Gaumen. Ein ungewöhnlicher Geschmack. »Köstlich.«

Giuseppe reagierte nicht, aber er schien sich zu freuen. Er schnitt eine Scheibe Brot ab und hielt sie ihr hin. »Alles ist von hier.«

Lag Stolz in seiner Stimme? »Du meinst, es sind alles Produkte der Insel?«

»Nein, von unserem eigenen Land. Wir sind Selbstversorger. Angelica hat den Grund und Boden aufgeteilt, jeder kann sein Stück nutzen, wie er will. Memma hat Hühner, dann gibt es noch einen Hirten mit seiner Herde und einen Bauern. Ich kümmere mich um die Bienen. Alles wird untereinander getauscht, unsere Vorratskammern sind reich gefüllt. Das ist Margheritas Vermächtnis.«

»Werden alle Produkte auch hier auf der Insel verarbeitet?«

Er schüttelte den Kopf. »Nein, leider nicht. Die Manufakturen sind geschlossen. Angelica wollte die Tradition wieder aufleben lassen, aber das ist kompliziert. Es rechnet sich nicht.«

»Habt ihr eine Machbarkeitsstudie erstellt?«

»Ja, aber es gab einige Punkte, die uns nicht gefallen. Der Berater hat eine Lösung vorgeschlagen, die nicht in Margheritas Sinn gewesen wäre.«

»Margherita? Ist sie denn nicht tot?«

»Doch, seit einigen Jahren schon.«

»Das verstehe ich nicht.«

»Angelica und ich sind entfernte Verwandte, über Margheritas Seite. Wir kümmern uns gemeinsam um das Erbe. Margherita war eine außergewöhnliche Frau, sie hat unser Leben verändert. Als wir über den Nachlass entschieden haben, stand immer ihre Lebensphilosophie im Vordergrund.«

Alice schlug voller Respekt und Mitgefühl die Augen nieder. Sie verstand das gut. Auch sie dachte stets an Emma, wenn es um Amélie ging. Aber dann wurde ihr bewusst, dass das so nicht stimmte. Zumindest nicht in jedem Fall. Sie legte die Gabel beiseite, ihr war der Appetit vergangen.

»Schmeckt es dir nicht?«

»Es ist köstlich, ich denke nur nach.« Dann spürte sie die Energie des Hauses. Es schien ihr helfen zu wollen. Bilder tauchten vor ihrem inneren Auge auf. Wasser, das aus einer Quelle sprudelte, lachende Frauen, ineinander verschränkte Hände, gezeichnet von harter Arbeit. Sie dachte an die Bienen, die Blumen, das Meer. An das, was sie heute erlebt hatte: Menschen, die etwas teilten, ohne Misstrauen, ohne Eigennutz.

»So wie ich das sehe, birgt das Anwesen ein großes Potenzial. Es ist wunderschön hier, alles ist einfach, aber in gutem Zustand, die Produkte haben noch ihren ursprünglichen Geschmack und sind von hoher Qualität. Als Erstes müssten ihre Einzigartigkeit und ihre Authentizität betont werden. Der Transport wäre sicher ein Problem, das stimmt, aber da ließe sich doch sicherlich eine Lösung finden. Alles andere ist eine Frage der Organisation.«

Giuseppe hob den Blick und goss ihr Wein nach. »Eine vielversprechende und kompetente Analyse.«

»Das ist mein Job.«

»Tatsächlich?«

»Ja.« Mehr sagte sie nicht. Am nächsten Tag würde sie sich das Ganze mal genauer ansehen. »Ist der Wein auch von euch?« Weinstöcke hatte sie noch keine gesehen. Sie kostete: Der Wein war gut, intensiv im Geschmack. Er hatte eine ganz besondere Note, die ihr fremd war.

»Nein, der ist von Nicola, Angelicas Mann. Eine heimische Rebsorte, sie heißt Carignano.«

»Bemerkenswert.«

»Da stimme ich dir zu, er hat Talent.«

»Trinkst du nichts?«

Giuseppe schüttelte den Kopf. Dann sagte er: »Ich habe Memma und Maria Bescheid gegeben. Sie können es kaum erwarten, sich um Amélie zu kümmern. Für Kinder tun sie alles, ihre Nichten und Neffen sind ihr Ein und Alles. Und sie sind neugierig auf dich und haben mir viele Fragen gestellt.«

Alice dachte an ihr Gespräch zurück. Hatte sie etwas missverstanden? Stimmte es gar nicht, dass Mallena Sardinien als Witwe verlassen hatte? Sie half Giuseppe beim Abräumen und sagte: »Memma kannte meine Großmutter. Soweit ich weiß, waren sie Freundinnen.«

»Deine Großmutter?«

»Sie kam aus dieser Gegend. Sie hat Sardinien vor vielen Jahren verlassen und ist in die Provence gezogen.«

Er legte die Tischdecke zusammen und räumte sie in eine Schublade. »Habe ich das richtig verstanden? Deine Großmutter stammt von hier, und du musst aus Gründen, die du mir nicht sagen willst, mit Angelica sprechen. Das Kind ist nicht deine Tochter, sondern deine Nichte. Habe ich etwas vergessen?«

»Nein, das stimmt alles.«

Er musterte sie eindringlich. »Was willst du wirklich in Abbadulche, Alice?«

»Ich suche jemanden.«

»Das hast du mir schon gesagt.«

»Es hat nicht direkt mit Angelica zu tun. Sie ist nur mein einziger Anhaltspunkt. Sie kann mir vielleicht helfen, Licht in eine heikle Angelegenheit zu bringen. Das ist der Grund meiner Reise.«

Giuseppe nickte. »Manchmal ist es besser, klar zu sagen, worum es geht.«

»Stimmt.« Leider war das Ganze aber furchtbar kompliziert.

Die züngelnden Flammen beleuchteten sein Gesicht. Er hatte sich neben sie gesetzt.

Alice fragte sich, wie man eine so dunkle Haut und so hellgrüne Augen haben konnte. Anna hatte die Augen ihres Vaters, aber ihre Haut war hell und erinnerte an weiße Rosenblätter.

Schweigen breitete sich zwischen ihnen aus.

Sie konnte nicht mehr ausweichen. »Ich suche nach Amélies Vater. Deshalb bin ich in Abbadulche.«

»Wie heißt er?«

Alice fiel auf, dass sich sein Tonfall verändert hatte. »Ich weiß es nicht. Emma hat es mir nicht gesagt.«

»Emma? Deine Schwester heißt Emma?« Er stand auf.

»Ja.«

Er wirkte verwirrt. Alice fragte sich, was los war. »Ja. Das Kind ... Schau, Giuseppe, ich suche seinen Vater.« Sie atmete tief durch. »Meine Schwester hat einige Zeit hier verbracht. Ich denke, sie hat bei Angelica gewohnt, zumindest müssen sie sich gekannt haben, denn deine Cousine hatte sie nach Abbadulche eingeladen. Während ihrer Zeit auf der Insel ist sie schwanger geworden und dann nach Frankreich zurückgegangen.«

Sein Gesicht wirkte wie aus Stein gemeißelt. »Aber warum fragst du sie nicht selbst?«

Alice fuhr sich mit der Hand über das Gesicht und seufzte. »Sie ist tot.«

Langes Schweigen folgte, dann machte Giuseppe einen Schritt auf sie zu. »Wie heißt du mit Nachnamen, Alice?«

»Pascal. Pascal Azara.«

Giuseppe starrte sie ungläubig an, es schien ihm die Sprache verschlagen zu haben. Er hatte Tränen in den Augen, seine Hände zitterten. Er war sichtlich getroffen.

»Du … hast sie gekannt, oder?«

Er nickte. »Natürlich, wir haben sie alle gekannt.«

»Wart ihr befreundet?«

»Ja. ich habe mich um sie gekümmert. Sie hat meiner Tochter das Fotografieren beigebracht.« Er schwieg. »Wie soll ich es Anna nur sagen? Was ist denn passiert?«

»Während ihrer Schwangerschaft wurde festgestellt, dass sie schwer krank war, aber sie wollte das Kind unbedingt bekommen. Emma war eine außergewöhnliche Frau.«

Erneutes Schweigen. Alices Hände waren eiskalt, sie streckte sie in Richtung Kamin aus.

»Ihr beide, Emma und du …« Alice räusperte sich und suchte seinen Blick, aber er schien in Gedanken versunken.

»Du und sie, wart ihr …« Noch bevor sie zu Ende sprechen konnte, schüttelte er den Kopf.

»Nein.«

»Weißt du, wer Amélies Vater sein könnte? Hat Emma dir davon erzählt?«

»Nein, ich wusste auch nicht, dass sie schwanger war. Eines Tages hat sie sich verabschiedet und ist verschwunden. Einfach so. Sie versprach, bald wiederzukommen. Wir haben gewartet und auch angerufen. Sie hat nicht reagiert, dann haben wir aufgegeben. Wir konnten ja nicht wissen …«

»Nein, natürlich nicht.«

Nach kurzem Schweigen fuhr Giuseppe fort. »Ich verstehe das alles nicht. Warum hat sie nicht gesagt, wer der Vater ist? Warum suchst du nach ihm? Warum hast du behauptet, Amélies Mutter zu sein? Erklär mir das bitte, Alice, ich verstehe das alles nicht.«

»Ich weiß es nicht. Ich weiß nicht, warum ich das getan habe. Sie und ich haben uns gestritten, nicht mehr miteinander gesprochen. Es ist alles kompliziert.«

Wieder schwiegen sie, jeder hing seinen eigenen Gedanken nach. Dann sagte Giuseppe: »Ich kann es einfach nicht glauben. Sie war so lebensfroh, so heiter.«

Ja, das war sie. Alice traten Tränen in die Augen, aber sie durfte jetzt nicht resignieren, musste nach vorne schauen. Sie nahm all ihren Mut zusammen und begann zu erklären: »Die Situation ist komplex. Emma hat mir Amélie anvertraut, aber ich bin überfordert, ich kann nicht mehr. Ein kleines Kind lässt sich mit meinem Leben einfach nicht vereinbaren.«

Er sah sie verblüfft an. »Deshalb bist du hier? Du willst, dass sich der Vater um Amélie kümmert?«

Damit hatte er recht. »Ich muss ihn finden.«

»Aber er weiß nichts von dem Kind, oder?«

»Ich habe keine Ahnung. Emma und ich ... Wir hatten Probleme miteinander.«

»Und doch hat sie dir ihr Kind anvertraut.«

»Ja.«

Er musterte sie, als würde er sie das erste Mal sehen. In seinem Blick lag ein leiser Vorwurf. Alice erstarrte, das wollte sie nicht hören. »Deine Meinung interessiert mich nicht.« Sie betonte jedes Wort.

»Das überrascht mich nicht. Dir ist aufgefallen, dass die Mutterrolle doch nicht so wunderbar ist, wie du es dir vorgestellt hast, und jetzt willst du das Kind loswerden. An einen Mann, der überhaupt keine Ahnung hat. Ist es so, Alice, oder habe ich etwas vergessen?«

Ihr Herz raste. »Du stellst mich wie ein egoistisches Monster dar.«

»So ist es doch auch. Und die Einzige, die dafür bezahlt, ist ein unschuldiges Wesen, das friedlich im Nebenzimmer schläft.«

Er war wütend, sprach aber leise. Seine Hände zitterten, und er versteckte sie hinter dem Rücken.

Alice hätte seine Reaktion egal sein können, wer war er schon für sie? Aber es tat ihr weh. Sie konnte nicht ertragen, dass er so über sie dachte. Sie versuchte, sich zu rechtfertigen: »Sag mir, Giuseppe Fenu, was hättest du an meiner Stelle gemacht? Wenn du erfahren hättest, dass deine Schwester plötzlich gestorben ist und dir ihr Kind anvertraut hat? Wenn du dich nach der Beerdigung mit einem wenige Monate alten Kind wiedergefunden hättest, das nicht nur deine Nichte, sondern von nun an auch deine Tochter ist? Ich würde alles für Amélie tun. Ich habe versucht, ihr eine gute Mutter zu sein, aber ich kann es einfach nicht.« Sie versuchte, ruhig zu bleiben. »Ich weiß nicht, ob Emma dem Mann von ihrer Schwangerschaft erzählt hat. Ich weiß auch nicht, warum sie mir seinen Namen nicht genannt hat. Ich weiß nur, dass ich ihn finden muss, verstehst du? In der Hoffnung, dass er ein guter und vertrauensvoller Mensch ist. Der sich um seine Tochter kümmern will. Denn die Alternative ist …« Sie schwieg. Sie wollte den Gedanken nicht zu Ende führen.

»Sprich weiter. Was ist die Alternative? Wenn der Mann

unzuverlässig ist oder die Vaterschaft nicht anerkennt, was wird dann aus Amélie?«

Ihre Stimme zitterte. »Dann bringe ich sie zu meiner Mutter. Ich habe keine andere Wahl.«

»Warum?«

»Weil ich einen Beruf habe, der mich fordert, und nicht genug Zeit für das Kind habe.«

»Das sind doch nur Ausflüchte. Sag mir die Wahrheit, Alice.«

Sie starrte ihn an, suchte verzweifelt nach einem Ausweg. Sie fühlte sich nackt, ausgeliefert, ungeschützt. Die Worte brachen aus ihr heraus: »Amélie hasst die Kinderkrippe, sie hat Angst vor Fremden und weint häufig. Ich habe das Gefühl, dass sie bei mir unglücklich ist.«

Giuseppe ließ nicht locker. »Und was spricht gegen deine Mutter?«

Nichts, außer dass sie Amélie in einen goldenen Käfig stecken würde mit strengen Regeln, die keinen Widerspruch duldeten, immer in dem Glauben, das Beste für sie zu wollen. Aber wenn es wirklich darauf ankam, würde sie sie im Stich lassen. Doch darüber konnte sie nicht mit ihm sprechen, das ging nur sie und ihre Mutter etwas an. »Ich glaube, ich habe schon zu viel gesagt.« Sie stand auf, um ein Fläschchen für Amélie zu machen.

Warum um alles in der Welt musste dieser wunderbare Abend in einem solchen Fiasko enden? »Entschuldige, aber ich bin müde.«

»Es tut mir leid.«

»Warum? Du hast doch nur gesagt, was du denkst.«

»Es tut mir leid um Emma«, sagte er und ging.

Alice betrat das Schlafzimmer. »Weißt du was, mein

Schatz?«, sagte sie leise, als sie sie in den Arm nahm, um sie zu füttern. »Wir gehen wieder. Wir haben es versucht.« Das war das Wichtigste. Sie hatte es versucht, jetzt würden die Dinge ihren Lauf nehmen.

Sie machte sich fertig und legte sich dann neben Amélie ins Bett. Aber sie kam nicht zur Ruhe, im Gegenteil: Ihre Angst wuchs, die Gedanken fuhren Karussell, sie kamen und gingen, um noch drängender, noch bohrender zurückzukehren. Giuseppe hatte recht. Es war verrückt, das Mädchen einfach einem Unbekannten zu überlassen. Was hatte sie sich nur dabei gedacht? Ein Hirngespinst, nichts anderes. Sie liebte dieses Kind, das spürte sie mit jeder Faser ihres Herzens. Emma hatte *ihr* Amélie anvertraut, *sie* musste sich um sie kümmern. Aber wie sollte das gehen? Ohne Arbeit, ohne Geld? Ohne ihren Job war sie nichts. Egal. Amélie war wichtiger.

15.

Honig wird sogar in Sibirien produziert. Die Bienen haben sich an die eisigen Temperaturen im Winter und die sommerliche Hitze gewöhnt. Haupterntegebiet ist die Region Altaj.

Am nächsten Morgen wachte Alice erst spät auf. Als sie die Küche betrat, beugten sich Memma und Maria über ein Backblech, es duftete nach Keksen und frischem Brot.

»Da ist sie ja!«

»Guten Morgen, meine Liebe. Wie fühlst du dich heute?«

»Sehr gut, danke.« Wieder eine Lüge, eine Maske, hinter der Alice sich versteckte. Sie zwang sich zu einem Lächeln.

»Und Amélie?«

»Sie schläft. Sie hat ihr Fläschchen getrunken und ist wieder eingeschlafen.«

»Sehr gut. Je mehr sie schläft, desto besser wächst sie.« Maria deutete auf eine Tasse Kaffee. »Was hättest du gerne dazu?«

Sie hatte keinen Hunger, es war eine schwere Nacht gewesen. »Kaffee reicht.«

»Ich schneide dir eine Scheibe frisches Brot ab. Maria, hol den Honig, sie wird ihn brauchen.« Memma hielt ihr das Körbchen mit den Keksen hin. »Nimm dir ein paar.

Wenn ihr jungen Leute nichts esst, wie wollt ihr denn dann den Tag überstehen?«

Beide waren fürsorglich und kümmerten sich rührend um sie, auch gegen ihren Willen. »Danke.«

»Und jetzt heraus mit der Wahrheit. Was ist los?«

»Es war ein schrecklicher Fehler hierherzukommen«, brach es aus ihr heraus. Die lang unterdrückte Angst brauchte ein Ventil. Sie begann zu zittern. »Ich werde alles verlieren, alles.« Endlich sprach sie aus, was ihr auf der Seele lag.

Die alte Frau legte ihr die Hand auf die Schulter und hielt ihr erneut das Körbchen hin.

»Deine Schwester hat alles verloren, denn sie ist tot. Aber du lebst, bist gesund, kannst etwas tun. Und du bist schön. Dabei spreche ich nicht von Äußerlichkeiten, das sieht ein Blinder. Nein, du hast ein warmes Herz und gütige Augen.«

Gesund, lebendig … Alice senkte den Blick.

»Warum machst du dir solche Sorgen? Das hilft dir nicht, im Gegenteil: Es schadet dir nur. Jetzt trinkst du deinen Kaffee, Maria kümmert sich um das Mädchen. Du gehst unter die Dusche und machst dann einen Spaziergang in der Sonne, das hilft beim Nachdenken. Es wird sich alles lösen, glaube mir.«

Alice schwieg einen Moment. Memmas Worte waren wie raue Zärtlichkeiten, auf ihre Weise freundlich und wohlmeinend. »Danke.«

»In deinen Augen liegt tiefer Schmerz. Du machst dir zu viele Sorgen um das Leben. Es kommt, wie es kommen muss, das können wir nicht ändern. Tust du das Richtige, Alice?«

»Richtig für wen?«

»Für dich selbst. Du lebst dein Leben, die anderen leben ihr Leben. Tu das, wovon du überzeugt bist.«

Sie nickte. Memmas fürsorgliche Worte taten ihr gut.

»Anna hat gesagt, dass du für die Bienen singst.«

Sie riss überrascht die Augen auf. »Wie meinst du das?«

»Du hast mich schon verstanden. Du singst für die Bienen, wie Angelichedda.«

Änderte das irgendetwas? Ja, es veränderte alles. Wieder die Bienen, wieder Mallena. Ihre Gabe hatte das Eis gebrochen, deshalb hatten Maria und Memma ihr Misstrauen abgelegt. Ihre Gabe war das Bindeglied mit ihrer Großmutter, mit Margherita und mit Abbadulche.

»Danke«, wiederholte sie, und als Maria sie umarmte, ließ Alice sich einfach fallen. Wie sehr hatte sie sich nach dieser Zärtlichkeit gesehnt.

Als sie später auf die Fähre ging, dachte sie an die beiden Frauen. Sie hatte ihnen versprochen, keine überstürzte Entscheidung zu treffen, nicht der Wut oder der Enttäuschung nachzugeben – das waren keine guten Ratgeber. Aber Alice war nicht wütend oder enttäuscht, sie war erschöpft.

Als sie Abbadulche verließ, färbte die untergehende Sonne das Meer glutrot. Sie warf noch einen letzten Blick zu der sich entfernenden Insel zurück, dann wandte sie sich ab.

Dort gab es nichts mehr für mich.

Sie hörte Mallenas Stimme in ihrem Herzen, sie sprach durch den Wind zu ihr. Sie hatte Alice gesagt, dass sie nicht mehr zurückkehren konnte, weil es dort nichts mehr gab außer Vergangenheit und weil man im Leben nach vorne blicken musste.

Jetzt endlich verstand Alice, was Mallena damit gemeint hatte.

Wie gerne hätte sie ihre Großmutter jetzt an ihrer Seite gehabt, sie sehnte sich so sehr danach, von ihr in den Arm genommen zu werden und einen ihrer Tees zu trinken, der die Seele und das Herz wärmte.

Sie schloss einen Moment die Augen und überließ sich ihren Erinnerungen.

»Eine Prise Baldrian, ein Löffel Kamille und ein Löffel Melisse. Du kannst auch etwas Weißdorn hinzugeben. Dazu Quellwasser, das du erst aufkochst und dann abkühlen lässt. Wenn der Sud lauwarm ist, gibst du einen Löffel Lavendelhonig dazu.«

»Und dann werde ich glücklich sein, nonna?«

Mallena lächelte. »Nein, *mein Schatz, aber dann kannst du alles überwinden. Der Honig gibt dir Kraft, die Kräuter helfen dir, klar zu entscheiden. Du kannst alles machen, was du dir wünschst, Alice, du musst nur den Weg dorthin finden.«*

Es war ein schwerer Tag gewesen. Emma hatte aus Versehen Leim auf das Bild verschüttet, das Alice mit in die Schule nehmen musste. Sie hatte keine Zeit gehabt, ein neues zu malen. Céline hatte versucht zu retten, was zu retten war, aber viel hatte es nicht genutzt.

»Du musst besser auf deine Sachen achten, Alice. Deine Schwester ist noch zu klein, sie versteht das noch nicht.«

Alices Verzweiflung hatte sich in Wut verwandelt. »Für dich bin immer ich schuld. Immer!«

Die Werkstatt war stets ihr liebster Zufluchtsort gewesen, vor allem wenn etwas richtig schiefgegangen war.

Nach einiger Zeit hatte Mallena sie hier gefunden. Sie hatte zwischen den Körben mit den Kräutern gesessen, an der Decke baumelten Pflanzenbündel, die zum Trocknen aufgehängt waren. Damals hatte sie darüber nachgedacht, wie sie am besten abhauen konnte.

»Warum versteckst du dich hier, statt deiner Mutter zu erklären, was passiert ist?«

»Was würde das bringen. Sie gibt Emma sowieso immer recht.«

»Deine Schwester ist klein, sie macht Sachen, die kleine Kinder machen. Deine Mutter will nur, dass du das verstehst. Jeder muss seinen Standpunkt klar vertreten, aber du, Alice, du hast dich nicht gewehrt. Weißt du, was passiert, wenn man das Schlachtfeld kampflos verlässt? Die anderen nehmen sich alles.«

Hatte sie recht?

»Wir fahren nach Frankreich zurück, *ma douce.*«

16.

In Japan gibt es auch in den Städten einen reich gedeckten Tisch für die Bienen. Sogar in Tokio finden sich auf den Dächern der Häuser große Flächen mit Sträuchern und Blumen, die für reichlich Nektar sorgen. Durch das Verbot der Pestizide konnten sich stabile Völker bilden, die sogar in den Gärten des Kaiserpalastes anzutreffen sind.

Er urteilte nicht voreilig über andere Menschen.

Darauf war Giuseppe immer stolz gewesen. Erst hörte er zu, danach bildete er sich eine Meinung. Doch bei Alice war es anders gewesen. Und das tat ihm leid.

»Warum habe ich nur die Geduld verloren?«, fragte er sich und machte sich Vorwürfe. Er hatte sich von seiner Wut mitreißen lassen, das war ihm schon lange nicht mehr passiert. Er war ungerecht und arrogant gewesen.

Er war mit dem Auto in Richtung Hafen unterwegs, nervös fuhr er sich mit der Hand über das Gesicht. Dann parkte er, nahm seinen Werkzeugrucksack aus dem Kofferraum und ging los. Er hatte einen Termin mit Claudio Grimaldi, einem Mann, den Emma gut gekannt hatte.

Er musste wieder an Alice denken, an ihren vom Schmerz gezeichneten Blick. Diese Frau liebte ihre Nichte wie ein eigenes Kind, aber etwas verstand er einfach nicht. Etwas, das er wissen wollte. Es war falsch von ihr, einfach so zu gehen. Alice war Emmas Schwester, Amélie ihre Tochter. Und er würde ihnen helfen.

Mehr konnte er für Emma nicht tun. Und für sich selbst auch nicht. Er hob den Blick. Auf der anderen Straßenseite stand Claudio und telefonierte.

Er ging auf ihn zu.

»Was kann man da machen, was meinst du?«, Claudio hatte den Plan auf der Motorhaube seines Autos ausgebreitet und markierte einige Punkte mit einem Stift.

Giuseppe sah ihn nachdenklich an. Neben seiner Tätigkeit als Bürgermeister war Claudio Bauunternehmer, die Firma hatte er von seinem Vater geerbt.

Giuseppe war ihm gegenüber immer noch misstrauisch, obwohl seit seinen rücksichtslosen Versuchen, Margheritas Grundstück zu kaufen, viel Zeit vergangen war. Aber Nicolas Bruder hatte sich im vergangenen Jahr verändert. Er musste wieder an das denken, was Alice ihm anvertraut hatte.

Er hatte immer vermutet, dass zwischen Emma und Claudio etwas gewesen war, aber sicher war er nicht. Ob Claudio überhaupt wusste, dass sie verstorben war?

Nicht mal Angelica hatte es gewusst. Als sie angerufen und er ihr von Emmas Tod erzählt hatte, war sie schockiert gewesen. Sie hatte beteuert, dass sie seit Längerem keinen Kontakt mehr zu ihr und nichts von der Schwangerschaft gewusst hatte und auch nichts über den Vater sagen konnte.

Giuseppe war traurig über Emmas Tod. Sie war zu ihm und Anna immer freundlich gewesen.

»Was hältst du davon? Nimmst du den Auftrag an?«

Warum dieses Angebot? »Du hast eine Baufirma, Vermessungstechniker und Ingenieure, warum fragst du gerade mich?«

Claudio antwortete nicht. Giuseppe kannte diesen Gesichtsausdruck. Er seufzte. Wenn Grimaldi sein Geld aus dem Fenster werfen wollte, warum nicht?

»Lass mal sehen.« Er griff nach dem Plan und betrachtete ihn aufmerksam. »Bei der Restaurierung kann man nur konservativ vorgehen. Was genau hast du vor?«

»Geschäfte, Werkstätten, Kunsthandwerk, es soll ein schlüssiges Gesamtbild geben. Ich kümmere mich um die Planung und die Formalien, Nicola besorgt das Material. Ansonsten liegt die Verantwortung bei dir, vorausgesetzt, du nimmt den Auftrag an.«

Giuseppe warf ihm einen vielsagenden Blick zu. Überall sonst wäre das ein Ding der Unmöglichkeit gewesen, aber hier war alles anders.

»*Aggiudu torrau*?« Nach diesen traditionellen Regeln der Zusammenarbeit wurden auf Sardinien seit Jahrhunderten große Projekte umgesetzt.

Giuseppe stellte sich die Gebäude vor, wie sie nach der Restaurierung aussehen würden. Ein reizvolles Projekt. Er würde seine Vorstellungen umsetzen können. Was andere als Nachteil sahen, besaß für ihn einen Wert. Er glaubte an das, was er tat. Immer.

Er gab Claudio den Plan zurück. »Du weißt, wie es läuft, wenn du mir den Auftrag erteilst.«

»Ja, keinerlei Einmischung. Ob du mit den Mauern und Steinen sprichst wie deine Cousine mit Bäumen, ist mir egal. Du machst alles, was für dich wichtig ist. Es geht darum, Arbeitsplätze zu schaffen.«

Dem konnte er zustimmen. »Drei Tage die Woche, den Rest kümmere ich mich um die Bienen.«

»Wie du meinst. Hauptsache, du machst es.« Claudios Handy klingelte. Giuseppe schaute zu den Schiffen, die in den Hafen einliefen, weiße Schaumspuren in die Wasseroberfläche zogen und kleine Welle auslösten, die an die Mole schlugen. Er dachte an das, was Alice gesagt hatte. Und an die Einzigartigkeit der Villa. Und an Emma und Amélie.

Was hättest du an meiner Stelle getan?

»Was hätte ich gemacht?« Jeder Mensch macht Fehler, das wusste er. Warum war er so hart zu Alice gewesen? Irgendetwas an dieser Frau entwaffnete ihn. Eine Mischung aus Stolz und Verwirrung, aus Kraft und Zerbrechlichkeit. Sie war anders als ihre Schwester. Aber Vergleiche dieser Art ergaben keinen Sinn, also schob er den Gedanken beiseite.

Alice war es nicht gewohnt zu scheitern. Erst nach tage-, manchmal wochenlanger Planung nahm sie ein Projekt in Angriff. Aber das war, bevor Amélie in ihr Leben getreten war. Sie war einem Impuls gefolgt, hatte sich von Emotionen leiten lassen. Und natürlich war sie gescheitert. Sie packte den Koffer, kontrollierte im Schrank und im Bad, ob sie auch nichts vergessen hatte.

»Zeit zu gehen.«

Sie zog die Tür hinter sich zu und wurde von einer plötzlichen Trauer erfasst. Sie war gerne in Sant'Antioco, hier hatte sie schöne Momente erlebt. Der Wind hatte sie durchgepustet, sie hatte den Sonnenuntergang genossen, endlich hatte sie durchatmen können. Unten in der Halle gab sie den Koffer ab. Ein Taxi würde sie abholen. Der Flug ging spätabends ab Elmas, sie hatte noch Zeit.

»Kommen Sie gerne wieder, im Sommer ist es wunderbar hier.«

Alice lächelte den jungen Mann an, er war freundlich wie das gesamte Personal hier. »Wer weiß.« Sie hielt ihm die Kreditkarte hin und wandte sich dann zum Eingang, wo Signora Franca, die Eigentümerin, schon mit Amélie wartete. Es war überraschend, wie schnell Amélie ihre Schüchternheit abgelegt hatte. Das Mädchen schaute sich neugierig um, klatschte in die Hände, seine Wangen waren rosig. Die Haare waren gewachsen und begannen sich in Locken zu kringeln. Das passte gut zu dem Gesicht der Kleinen. Alice beschloss, sie nicht zu schneiden, sondern mit Haarspangen zu bändigen.

»Voilà, Madame, tout est prêt. Das Taxi kommt am späten Nachmittag.«

»Hervorragendes Französisch.«

»Danke, meine Freundin kommt aus Toulouse. Sie hat mir ein paar Worte beigebracht.«

Wahrscheinlich war der Mann in ihrem Alter, sein entwaffnendes Lächeln ließ ihn nur jünger aussehen. Sie dankte ihm und ging zum Ausgang. Amélie begann zu zappeln. »Bereit, *ma douce?*«

»Ein so braves Mädchen«, sagte die Frau, die sie immer noch auf dem Arm hielt, verzückt.

»Kann ich den noch ein bisschen behalten?«, fragte Alice und deutete auf den Buggy, den ihr das Hotel zur Verfügung gestellt hatte.

»Natürlich, gerne. Sie wollen wirklich nicht mit uns zu Mittag essen?«

»Danke für die Einladung, aber ich habe vor der Abreise noch etwas zu erledigen.« Sie setzte Amélie den Hut auf und verabschiedete sich, dann ging sie in Richtung Zentrum. Nach wenigen Schritten klingelte ihr Telefon. Sie wusste genau, wer am anderen Ende war. Ihre Mutter hatte bereits zweimal angerufen.

»Mama.«

»Wann kommst du zurück?«

»Bald.«

»Ich hoffe, dein Urlaub hat dich zur Vernunft gebracht. Das Mädchen wird es gut bei uns haben, das ist die beste Lösung für alle. Das wissen wir doch beide. Hör auf, dir etwas vorzumachen.«

»Du hast ja schon immer an mich geglaubt«, sagte Alice mit bitterem Spott.

»Sei nicht so empfindlich, darum geht es hier gar nicht.«

»Ach nein?« Céline nahm ihr jedes Licht, jede Leichtigkeit. »Um was denn dann?«

»Du hast vor langer Zeit entschieden, was dir im Leben wichtig ist. Zuerst kommt die Karriere, alles andere danach. Ich weiß, dass ich nicht unfehlbar bin: Ich bin autoritär. Ich sehe die Dinge eben auf meine Art, denn das Leben hat mir bittere Lektionen erteilt. Amélie wird sich an mich gewöhnen, du wirst sehen. So wie du und deine Schwester. Ich werde immer für sie da sein.«

»Ich auch.«

»Es sei denn, du hast gerade eine Sitzung …«

»Es gibt Babysitter.«

»So was braucht sie nicht. Sie hat Großeltern, die sich um sie kümmern können.«

»Ich muss auflegen.« Alice drückte die Taste, noch bevor ihre Mutter etwas erwidern konnte. Sie atmete tief durch und versuchte, wieder zur Ruhe zu kommen.

»Sie war nicht immer so verbittert, weißt du, Amélie? nonna Mallenas Tod hat alles verändert. Wir haben uns verändert. Sie hat die Familie zusammengehalten, sie akzeptierte uns, wie wir waren. Sie konnte das Beste in uns zum Vorschein bringen. Solche außergewöhnlichen Menschen gibt es, auch deine Mutter war so ein Mensch.«

Auf der Strandpromenade trennte eine Baumreihe die Mole von der Straße. Während sie mit Amélie im Buggy dahinschlenderte, dachte sie daran, wie es weitergehen sollte. Ihr Plan war ein Fehlschlag gewesen. »So gut war er gar nicht, wenn man es recht bedenkt.« Amélie lächelte sie an. Alice spürte, wie sehr sie dieses Kind liebte. Sie wollte, dass es ihr gut ging, dass sie glücklich war.

Sie ging weiter. Hin und wieder kehrte ein Fischerboot vom Fischfang in den Hafen zurück. Sie blickte in erschöpfte, aber zufriedene Gesichter, hörte den Gesprächen zu. Dann setzte sie sich auf eine Bank und ließ die Zeit einfach vergehen, ohne Druck und ohne Angst. Sie ließ das Leben an sich vorüberziehen, ohne es wahrzunehmen. Danach ging sie weiter. Während sie die salzige Luft einsog und das Plätschern der Wellen sie begleitete, fühlte sie sich besser. Eine Biene flog neben ihr her und setzte sich schließlich auf ihre Hand. »Was willst du mir sagen? Reicht das nicht, was passiert ist?« Nach einer Weile flog sie davon.

Und dann sah sie ihn.

Er ging entschlossen auf sie zu, sie blieb stehen. »Ciao, Alice.«

Dass er nicht zufällig hier war, verriet sein entschlossener Gesichtsausdruck. »Ich dachte, du willst mich nicht mehr sehen«, sagte sie.

Giuseppe lächelte Amélie zu, die ihre Arme nach ihm ausstreckte, und streichelte ihr die Hand. »Ich bin nicht hier, um mich zu entschuldigen.«

»Verstehe.« Warum dann?

Er schüttelte den Kopf. »Aber es tut mir trotzdem sehr leid.«

»Wegen Emma, ich weiß.«

Amélie strahlte ihn an und beugte sich in seine Richtung.

»Darf ich sie auf den Arm nehmen?«

Sie nickte. »Natürlich.«

»Da ist ja mein Mädchen.« Er hob Amélie hoch.

Warum konnte das nicht die Realität sein? Wenn Giuseppe Amélies Vater wäre, wäre das die beste Lösung. Ihm würde Alice ihre Nichte mit gutem Gewissen anvertrauen und dann in ihr altes Leben zurückkehren. Aber Wunschträume nutzten in Situationen wie diesen nichts.

»Ich war im Hotel. Dort hat man mir gesagt, dass du abreist.«

»Ich gehe nach Frankreich zurück.«

»Und Amélie?«

»Ich werde schon eine Lösung finden.«

Die Strandpromenade endete an einem niedrigen Mäuerchen, dahinter lag ein schmaler Sandstrand. Gerade war ein Boot an Land gezogen worden. Die sanften Wellen schienen in einem monotonen Rhythmus den Strand zu streicheln.

»Komm, setzen wir uns, ich muss mit dir reden.«

Er half ihr über das Mäuerchen. Alice streifte die

Schuhe ab und stellte sie neben den Kinderwagen, er tat es ihr nach. Sie setzten sich unter ein Schilfdach, das sie vor Wind und Sonne schützte.

»Ist etwas passiert?«

Er schüttelte den Kopf. »Ich habe meine Meinung geändert.«

»Ich verstehe nicht.«

»Ich werde dir helfen, Amélies Vater zu finden.«

»Warum?«

Er zögerte mit der Antwort. Alice meinte, seine Gedanken lesen zu können, die ihm durch den Kopf gingen. Sie lächelte.

»Ich werde dir die Frage später beantworten. Nimmst du mein Angebot an?«

Margheritas Villa. Alice spürte wieder die Magie, die von dem alten Gebäude ausging. Würde das ihr Zufluchtsort sein? Vielleicht lag es an den Steinmauern oder am mehrere Stockwerke hohen Turm, von dessen Spitze aus man bis zum nördlichen Zipfel der Insel sehen konnte. Sie hatte das Gefühl, während ihres Aufenthalts in Abbadulche gewachsen zu sein. Das alte Haus strahlte Kraft aus: eine einladende Kraft für den, der sie mit allen Sinnen wahrnahm, eine Mahnung für den, der achtlos vorbeiging. Als sie durch das Eingangsportal trat, hatte sie das Gefühl einer herzlichen Umarmung, als wäre sie endlich zu Hause. Sie erkannte sich nicht wieder. Kaum zu glauben: Sie hatte Giuseppes Angebot angenommen, die Flüge gecancelt und das Gepäck geholt. Für die nächsten Tage würden sie in Margheritas Haus wohnen.

Giuseppe hatte Emma gekannt, er kannte die Leute

in Abbadulche. Wenn ihr jemand helfen konnte, Amélies Vater zu finden, dann er. Sie wusste nicht, warum er seine Meinung geändert hatte, aber eigentlich spielte das keine Rolle. Früher oder später würde er es ihr sagen. Und sicher hatte er einen guten Grund. Normalerweise war sie Fremden gegenüber skeptisch, aber bei ihm hatte sie ein gutes Gefühl.

Sie schaute sich um. Die Tücher waren von den Möbeln verschwunden, alles roch sauber und frisch, aus der Küche waren das Klappern von Töpfen sowie Stimmen zu hören.

»Die Tanten werden sich um euch kümmern. Du wirst wunderbare Köchinnen und liebevolle Kindermädchen haben, solange du willst.«

Alice freute sich, die beiden hatte ihr der Himmel geschickt.

Maria tauchte an der Küchentür auf und drückte sie an sich. Dann nahm sie Amélie auf den Arm. »Ich dachte schon, du kommst nicht wieder.«

»*Ita manera*, warum denn nicht?« Memma gesellte sich dazu. »*Angelichedda* wird sich freuen, dich kennenzulernen.«

»Angelica?«

»Ja, sie ist auf dem Heimweg. Hat Giuseppe dir das nicht gesagt?«

Alice sah sich nach ihm um. Er trug gerade das Gepäck in das Zimmer, das sie schon kannte. Er hatte gefragt, ob sie lieber ein anderes wollte, aber sie war zufrieden damit. »Nein, das muss er vergessen haben.«

In diesem Moment betrat Anna den Raum, die Haare voller Blütenblätter. »Ciao, Alice, schön, dass du wieder da bist. Wo ist Amélie?«

»Ich freue mich auch.« Sie deutete auf die Küche, wohin Maria und Memma die Kleine mitgenommen hatten. »Möchtest du sie retten?«

Anna lachte. »Ich kann es versuchen. Angelica und Nicola kommen zurück, das freut mich so sehr.«

»Ja, Memma hat es mir erzählt.«

Sie suchte nach Giuseppe und fand ihn im Hinterhof, wo er gedankenverloren auf und ab ging. Er wirkte nervös. Wahrscheinlich hatte er mit seiner Cousine gesprochen, die ihm Hinweise gegeben hatte.

»Was hat das mit Angelica auf sich?«

Einen Moment lang dachte Alice, er wolle darauf antworten, aber er wich aus: »Du meinst wirklich, dass sich ein Neuanfang mit der Villa lohnt?«

»Ja.«

»Das haben schon einige versucht, einen vernünftigen Plan hatte aber noch keiner.«

Weil niemand das Haus verstanden hat, dachte sie. »Ich bin gut.«

Vielleicht lag es an seinem Gesichtsausdruck, vielleicht war sie einfach nur erschöpft, aber sie spürte, dass sie Klartext reden musste. »Es gibt noch etwas, das ich dir sagen muss. Es geht um Emma. Sie hat ein Erinnerungsalbum für Amélie zusammengestellt, dort sind auch Fotos von Claudio und dir dabei.«

Giuseppe sah sie lange an. »Kann ich das Album sehen?«

»Klar.« Alice war froh, dass er keine weiteren Fragen stellte. Sie hätte ihm nicht erklären können, warum sie ihm nicht früher davon erzählt hatte.

Sie gingen schweigend in die Villa zurück, jeder in seine

eigenen Gedanken versunken. Zwischen ihnen hatte sich plötzlich eine Spannung aufgebaut. Wo war seine Gelassenheit geblieben? Seitdem er zu ihr nach Sant'Antioco gekommen war und seine Hilfe angeboten hatte, wirkte er verändert.

Hatte es mit Amélie zu tun? Vielleicht sorgte er sich um ihre Zukunft, falls sich der Vater als ungeeignet erweisen würde. Was wäre, wenn sein Kind ihm egal wäre? Sie spürte, wie sie immer unruhiger wurde. Sie musste unbedingt mit der Grübelei aufhören und auf Emma und ihr Urteilsvermögen vertrauen.

Als sie Giuseppe das Album gab, blieb sie stehen, unschlüssig, was sie tun sollte.

»Setz dich bitte neben mich.«

»Gerne.«

Als er das Album durchblätterte, spürte sie seine Nervosität, aber auch seine Faszination für Emmas Fotos.

»Wann ist Amélie geboren?«, fragte er.

»Am ersten Juni.«

»Und was mag sie besonders?«

Alice dachte nach. »Sie wacht immer mit einem Lächeln auf, braucht ein wenig, bis sie den Kopf aus den Kissen hebt, als müsse sie sich erst einmal vergewissern, wo sie ist. Am liebsten würde sie alles alleine machen, zum Beispiel ihr Fläschchen halten. Sie ist neugierig, mag Erbsen und Spinat, Obst und Kekse, liebt Schokolade und natürlich Honig.«

Dessen wurde sie sich jetzt erst bewusst, als sie es aussprach.

»Und seit wann kümmerst du dich um sie?«

»Emma ist Ende Oktober gestorben.« Sie erinnerte sich

noch gut an den Abend im Park, ein von einem Baum gefallenes Blatt hatte sich auf ihre Hand gelegt. Und an den Anruf ihrer Mutter eine Woche später. Am ersten November.

»Seit fünf Monaten.«

Sonst kümmerte sie sich selbst immer um alles und wunderte sich jetzt, wie anders die Dinge aussahen, wenn man sie von außen betrachtete.

»Wer sind diese Leute?«, fragte Alice.

»Das ist Angelica, daneben ihr Mann Nicola. Claudio hast du ja kennengelernt, als du die Fähre verpasst hast.«

»Der Bürgermeister, ich erinnere mich.«

Alice tippte mit der Fingerspitze auf die Fotos. »Einer dieser Männer muss Amélies Vater sein.«

»Aber sicher bist du nicht.«

Sie schüttelte den Kopf. »Nein, ich vermute nur, dass meine Schwester für das Album Fotos mit Menschen ausgesucht hat, die ihr wichtig waren.«

Giuseppe nickte. »Nicola schließe ich aus.«

»Und sein Bruder?«

Giuseppe blätterte nachdenklich eine Seite weiter. »Morgen bin ich den ganzen Tag bei den Bienen, aber ich kann heute Abend mit ihm reden.«

»Kann ich dir helfen?«

»Du willst mit zu den Bienen?«

»Ja, sehr gerne.«

Er sah sie lange an, dann nickte er. »Wir fangen um zehn an, sobald es warm genug ist. Die Arbeiterinnen sind um diese Zeit auf der Wiese, das Nest wird leer sein.«

Alice war wie elektrisiert. Nachdem sie das Album beiseitegelegt hatte, zeigte sie ihm Angelicas Brief. »Sie hat ihn meiner Großmutter schon vor einigen Jahren geschickt.«

»Ja, Angelica wollte Margheritas Frauen wieder zusammenbringen.«

Giuseppe wusste also Bescheid. »Emma hatte mich damals gebeten, sie zu begleiten.« Sie erzählte ihm, was passiert war, aber alles Persönliche ließ sie weg. Das wollte sie mit niemandem teilen, schon gar nicht mit ihm. »Ich weiß nichts über ihre Zeit auf der Insel. Mir fehlen zwei Jahre im Leben meiner Schwester.«

Giuseppe schlug das Album noch einmal auf und blätterte durch die Seiten. »Sie fotografierte auch Vögel: Flamingos und Reiher.«

Alice lächelte. »Sie war Ornithologin und wollte ein Buch schreiben.«

»Manchmal hat sie Anna mitgenommen. Die beiden haben sich gut verstanden. Emma fühlte sich auf der Insel heimisch und hatte Freunde gefunden.«

»Sie fehlt mir so sehr.«

»Mir auch. Sie fehlt allen, Alice.«

Wieder übermannten sie Schmerz und Reue. »Ich hätte auf sie hören sollen.«

»Selbstvorwürfe helfen nicht weiter, Alice. Es gilt, nach vorne zu schauen, nur das Hier und Jetzt zählen. Wenn du einen Fehler gemacht hast, mach ihn wieder gut. Punkt, aus.«

»Ich will Amélie nicht im Stich lassen, das musst du mir glauben …«

»Ich weiß.«

»Aber ich habe keine andere Wahl.«

»Doch, die hast du. Man hat immer eine Wahl.«

»Nein, du verstehst nicht, Giuseppe, ich habe keine.«

17.

In vielen Gegenden der Welt, vor allem in den Wäldern Asiens und Lateinamerikas, wird die Honigernte noch wie vor Tausenden von Jahren von rituellen Handlungen und Zeremonien begleitet, die meist an Jahreszeiten gebunden sind. Die Gottheit legt den Beginn der Ernte fest und wählt aus, wer daran teilnehmen darf.

Claudio saß im Auto und betrachtete zufrieden die Absperrung, die die Straße von den alten Gebäuden trennte. Der Lastwagen vor dem ersten Haus war voll mit Schutt. Giuseppe trat aus der Tür, kontrollierte, ob die Ladewände gut verschlossen waren, und gab dann das Zeichen zur Abfahrt.

Er musste zugeben, dass er sich in Angelicas Cousin geirrt hatte.

Aber das hatte er schon verstanden, als der ihm ins Gesicht gesagt hatte, wohin er sich sein Geld stecken konnte. Er lächelte amüsiert. Seine Idee, auf der Insel Luxusresorts mit Golfplatz zu errichten, hatte er nach einem erbitterten Streit mit seinem Bruder fallen lassen. Nicola und Angelica setzten alles daran, die Gegend zu einer Oase der Natur zu machen. Abbadulche war in der Tat ein außergewöhnlicher Ort, aber trotzdem zogen Jahr für Jahr mehr Einwohner weg. Sicher, einige kamen auch wieder zurück, aber die meisten versuchten, sich anderswo eine Zukunft aufzubauen. Für die Grimaldis ein unerträglicher Gedanke. Wenn man seine Heimat verlassen musste, weil sie einem nichts zu bieten hatte, dann war das eine tiefe Wunde, die nie ganz verheilte.

Claudio fühlte die moralische Pflicht, einerseits die Natur der Insel zu schützen, aber andererseits auch Arbeitsplätze für die Einwohner zu schaffen. Nicola kümmerte sich um den Naturschutz, er um die Arbeitsplätze. Die Grimaldis hatten schon immer in Abbadulche gelebt. Sie gehörten zur Geschichte der Insel, genau wie die Senes.

Er parkte und stieg aus. Es war warm. Während er die Straße überquerte, fragte er sich, was Giuseppe von ihm wollte. Normalerweise hielt er sich eher von ihm fern. Er hatte auch nicht gesagt, um was es ging, was Claudio nur noch neugieriger machte. Um diese Uhrzeit saß man in Abbadulche üblicherweise beim Abendessen. Er ging ins Haus, wo ihm feuchte Kühle empfing. Es roch nach Mörtel und dem Salz des Meeres. Nach Heimat.

»Ciao.«

Giuseppe winkte kurz, dann prüfte er wieder die Mauer. Unter dem Verputz war eine naturbelassene Ziegelwand zum Vorschein gekommen. Wie man etwas so Schönes zuspachteln konnte, hatte er noch nie verstanden.

»Du bist schon recht weit mit der Arbeit.«

»Wir mussten nur ein paarmal dagegen schlagen, und schon kam alles runter. Ich habe beschlossen, die Fenster zu vergrößern, hier muss Licht rein. Die Genehmigung besorgst du.«

Das hatte er schon, aber das sagte er Giuseppe nicht. Während der den Stand der Arbeiten beschrieb, sah Claudio sich um. Dieser Mann konnte aus allem etwas machen, selbst aus maroden Gebäuden. »Was hast du mir so Wichtiges zu sagen?«

Giuseppe legte den Hammer und den Meißel auf den Tisch, dann wusch er sich die Hände in einem Eimer mit klarem Wasser. »Es geht um Emma.«

Claudio schloss kurz die Augen. »Erklär mir das bitte genauer.«

»Alice ist ihre Schwester.«

Deshalb war sie ihm so bekannt vorgekommen. »Sie macht mit ihrer Tochter hier Urlaub?« Was Emma betraf, würde er sich zurückhalten. Wenn sie nicht mit ihm reden wollte, war das ihr Problem. Nach ihrer Mail hatte er wiederholt versucht, Kontakt mit ihr aufzunehmen, aber dieser Dickkopf hatte nicht reagiert. Und er war niemand, der insistierte.

»Es ist Emmas Tochter.«

Claudios Lächeln erlosch. Was wusste Giuseppe darüber?

»Es ist schön, dass Emma sich doch noch entschlossen hat zurückzukommen.« Er durchstöberte seine Taschen. Wo hatte er nur die Zigaretten? »Ich habe Emma noch gar nicht gesehen. Ich habe nie gedacht, dass ich jemanden mal so vermissen würde.«

»Sie ist nicht zurückgekommen.«

»Jetzt verstehe ich gar nichts mehr.« Claudios Gesicht verfinsterte sich. Er versuchte, seine Enttäuschung zu verbergen. Das letzte Mal, als er von ihr gehört hatte, hatte sie angedeutet, dass sie Probleme hatte. Sie hatte ihm auch etwas anvertraut. Etwas, das alles infrage gestellt hatte, woran er glaubte, auch seine Meinung über sich selbst.

Die Probleme zwischen ihnen konnten sie nur unter vier Augen klären.

Er würde mit Alice sprechen, sie würde ihm Emmas Nummer geben, nein, besser: ihre Adresse. Dieses Mal würde er nicht anrufen, sondern direkt zu ihr fahren. Vielleicht würden sie dann eine Lösung finden. »Kommt Emma auch?«

Die Hoffnung stirbt schließlich zuletzt.

Dann bemerkte er, dass Giuseppe blass geworden war. »Was ist denn los?«

»Sie ist tot, Claudio. Emma ist tot. Alice ist hier, um Amélies Vater zu finden, damit er sich um das Kind kümmern kann.«

»Was? Sie ist was?«

Der Weg zu den Bienenkörben führte steil bergauf. Alice brannte vor Neugier. Sie trug einen von Giuseppes Imkeranzügen, der ihr drei Nummern zu groß war. Sie hatte zwar gesagt, dass sie sonst ohne arbeitete, aber darauf hatte er sich nicht einlassen wollen. »Ist es noch weit?«

Giuseppe lächelte. »Du bist wie Anna.«

»Wie meinst du das?«

»Sie ist ungeduldig, genau wie du. Manchmal bin ich unsicher, wer eigentlich wen begleitet, genau kann ich das nicht sagen. Heute schreibt sie eine Klassenarbeit.«

Alice musste an die Szene denken, als sie Anna das erste Mal gesehen hatte, umgeben von Bienen, strahlend vor Glück, wie es nur Kinder sein konnten.

»Sie trägt auch keinen Anzug, oder?«

»Meine Tochter ist eine Honigfrau.«

In seiner Stimme lag Stolz.

»Davon hat mir meine Großmutter erzählt.«

»War sie auch eine?«

Alice schaute nach vorn. »Es hieß, sie sei verrückt. Sie wurde ausgelacht, aber Mallena war das egal, sie trug den Kopf immer oben. Nachts kamen die Leute heimlich zu ihr, um ihre Heilmittel zu kaufen oder um sie um Rat zu fragen. Auch die, die sie tagsüber nicht mal grüßten. Und weißt du, was das Verrückte war? Mallena hat sie nicht weggeschickt, sondern willkommen geheißen und ihnen zugehört.« Sie war eine wunderbare Frau, sie fehlte Alice so sehr. Die Gefühle übermannten sie. Noch nie hatte sie jemandem ihre tiefe Liebe zu nonna Mallena anvertraut, nicht mal Emma oder ihrer Mutter. Und jetzt erzählte sie Giuseppe davon. Die Erinnerungen schwappten wie eine Welle über sie hinweg.

»Ein Mitschüler von mir lästerte über sie. Er fragte mich – vor allen anderen in der Klasse –, ob meine Großmutter Mäuse, Würmer oder Fledermäuse essen würde. Es war nicht das erste Mal, dass so etwas passierte.« Alice war es schwergefallen, Freundinnen zu finden. Sie war eingeschult worden, als ihre Familie auf den Hof gezogen war. Sie kannte niemanden und wollte auch niemanden kennenlernen. »Ich habe ihm gesagt, dass er das seine Mutter fragen solle, die jede Woche kam, um Heilmittel zu kaufen, die Mallena in ihrer Werkstatt herstellte. Er hat mich geschubst, ich habe mich gewehrt.« Ihre Lehrerin war schockiert gewesen und hatte sie sofort zum Direktor geschickt, der daraufhin ihre Mutter angerufen hatte.

»Er hatte es nicht anders verdient«, sagte Giuseppe.

»Vielleicht.« Ihre Mutter hatte ihr erst gedroht und sie dann angefleht, aber sie hatte sich nicht entschuldigt. Ab diesem Moment war es jedoch besser geworden. Sie war nicht plötzlich beliebt, wurde aber respektiert. Erst nach diesem Vorfall hatte sie verstanden, dass es keine gute Idee war, Beleidigungen einfach zu ignorieren. Die Leute nahmen das Schweigen als Erlaubnis, einfach weiterzumachen. Emma hatte als Kind dagegen nie Probleme gehabt.

Der Weg endete an einem Erdwall hinter einem Hügel, daneben erstreckte sich ein Wäldchen. Im Sonnenlicht wirkten die Bienenstöcke wie die Häuser von Elfen. Jeder hatte eine andere Farbe: gelb, rot, rosa, himmelblau. Davor erstreckte sich eine weitläufige Wiese, und wenn der Wind auffrischte, tanzten violette Blütenblätter im Wind.

Alice sog tief den würzigen Duft ein. »Ist das wilder Lavendel?«

»Ja, wenn das Wetter hält, werden wir eine gute Ernte haben.«

Die Bienen waren bei der Arbeit. Alice konnte sie hören, noch bevor sie sie sehen konnte. Summende Wolken waren unterwegs und kehrten voll beladen in die Stöcke zurück, ein ständiges Kommen und Gehen. Sie meinte, die Heiterkeit der emsigen Arbeiterinnen zu spüren, konnte sich an der herrlichen Szenerie kaum sattsehen, die ihr ein Gefühl von Frieden schenkte. Plötzlich setzte sich ihr eine Biene auf die Schulter, krabbelte auf ihr Gesicht, blieb dort sitzen und flog nach einer Weile zurück zu ihren Schwestern.

»In Paris hatte ich einen Bienenstock auf dem Dach der Oper.«

»Stadtimkerei … Ich habe mich immer schon gefragt, ob es den Bienen in der Stadt gut geht.«

Er wäre bestimmt überrascht, auf wie vielen Balkonen, Terrassen und Dachgärten bienenfreundliche Blumen wuchsen. Alice hatte bei der Aussaat geholfen, wie viele andere auch. Jede Blüte konnte den Bienen helfen, selbst als kleine Topfpflanze. Egal, ob Melisse, Rosmarin, Lavendel, Basilikum, Efeu, Topinambur, Tagetes oder Chrysanthemen.

»Natürlich ist es nicht so üppig wie hier, das ist ein wahres Bienenparadies. In der Großstadt ist es anders.«

»Woher stammt dein Wissen über Bienen?«

»Von meiner Großmutter, die es wiederum von Margherita gelernt hat. Sie zeigte mir, was zu tun war. Ich war neugierig und habe sie imitiert. Ich liebte es, mit ihr gemeinsam zu den Bienenstöcken zu gehen.«

Stille. Giuseppe beobachtete sie schweigend und fragte dann: »Was ist mit deinen Bienen in Paris passiert?«

»Sie sind weggeflogen. Ich habe den Stock der Imkervereinigung geschenkt.« Sie hatte verzichtet, wie sie auf Amélie verzichten würde. Nachdenklich strich sie über eine Blüte.

»Hast du dich danach besser gefühlt?«

Ihre Augen füllten sich mit Tränen. Sie schüttelte den Kopf.

Er fragte nicht weiter nach, sondern legte ihr nur kurz eine Hand auf die Schulter – eine Berührung, die ihr Herz schneller schlagen ließ.

»Komm, fangen wir an.«

Sie arbeiteten Seite an Seite. Hin und wieder hoben sie den Deckel eines Bienenkastens ab, um den Zustand des Volkes zu prüfen, und tauschten Meinungen aus. Jeder Bienenstock war anders als der vorherige. Es erforderte Konzentration und Kreativität, um die beste Lösung für das jeweilige Problem zu finden. Wenn alles gut ging, war das eine Quelle großer Zufriedenheit. »Was machst du, wenn du ein verwaistes Volk findest?«

Ohne die Königin, deren Eier für Nachkommen sorgten, würde ein Bienenvolk immer schwächer werden und schließlich aussterben. Viele Imker hatten da eigene, auf Erfahrung beruhende Methoden, außerdem kam es auf die lokalen Gegebenheiten und das Klima an.

»Was hättest du gemacht?«, hakte er nach.

»Eine neue Königin gekauft und eingesetzt.«

»Verstehe, das machen die meisten.«

»Und du?«

»Ich arbeite lieber mit Königinnenzellen. Ich habe bestimmte Bienenmütter, bei denen ich die Brut entnehme. Sie gibt es nur auf der Insel, und auf diese Weise garantiere ich die Reinheit des Erbguts.«

»Die goldenen Bienen.«

»Genau. Es bedarf Zeit. Die Prinzessinnen schlüpfen 16 Tage nach der Eiablage, dann müssen sie noch den Hochzeitsflug absolvieren, um Königinnen zu werden. Dazwischen liegt ungefähr ein Monat. Aber das ist der natürliche Gang der Dinge, und die halte ich ein.«

Das verstand sie, hier auf der Insel war alles anders.

Nach getaner Arbeit setzten sie sich unter eine mächtige Eiche. Giuseppe gab Alice ein Brötchen und nahm sich selbst eins. Sie aßen schweigend, inmitten der summenden Bienen, die die violetten Blüten anflogen. Irgendwann hatte Alice einmal etwas über die Notwendigkeit des Müßiggangs gelesen. In die Natur einzutauchen, die Umgebung zu betrachten, den eigenen Gedanken nachzuhängen, das war keine Zeitverschwendung, sondern die Quelle neuer Kraft. Eigene Erfahrungen hatte sie damit noch nicht, sie hatte die Philosophie dahinter bisher nicht verstanden. Aber hier fühlte sie sich ruhig und ausgeglichen, einfach glücklich. Vielleicht war es das, was die Philosophen meinten.

Am Nachmittag arbeiteten sie in einem anderen Gebiet, etwas höher gelegen, jenseits des Waldes. Hier hatte der Affodill gerade erst die Köpfe aus der Erde gestreckt, aber es gab weite Felder mit Gamander, den sie unter dem Namen »Schafkraut« kannte. Die kleinen immergrünen Sträucher standen in voller Blüte, ein purpurrosa Farbenrausch. »Ist das nicht früh?«

»Ja, in diesem Jahr schon. Das wird ein großartiger Vielblütenhonig.«

»Millefiori« war die verbreitetste Honigsorte. Die Bienen sammelten den Nektar der Blüten, die zur gleichen Zeit in Blüte standen. Ein komplexer Honig mit immer anderem Charakter, je nachdem, wohin die Bienen gerade fliegen. »Ist das Margheritas Honig?«

»Ja, aber den sammeln wir woanders. Ich zeige es dir das nächste Mal.«

Dann räumten sie die Werkzeuge ins Auto. Auf der Rückfahrt zur Villa musste Alice herzhaft gähnen, erst jetzt fiel ihr auf, wie müde sie war. Sie freute sich auf eine heiße Dusche und natürlich auf Amélie.

Sie fuhren den Weg hoch. Anna und Amélie spielten auf dem Hof. Ihr Lachen wischte alle Sorgen und Schuldgefühle fort, dass sie ihre Nichte allein gelassen hatte.

»Danke für die Hilfe. Es war schön, dich an meiner Seite zu haben.«

Alice lächelte, auch ihr hatte die Arbeit Spaß gemacht. »Hast du noch andere Stöcke?« Sie stieg aus dem Wagen, und er sah sie an.

»Fragst du nach einer Stelle? Ich könnte dich gut gebrauchen, du verstehst dein Handwerk.«

»Ja, das würde mir gefallen. Bezahlt werde ich in Honig.«

»Abgemacht.«

Alice schaute ihm nach, dann ging sie zu Amélie, die ihre Ärmchen nach ihr ausstreckte. »Hallo, ihr zwei.« Sie nahm ihre Nichte auf den Arm und küsste sie auf den Kopf. Anna umfasste Alices Taille und drückte sich an sie.

»Schön, dass du wieder da bist. Ich konnte es kaum erwarten«, sagte Anna in ihrem etwas schleppenden Tonfall.

»Das freut mich.«

Sie gingen ins Haus. Giuseppes Tochter erzählte von ihrer Klassenarbeit, Amélie plapperte vor sich hin. Wie hatte Anna das gemeint? Hatte sie damit gerechnet, dass sie zurückkommen würde? Vielleicht hatte sie es auch falsch verstanden.

»Da bist du ja!«, rief Maria und nahm Amélie auf den Arm. »Anna, Tante Memma sucht nach dir, sie braucht deine Hilfe.«

»Bin schon unterwegs.«

»Habt ihr Hunger?«

»Und wie!«, sagte Alice. In diesem Moment klingelte das Handy. Sie seufzte. »Nur einen Moment.«

Maria lächelte. »Nimm dir ruhig Zeit.«

Alice ging in den Hof. »Mama?«

»Wieso hast du deine Rückreise verschoben?«

Sie hatte ihr eine Nachricht geschickt und hätte davon ausgehen müssen, dass sie anrufen würde. Alice seufzte.

»Wo zum Teufel bist du, Alice?«

»Im Urlaub, das weißt du doch.«

»Ich bin deine Mutter, im Lügen warst du nie gut.«

»Ich lüge nicht. Sagen wir es so: Ich bin im Urlaub, muss aber auch etwas klären. Sobald es geht, erzähle ich dir alles, versprochen.«

»Keine Ahnung, welche Flausen du dir in den Kopf gesetzt hast, aber das Kind kommt zu uns. Das haben wir so ausgemacht, du hast versprochen ...«

»Nein, das stimmt so nicht. Amélie geht mir über alles, und ich werde tun, was für sie am besten ist.«

»Mach, was du willst. Aber Amélies Platz ist hier bei mir. Zwing mich nicht, etwas zu tun, was wir beide bereuen werden.«

18.

Bienen bilden eine komplexe matriarchale Gesellschaft. An der Spitze steht die Königin, die unzählige Eier legt und für den Fortbestand des Volkes sorgt. Die Arbeiterinnen übernehmen die Aufgaben im Bienenstock und sind für die Fütterung der Larven und der Königin zuständig. Die männlichen Bienen (Drohnen) haben nur eine Aufgabe: die Begattung der Königin.

Das *Nino* war ein großzügiges, in hellen Farben gehaltenes Restaurant. Die hohen Fenster zeigten in Richtung Strand, draußen gab es einen Spielplatz mit Schaukel und Rutschbahn, die Anna sofort hochgeklettert war. Die Einrichtung war schlicht, aber elegant, weißes Holz vor blauem Hintergrund, Kristallleuchter.

Alice strich die Falten ihres geschmackvollen Kleides glatt. Als Giuseppe sie zum Essen eingeladen hatte, hatte sie spontan ja gesagt. Sie waren Freunde geworden und … er gefiel ihr. Das verursachte ein angenehmes Kribbeln, aber auch ein gewisses Unbehagen in ihr.

Gérard war gerade in New York und hatte sie zwischen zwei Sitzungen angerufen. Er schien meilenweit weg. Aber das Essen mit Giuseppe war kein Rendezvous, sie hatten die Kinder dabei, kein romantischer Abend, sondern ein Treffen unter Freunden.

Giuseppe, in Jeans und Hemd, hatte einen Freund getroffen und unterhielt sich mit ihm. Als er bemerkte, dass Alice ihn ansah, lächelte er. Alice lächelte zurück.

»Ich nehme Amélie.«

»Danke, sie wird ganz schön schwer, was, mein Fräulein?«

Amélie gurgelte zufrieden.

Alice gefiel das Lokal. Die Atmosphäre war ungezwungen und heiter, im Hintergrund hörte man leise Musik. Die junge, attraktive Chefin begrüßte sie: »Guten Abend, Gio, dein Tisch steht bereit.«

»Danke. Komm, Alice, hier lang.«

»Gio? So nenne ich dich ab jetzt auch.«

»Wage es nicht ...«, drohte er scherzhaft und warf ihr einen finsteren Blick zu. Sie lachte.

»Ein schönes Kleid.«

»War das ein Kompliment?«

»Nein, eine Feststellung.«

Alice lachte wieder. »Trotzdem danke. Ich mag es auch.« Sie fuhr mit den Fingerspitzen über den Stoff. Sie wirkte entspannt. Die harte körperliche Arbeit hatte ihr neue Energie und Lebensfreude gegeben. Wie lange hatte sie sich nicht mehr so wohl gefühlt?

Von ihrem Tisch aus konnte man das Meer sehen, hatte aber auch Anna auf der Schaukel im Blick. Gedankenverloren schwang das Mädchen vor und zurück. Wer weiß, was ihr gerade durch den Kopf ging. Alice ließ ihren Blick über den Horizont schweifen, ihren Augen bot sich ein spektakuläres Bild. Die untergehende Sonne färbte die Meeresoberfläche glutrot. Ein flammendes Spektakel, dem das Dunkel der Nacht folgen würde. »Wie wunderbar.«

»Meinst du, daran könntest du dich gewöhnen?«

»Wie bitte?« Sie warf ihm einen überraschten Blick zu.

Giuseppe antwortete nicht und setzte Amélie in den Kinderstuhl. Alice schaute wieder zum Meer, das immer dunkler wurde. Es war leicht, sich von der Schönheit bezaubern zu lassen. Das Problem kam danach, wenn der Enthusiasmus verflogen war und die Realität zurückkam. Natürlich könnte sie sich daran gewöhnen, vielleicht war genau das das Problem.

Giuseppe hatte Wasser bestellt und plauderte mit dem Kellner. Er hatte nicht übertrieben, als er gesagt hatte, dass er jeden auf der Insel kannte.

Anna winkte Alice zu, sie winkte zurück. Auf dem Weg zu ihnen blieb das Mädchen an einem Tisch stehen, an dem ein einzelner Mann saß. Obwohl er ihnen den Rücken zukehrte, erkannte sie ihn. »Da ist ja Claudio.«

Der Mann stand auf und kam an ihren Tisch, Anna hatte sich zu anderen Kindern gesellt, die mit ihren Eltern in der Nähe saßen.

»Guten Abend.«

»Guten Abend, Claudio, schön Sie zu sehen.«

»Willst du dich setzen?« Giuseppe deutete auf einen Stuhl, aber Claudio schüttelte den Kopf. Er musterte Giuseppe kühl, und Alice spürte die Spannung zwischen den beiden Männern. Was war da los?

»Sie sind doch geblieben?«

»Ja, ich habe noch ein paar Tage frei.« Keine Ahnung, was Giuseppe ihm erzählt hatte. Sie war so sehr mit den Bienen und der Villa beschäftigt gewesen, dass sie gar nicht mehr gefragt hatte. Aber dass er von sich aus nichts gesagt hatte, konnte nur heißen, dass er noch nichts herausgefunden hatte.

Claudio nickte, dann blickte er zu Amélie und sagte: »Das mit Emma tut mir leid.«

Der Satz traf sie wie ein Blitz aus heiterem Himmel.

Offensichtlich litt er tatsächlich, sein Gesicht war bleich und wie in Stein gemeißelt. Er trauerte. Alices Augen füllten sich mit Tränen. »Entschuldigt.«

Giuseppe reichte ihr ein Taschentuch.

»Ich muss mich entschuldigen, Alice, es tut mir sehr leid für dich.« Claudio war zum Du übergegangen.

Sie zwang sich zu einem Lächeln und trank einen Schluck Wasser. »Hast du sie gut gekannt?«

Claudio nickte.

»Seid ihr in Kontakt geblieben?«

»Ich habe im vergangenen Sommer zum letzten Mal mit ihr gesprochen, da sprach sie von gesundheitlichen Problemen, danach hatten wir keinen Kontakt mehr.«

»Verstehe.« Giuseppe griff nach ihren Händen, und Alice drückte die seinen.

»Ich wollte sie sehen, aber das hat sie abgelehnt«, sprach Claudio weiter. »Sie hat versprochen anzurufen. Ich kann einfach nicht glauben, dass sie tot ist.«

Alice blickte erneut auf das unendlich scheinende Meer. Das Mondlicht warf einen glitzernden Streifen auf die tiefschwarze Wasseroberfläche – er wirkte wie eine Straße, die in die Nacht führte.

»Ihr wart Freunde?«

»Ja.«

Alice fuhr sich mit der Zunge über die Lippen. »Ich … Entschuldige, aber ich muss dich das fragen. Hast du eine Ahnung, wer Amélies Vater sein könnte?« Sie bemerkte Giuseppes verärgerten Blick, aber sie musste diese Gelegenheit nutzen. Jetzt oder nie. Dieser Mann war mit ihrer Schwester eng verbunden gewesen. Die Frage war vielleicht nicht angebracht, aber sie musste es wissen.

Claudio sah zu Amélie, die mit einem Brotkrümel auf der Tischdecke spielte.

Nach einem endlos scheinenden Schweigen erwiderte er: »Ich wünschte, sie wäre meine Tochter, mit jeder Faser meines Herzens.«

Alice hielt den Atem an.

»Aber leider ist sie es nicht.« Er warf Giuseppe einen vielsagenden Blick zu.

»Ich rufe dich morgen an. Wir müssen reden.«

»Gut, wie du meinst.«

»Einen schönen Abend wünsche ich. Ciao, Amélie.«

Das Mädchen lächelte ihn an und winkte ihm zu. Während er davonging, spürte Alice tiefes Mitgefühl – für ihn, für sich und für Amélie. Wieder legte Giuseppe seine Hand auf ihre.

»Er wusste nicht, dass sie tot ist. Es war ein harter Schlag für ihn. Er war eng mit deiner Schwester verbunden, sehr eng.«

»Er wirkt mitgenommen.«

»Das ist er. Geben wir ihm etwas Zeit.«

Emma war für sie alle wichtig gewesen.

»Der Verlust eines geliebten Menschen stellt vieles infrage. Nichts zwingt dich so sehr, in dein Inneres zu schauen. Da helfen keine Masken und keine Illusionen«, Giuseppes Stimme klang ernst.

»Was darf ich bringen?«

Der Kellner befreite Alice von einer Erwiderung, die sie nicht geben wollte. Was mit ihrer Schwester passiert war, hatte sie bis in die Grundfesten erschüttert. Ihre Seele war wie erstarrt.

In den nächsten Tagen schwärmten die Bienen aus. Die alte Königin verließ mit ihrem Gefolge den Stock und ließ nur eine kleine Zahl Arbeiterinnen und Pflegerinnen zurück. Sie kümmerten sich um die schlüpfende Brut und das Sammeln des Nektars. Bald würden sich die königlichen Zellen öffnen, und die kleinen Prinzessinnen würden um die Vorherrschaft kämpfen. Die Gewinnerin würde in den Wochen danach diverse Hochzeitsflüge mit Drohnen unternehmen und dann mit der Eiablage beginnen. Die neuen Bienen würden die alten ersetzen, und das Volk würde sich erneuern, ein immer wiederkehrender Prozess.

Trotz aller denkbarer Vorsichtsmaßnahmen, die Vergrößerung des Stocks oder neue Wabenrahmen, flogen die Schwärme trotzdem aus. Sie wurden vom Instinkt geleitet, ein Überlebenstrieb, den sie in Millionen von Jahren ausgebildet hatten, vergleichbar mit der Geburt eines neuen Lebewesens.

Neben dem Schwarm im mächtigen Olivenbaum im Wald, den Alice noch immer nicht zu Gesicht bekommen hatte, mussten die anderen Völker eingefangen und in die Stöcke geführt werden, die ihre neue Heimat werden sollten. Giuseppe hatte die Holzkästen den Winter über gebaut. Zur Orientierung hatte er außerdem Zeichen an die Wände gemalt.

»Du bist so still heute«, begann Giuseppe.

Sie zuckte mit den Schultern. Eine kontroverse Diskussion mit ihrer Mutter hatte Erinnerungen nach oben gespült, die sie lieber vergessen hätte.

»Sprich darüber, Alice, raus damit. Ich kann gut zuhören.«

Sie lächelte. »Tatsächlich hat sich meine Laune schon gebessert, seit ich hier bin.«

»Das nehme ich mal als Kompliment.«

Wieder lächelte sie.

Giuseppe nahm den Deckel eines Bienenstocks ab. »Schau mal, wie wunderbar, komm näher.«

Eine perlmuttfarbene Wabe, die die Bienen gebaut und mit Honig gefüllt hatten. »Wir sind gerade rechtzeitig gekommen. Wenn die Blüte so reichhaltig ist, dann brauchen sie den ganzen Platz. Wenn wir zu spät kontrolliert hätten, wären sie schon fertig gewesen.«

»Hast du nie das Gefühl, sie zu stören?«

Giuseppe schüttelt den Kopf. »Auf keinen Fall. Die Bienen hatten eine schwere Zeit, und dabei beziehe ich mich nicht allein auf die Varroamilbe.«

Alice wusste um die schweren Schäden, die die Milbe anrichtete. Sie greift die verdeckte Brut im Bienenstock an und richtet irreparable Schäden an, die das Überleben das ganzen Volkes bedrohen. Die Lebenszeit von Bienen beträgt von einem bis acht Monaten, je nach Jahreszeit. Ohne regelmäßige Bruttätigkeit wird das Volk geschwächt und stirbt innerhalb kurzer Zeit.

»Hier in Abbadulche haben wir kein Problem mit Pestiziden, aber überall sonst ist das anders.«

Alice dachte an die »Bienenmenschen«, so wurden meist Frauen oder Kinder genannt, die auf Bäume klettern mussten, um die Blüten per Hand zu bestäuben. In einigen Landstrichen Chinas waren die Bienen und andere Insekten durch den massiven Einsatz von Pestiziden nahezu ausgestorben. Die Bilder dieser verzweifelten Versuche, die Natur zu überlisten, waren grotesk und deprimierend und hatten Alice wütend gemacht. Die Arroganz des Menschen war grenzenlos.

Nachdem sie mit der Arbeit fertig waren, setzten sie sich unter einen Baum. Giuseppe schnitt mit seinem Taschenmesser eine Honigwabe auseinander, dann legte er die Teile auf ein paar Blätter, die er zuvor ausgebreitet hatte.

»Probier mal, es gibt nichts Vergleichbares. Der Geschmack ist göttlich.«

Alice nahm ein Stück zwischen die Finger und steckte es in den Mund.

Wenn ihr das jemand vor einem Monat gesagt hätte, hätte sie ihn für verrückt erklärt. Dann schloss sie genießerisch die Augen, ein intensives Geschmackserlebnis erfüllte sie. »Wunderbar!«, schwärmte sie.

Giuseppe lachte.

»Was ist mit der schlechten Laune?«

»Der Honig hat Macht über mich, das war schon immer so.« Sie stimmte in sein Lachen ein.

Er sah sie aufmerksam an. Alice wandte den Blick ab und nahm sich noch ein zweites Wabenstück. Ihre Finger waren klebrig, sie war schmutzig, und doch war sie glücklich. Sie spürte seinen Atem, seine Präsenz neben ihr. Stieg ihr der Honig zu Kopf?

»Das hat mit dem Tryptophan zu tun, aber ich nehme an, das weißt du.«

Giuseppes Worte machten sie neugierig. Sie erinnerte sich daran, dass es sich um eine Aminosäure handelte. In Paris hatte sie regelmäßig an Kursen der Imkervereinigung teilgenommen, bei denen es um verschiedene Aspekte der

Imkerei gegangen war, von der Aufzucht der Bienen bis zur Analyse des Honigs. »Ja, ich erinnere mich.«

»Eine Vorstufe des Serotonins. Ich dachte mir schon, dass du das von der wissenschaftlichen Seite siehst.«

Wie viel lieber hätte sie eine der Geschichten gehört, die er Anna und Amélie hin und wieder erzählte. »Danke.«

»Für was? Ein Löffel Honig, und das Leben sieht schon wieder ganz anders aus.«

Wie recht er doch hatte.

19.

Bienen erfüllen je nach Alter unterschiedliche Aufgaben. Als Neugeborene reinigen sie den Bienenstock, später entwickeln sie die Fähigkeit, Gelée royale zu produzieren, und werden zu Ammen. Danach sammeln sie Nektar, kümmern sich um das Nest, den Wachdienst und die Brutpflege.

Alice teilte ihre Zeit zwischen den Bienenstöcken und Margheritas Villa auf.

Tag für Tag nahm der Plan eines Projekts in ihrem Kopf weiter Gestalt an. Anfangs war es ihr sinnlos erschienen, aber mit der Zeit hatte sich ein klareres Bild ergeben. Etwas, das an diesem Ort und mit diesen Menschen funktionieren könnte, etwas, dass sich Margherita gewünscht hätte. Alice wusste es. In Wirklichkeit hatte ihr das Haus selbst die Richtung vorgegeben. Noch hatte sie mit niemandem darüber gesprochen, denn ihr kam das alles irrational, sogar ein bisschen verrückt vor. Ein solches Projekt war mit einer großen Verantwortung verbunden. Aber je länger sie darüber nachdachte, desto sicherer war sie sich. Ihr Projekt wäre ein Ort des Friedens und der Ruhe, eine Quelle, aus der man schöpfen könnte, um zu sich selbst zu finden.

Ein Businessplan auf der Grundlage von Logik sähe anders aus. Sie hatte keine Geschäfte, keinen klassischen

Hotelbetrieb vorgesehen, sondern etwas ganz anderes im Sinn. Das würde jedoch noch viel Zeit, Kalkulation und Planung erfordern. Maria und Memma waren beide einverstanden und hatten das Projekt sogar mit Alessandra diskutiert, die regelmäßig zu Besuch kam. Alice fand den Gedanken, sie irrtümlich für Giuseppes Frau gehalten zu haben, nun, da sie Freundinnen geworden waren, peinlich und amüsant zugleich. Ihrer Großmutter hätte sie sicher gut gefallen. Beide hatten eine Leidenschaft für Heilkräuter. Alessandra war auf den Anbau von Strohblumen spezialisiert, die sie destillierte und zu ätherischen Ölen verarbeitete.

Alice, die bislang nur wenige Freundinnen gehabt hatte, sondern meist nur Bekannte oder Kolleginnen, war von ihrer großen Zuneigung verwirrt. Abbadulche war wie der Himmel in der Abenddämmerung: Bei jedem Blick blitzte ein neuer Stern auf. Der Kreis der Menschen, die sie durch Maria und Memma kennenlernte, wurde immer größer. Und dann waren da noch Gigliola und Pina. Die beiden Frauen, Mutter und Tochter, lebten auf Angelicas Grundstück. Oft ging Alice die zwei mit den Tanten besuchen. Pina war die Künstlerin, die den Camper, den sie an ihrem ersten Tag in Abbadulche gesehen hatte, neu gestaltet hatte. Sie war eine ganz außergewöhnliche Frau, die das Bedürfnis hatte, mit all ihrem Tun etwas zu erschaffen, zu schützen, zu verschönern. Sie bemalte Steine, Dosen, Wände, jedweden Gegenstand. Alles, was sie berührte, verwandelte sich in etwas Schönes, in einen Spiegel ihrer Seele.

Mit einem Lächeln wandte sich Alice wieder den Papieren auf dem Tisch zu. Während sie ein paar Berechnungen niederschrieb, klingelte ihr Handy. Besorgt schaute sie aufs Display: Zum Glück war es nicht Céline.

»Gérard, hallo.«

»Wie geht es dir, Alice?«

»Gut, ich habe Neuigkeiten.«

»Du hast ihn also gefunden?«

Sie seufzte. »Nein, nur einen Freund von Emma, der wusste, dass sie ein Kind erwartete.«

»Er könnte der Vater sein.«

»Das wäre er gerne, hat es aber kategorisch ausgeschlossen.«

»Weiß er etwas?«

»Giuseppe glaubt, ja.«

Stille. »Giuseppe?«

Alice biss sich auf die Lippe. »Angelicas Cousin, habe ich dir nicht von ihm erzählt?«

»Glaub mir, mein Schatz, daran würde ich mich erinnern.«

»Er hilft mir, der Sache auf den Grund zu gehen.«

»Verstehe. Und warum sollte dieser Freund etwas über deine Schwester wissen?«

»Etwas hat sie verbunden, das hat er selbst bestätigt. Und ehrlich gesagt hatte ich den Eindruck, dass er mir etwas verschweigt.«

Wieder Stille, dann ein tiefer Atemzug. Alice spürte deutlich Gérards Enttäuschung.

»Man könnte auch andere Mittel wählen.«

»Und zwar?«

»Du könntest alle Kandidaten bitten, sich einem Vaterschaftstest zu unterziehen. Damit wäre die Frage geklärt.«

Das war nicht von der Hand zu weisen, und tatsächlich hatte Alice schon daran gedacht, wollte es aber nicht tun.

»Das ist respektlos«, erwiderte sie. »Ich möchte Emmas Andenken nicht trüben oder die Männer aus dem Fotoalbum in Verlegenheit bringen.« Immerhin war es nur ein Verdacht. »Nur ich gehe davon aus, dass einer von ihnen Amélies Vater sein muss.« Andererseits erinnerte sie sich an Claudios verzweifelten und Giuseppes schockierten Blick. »Ich denke nicht, dass das ratsam ist.« Es waren zu viele Gefühle im Spiel.

»Viel Zeit hast du nicht mehr, Alice. Du musst eine Entscheidung treffen.«

Es war das erste Mal, dass er sie unter Druck setzte. Und er wirkte genervt. »Ist wirklich alles in Ordnung?«

»Wieso? Natürlich. Übrigens hat deine Mutter wieder im Büro angerufen.«

Alice rollte mit den Augen. Oh Gott, warum konnte sie sie nicht in Ruhe lassen! »Das tut mir leid.«

»Ruf sie an, sie macht sich Sorgen.«

»Sie möchte das Sorgerecht für das Kind. Meinst du … sie könnte mir ernsthafte Schwierigkeiten bereiten?«

»Nein, du bist die leibliche Tante, deine Schwester hat dich als Vormund eingesetzt. Aber ich rate dir, dich zu beeilen. Lass es nicht so weit kommen, Familienkonflikte sind immer unangenehm. Geh zu Emmas Freund, kläre die Situation, bring deine Nichte gut unter, und komm dann zu mir zurück. Du fehlst mir.«

»Du fehlst mir auch, Gérard.« Sie legte auf, sammelte ihre Papiere zusammen und ging dann hinaus in den Garten. Das Gespräch hatte ein Unbehagen, fast eine gewisse Verlegenheit in ihr ausgelöst. Nervös fuhr sie sich mit den Fingern durchs Haar. Dann blickte sie auf und sah Anna und Amélie auf der Wiese sitzen. Die Kleine baute einen

Turm aus Bauklötzen, und jedes Mal, wenn es ihr gelang, war sie hellauf begeistert.

Sie lächelte. Wie sehr sich ihre Nichte verändert hatte! Seit ihrer Ankunft auf Sardinien war Amélie eine andere geworden. Ein Schatten legte sich über Alices Gemüt. Bald würde sie abreisen müssen. »Das Wichtigste ist ihr Glück.« Sie war immer mehr davon überzeugt, das Richtige zu tun, sie spürte es. Aber sie wusste auch, dass es ihr das Herz brechen würde, Amélie zurückzulassen.

»Ich habe keine Wahl.«

Man hat immer eine Wahl. So hatte Giuseppe es gesagt, oder nicht?

Sie hatte immer gedacht, keine Wahl zu haben, aber gerade jetzt war sie sich da nicht mehr so sicher. Und wenn sie sich anders entschiede?

Die Vorstellung erfüllte sie mit Frieden und Freude.

Paris, die Firma, Noëlle, ihre Arbeit, selbst Gérard … All das schien in diesem Moment meilenweit entfernt. Wieder sah sie sich um. Sie hatte das Gefühl, dass alles, was sie sich wünschte, mit Händen greifbar war.

Ganz in der Nähe hängte Maria die Wäsche in der Sonne auf, Memma sprach mit Giuseppe und goss dabei die Pflanzen am Zaun. Er hob den Kopf, und ihre Blicke trafen sich. Für einen Moment setzte ihr Herzschlag aus. Sie winkten einander zu. Normalerweise hätte sich Alice zu ihnen gesellt, jetzt aber flüchtete sie sich unter die Pergola, breitete die Papiere vor sich aus und versuchte, sich wieder auf das zu konzentrieren, was sie vor dem Telefonat getan hatte. Ihr Herz hämmerte wie wild, deutlich spürte sie Giuseppes Anwesenheit, und das war nicht gut. Sie zwang sich, an etwas anderes zu denken.

Die Glyzinien über ihr schwankten sanft in der warmen Brise. Alice schloss die Augen und sog den süßen Duft ein, konnte das Meer in der Ferne, das Rascheln der Blätter, das Summen der Insekten hören. Ihre Gedanken ordneten sich, langsam fügte sich alles wieder zusammen.

»Alles wird gut, alles wird gut.« Sie war von Schönheit umgeben, an einem Ort voller Harmonie und Frieden. In diesem Moment verstand sie, was Emma ihr in dem Brief hatte sagen wollen, in dem sie Alice gebeten hatte, nach Abbadulche zu kommen.

»Du hattest recht«, sagte sie leise. Sie hatte schon eine Weile nicht mehr zu ihrer Schwester gesprochen, auch wenn sie noch jeden Tag an sie dachte. Wenn sie ihre Gedanken und Gefühle mit ihr teilte, die sie seit ihrer Ankunft auf Sardinien in sich trug, fühlte sie sich ihr nahe.

Sie schaute auf ihre Notizen. Jetzt hatte sie sich wieder gefasst und konnte weitermachen.

Außer ihrem Zimmer hatte Alice 15 Räume mit Abstellkammern gezählt, fünf Werkstätten, drei Lagerräume, die Zimmer im Turm hatte sie sich noch nicht angeschaut. Immer wieder hatte sie die Besichtigung verschoben. Nachdem sie erfahren hatte, dass Angelica dort gelebt hatte, bevor sie mit Nicola zusammengezogen war, wollte sie auf ihre Rückkehr warten und sie um Erlaubnis bitten. Giuseppe hatte zwar gemeint, sie könne machen, was sie wolle, die Villa stünde ihr zur Verfügung, doch sie zögerte noch.

Es gab Höfe, Gärten, einen Wald, weitläufige Wiesen, einen Privatstrand, den sie zusammen mit den Mädchen zum Spielen besuchte.

Sie dachte zurück an den Morgen, an dem sie einen Spaziergang durch die Wiesen gemacht hatte. Seit Jahrtausenden gab es sie dort. Durch das hohe Gras zu streifen, hatte ihr einen tiefen inneren Frieden geschenkt.

»Dieser Ort ist einzigartig.«

Die Villa, das Gelände, Abbadulche, alles strahlte Wahrhaftigkeit aus, etwas, das man greifen und auf das man sich verlassen konnte.

Ihr Projekt nahm langsam Form an, bekam Kontur. Sie kannte die wichtigsten Elemente, alles andere würde im Prozess angepasst werden, damit alles so lief, wie sie es sich wünschte.

Und es gab noch etwas, das sie einbringen konnte, etwas, das sie mit ihrer Großmutter verband. Etwas – das war ihr jetzt bewusst –, das Mallena zwischen den Mauern dieser Villa gelernt und dann an Alice weitergegeben hatte.

Wenn sie das Projekt mit dem Einverständnis der anderen umsetzen könnte, würde sich ein Kreis schließen: Hier hatte vor vielen Jahren alles begonnen, und jetzt konnte es durch Angelica, Emma und schließlich durch sie wieder zu neuer Pracht erblühen. Sie dachte an den Weg des Honigs, der, wie Mallena es ihr immer erzählt hatte, wie der Lauf des Lebens war.

Als Alice ihre Notizen schließlich zusammensuchte und in einen Ordner legte, war die Sonne bereits untergegangen. Bald würde es Abendessen geben. Sie lächelte und schaute auf die Tischplatte, strich über die Maserung im Holz. Unter ihren Fingern konnte sie die Energie dieses Ortes spüren, und sie fühlte sich glücklich und willkommen.

»Jedes Mal wenn ich glaube, dich verstanden zu haben, überraschst du mich, und ich muss von Neuem beginnen.«

Sie fuhr mit dem Kopf hoch. Giuseppe saß vor ihr auf einem Stein, die Ellbogen auf die Oberschenkel gestützt, und sah sie an.

»Ich habe dich gar nicht bemerkt.«

»Das konntest du auch nicht, sosehr, wie du in deine Arbeit vertieft warst, was auch immer es ist.«

Aufgeregt lächelte sie ihn an. »Komm, ich zeige es dir.«

Sie zog den Ordner wieder hervor und breitete die Papiere auf dem Tisch aus. Giuseppe stellte sich hinter sie. Alice konnte seinen unverwechselbaren Duft riechen: Seife, ein Hauch von Tabak und Honig. Er gefiel ihr. Er gefiel ihr mehr, als gut für sie war.

»Ich bin noch nicht fertig, aber ich glaube, ich bin auf einem guten Weg.« Sie zeigte ihm die Kalkulationen und die Bilder der Villa, die er ihr überlassen hatte. »Wie du sehen kannst, muss nicht viel gemacht werden.«

»Ein Hotel?«

Sie schüttelte den Kopf. »Nein, ein Rückzugsort. Keine Handys, kein Internet. Nur Ruhe, Natur und kreative Arbeit.« Sie war immer mehr von ihrer Idee überzeugt. »Ich habe auch noch an etwas anderes gedacht, das mit den Bienen zu tun hat.«

»Und was?«

»Nicht nur Honig, sondern auch Wachs. Auf Wunsch können die Gäste Kerzen, Seifen und einfache Parfüms aus den heimischen Aromen herstellen. Lavendel, Wacholder, Rosmarin, Strohblume. Dazu Brot, Gebäck …«

Alice hatte den Eindruck, als hätte sich der Einfluss ihrer Großmutter auf sie in dem Moment verstärkt, in dem sie die Insel betreten hatte, als sei sie an ihrer Seite. Von Mallenas Wirken hatte Alice ihre Inspiration.

Dabei wusste sie viele Dinge über ihre Großmutter gar nicht. Maria und Memma hatten nichts mehr gesagt, aber Alice spürte, dass da noch etwas war.

Sie dachte darüber nach, was sie veranlasst hatte, Frankreich zu verlassen, um nach Abbadulche zu gehen. Hier waren die Wurzeln ihrer Familie, hier wurde die Geschichte ihrer Großmutter geschrieben, der wichtigsten Frau in ihrem Leben.

Sie beschrieb Giuseppe weiter ihre Ideen. »Das Konzept basiert auf Freundschaft, Austausch, Zusammenarbeit. Es wird kein Hotel sein, sondern ein besonderer Ort, an dem man sich erholen und innerlich wieder zu sich kommen kann. Der Unterhalt wäre nicht teuer. Man könnte sich an einige Stiftungen wenden, die sich auf psychosomatische Kuren spezialisiert haben.«

»Es ist Margheritas Traum.«

Alice sprach weiter über das Haus, seine Geschichte und ertappte sich dabei, dass sie in ihren Schilderungen die Villa wie eine Freundin beschrieb. »Ich bin noch nicht fertig, ich muss noch die Berechnungen abschließen und einige Dinge prüfen.«

So unterhielten sie sich weiter, bis Memma sie zum Abendessen rief.

»Begleitest du mich und Anna morgen früh? Wir nehmen auch Amélie mit, wenn du einverstanden bist.«

»Was hast du vor?«, fragte Alice, als sie die Küche betrat.

»Erinnerst du dich, als du mir gesagt hast, dass in dem Album Emmas Geschichte steckt?«

»Ja, es ist ihr Erinnerungsalbum über die Vergangenheit unserer Familie, über Abbadulche. Sie hat es für die kleine Amélie verfasst.«

»Aber da ist noch mehr, Alice. Das sind ganz besondere Orte. Ich habe mir das genau angeschaut, das Ganze ist ein Weg mit verschiedenen Stationen. Ich … Lass ihn uns gemeinsam gehen. Was meinst du?«

»Ein Weg?«

»Ja, alle Orte haben eine besondere Bedeutung für sie.«

Das Album lag wie immer griffbereit auf der Anrichte. Alice zeigte es Amélie oft, jedes Mal wenn sie das Gefühl hatte, Emmas Anwesenheit wäre in diesem Moment wichtig. Giuseppe schlug vorsichtig eine bestimmte Seite auf und suchte ein Foto heraus. »Das ist die erste Station: die Insel San Pietro, Carloforte, der Leuchtturm.«

Sie versuchte, sich in ihre Schwester hineinzuversetzen. Es war, als hätte sie ihnen eine Nachricht geschickt oder besser: eine Einladung. Sie hatte sie geradezu gedrängt, nach Abbadulche zu kommen. Am Ende war Alice ihrem Wunsch wegen Amélie nachgekommen, aber nach einer Weile war ihr klar geworden, dass es auch um sie selbst ging.

»Lunchpaket, bequeme Schuhe, Bauchtasche. Bist du bereit, Alice?«

Bald würde sie nach Frankreich zurückkehren, und Giuseppe würde das alles vielleicht vergessen. Sie nicht. Und ein Ausflug wäre eine gute Möglichkeit, sich von der Insel zu verabschieden.

»Ja, bin ich.«

20.

Im Bienenstock dient alles der Gemeinschaft. Man könnte ihn deshalb auch als einen einzigen Organismus ansehen, in dem jede Biene eine Zelle ist.

Sie brachen im Morgengrauen auf. Trotz der frühen Uhrzeit war die Fähre bereits voller Pendler.

»Kommt, wir setzen uns da drüben hin.« Der Wind war kühl, deshalb brachte Giuseppe sie in den überdachten Bereich. Er hatte ihr geraten, mehrere Lagen übereinander anzuziehen, da es um die Mittagszeit warm werden würde.

Neben ihr schauten Anna und Amélie zu, wie die Möwen hoch am Himmel segelten.

Alice war aufgeregt. Sie hatte das Gefühl, in die Fußstapfen ihrer Schwester zu treten, alles zu sehen und zu tun wie einst Emma. Alice fühlte sich ihr nah, meinte fast, ihr Parfüm riechen zu können, was sie nostalgisch und gleichzeitig traurig stimmte.

»Emma und ich haben gestritten.«

Giuseppe griff nach ihrer Hand und hielt sie fest. Alice hatte Körperkontakt noch nie sehr gemocht, Umarmungen waren ihr unangenehm, selbst innerhalb ihrer Familie ging ihr das so. Nicht so bei ihm. Von Anfang an hatten ihr diese fast beiläufigen Berührungen gefallen. Flüchtige, verstohlene Berührungen. Natürlich durfte das nicht sein, es war nicht richtig. Dennoch genoss Alice das Gefühl seiner rauen Handfläche auf ihrer Haut. Sie erzählte weiter. »In den vergangenen zwei Jahren haben wir nicht mehr miteinander gesprochen, verstehst du?«

In der Ferne sah sie durch die Glasscheibe die Lichter eines erwachenden Städtchens auftauchen. Die Sonne malte rosa Streifen an den blauen Himmel, auf dem Wasser flitzten kleine Boote umher.

»Hattet ihr noch etwas zu klären?«

Sie drehte sich zu ihm um. »Warum fragst du das?«

»Weil das immer passiert, wenn man Unbehagen und Leid zu groß werden lässt. Es gab Dinge an Emma, die dir missfallen haben und die du ihr nie gesagt hast, und ich nehme an, umgekehrt war das genauso. Wenn ihr das ausgeräumt hättet, hättet ihr euch vielleicht besser verstanden. Als es dann zu diesem Konflikt kam, ist alles auf einmal zutage getreten. Zu viel, um es lösen zu können.«

Genau das war passiert.

»Du scheinst das schon erlebt zu haben.«

»Ich habe auch meine Probleme, wie wir alle.«

»Und hast du sie gelöst?«

»Wenn es nötig war. Es ist nicht leicht, die eigene Seele zu entblößen, sich zu offenbaren, aber die Wahrheit und die Auseinandersetzung mit dem Problem helfen zweifellos dabei, die Wunden zu heilen. Es ist, als ob man sie der Luft und der Sonne aussetzen würde. Stattdessen verschweigen und verbergen wir gerne alles, was uns leiden lässt. Wir schämen uns dafür.«

Damit hatte er recht. »Ich habe sie geliebt.« Alices Stimme brach.

»Und sie?«

»Sie mich auch.« Alice hielt kurz inne. »Ich nehme an, sie hat nie über mich gesprochen …«

»Oh doch, aber ohne deinen Namen zu nennen.«

Giuseppe führte ihre Hand an seine Lippen und küsste sie. Sie sahen sich lange an, dann lächelten beide.

Carloforte war größer als Abbadulche und zog viele Touristen an. Nicht nur die unberührte Schönheit der Küsten, auch das Städtchen selbst war ein Juwel. Die Altstadt erinnerte im Stil an die Bauweise Genuas, einer Stadt, mit der Abbadulche in Sprache und Tradition eng verbunden war. Die ersten Bewohner der Insel San Pietro stammten von Siedlern aus Ligurien ab. Am besten gefiel Alice der Leuchtturm Capo Sandalo. Der massive Steinturm mit seinen zwei Stockwerken stand hoch über der Landzunge und bot eine atemberaubende Aussicht. Um ihn herum wuchsen Myrte, Rosmarin, Lavendel und Ginster mit seinen leuchtend gelben Blüten. Daneben standen Erdbeerbäume, Aleppo-Kiefern und Steineichen. Ganz in der Nähe begann der Steilhang, der zu einem intensiv blauen Meer hinunterführte. Die Natur mit all ihrer Macht war hier die unbestrittene Hauptfigur. Alice spürte dennoch keine Furcht. Im Gegenteil: Zum ersten Mal in ihrem Erwachsenenleben fühlte sie eine innige Verbundenheit mit sich selbst und diesem ganz besonderen Ort.

»Von dieser Stelle aus hat Emma das Foto aufgenommen.«

Giuseppe hatte Amélie auf dem Arm, die mit dem Daumen im Mund an seiner Schulter döste. Alice ging näher zu ihm hin. »Woher weißt du das?«

Er sah sie an, seine Augen glänzten. »Ich habe sie an diesem Tag geführt.«

»So wie mich?«

»Nein.« Er sah sie lange an. »Mit dir ist es anders.«

Dann legte er Amélie auf eine Decke, die er im Sand ausgebreitet hatte. Anna legte sich gleich neben sie, ihr Haar bildete eine Wolke um ihren Kopf. Alice indes zog die Jacke aus und entfernte sich ein paar Schritte. Sie musste einen Moment alleine sein, um mit all den Gefühlen klarzukommen, die gerade auf sie einstürzten.

Giuseppe blieb oben auf dem Hügel stehen. Sein Herz hämmerte in seiner Brust. Er war mehr als zehn Kilometer gelaufen, ohne auch nur einmal anzuhalten, die Gedanken wirbelten nur so durch seinen Kopf. Die Situation wurde immer komplizierter. Erst Emma, jetzt Alice, dazwischen Amélie. Er versuchte, seine Atmung zu kontrollieren, die Muskeln brannten von der Anstrengung. Nach ein paar Minuten machte er sich wieder auf den Weg. Er musste weiterlaufen, um zu verstehen, in welche Richtung ihn sein Leben führte. Dieses Mal würde er keinen Fehler machen, dieses Mal nicht, schließlich ging es auch um Anna. Emmas Tod hatte etwas in ihm ausgelöst: Trauer, Schmerz … Aber da war noch etwas anderes, das er nicht fassen konnte.

Als er am Nachmittag wieder zu Hause war, nahm er eine Dusche und schaute dann auf sein Handy. Drei Anrufe von Claudio. Er wählte dessen Nummer und wartete. »Hallo, du wolltest mich sprechen?«

»Ich erwarte dich bei mir zu Hause. Beeil dich.«

»Ich kann jetzt nicht, ich bin auf dem Weg zu Alice.«

»Das muss warten. Komm einfach schnell.«

Er hätte ihn am liebsten zum Teufel geschickt, aber

Claudios Tonfall verhieß nichts Gutes. »Ich nehme keinen neuen Job an, wir haben uns auf drei Tage pro Woche geeinigt.«

»Es geht um Emma.«

Giuseppe schwieg voller Anspannung. War Claudio etwas bezüglich Amélie eingefallen?

»Ich könnte es später vielleicht bereuen, also beeil dich. Ich warte auf dich.«

Giuseppe legte auf. Erst wollte er Alice Bescheid geben, ließ es dann aber sein. Zu Claudio zu fahren würde nur eine Viertelstunde dauern. Er stieg ins Auto und fuhr aus der Stadt. Auf dem Weg wuchs seine Anspannung, seine Gedanken wurden immer düsterer.

Claudios Villa lag auf der anderen Seite der Insel. Er kannte sie gut, weil er einige alte Kleiderschränke für ihn restauriert hatte. Da sie aus massivem Kiefernholz waren, hatte er sie vor Ort zusammengebaut. Der Auftrag hatte ihn überrascht. Claudio war nicht der sentimentale Typ. Er hing nicht an den Erbstücken seiner Familie, oder jedenfalls schien es so. Giuseppe fragte sich, was er wirklich über diesen Mann wusste.

Bei seiner Ankunft stand das Tor offen. Er fuhr langsamer, parkte dann den Wagen. Als er ausstieg, stand Claudio schon auf der Terrasse.

»Hattest du nicht aufgehört zu rauchen?«

»Wie nett, dass du dich um meine Gesundheit sorgst.« Er lächelte Giuseppe zu und deutete auf die Terrasse mit Blick aufs Meer. »Möchtest du etwas trinken?«

Er selbst hatte schon getrunken, und zwar einiges.

»Nein danke.«

»Ich empfehle es dir aber, es wird dir helfen.«

»Du weißt, dass ich keinen Alkohol anrühre.« Er folgte ihm und bemerkte, dass Claudio schwankte. »Um was geht es?«

»Emma? Du erinnerst dich? Über sie müssen wir sprechen.«

»Hast du etwas herausgefunden?«

»Ich weiß alles. Ich hätte es dir sagen müssen. Vielleicht hätte ich es früher getan, wenn ich gewusst hätte, dass sie … tot ist.«

Giuseppe stand jetzt direkt vor ihm. Die Sonne ging wie ein Feuerball unter und setzte das Meer in Brand. »Weißt du, wer der Vater ist? Wie hast du es herausgefunden?«

Claudio holte tief Luft. »Emma hat es mir gesagt.«

»Was redest du denn da?«

»Sie hat mir nach der Geburt des Mädchens eine E-Mail geschrieben.«

»Was?« Giuseppe konnte es nicht fassen. »Du hast es also die ganze Zeit gewusst und kein Wort gesagt?«

Ihm klingelten die Ohren.

»Erinnerst du dich wirklich nicht, Giuseppe?«

Warum sah er ihn nur so an? »Du fängst an, mich zu nerven, Claudio. Was meinst du damit?«

»Du und sie.«

»Ich weiß nicht, was du meinst.« Er stemmte die Fäuste in die Hüften und blickte ihn voller Anspannung an.

»Ich denke doch.«

Einzelne Bildfetzen schossen ihm durch den Kopf. In der Vergangenheit hatte er sie verdrängen können, jetzt gelang ihm das nicht mehr. Er merkte, dass er einfach nicht mehr konnte, drehte sich um und presste die Hand auf den Mund. Seine Schultern bebten. Er machte ein paar Schritte in Richtung Garten, kehrte dann aber wieder um. Leichenblass sah er Claudio an. »Was, verdammt noch mal, steht in dieser E-Mail?« Sein Herz schlug ihm bis zum Hals.

»Ich sage es dir, aber erst beantwortest du mir eine Frage. Erinnerst du dich an Giorgios Hochzeit? Du warst Trauzeuge, oder?«

»Ja, ich erinnere mich.«

»Sie war auch da.«

»Und du auch!«, schrie Giuseppe ihm außer sich entgegen.

Claudio schüttelte den Kopf, sein Gesicht war schmerzverzerrt. »Sie hat mich zum Tanzen aufgefordert, sie trug das geblümte Kleid, das ich ihr in einem Moment des … Wahnsinns geschenkt hatte. Ich habe abgelehnt.« Nicht nur das, er hatte viel Schlimmeres getan und sie ausgelacht.

»Warum denn? Du warst ihr Freund, sie mochte dich.«

Jetzt war es an Claudio, die Beherrschung zu verlieren. »Denkst du, das weiß ich nicht? Glaubst du etwa, dass ich das, was sie mir anbot, nicht wollte? Dass ich sie nicht begehrte? Für solche Sachen bin ich zu alt. Sie war nur ein kleines Mädchen, ich konnte nicht … Ich habe das Richtige getan.« Er verstummte. »Die Fakten haben mir recht gegeben. Es war nur eine Schwärmerei.«

»Die Fakten? Von was zum Teufel redest du denn da? Sie war in dich verliebt! Seit diesem Fest war sie nicht mehr dieselbe. Und dann ist sie gegangen.«

Claudio wischte sich über die Augen, atmete tief durch und sprach dann weiter. »Es war etwas passiert, mit dem sie nicht umgehen konnte.«

»Hat sie dir das gesagt?«

»Ja, sie hat es mir geschrieben.«

»Warum, um Himmels Willen? Du hast sie abgelehnt, verletzt, warum sollte sie dir so etwas schreiben?«

Claudio zuckte mit den Schultern. Einen Moment lang glaubte Giuseppe, Tränen in seinen Augen zu sehen.

»Weil sie meine Hilfe brauchte. Weil sie glaubte, mich zu lieben. Ich nehme an, sie hat mir kurz vor ihrem Tod geschrieben.« Seine Stimme brach. »Ich war ein Idiot, sie gehen zu lassen.«

Sie schauten sich an, Claudio war am Boden zerstört.

»Was wollte sie von dir?«

»Die Dinge wieder in Ordnung bringen. Ich bin schuld. Wenn ich sie nicht zurückgestoßen hätte, wäre sie an diesem Abend bei mir geblieben.«

»Aber?«

Claudio lächelte, und dieses Lächeln würde Giuseppe nie vergessen.

»Aber sie hat dich gesehen. Allein. Betrunken. Sie hat dich nach Hause gebracht. Und weil du noch nicht einmal mehr alleine aufstehen konntest, hat sie dir beim Ausziehen geholfen, und dann …«

Mit weit aufgerissenen Augen wich Giuseppe zurück, in seinem Kopf dröhnte es. Er fuhr sich mit den Fingern durchs Haar. »Das kann nicht sein.«

»Nein? Warum bist du dann so aufgebracht?«

Das konnte er nicht sagen. Plötzlich fand jedes Detail seinen angestammten Platz. Er konnte sich nicht an alles erinnern, aber das wenige, an das er sich erinnerte, war genug. »Ich bin Amélies Vater.« Die beiden sahen sich an.

»Ja, das bist du.«

Claudio nickte, drehte sich um und ging zurück ins Haus.

Nach dem Ausflug zum Leuchtturm war Giuseppe nur selten zu Besuch in der Villa. Hin und wieder blieb er zum Abendessen, wirkte aber immer nachdenklich und zerstreut. Nur die Mädchen konnten sein Interesse wecken. Wenn er mit ihnen spielte, lächelte er, war unermüdlich und geduldig. Aber mit ihr? Alice verstand nicht, was passiert war. Jedes Mal wenn sie versuchte, ihrer eigenartigen Beziehung auf den Grund zu gehen, scheiterte sie. Irgendetwas hinderte sie daran. Vielleicht wollte sie sich der Wahrheit einfach nicht stellen oder hatte schlichtweg Angst.

In den Wochen, die sie gemeinsam verbracht hatten, war etwas zwischen ihnen entstanden. Vielleicht war es nur die Situation, die sie zusammengebracht hatte, vielleicht hatte Alice sich das alles nur eingebildet? Aber der Kuss? Zugegeben, es war nur ein Handkuss gewesen, aber er war ihr bis ins Herz gedrungen. Unwillkürlich dachte sie an Gérard. Ein so intensives Gefühl hatte sie bei ihm nie empfunden, alles war immer kontrolliert gewesen. Sie hätte sich für ihre unangebrachten Gefühle schämen müssen, tat es aber nicht. Nicht jetzt.

Alice schaute zu Amélie, die tief und fest in ihrem Bettchen schlief. Der sanfte Duft der Laken beruhigte sie zwar, doch die Gedanken an Giuseppe wurde sie trotzdem nicht los.

Bedauerte er etwas?

Und sie?

Nein, sie bedauerte nichts. Im Gegenteil! Es war nicht nur eine Frage des Vergnügens gewesen, es hatte ihr viel bedeutet. Mit ihm fühlte sie sich wohl. Sie war ehrlich genug zu sich selbst, um zu wissen, dass etwas in ihr passiert war. Etwas, das alles verändern könnte, was sie sich aber nicht einzugestehen wagte. Ihre Zeit in Abbadulche war fast vorbei.

Sie wusste es.

Sie schloss die Augen.

»Hast du dich jemals gefragt, was passiert wäre, wenn du mich begleitet hättest?«

Emma? »Wo bist du?« Alice konnte sie nicht sehen, alles um sie herum war in tiefe Dunkelheit getaucht. Da flackerte das Licht einer Kerze auf, erhellte den Raum und Emmas Gesicht.

»Du bist ein kleines Mädchen!«

»Du auch, kleines Schwesterchen«, sagte Emma.

Sie verstand gar nichts. Es war wahr: Beide waren wieder Kinder. Alice sah sich um. »Wo sind wir?« Der Raum war hoch, das Dach aus geflochtenem Schilf, die Wände weiß verputzt. Auf mehreren Tischen standen Behälter in unterschiedlichen Formen und Größen. Die Regale waren voller Dochte und gelber Blöcke. Es roch nach warmem Wachs und Honig. Mit einem Mal ergriff sie der drängende Wunsch, etwas zu formen, zu erschaffen. Sie kannte dieses Gefühl, es erfüllte sie mit Glück.

»Das ist nicht Großmutters Werkstatt.«

Emma lächelte. »Nein, es ist deine.«

Meine? »Aber ich habe keine Kerzenwerkstatt. Was redest du denn da?«

»Du kannst alles haben, was du willst, Alice, hast du das noch nicht verstanden?«

Und dann verschwanden die Mauern, und der Himmel erstrahlte blau, vor ihr tauchten smaragdgrüne Blumenwiesen auf. Das Meer glitzerte im gleißend hellen Sonnenlicht.

»Emma, wo bist du?«

»Neben dir, Schwesterchen. Ich bin immer an deiner Seite.«

»Ich weiß nicht, was ich tun soll.«

»Doch, das weißt du, wir haben schon so oft darüber gesprochen. Schau in die Flamme, die dich zum Herzen führen wird. Du musst einfach nur dem Weg folgen, Alice.«

Sie wurde von Amélie geweckt. Als sie die Augen aufschlug, sah Alice ihre Nichte hinter den Gittern des Bettchens. Sie lächelte und murmelte: »Mama …«

Doch sie sprach nicht mit ihr, sondern beobachtete, wie das Licht durchs Fenster fiel und einen Schatten an die Wand warf, der fast der flüchtigen Silhouette einer Frau glich.

Einen Moment lang meinte Alice, das Gesicht ihrer Schwester zu sehen, ihr Lächeln. Aber nur für einen kurzen Augenblick.

Da brach Amélie in lautes Gelächter aus. In den Augen des Kindes sah sie Emmas strahlenden Blick, ihren glücklichen Ausdruck. Sie hörte den Widerhall der Worte, die Emma ihr kurz vor dem Aufwachen zugeflüstert hatte. Plötzlich begann Alice seit langer Zeit wieder zu beten. Sie wandte sich an Gott und flehte ihn an, dass ihre Schwester ihren Frieden finden möge, wo auch immer sie sein mochte.

Sie hatte seit Jahren nicht mehr gebetet, seit diesem verfluchten Tag am See, als sich ihr ganzes Leben verändert hatte. Das Leben der gesamten Familie Pascal Azara.

Seit diesem Moment existierten für Alice nur noch Logik, Zahlen, die Distanz zwischen ihr und allem, was ihr womöglich Schmerzen bereiten konnte.

Doch eben diese Mauern, die sie um sich errichtet hatte, hatten die schmerzhafteste Situation ihres Lebens hervorgerufen. Ein Paradox, mit dem sie nicht umzugehen wusste.

An Schlaf war jetzt jedenfalls nicht mehr zu denken. Nachdem sie ihrer Nichte die Flasche gegeben hatte, brach sie mit ihr zu einem Spaziergang auf. Sie liebte den Garten bei Morgengrauen, wenn alles noch unbestimmt und ungewiss war. Oft wurde sie dabei von Pina begleitet.

Sie suchte sie zwischen den Bäumen auf dem Weg zu ihrem Haus, scheuchte aber nur ein paar Kaninchen auf.

»Du bist mein Zaubermädchen.«

Etwas schoss ihr in den Kopf, das von weit her kam, etwas Vertrautes und doch Neues. Die Geschichte von Alice im Wunderland kam ihr in den Sinn, die ihre Mutter ihr als Kind immer erzählt hatte. Damals war Céline ihr eine liebevolle Mutter gewesen. Aber an diese Zeit hatte sie nur wenige verschwommene Erinnerungen. Zurück blieben ein immenses Bedauern und ein großes Verlangen.

Alice war an der Grundstücksgrenze angekommen. Auf der anderen Seite des Anwesens lag die Straße. Sie brach sich eine Rose von der Hecke ab und setzte sich an einen geschützten Platz. Die weißen Blütenblätter fühlten sich unter ihren Fingern wie Samt an. Sie zeigte sie Amélie, die freudig lächelte. Die Geschichte hatte ihr ihre Mutter erzählt und nicht Mallena. Sie hatte sie nicht im Arm gehalten. Céline hatte ihr gesagt, dass sie sie Alice genannt hatte, weil sie wollte, dass sie in einer Welt voller Möglichkeiten, Magie und Schönheit glücklich wurde.

Der Gedanke verwirrte sie. Sie ging zurück ins Haus, setzte Amélie ab und bereitete das Frühstück zu. Wie Maria es ihr beigebracht hatte, verrührte sie langsam das Mehl mit der Milch, in der sie zuvor den Honig und die Eier aufgelöst hatte, die Memma am Vortag gebracht hatte. Dieses Mal würden ihre Tanten alles schon aufgetischt vorfinden.

Alice war froh, etwas für sie tun zu können. Freude, Tradition, Achtsamkeit, eines nach dem anderen, wie ein uraltes Ritual. Viele Gefühle.

Das Lied, das ihre Tanten bei der Arbeit summten, kam ganz selbstverständlich über ihre Lippen. Als sie wie jeden Morgen in die Küche kamen, hatte Alice die Kekse schon auf dem Blech platziert, der Duft von frisch gebrühtem Kaffee erfüllte den Raum. Auf dem Tisch lag eine weiße Tischdecke, in der Mitte stand ein Rosenstrauß.

Memma lächelte sie an: »Bist du heute früh aus dem Bett gefallen?«

»Ich hatte eine Idee.«

»Und welche?«

»Wollen wir Angelica überraschen?«

Die beiden Frauen sahen sich wissend an und nickten.

»Ihr habt ja meine Pläne schon gesehen, und ich dachte, es wäre doch schön, die Werkstätten aufzuräumen. Ich werde bald nicht mehr da sein, und ich würde euch gerne zeigen, wie sie aussehen könnten.«

»Normalerweise kümmert sich Giuseppe um solche Sachen.«

Alice biss sich auf die Lippe. »Könnten wir es dieses Mal vielleicht machen?«

»Lass mich vorher ein paar Leute anrufen. Wir brauchen kräftige Helfer. Wir sind keine jungen Hüpfer mehr, und du bist harte Arbeit nicht gewohnt. Dafür braucht man Neffen.«

Sie machten sich unverzüglich an die Arbeit. »Fangen wir hier an?« Maria sah sich angewidert um, die Hände in die Hüften gestützt. Sie hatten mit der Inspektion der Werkstätten begonnen. Die Gebäude waren noch gut erhalten, aber die Maschinen mussten überholt werden, alles musste danach aufgeräumt und gestrichen werden.

»Meinst du, die können wir wieder zum Laufen bringen?«

»Um was zu machen?«

Alice fuhr mit dem Finger über den Schmelzofen für das Wachs. »Kerzen und Seifen.«

Maria sah sie an, als wäre sie verrückt. »Aber warum? Gefallen dir die Sachen aus dem Dorfladen nicht?«

»Unsere werden ganz besonders. Wir haben reines Bienenwachs, Blüten und Blätter, ätherische Öle, Rezepte, Maschinen, wir können etwas ganz Einzigartiges erschaffen. Das Wichtigste aber ist, dass unsere Gäste die Arbeiten erlernen und uns helfen können. Jeder kann mitmachen.« Sie war voller Leidenschaft, voller Energie wie schon lange nicht mehr. Wahrscheinlich hatte sie sich das letzte Mal so gefühlt, als Mallena sie in den Arm genommen hatte. Aber jetzt war sie eine erwachsene Frau, die ihre Zukunft selbst in die Hand nehmen wollte.

Emma hatte recht, sie konnte alles erreichen, wenn sie es nur wollte.

»Man kann im Leben alles schaffen, was man will. Komm, los geht's. Je eher wir anfangen, desto schneller sind wir fertig.«

Amélie sah ihnen den ganzen Morgen von einer Decke auf der Wiese begeistert bei der Arbeit zu. Unter den wachsamen Blicken aller hatte sie dort zu krabbeln begonnen.

Anna und zwei von Memmas Nichten gesellten sich am Nachmittag zu ihr.

Wie viele Neffen und Nichten hatte diese Frau eigentlich noch? Alice betrachtete amüsiert das stete Kommen und Gehen all dieser Helfer. Sie sammelte die Werkzeuge auf, die sie zum Trocknen in die Sonne gelegt hatte, und räumte sie wieder weg. Sie waren weit gekommen: Alles war sauber, die Wände waren frisch gestrichen, die dunklen Bodenfliesen glänzten. Alice lächelte zufrieden.

21.

Der Schwarmtrieb ist das angeborene Verhalten der Bienen, sich durch Teilung zu vermehren. Im Frühling, wenn es reichlich Nektar gibt und die klimatischen Bedingungen ideal sind, fliegt die alte Königin nach der Eiablage, aber noch vor dem Schlüpfen mit ihrem Hofstaat davon.

Sie war gerade nach Hause gekommen, als sie Memma im Wohnzimmer sitzen sah.

»Du siehst zufrieden aus.«

»Das bin ich auch.« Zufrieden und glücklich. Von der anstrengenden Arbeit schmerzten ihr zwar die Arme, aber es ging ihr gut. Auch Maria, die gerade das Holz der Eingangstür poliert hatte, war begeistert.

»Wirklich schön, schau nur.« Sie spürte ihre Zuneigung, es war ein gutes Gefühl, geschätzt zu werden. Noch nie zuvor hatte sie sich so angenommen und wirklich verstanden gefühlt. Das war völlig neu und aufregend für sie.

Aber sie ahnte, dass sich hinter dem Lächeln der Tanten noch etwas anderes verbarg. »Ist alles in Ordnung?«, fragte sie neugierig.

»Das hast du sehr gut gemacht, Alice. Zu Beginn haben wir ja nicht so recht daran geglaubt, weißt du? Du hast dich umgeschaut, aber nicht wirklich etwas für dich gefunden. Es war alles nur Schein. Mallena hatte gute Arbeit geleistet und dir alles Wichtige beigebracht, aber du hattest alles vergessen.«

»Das verstehe ich nicht.« Was wollten sie ihr damit sagen?

»Natürlich nicht, das würde ich so auch nicht verstehen. Memma, rück ein Stück beiseite, lass es mich erklären.« Maria strich ihr über die Schulter. »Du, Alice Azara, bist eine von uns. Du hast eine ganz besondere Beziehung zu den Bienen, du hast die Seele der Villa erkannt. Nun ist es an der Zeit, dass du auch alles andere erfährst. Alles, was dich betrifft.«

»Alles was?«

»Die Wahrheit, mein Kind. Mallenas Geschichte und damit auch deine eigene.«

Alice fühlte, wie sie eine Art Beklommenheit ergriff. Auf diesen Moment hatte sie so lange gewartet, und endlich war er da. Doch war sie schon bereit dafür?

»Ich weiß nicht, was ich sagen soll. Danke dir, Tante.«

Maria lächelte.

»Da ist eine Frau, die mit dir sprechen will. Hör ihr aufmerksam zu. Hör ihr zu, dann reden wir.«

»Eine Frau?«

»Du kannst ruhig gehen, wir kümmern uns um Amélie.«

Sie deutete auf die Tür. Alice stand angespannt auf, im Hof saß neben Anna und Amélie, inmitten all der Neffen und Nichten, eine Frau. Würde sie ihr Mallenas Geschichte erzählen? Voller Neugier und auch ein wenig aufgeregt winkte Alice ihr zu und ging näher. »Guten Tag.«

Sie hatte das eigenartige Gefühl, ihre Mutter anzusehen. Die Frau war so groß wie sie, aber schmal und blond wie

Céline. Sie trug ein blaues Seidenkleid, alles an ihr war elegant und gepflegt. Ihr Lächeln erlosch.

»Wer sind Sie?«, fragte Alice verwirrt.

»Wer bist du?«

»Ich heiße Alice.«

»Es heißt, du seist Maddalena Azaras Enkelin.«

Sie klang fast schon anklagend, und Alice nahm all ihren Mut zusammen. »Ja, das stimmt. So hieß meine Großmutter.«

Die Frau schüttelte den Kopf. Sie war blass, presste die Lippen zusammen. »Mütterlicher- oder väterlicherseits?«

»Mütterlicherseits.«

»Dann hat sie also eine Tochter bekommen.«

Die Frau schien mehr mit sich selbst zu sprechen als mit ihr.

»Ja.«

Die Unbekannte betrachtete Amélie eingehend. »Gibt es außer deiner Mutter noch weitere Kinder?«

Sie war angespannt. Alice war bohrende Fragen gewohnt, aber die brüske Art der Unbekannten störte sie. Doch ihr drängender Blick zwang sie zu einer Antwort. »Nein, meine Großmutter war eng mit ihrem verstorbenen Mann verbunden. Sie hat nie wieder geheiratet.«

»Aber sie war doch gar keine Witwe. Sie war verheiratet, und als sie uns verlassen hat, hat sie … unsere Schwester … deine Mutter mitgenommen.«

Es dauerte eine Weile, bis Alice die Worte verstand. Sie schüttelte den Kopf. »Wie bitte?«

Sie dachte an Maria und Memma, an das, was sie über ihre Großmutter gesagt hatten. Damals hatte sie gedacht, es sei alles nur ein Missverständnis.

Die Frau winkte ab. »Ich bin nicht deswegen hier. Was diese Frau aus ihrem Leben gemacht hat, interessiert mich nicht. Es interessiert mich auch nicht, ob sie eine neue Familie gegründet hat. Aber mein Bruder hat von dir erfahren. Er ist alt und krank und hält dich für seine Nichte. Seitdem er weiß, dass du auf der Insel bist, hat er keine Ruhe gegeben.«

»Nichte?« Von was sprach sie da? Alice war verwirrt. »Signora, lassen Sie uns drinnen weitersprechen, ganz in Ruhe.«

»Rita, ich heiße Rita Melis.«

Alice hatte sich wieder unter Kontrolle und blickte sich um. Das war ein sehr privates und schwieriges Gespräch. Sie deutete auf die Villa. »Kommen Sie, wir gehen hinein.«

»Gerne.«

»Hier entlang.« Alice ging voraus, sie war zutiefst erschüttert. Sie betraten die Küche, und instinktiv setzte sie den Wasserkessel auf und bot ihrem Gast etwas Gebäck an.

»Ich weiß nicht, was ich sagen soll. Großmutter hat immer gesagt, dass sie auf dieser Insel nichts mehr verloren hatte. Trotz unserer Bitte hat sie sich immer geweigert, hierher zurückzukehren.«

Rita hielt den Blick gesenkt. Ihr Schmerz war ihr deutlich anzusehen. »Wie heißt deine Mutter?«

»Céline.«

»Wie alt ist sie?«

»Im Mai wird sie 60.«

»Das letzte Mal, als ich Maddalena gesehen habe, erwartete sie ein Kind, dass im Frühling auf die Welt kommen sollte.«

Alices Hände zitterten. »Was ist passiert?« Sie gab etwas Honig in die Tasse, goss Kaffee dazu und reichte Rita das Getränk. Dann nahm sie sich selbst eine Tasse. Eine schwere Stille lastete auf ihnen, nur unterbrochen vom Klappern der Kaffeelöffel. Rita nahm einen Schluck, dann begann sie zu sprechen.

»Als sie ging, war mein Bruder acht, ich fünf. Sie hat uns aufgezogen, auch wenn wir nicht ihre leiblichen Kinder waren. Wir liebten sie. Mein Vater war ein ... schwieriger Mann, und sie war eine stolze Frau, die ihm die Stirn bot. Es gab oft Streit. Mein Vater hat oft geschrien. Maddalena nicht, nein, sie blieb immer ruhig. Aber eines Tages packte sie die Koffer und brachte uns in dieses Haus. Mein Vater kam sofort nach, um uns zu holen, aber sie wollte nicht zurück. Es kam zu einem furchtbaren Streit. Sie hat sich durchgesetzt, und wir sind eine Weile bei Margherita geblieben. Aber er kam wieder, und sie hatte keine andere Wahl. Ich und mein Bruder mussten wieder zu unserem Vater, ich erinnere mich noch genau an den Tag. Und dann verschwand Maddalena. Wir reden nie darüber.«

Das war eine sehr kurze, bruchstückhafte Geschichte. Zu einfach. »Haben sie sich getrennt?«

Rita schaute sie an. »Ich weiß es nicht, denke aber schon. Ihr Name durfte bei uns nicht genannt werden.«

»Was für eine schreckliche Geschichte.« Alice war schockiert, hatte Schwierigkeiten, die Zusammenhänge zu verstehen. Ihre Großmutter war freundlich und mitfühlend gewesen, eine starke Frau. Hatte sie wirklich ihre Stiefkinder verlassen? Und was war mit ihrem Großvater? Céline war überzeugt davon, keinen Vater zu haben, dabei hatte Mallena das einfach so entschieden.

Sie schaute Rita an, ihre Tante, die Halbschwester ihrer Mutter, die immer wieder nervös die Falten der Tischdecke glatt strich.

»Ich will nichts davon wissen! Das habe ich dir schon gesagt, im Gegensatz zu meinem Bruder Emanuele. Er hat immer daran geglaubt, dass Maddalena zurückkommen würde. Er will die Geschichte hören und verstehen. Er will deine Mutter kennenlernen.«

Ein Onkel, überlegte Alice, der Halbbruder ihrer Mutter. Wie würde Céline das aufnehmen? Wie sollte sie ihr das beibringen? Aber sie musste es tun, das war sie ihr schuldig. Ihre Mutter hatte ein Recht darauf, es zu erfahren. Alice wurde schwindlig. Angelicas Brief hatte Konsequenzen, die weiterhin andauerten.

»Dazu kann ich nichts sagen.«

»Deine Mutter könnte mehr wissen.«

War das möglich? »Sie hat mir nie davon erzählt.« Wenn es tatsächlich so war, hätte ihre Mutter ihr davon erzählt? Nicht mal das wusste sie. Das war alles so absurd, so surreal.

»Deine Mutter … Sie ist meine Schwester väterlicherseits. Ich wollte immer eine Schwester haben.«

Ritas Offenbarung überraschte Alice. Der Schmerz saß tief, dennoch konnte sie ihn spüren. Sie wollte diese Frau trösten, auch wenn sie sich eben erst kennengelernt hatten. »Tatsächlich ähneln Sie ihr.«

»Wirklich?«

Ihre Augen strahlten, eine Mischung aus Hoffnung und Verwunderung. Alice verstand sie. Rita hatte zwar gesagt, Céline sei ihr egal, aber so war es nicht. So war es ganz und gar nicht. Sie wollte damit nur ihren Schmerz im

Zaum halten. »Ja, Sie sehen ihr ähnlich.« Während sie ihr von Céline erzählte, überlegte Alice, wie anders ihr Leben verlaufen wäre, wenn Mallena ihr die Wahrheit gesagt hätte. Sie tauschten noch eine Weile Erinnerungen aus, und Stück für Stück fügten sich die verschiedenen Teile zusammen. Alice bekam allmählich eine Vorstellung davon, was in der Vergangenheit geschehen war.

»Es ist spät, ich muss gehen, sonst verpasse ich die Fähre.«

»Sie wohnen nicht auf der Insel?«

»In Sant'Antioco. Kommst du uns besuchen?«

»Ja.« Sie wusste noch nicht, wann, aber diesen Onkel wollte sie kennenlernen, um alles noch besser zu verstehen. Nachdem sie Rita zum Tor begleitet hatte, ging Alice langsam zurück. Ihr fehlten noch Puzzleteile. Es gab noch zu viele Fragen zu der Vergangenheit ihrer Großmutter, auf die sie keine Antworten hatte. Sie musste mit den Tanten sprechen, Die beiden wussten Bescheid, hatten es immer gewusst.

Anna hatte Amélie in den Kinderwagen gesetzt und schob sie über den Weg. Lorenzo folgte jeder ihrer Bewegungen.

Außer ein paar Nichten und Neffen von Memma war der Hof verlassen. Die Tanten konnten jedoch nicht weit sein, sie würden die Kinder nie aus den Augen lassen. Als sie durch den Garten ging, hörte sie eine Stimme rufen.

»Alice, hier bin ich.«

»Tante, ich muss mit dir reden.«

»Das dachte ich mir schon. Komm, lass uns ein wenig laufen.«

Memma hakte sich bei Alice ein, und langsam gingen

sie durch den Garten, setzten sich dann unter die Glyzinie. Während sich Memma das Halstuch richtete, sahen sie Maria mit gesenktem Kopf auf sie zukommen. Ihre Hände zitterten.

»Die Wahrheit ist der beste Weg, Alice, der richtige. Koste es, was es wolle.«

»Ich frage mich dennoch, warum sie das getan hat.« Alice konnte es nicht glauben.

»Du gehörst doch nicht etwa zu denen, die glauben, dass Menschen perfekt sind, oder? Die glauben, dass das Leben nur Schönes im Köcher hat? Und dann stellt man eines Tages fest, dass das gar nicht stimmt, denn jeder macht Fehler, erleidet Schmerz, bedauert Dinge und hat vielleicht sogar irgendeine Sünde begangen. Menschen sind Menschen. Sie werden geboren und sterben, essen und schlafen, verlieben sich, bekommen Kinder, manchmal hat man Glück, manchmal macht man Fehler. Das ist bei allen Menschen auf der Welt so.«

In diesen wenigen Worten lag die Essenz der menschlichen Existenz. Es war, als würde man gleichzeitig einen Fußtritt bekommen und zärtlich gestreichelt werden. Alice spürte, dass sich das von Rita ausgelöste Gefühlschaos langsam beruhigte. Aus Gedanken wurden erst Worte, dann Sätze. Sie sprach sonst selten über sich, aber ihren Tanten gegenüber kamen die Worte wie von selbst.

»Es ist schrecklich. Sie hat die Kinder zurückgelassen, die sie wie ihre eigenen aufgezogen hat, hat sie von ihrer Schwester getrennt. Vielleicht wäre meine Mutter glücklicher gewesen, wenn sie sie kennengelernt hätte, wenn sie mit ihrem Vater aufgewachsen wäre. Die Probleme, die er mit meiner Großmutter hatte, sind etwas anderes. Das heißt nicht, dass er kein guter Vater gewesen wäre. Es gibt so viele Paare, die sich nicht verstehen und trotzdem gute Eltern sind. Meine Mutter aber hat ihren Vater und ihre Geschwister niemals kennengelernt. Weil Maddalena es so entschieden hat.«

Als Alice die Angelegenheit unter diesem Gesichtspunkt betrachtete, nahm sie Céline ganz anders wahr. Sie tat ihr leid. Alice hatte Mallena immer für perfekt gehalten, aber sie hatte sich getäuscht.

»Du kennst die Fakten nicht und kannst das nicht beurteilen.«

Damit hatte sie recht. Es war gar nicht ihre Art, über andere zu urteilen, vor allem nicht über ihre Großmutter. Und dann noch so streng. »Es tut mir leid.«

Eine Hand legte sich sanft und schützend auf die ihre. Wie die Stimme, die sie wieder zur Vernunft brachte. Es war derselbe Ton, den sie auch gegenüber Amélie anschlug. Memma machte ihr keinen Vorwurf, sondern erteilte ihr nur eine wichtige Lektion. Maria deutete auf das Tor. »Wir haben noch Zeit bis zum Abendessen, lass uns noch ein bisschen gehen.«

»Ja, Tante.«

Alice war die alte Dame sehr ans Herz gewachsen. Angelicas Mutter war eine Frau mit einem Blick, der so tiefgründig war wie die Falten in ihrem Gesicht, wenn sie schlecht gelaunt war. Maria Florinas lächelte selten. In ihr lag eine sehr alte Traurigkeit, eine harte Schale umgab sie. Aber ihre seltenen Umarmungen waren herzlich und warm, ebenso wie ihr Lächeln.

Schweigend gingen sie Seite an Seite die Straße entlang, die zum Dorf führte. Der Abend war mild, die Grillen zirpten, in der Ferne war das Grollen eines Gewitters zu hören.

»Als Angelica klein war, starb mein Mann. Ich hatte keine Familie, keine Freunde, kein Zuhause. Nur Margherita war an meiner Seite. Ich habe alles gemacht, um meine Tochter durchzubringen, und wenn ich sage alles, meine ich alles. Sie brauchte etwas zu essen. Das war meine einzige Priorität. Manchmal war ich nur einen Tag in der Woche zu Hause, sonst war sie allein.«

»Bei Margherita.«

»Nein, allein. Angelica hatte gelernt, auf sich selbst aufzupassen. Margherita hatte sie im Auge, aber ich hatte ihr verboten, sich meiner Tochter zu nähern. Damals habe ich sie gehasst. Aber das ist eine andere Geschichte.«

Alice hörte dieser starken, offenherzigen Frau zu, die keine Scheu zeigte, einer Fremden – denn das war sie – das Privateste aus ihrem Leben zu erzählen. Sie dachte daran, was Mallena ihr bedeutet hatte. »Ich dachte, meine Großmutter sei der beste Mensch der Welt.«

»Jetzt nicht mehr?«

Alice versuchte, diese Frage zu beantworten, und trotz allem stellte sie fest, dass ihr Gefühl immer noch dasselbe war. »Doch. Aber ich hätte die Geschichte lieber nicht erfahren.«

»Aber ist dein Gefühl jetzt nicht authentischer als die Illusion, die du dir vorher von ihr gemacht hast?«

Das stimmte, aber der Punkt war ein anderer. Man hatte ihr immer gesagt, dass sie wie ihre Großmutter aussah, genauso dickköpfig war, manchmal genauso unfähig, Kompromisse zu schließen. Jetzt wusste sie, dass sie noch etwas anderes verband. Sie dachte an Amélie und Rita, den unbekannten Onkel Emanuele, der sie unbedingt kennenlernen wollte, der mehr über eine Frau wissen wollte, die ihn verlassen und alle angelogen hatte … und die er auch nach einem halben Jahrhundert nicht vergessen konnte.

»Ich habe Angst.«

»Ah, deshalb. Die Angst ist wie die Bosheit, sie gibt dir einen Schubs. Aber die Richtung, in die es geht, die wählst du selbst.«

»Warum hat sie sie verlassen? Warum hat meine Großmutter alle verlassen und ist nie wieder zurückgekommen?«

»Ich weiß es nicht, aber ich kann es mir gut vorstellen. Hier gab es nichts mehr für sie. Für Maddalena war die Familie immer mit Entbehrungen verbunden, sie war erschöpft. Als sie mit den Kindern hierherkam, konnte sie kaum noch sprechen. Sie wusste, dass Margherita sich um Frauen in Schwierigkeiten kümmerte und sie in ihrem Haus aufnahm. Maddalena war damals sehr jung. Man hatte sie verheiratet, weil sie allein und reich war.«

»Wie bitte?«

Maria nickte. »Sehr reich, sie besaß Grund und Häuser. Als sie heiratete, war sie 16 und er schon ein erwachsener Mann. Er hatte zwei kleine Kinder und brauchte eine Mutter für die beiden.«

»16 Jahre.« Auch Alice war in diesem Alter von zu Hause weggegangen, ans Gymnasium, dann an die Uni nach Paris. Sie konnte sich noch ganz genau an den Tag erinnern, als sie einen Kreis um sich gezogen und den Rest der Welt ausgeschlossen hatte. Sie hätte nie gedacht, dass ihre Großmutter das Gleiche getan haben könnte, aber jetzt wusste sie es. Auch darin waren sie sich ähnlich. Vielleicht hatte Maddalena geglaubt, die Kinder wären beim Vater besser aufgehoben? Aber warum? Sie hatte keinen Job … Nein, ihre Großmutter hatte andere Gründe, von denen Alice nichts wusste. Im Moment fühlte sie sich mutlos, dachte an Amélie, daran, was sie als Erwachsene über sie denken könnte. Alice war dabei, sie zu verlassen, genau wie damals ihre Großmutter ihre Stiefkinder verlassen hatte.

Maria strich ihr über den Arm. »Hast du jemals darüber nachgedacht hierzubleiben? Es lebt sich gut hier. Das sage *ich* dir, die diese Insel eigentlich hasst! Ich bin nur wegen Angelica hier, weil ich so viel Zeit wie möglich mit ihr und den Kindern verbringen wollte. Mit der Zeit gewöhnt man sich daran.«

»An was?«

»Den Wind, die Stille, das Glück.«

Konnte man sich wirklich an das Glück gewöhnen?

»Sei ganz beruhigt, alles wird sich finden. Nichts besteht ewig, selbst der Schmerz verschwindet irgendwann. Ich weiß es, glaub mir.«

22.

Der Tanz der Bienen ist ein Kommunikationsmittel, mit dem die Sammlerinnen und die Kundschafterbienen ihren Begleitern die Position der Blüten mitteilen. Er wird mit schwingenden Bauchbewegungen ausgeführt, wobei er je nach Art und Ort der Zugehörigkeit ein wenig variieren kann.

Der Stein war glatt und hart. Es hatte eine Weile gedauert, ihn freizulegen, aber jetzt, wo er ihn so glänzend und schön vor sich sah, war sich Giuseppe gewiss, dass sich die Mühe gelohnt hatte. Entschlossen nahm er seine Arbeit wieder auf, fest umklammerten seine starken Hände die Schleifmaschine. Das schrille Geräusch schirmte ihn komplett von seiner Umgebung ab, übertönte selbst die Geräusche in seinem Kopf.

Die Arbeit half ihm nachzudenken, seine Gedanken zu ordnen, das Chaos zu beseitigen, das in ihm herrschte, seitdem er wusste, dass er Amélies Vater war.

Er empfand gleichzeitig Bedauern, Scham, aber auch Wut. Eine unendliche und tiefe Wut: auf sich selbst, denn er wusste, dass er keinen Alkohol vertrug und auf diesem verdammten Fest besser nichts angerührt hätte, Wut auf Emma, weil sie ihm nichts gesagt hatte, weil sie ihm etwas vorenthalten hatte, worauf er ein Recht hatte. Noch schlimmer war, dass er nicht mit ihr sprechen konnte. Die

Toten musste man ruhen lassen. Er legte sein Werkzeug zur Seite und rollte die Schultern, um sich etwas zu entspannen.

Seitdem Claudio ihm die Augen geöffnet hatte und er wusste, dass diese quälenden Bilder in seinem Kopf keine absurden Fantasien, sondern Erinnerungen waren, musste er über sein weiteres Vorgehen nachdenken. Er dachte an Alice. Er musste es ihr sagen, so schnell wie möglich. Dabei wusste er nicht, wie sie es aufnehmen würde. Was sollte er machen?

»Wunderbar.«

Er hatte Claudio nicht kommen hören und trat ein paar Schritte zurück. »Ich hoffe, Ende der Woche fertig zu sein.«

»Früher als geplant.«

Claudio war blass, er wirkte angespannt. Als sie sich das letzte Mal gesehen hatten, wäre es beinahe zu einer Schlägerei gekommen. Giuseppe hasste es, so die Kontrolle zu verlieren, besonders gegenüber ihm. Gegenüber diesem Mann, der endlich sein Freund geworden war.

»Ja, ich habe das ganze Wochenende durchgearbeitet.«

»Also, was willst du tun?«

»Amélies Vaterschaft anerkennen natürlich.« Allein die Vorstellung, der Vater dieses kleinen Mädchens zu sein, rührte ihn zutiefst. Er hatte sie vom ersten Moment an, als er sie in seinen Armen hielt, ins Herz geschlossen. Alice nannte sie *douce*, die Süße. Und das war sie. Seine beiden Mädchen waren ganz besondere Kinder. Wer weiß, ob Amélie auch wie Anna das Talent der Familie geerbt hatte.

Sie setzten sich auf die alte, aber noch robuste Bank, die

Giuseppe aufgehoben hatte. Er würde sie restaurieren und dann wieder an ihren Platz stellen. Sie wegzuwerfen wäre eine Schande. Seite an Seite dachten beide schweigend an Emma, daran, was diese Frau ihnen bedeutet hatte.

»Ich habe alles falsch gemacht.«

»So darfst du nicht denken, Claudio. Das Bedauern ist ein Strick, mit dem man sich am Ende leicht erhängen kann.« Er wählte seine Worte mit Bedacht. Dieser Mann neben ihm war jetzt sein Freund. Das Leben hatte sie an dasselbe Ufer gespült. Sie waren im Schmerz über einen einzigartigen Verlust vereint.

»Ich habe sie abgewiesen. Ich hätte mit ihr glücklich sein können, stattdessen habe ich sie abgewiesen, und sie ist gegangen.«

Giuseppe fuhr sich mit den Händen über die Augen. Wie gerne hätte er weitergearbeitet. Je mehr er arbeitete, desto weniger dachte er nach, das war der Trick. »Du kanntest sie gut genug, um zu wissen, dass sie trotzdem gegangen wäre. So war sie: frei. Sie schenkte dir den Moment, während ihre Augen schon auf den Horizont gerichtet waren.« Diese Unruhe hatte er sofort an ihr wahrgenommen, dieses Verlangen nach Veränderung, ohne Rücksicht auf nichts und niemanden. In gewisser Weise hatte Emma ihn fasziniert, mehr aber nicht. Deshalb konnte er einfach nicht glauben, dass das zwischen ihnen passiert war. Anfangs hatte er sich geschämt, dann aber an Amélies Lächeln gedacht. Nein, er bedauerte nichts. Was zwischen ihm und Emma geschehen war, war reiner Zufall gewesen, Gott war sein Zeuge. Es war keine Liebe, sondern Freundschaft, Wertschätzung, Zärtlichkeit. Das Zusammentreffen zweier einsamer Seelen, die sich in dem Bedürfnis aneinandergeklammert hatten, ihren inneren Schmerz zu stillen. Das Ergebnis erfüllte ihn mit unbändiger Freude. Wenn Emma ihm nur genug vertraut hätte, ihm von dem Kind, ihrem Gesundheitszustand, ihren Gedanken erzählt hätte. Stattdessen hatte sie ihn ausgeschlossen und ihn mit etwas allein gelassen, mit dem er nicht umgehen konnte. »So ein Dickkopf, so impulsiv.«

»Sie fehlt mir.« Claudio fuhr sich mit den Fingern durch sein dichtes Haar. »Ich weiß nicht einmal, warum ich dir das überhaupt erzähle.«

Vielleicht weil er der Einzige war, der ihn verstehen konnte. »Irgendwann wirst du dich daran gewöhnt haben, und es wird nicht mehr so wehtun. Du wirst es spüren, so wie man ein Organ spürt, die Lunge oder das Herz, und dieser Schmerz wird immer ein Teil von dir sein, aber du wirst essen, atmen, lachen und auch wieder lieben. Nach vorne zu schauen ist keine Sünde.«

»Sie hat mich verändert. Emma hat mich getroffen wie ein Blitz und mich verändert.«

»Das ist uns allen so gegangen.« Auch ihm, das wusste er jetzt. Sie hatte ihm … Dinge gezeigt. Kleine und große, hatte ihm gezeigt, dass er sich nicht schuldig fühlen musste, weil er seinen Hunger und Durst gestillt hatte, um zu überleben. Nachdem er sie kennengelernt hatte, konnte er genesen, denn nach der Nacht, die er mit ihr verbracht hatte, war alles anders gewesen. Das wusste er jetzt.

Und das brachte ihn zurück zu Alice. Diese Frau berührte ihn wie schon lange niemand mehr. Doch nun waren die Dinge komplizierter geworden. Vielleicht sollte er sich besser zurückziehen?

Claudio stand auf. Es dauerte etwas, bis er sich wieder gefangen hatte. »Was wirst du mit Emmas Schwester machen?«

»Es wird nicht leicht sein, ihr die Situation zu erklären.«

»Ich könnte es tun.«

»Du hast schon genug getan.«

»Da irrst du dich, ich habe nicht mal die Hälfte dessen getan, was ich hätte tun sollen.« Er reichte Giuseppe einen Zettel. »Das ist die E-Mail. Falls du sie brauchen solltest.«

Mit zitternden Händen griff Giuseppe danach und las. Dann faltete er den Zettel und steckte ihn in die Tasche.

»Ich habe mich gefragt, warum sie mir nichts von Amélie gesagt hat, warum sie es gegenüber Alice nicht erwähnt hat. Ich dachte, sie würde mir vertrauen.«

Claudio seufzte. »Du ziehst falsche Schlüsse. Sie wollte es dir sagen, aber persönlich. Doch dazu reichte die Zeit nicht mehr.«

Giuseppe wusste, dass er diese Worte schon einmal gehört hatte. Von Alice, als Erklärung dafür, warum Emma *ihr* nichts von ihrer Tochter erzählt hatte.

»Sie war überzeugt davon, wieder gesund zu werden.«

Claudio nickte. »Bis zum letzten Moment. Von ihr hätte ich auch nichts anderes erwartet.«

Ja, damit hatte er recht. »Es tut mir leid«, wiederholte er. »Es tut mir wirklich leid.«

Alice liebte das Meer, seitdem sie denken konnte. Sie konnte nicht ohne diese Weite leben, das strahlende Blau, das sich in ein Stahlgrau oder auch in ein helles Grün verwandeln konnte, das mit Himmelblau oder einem dunklen Blau gesprenkelt war. Oder lag es an dem immerwährenden hypnotischen Rauschen der Wellen, dem Geruch nach Salz, dem Wind, der kleine Schaumkronen auf das Wasser zauberte?

Allein das Meer zu sehen, tat ihr gut.

Nachdem sie mit den Tanten und Rita gesprochen hatte, war sie deshalb zum Strand hinuntergegangen und folgte dem Weg durchs Anwesen.

Die Wiese war voller Strohblumen. Am Strand rollten die Wellen mit immer lauter werdendem Getöse heran, und am Horizont braute sich ein Gewitter zusammen. Alice dachte an das letzte Gewitter, das sie hier erlebt hatte. Seitdem waren nur wenige Wochen vergangen, die sich für sie aber wie Jahre anfühlten. Sie erreichte den Steg. Das Wasser stand noch niedrig, aber bald würde er überflutet sein.

Sie streifte die Schuhe ab und zog das Kleid aus. Als sie ins Meer tauchte, nahm ihr das eiskalte Wasser fast den Atem. Über ihr schloss sich die Wasserdecke. Sie brauchte eine Weile, um sich wieder an die Oberfläche zu kämpfen, dann trieb sie die Strömung hinaus. Sie war zu müde und erschöpft, konnte keinen klaren Gedanken mehr fassen. Allein der Instinkt brachte sie wieder ans Ufer zurück. Dieser Instinkt, der mit ihrer Ankunft in Sardinien erwacht war, der sie gierig, verrückt, irrational nach dem Leben greifen ließ.

Mühsam zog sie sich am Steg empor. Obwohl der kalte Wind ihr auf der Haut brannte, blieb sie sitzen, die Knie an die Brust gezogen. Die Haare klebten ihr im Gesicht. Es brauchte eine Weile, bis sie wieder zu Atem kam. Dann spürte sie eine Berührung an ihren Schultern, die Wärme einer Umarmung. Der Duft nach Rauch und Honig, der auch nach dem Duschen nicht weichen wollte. Er wusste immer, wann sie ihn brauchte. Wieder fragte sie sich, warum er sich die ganze Zeit rar gemacht hatte.

»Hallo, Alice.«

»Hallo.« Sie senkte den Kopf.

»Was ist passiert?« Sie antwortete nicht gleich. Ihre Gedanken waren noch zu wirr. Er rieb ihr kräftig über die Haut und wärmte sie bis ins Innerste. Da war es wieder, dieses intensive Wohlgefühl. Als sie ihn ansah, seufzte sie. Ihm konnte sie es sagen, Giuseppe konnte sie alles sagen.

»Heute war eine Frau hier, Rita Melis. Sie hat mir eine Geschichte erzählt. Meine Großmutter hat ihren Mann und ihre Stiefkinder verlassen und sich in Frankreich ein neues Leben aufgebaut.« Sie hielt inne. »Du bist gar nicht überrascht.«

Giuseppe streifte die Schuhe ab, setzte sich neben sie und tauchte die Füße in das dunkle, bewegte Wasser. »Als Emma davon erfahren hatte, wollte sie die beiden Melis-Geschwister treffen, wurde aber abgewiesen. Das hat sie sehr verletzt.«

»Meine Schwester wusste davon?«

Er nickte. »Es ist eine alte Geschichte, aber viele erinnern sich noch daran. Weißt du, auf Sardinien wollen die Älteren weniger deinen Namen wissen, als *wessen Kind du bist.* Die Familie, zu der du gehörst, bestimmt dich.«

Alice schloss die Augen. »Hat sie dir von diesem Treffen erzählt?«

»Ja, sie wollte, dass ich sie begleite, aber irgendetwas ist schiefgegangen. Ich nehme an, es hatte etwas mit dem Gesundheitszustand des Bruders zu tun. Und dann ist sie abgereist. Wir alle dachten, sie käme wieder. Jedenfalls hat sie uns das glauben lassen.«

Alice sah ihn an, etwas war anders. Sie wartete.

Und schließlich begann Giuseppe zu sprechen.

»Ich muss dir etwas sagen. Etwas Wichtiges.«

Er sah nicht glücklich aus.

»Was ist los?«

Giuseppe zog etwas aus der Tasche. »Claudio hat mir das hier gegeben.«

Alice nahm den Zettel und entfaltete ihn. »Eine E-Mail von Emma.«

»Genau.«

»Und was heißt das?«

»Lies sie bis zum Ende, dann reden wir.«

»›Lieber Claudio, es ist etwas geschehen, das ich nicht vorhergesehen habe. Ich muss mit dir reden und brauche deinen Rat. Ich habe eine Tochter bekommen ...‹« Sie las weiter, immer schneller, dann hob sie den Blick und reichte ihm die ausgedruckte E-Mail zurück. Ihre Hände zitterten.

»Jetzt weißt du, wer Amélies Vater ist.«

Alice stand auf, ihr Herz raste. Während Giuseppe sie anflehte, doch zu bleiben, griff sie nach ihrem Kleid, ihren Sandalen und rannte in Richtung Villa.

Doch er war schneller und stellte sich ihr in den Weg.

»Halt! Bleib stehen, Alice, und hör mir zu.«

»Warum hast du es mir nicht gesagt? Du ... du ... Ich habe dir alles gesagt, all das, was ich noch nie jemandem erzählt habe.« Sie war wütend, verletzt, enttäuscht.

»Es ist auch für mich nicht leicht. Du hast es gelesen, du weißt, wie es war. Ich war nicht sicher, ob ich Amélies Vater war. Es war nur eine Vermutung.«

»Du hast mich belogen, Giuseppe.«

»Grundgütiger, Alice, lass es mich erklären. Ich dachte,

dass Emma und Claudio eine Beziehung hätten. Was mich betrifft, hatte ich nur vage Erinnerungen, Schnipsel von Bildern, diese Nacht war wie ein Traum. Ich wusste nicht einmal, ob es wirklich passiert war.«

»Du hättest es mir trotzdem sagen müssen.«

»Was hätte ich dir denn sagen sollen? Ich dachte, es wäre Mara. Als ich aufwachte, war ich allein, ein Presslufthammer dröhnte in meinem Kopf. Ich vertrage keinen Alkohol, seit Jahren trinke ich nicht, aber an diesem Tag war der Schmerz einfach zu groß.« Er fuhr sich mit der Hand übers Gesicht, dann sprach er weiter: »In den folgenden Tagen kamen mir immer wieder Szenen in den Kopf … die ich aber nicht verstand. Emmas Gesicht verschmolz mit dem meiner Frau. Anfangs hielt ich das alles für einen Traum, erst später kam ich darauf, dass es wirklich passiert sein könnte.« Er holte tief Luft. »Auf meine Nachfrage hat Emma es abgestritten, sie meinte, es sei alles in Ordnung. Ich habe nicht weiter nachgebohrt, und sie ist abgereist. Und dann bist du gekommen und hast nach Amélies Vater gesucht. Ich dachte, es sei Claudio, die Daten stimmten.«

Alice wusste, dass er ihr die Wahrheit sagte, und doch war sie immer noch wütend und traurig. »Und was ist dann passiert?«

»Die Erinnerungen wurden immer deutlicher. Je näher ich dir kam, desto klarer wurden sie.«

»Amélie …«

»Sie ist meine Tochter, mein Kind. Du hast gefunden, wonach du gesucht hast, Alice, denn ich werde mich um sie kümmern, das schwöre ich dir.«

Sie hätte erleichtert sein sollen, glücklich. Aber stattdessen wollte sie nur noch weinen. Sie schüttelte den Kopf und schlang die Arme um ihre Brust. Dann rannte sie in Richtung Villa, seine Rufe ignorierte sie. Sie wollte ihn und seine Entschuldigungen nicht hören.

23.

Die Königin, die Herrscherin über den Stock, gibt die sogenannten Pheromone ab, durch die die anderen Bienen bestimmte Aufgaben und Funktionen übernehmen, die für das Volk unabdingbar sind.

An diesem Abend ging Alice früh ins Bett. Sie hatte Kopfschmerzen und wusste nicht, was sie denken sollte. Ihr Wunsch hatte sich erfüllt: Amélie hatte einen Vater, den besten, den Alice sich vorstellen konnte.

Während sie in den Schlaf glitt, meinte sie, die Böen zu hören, den Duft von Zitronen zu riechen, eine Hand, die sanft über ihre Wangen strich.

»Ist es nicht das, was du wolltest?«

Alice erkannte die Stimme sofort. Sie saß auf einem Ast der großen Eiche und baumelte mit den Beinen. Unter ihr floss der Bach, sie lauschte seinen Gesang. »Wir sind auf dem Hof.«

»Wir sind dort, wo du hinwolltest.«

Eine Weile sagte sie nichts, blieb regungslos sitzen. Aber sie musste es wissen. »Hast du ihn geliebt?«

Emma nahm die langen blonden Haare um den Kopf zusammen und begann, einen Zopf zu flechten. Mit einem verträumten Gesichtsausdruck antwortete sie: »In gewissem Sinne, ja. Ich mochte seine Art, wie er sich um andere kümmert, wie Giuseppe die Dinge berührt und in Ordnung bringt, seine Freundlichkeit gegenüber den Schwächsten.«

»Und Claudio?«

Emma lächelte. »Er ist die Liebe meines Lebens. Wer weiß, Alice, vielleicht laufen die Dinge anders, wenn wir uns das nächste Mal sehen.«

»Glaubst du immer noch, dass wir ein zweites Leben haben?«

»Wir haben viele, alle sind wichtig, um zu lernen, dass die Welt ein Ort voller Liebe ist. Auch wir beide werden uns wiedersehen. Die Seelen, die in Liebe verbunden sind, treffen sich immer wieder. Das Wichtigste, was man für sich und andere tun kann, ist das Streben nach Glück.«

Das Glück suchen. *»Du sagst das so, als sei das möglich.«*

»Aber das ist es! Viel mehr, als man glaubt. Schluss mit den Schuldgefühlen, Schluss damit, Unrecht zu akzeptieren. Mut ist der Weg, der Mut, zu lieben und nach Liebe zu suchen.«

»Ich liebe dich, Emma.«

»Ich liebe dich auch, Alice, ich hätte es dir öfter sagen sollen. Und da ist noch mehr … etwas, dass du verstehen musst. Warum habe ich dich wohl nach Sardinien geschickt?«

Der richtige Mann … Mit diesem Gedanken im Hinterkopf schlug Alice die Augen auf. Im Zimmer war es dunkel, sie konnte den regelmäßigen Atem ihrer Nichte hören. Während sich die Reste des Traums verflüchtigten, klammerte sie sich noch an den letzten Satz ihrer Schwester.

»Hast du das wirklich alles so eingefädelt, Emma?« Als

Alice den Satz laut aussprach, kam sie sich lächerlich vor. Die Logik gebot ihr, die Fakten zu überprüfen.

Ihre Schwester hatte ihr Amélie anvertraut, ohne Angaben zum Vater und wie sie ihn finden könnte. Doch bei genauerem Hinsehen musste sie sich eingestehen, dass die Situation eine andere war. In ihrem Brief hatte Emma sie gedrängt, nach Abbadulche zu reisen, oder besser: Sie hatte sie fast angefleht.

Und dann war da noch das Erinnerungsalbum. Die Fotos von Giuseppe hatten sie von Anfang an in ihren Bann gezogen. Sicher, auch Claudio war abgebildet, und inzwischen wusste Alice, warum Emma ihn zu den wichtigsten Menschen ihres Lebens zählte. In ihn hatte sie sich verliebt, ihm hatte sie die Wahrheit über Amélie anvertraut.

Alice überlegte weiter.

»Zunächst gab es da Angelicas Brief an Großmutter.« Dies war die erste Verbindung zur Insel. Das Bild schien ziemlich vollständig, aber ein Detail passte noch nicht.

Emma hatte nicht wissen können, dass Alice auf Amélie verzichten wollte und plante, sie dem Vater anzuvertrauen. Sie konnte nicht wissen, dass sie alles dafür tun würde, um ihren Job nicht zu verlieren.

Aber war das nicht genau der Grund für ihren Streit gewesen?

Alice schauderte. Als ihre Schwester das Krankenhaus verlassen und ins Haus ihrer Eltern zurückgekehrt war, hatte sie schon entscheidende Monate mit Amélie verbracht. Sie hatte sich den Herausforderungen einer alleinerziehenden Mutter stellen müssen, und dies während einer Behandlung.

»Du wusstest genau, dass ich es allein nicht schaffen würde … Und du wusstest auch, dass ich die Kleine nie bei unserer Mutter lassen würde.«

Sie fuhr sich mit den Händen übers Gesicht. »Unsinn.« Das war alles Unsinn, sie ließ sich von ihrer Fantasie mitreißen. Aber etwas in ihr regte sich. Vielleicht war das alles Unsinn, vielleicht war das Ganze eine Kettenreaktion, ausgelöst durch Angelica Senes' Brief, und hatte dann diese Konsequenzen gehabt.

Man könnte es auch Schicksal nennen.

Sie wandte sich an Amélie, die neben ihrer Lieblingspuppe im Gitterbettchen saß. »Ciao, *ma douce*, guten Morgen.« Sie gähnte und streckte sich. »Wie ist denn die Puppe zu dir gekommen?« Sie hatte sie gestern Abend doch noch in der Küche gesehen. »Wollen wir aufstehen?« Das Sonnenlicht fiel bereits durch die Vorhänge. »Komm, mein Schatz.«

Später würde sie das Kind baden und ihr die Flasche geben. Sie hüllte sie in eine Decke, die Morgenluft war feucht. Nur mit einem leichten Nachthemd bekleidet, ging Alice mit ihr in den Garten. Von der Küche her erklang fröhliches Stimmengewirr. Angelica war zurück, das Haus war in Feierlaune.

Alice schlug den Weg Richtung Meer ein. Es war kühler als gedacht, aber die Sonne wärmte schon ein wenig. Die Biene fand sie, als sie die Lichtung überquerte. Auch dieses Mal landete sie bei dem kleinen Mädchen. Alice hielt den Atem an, verscheuchte sie aber nicht, sondern wartete ab. Amélie betrachtete das Insekt, das ihr über die Hand lief, und lachte fröhlich. Auch Alice lachte, dann flog die Biene davon. Als sie ihr nachsah, bemerkte sie Giuseppe.

Er stand neben den Bienenstöcken und hatte den Rauchapparat angezündet. Ihr Herz klopfte wie wild.

Sie schauten sich lange an, dann ging er einen Schritt zur Seite, nahm die Maske ab und winkte ihnen zu.

»Guten Morgen.«

»Hallo.« Er streckte Amélie die Arme entgegen, und sie ließ sich freudig von ihm umarmen.

Sie hätte es ahnen müssen, dachte Alice, als sie die beiden zusammen sah. Sie hatten sich vom ersten Augenblick an verstanden. Es war so offensichtlich gewesen und zu ungewöhnlich bei einem so schüchternen Mädchen wie Amélie.

Sie hätte gleich verstehen müssen, dass Giuseppe Amélies Vater war.

»Nein, ich werde mich nicht entschuldigen. Ich bin glücklich. Sehr glücklich.«

Er hatte Tränen in den Augen, seine Stimme klang hart und rau, aber Alice konnte seine Rührung spüren. »Ich … Ich weiß nicht, was ich sagen soll.«

»Wenn Emmas E-Mail dir nicht reicht, mache ich auch einen Vaterschaftstest.«

Sie schüttelte den Kopf. »Das ist nicht nötig. Meine Schwester hat sich klar und deutlich ausgedrückt.« Sie zwang sich zu einem Lächeln, auch wenn sie Amélie am liebsten gepackt hätte und weggelaufen wäre. »Ich … hätte mir nichts Besseres für sie wünschen können. Du bist ein wunderbarer Vater, Anna hat großes Glück.« Das war es doch, was sie wollte. Amélie hätte nicht glücklicher sein können.

»Warum siehst du dann aus, als würdest du gleich in Tränen ausbrechen?«

»Ich bin gerührt.«

»Ich glaube, da ist noch mehr.«

Alice hatte genug. »Ja, okay, ich bin wütend, verletzt. Und es gibt niemanden, dem ich dafür die Schuld geben kann. Daran ist niemand schuld.«

Giuseppe griff nach ihrem Kinn und küsste sie, noch bevor sie irgendetwas tun konnte. Dann ließ er sie los. »Ich bin hier, Alice, ich gehe nicht weg.«

Sie wich zurück, den Geschmack von ihm auf ihren Lippen. Sie zitterte, erschüttert von ihr völlig unbekannten Gefühlen. Sie dachte an Gérard, was er ihr bedeutete, an Paris, an ihre Arbeit. An das Leben, das auf sie wartete. Jetzt, nachdem sie alles geregelt hatte, konnte sie dorthin zurück. Amélie würde es gut gehen.

»Was willst du nun machen?«, fragte Giuseppe sie.

Alice begriff, dass er über Amélie sprach. »Ich würde sie gerne bei mir behalten, bis ich nach Paris aufbreche.«

Giuseppe lächelte sie an. »Du gehörst zur Familie.« Er reichte ihr seine Tochter und blickte ihr tief in die Augen, ohne noch etwas hinzuzufügen.

Du gehörst zur Familie. Sie schluckte, Panik überkam sie, aber auch ein Gefühl der Zugehörigkeit, das ihr die Angst nahm, ein intensives Gefühl, das sich in ein Verlangen verwandelte. Würde sich alles ändern, wenn sie sich gehen ließe?

Alles? Nein, das konnte sie nicht.

Sie musste zurück in ihr eigenes Leben, das andere war nur ein Traum, eine Fantasie, ein Hirngespinst.

Anna kam mit beiden Händen voll frisch gepflückter Erdbeeren in die Küche gestürzt, legte sie auf den Tisch und umarmte Amélie. »Ciao, mein Schatz, wie geht's?« Dann wandte sie sich an Alice: »Darf ich sie mit in den Garten nehmen?«

»Klar, aber geh nicht zu nah an die Bienenstöcke.«

»Warum? Die Bienen lieben Amélie.«

Alice wollte unbedingt mehr darüber wissen. »Kannst du etwa mit den Bienen … sprechen?«

Anna kicherte. »Nein, nicht mit Worten, sie haben doch gar keinen Mund.«

Alice lächelte. »Wie denn dann?«

»Es passiert einfach so, ich sehe sie an und verstehe sie.«

Auch bei ihr war es schon immer so gewesen. »Amélie könnte sie aus Versehen ärgern. Wir warten besser, bis sie älter ist.«

»Ich hatte am Anfang auch Angst.« Anna nahm sie plötzlich in den Arm. »Aber du musst dich nicht sorgen, alles wird gut.«

Tröstete sie sie? Alice spürte, wie das Wohlwollen und die Wärme des Mädchens sie erfüllten. Als sie sich voneinander lösten, merkte Alice, dass sie Anna gerne noch etwas länger in den Armen gehalten hätte.

Anna war damit beschäftigt, ihre kleine Schwester in den Kinderwagen zu bugsieren. Einen Moment später waren Amélies Lachen und Quietschen zu hören. Alice sah ihnen nach und dachte an den Blick, den Anna ihr zugeworfen hatte: überrascht und auch geduldig, als sei sie die Ältere und könnte Alice beruhigen. Sie dachte darüber nach, was das Mädchen gesagt hatte, über ihre feste Umarmung.

Vor Rührung schossen Alice Tränen in die Augen. Warum um alles in der Welt liebte sie Giuseppes Tochter so sehr? Sie kannten sich kaum, aber trotzdem hatte sie diese intensiven Gefühle. Und das Verrückte war, dass es umgekehrt genauso war, dessen war sie sich gewiss.

Sie wusch weiter das Geschirr ab. Die Tanten besuchten Pina und Gigliola, wie jede Woche. Sie kochten, räumten auf und verbrachten ein paar Stunden bei den beiden. Alice ging in die Werkstätten. Sie waren aufgeräumt, sauber und leer, die Maschinen für den Torrone, für die Kerzen und die Werkzeuge zur Seifenherstellung waren gereinigt und einsatzbereit. Für die Kosmetik würden sie ein Speziallabor beauftragen, das die Rohstoffe liefern würde. Alles selbstverständlich biologisch. Der Plan wurde konkret, das Unternehmen war bereit. Alice konnte es selbst kaum glauben. Angelica würde am folgenden Tag vorbeikommen, und sie würde ihr die Prospekte und Analysen übergeben. Der Rest ging sie dann nichts mehr an.

Und doch … Als sie über die Oberfläche der Arbeitsplatten strich, die nur darauf warteten, zum Einsatz zu kommen, spürte sie wieder dieses Zugehörigkeitsgefühl zu der Villa und allem, was sie umgab. Etwas, das sie sonst nur in ihrem Büro empfunden hatte. Und das war absurd.

»Ciao, Alice! Wie geht es dir? Ich habe dich gesucht. Wo soll ich das hinlegen?«

Sie begrüßte Alessandra, die eine große Schachtel in den Händen hielt und sich umsah. Die Bewunderung in ihrem Blick erfüllte Alice mit Stolz.

»Gib sie mir, ich kümmere mich darum.« In der Schachtel lag Giuseppes Wachs, das geschmolzen, gereinigt und bearbeitet werden würde, um daraus Kerzen herzustellen. Aber was sie wirklich interessierte, war Seife: ein Produkt, bei dem sie eine echte Alternative zu Industrieprodukten sein könnten. Zur Herstellung würden sie Wachs, Honig, Asche und andere Naturmaterialien benötigen.

»Darf ich dir helfen? Ich würde so gerne eine Kerze machen. Ich liebe das, aber mir fehlt die Praxis.«

Erwartungsvoll sah sie Alice an. »Theoretisch …« Alice hielt inne. »Gut, lass uns anfangen.« Eigentlich war sie davon ausgegangen, nur die Werkstätten herzurichten und sich nicht selbst ans Werk zu machen.

Sie wusste noch nicht mal, ob sie sich an die Prozedur erinnerte. Das letzte Mal, dass sie mit ihrer Großmutter Kerzen gezogen hatte, war schon eine ganze Weile her.

Alessandra war begeistert. »Ich würde sehr gerne lernen, wie man Seife herstellt. Margherita hat sie immer gemacht, ich erinnere mich nur noch vage.«

Alice lächelte, plötzlich wichen die frisch gestrichenen Wände einem Ort, den sie gut kannte: einem Steinhaus in der Provence, mit anderen Farben, anderen Düften. Alessandras Züge verschmolzen mit denen einer anderen Frau, und die Erinnerungen kehrten zurück.

»Asche? Bist du dir sicher, Großmutter? Sie zog eine Grimasse. Nie hätte sie gedacht, dass man mit Asche noch etwas anfangen konnte. Maddalena lächelte und deutete auf den Topf: Sie sollte weiterrühren. »Du siehst das aus dem falschen Blickwinkel. Du verleihst den Dingen ihren Wert. Was für andere Abfall ist, kann für dich eine Ressource sein.«

Alice hörte schweigend zu. Mallena überraschte sie immer wieder. Wer hätte gedacht, dass aus Asche Seife werden könnte?

Im Kamin prasselte ein Feuer aus Olivenholzscheiten, die erwärmt wurden und sich dann in Zutaten verwan-

delten, dazu Quellwasser. Alice schaute in die Flammen, während Mallena erzählte und ihre Worte bis in den Himmel hinaufstiegen.

»Siebe sorgfältig, denn der Baum, der dir das Holz geschenkt hat, verdient Respekt.«

Alles war wertvoll. Der Teig aus den genau abgemessenen Zutaten. Der Kessel, das rhythmische Rühren, das langsame und geduldige Erwärmen. Alles hatte seinen Grund und seine Zeit. Eine Nacht Ruhe, dann wurde die Flüssigkeit in die Formen gegossen. Der Teig am Boden bildete die Basis.

Alice sah ihrer Großmutter zu, wie sie das Olivenöl und die Reisstärke vermischte. Zuvor hatte sie das Wachs gerieben, ein duftender Hügel aus Spänen. Der Teig mit der Aschenlauge wurde unter die Ölmischung gerührt, wieder erwärmt, bis ein Band entstand. Dann war es Zeit für den Honig. Der Gute. Die Seife war fast fertig. Die Formen standen auf dem Spülstein, dazu Lavendelblüten, Minz- und Lorbeerblätter. Ein paar Tropfen Olivenessenz. Zwei Nächte musste die Seife ruhen, bis man sie aus den Formen nehmen konnte, dann musste sie reifen. Der Duft von Honig und Bienenwachs vermischte sich mit dem von Minze und Lavendel.

»Nach dem Kochen müssen wir die Seife ruhen lassen und lagern.«

»Lagern?«

»Bevor die Seife benutzt werden kann, muss sie 40 Tage ruhen.«

Alessandras Gesicht hellte sich auf. »Das hatte ich vergessen, klar doch. Weißt du, dass ich mich an den Geruch erinnere?«

Auch Alice hatte diese Erinnerung aus Kindertagen noch im Kopf.

Sie dachte an die Warnungen ihrer Großmutter, niemals irgendwas für die Lauge zu verbrennen, immer auf die Qualität des Holzes zu achten, die Mengen, die Zeiten.

Es gab noch ein Rezept mit Soda, auch das ergab eine hervorragende Seife, benötigte aber größte Sorgfalt. Sie würde anders vorgehen.

Auf dem Weg zurück in die Villa klingelte ihr Handy. Gérard? Ihr Herz begann schneller zu schlagen. Sie dachte an Giuseppe, an ihren Kuss. Das hatte sie nicht vorhergesehen, nicht geplant. Aber es war geschehen, und sie hatte ein schlechtes Gewissen.

»Ciao, *ma chérie*, wie geht's?«

»Gut, Gérard. Und dir?«

»Ich kann es kaum noch erwarten, gibt es Neuigkeiten?«

»Ja. Amélie hat eine Familie, einen Vater und eine Schwester. Giuseppe ist der Vater.«

Schweigen. »Ich glaube, ich habe ein paar Zwischenschritte verpasst. Hat er dir nicht bei der Suche nach dem Kindsvater geholfen? Was für ein …«

Alice erstarrte. »Keine voreiligen Schlüsse. Er wusste nichts davon.«

Gérards Lachen machte sie wütend.

»Dieser Mann hat dich an der Nase herumgeführt, Alice, von Anfang an.«

»Du kennst ihn doch gar nicht, und ehrlich gesagt bin ich von deiner Reaktion enttäuscht.«

»Das wollte ich nicht. Entschuldige, ich hatte einen langen Tag. Ich möchte nicht, dass du so weit weg bist, du fehlst mir. Diese Wochen haben mir gezeigt, wie sehr ich an dir hänge. Hier warten alle auf dich, komm bitte heim.«

»Bald, nur noch ein paar Tage, dann nehme ich den Flieger.«

»Ich buche dir den Flug, überlass das mir. Ich organisiere alles.«

Sie wollte erst ablehnen, aber was für einen Sinn hätte das gehabt. Gérard hatte recht. Amélie war gut untergebracht, es gab für sie nichts mehr zu tun. »Gut, ich danke dir.«

24.

Die Ursprünge der westlichen Honigbiene, die in der ganzen Welt verbreitet ist, liegen wahrscheinlich in Afrika und Asien. Ihre Ausbreitung nach Nordamerika, Australien und Neuseeland verdankt sie auch den Imkern.

Das Haus der Familie Melis lag in Sant'Antioco.

Emanuele und Rita, die Stiefkinder ihrer Großmutter, wohnten gemeinsam in einem kleinen dreistöckigen Palazzo, der – so dachte Alice – einst sehr prachtvoll gewesen sein musste. Die Fassade zeugte noch vom Prunk der Gebäude rund um die Jahrhundertwende. Alice stand vor der Tür und wartete darauf, dass sie sich öffnete, Giuseppe war an ihrer Seite. Als er ihr angeboten hatte, sie zu begleiten, hatte sie zugestimmt, auch wenn sie es nicht für angebracht hielt. Aber in diesen Tagen war er zu einem verlässlichen Freund geworden. Während ihrer verbleibenden Zeit in Abbadulche würde Alice ihrem Herzen folgen.

»Tu es nicht.«

»Was?«, fragte sie erstaunt.

»Diese Falte auf deiner Stirn kommt immer dann zum Vorschein, wenn du dir Sorgen machst. Glaub mir, sie werden dich mögen.«

Er hatte ausgesprochen, was sie bewegte. »Das kannst du nicht wissen.«

»Natürlich kann ich das. Du bist Teil der Familie, das ist ganz einfach.«

»Ich habe zwei Jahre lang nicht mit meiner Schwester gesprochen, meine Mutter redet kaum mit mir, und wenn ich ihr sage, dass ich Amélie bei dir gelassen habe, wird sie mich vielleicht gar nicht mehr sehen wollen.«

Er biss die Zähne aufeinander. »Claudio hätte mir die E-Mail ohnehin irgendwann gezeigt, dann hätte ein Unbekannter bei dir vor der Tür gestanden und seine Tochter verlangt. Und weder du noch deine Mutter hätten etwas dagegen tun können. Das wäre viel schlimmer gewesen, oder? Siehst du, Problem gelöst.«

Auch wenn Giuseppe ein sanftmütiger Mann war, ging er jedem einzelnen Problem auf den Grund und fürchtete sich vor niemandem.

»Ja, das hättest du wahrscheinlich getan.«

»Ganz genau. Und was Emma angeht, hättet ihr euch versöhnt, wenn sie nicht krank geworden wäre. Du hast sie immer geliebt.«

Alice starrte ihn an. »Du kennst mich doch gar nicht.«

»Da hast du recht, ich kenne nur das an dir, was wirklich zählt.«

Sie schüttelte den Kopf. Giuseppe legte ihr die Finger unters Kinn. »Ich habe mitgekriegt, wie du Amélie Geschichten erzählt hast. Und während Anna dich mit Klatsch und Tratsch bombardiert hat, hast du dich um die Bienen gekümmert. Deine Geduld mit den Tanten ist grenzenlos.« Er nahm ihre Hand. »Und du hast die Stimme der Villa gehört und verstanden. Dein Projekt ist das beste, das uns je angeboten wurde.«

»Ich bin gut in meinem Job.«

»Ich weiß, die Beste.«

Alice schluckte die Tränen hinunter.

»Es wird alles gut, ich bin da und werde immer an deiner Seite sein.«

»Warum sagst du das?« Sie bedauerte ihre Worte, noch bevor sie den Satz beendet hatte. Frag niemals nach, was du nicht wissen willst. Giuseppe umfasste ihr Gesicht mit den Händen und schaute ihr in die Augen. Alles um sie herum war plötzlich unwichtig. Alice spürte seine Wärme, seine Haut, seinen Blick.

»Weil es die Wahrheit ist.«

Er küsste sie nicht, aber Alice würde diesen Moment niemals vergessen, ihr Verlangen, ihre Verzweiflung, alle Gefühle, die in ihr tobten. Nichts sonst war ihr mehr wichtig.

Als Rita schließlich die Tür öffnete, wäre Alice am liebsten umgedreht, aber dann lächelte sie ihre Tante an und machte einen Schritt auf sie zu.

»Hallo.«

»Endlich seid ihr da, wir haben euch schon sehnsüchtig erwartet.«

Emanuele Melis hatte Célines Lächeln, die zarten Gesichtszüge seiner Mutter, ihre Schönheit.

Dieser freundlich aussehende Mann, der durch seine Krankheit vorzeitig gealtert war, war ihr auf Anhieb sympathisch.

»Ich erinnere mich an ihre Umarmungen, die Geschichten, die sie erzählt hat. Sie hat viel gelesen, das hatte sie von den Nonnen, bei denen sie aufgewachsen war. Unser Vater war ein schwieriger, autoritärer Mann. Er traf alle Entscheidungen.«

Alice fuhr sich mit der Zunge über die Lippen. »An was erinnern Sie sich noch?«

»Onkel, nenn mich doch Onkel. Ich kann nicht glauben, dass du wirklich hier bist, dass ich noch eine Schwester habe. Wie viel Zeit wir verloren haben …«

Alice antwortete nicht und wartete, dass er weitersprach. Emanuele schien in dem roten Samtsessel fast zu verschwinden. Rita hatte sie in ein luxuriöses Wohnzimmer geführt, das ihrer Mutter sicher gefallen hätte. Céline liebte Antiquitäten.

Aber dieses Ambiente hatte nichts, was Alice mit ihrer Großmutter in Verbindung brachte. Das Haus in der Provence war einfach und bäuerlich. Sie hatte das Gefühl, es mit zwei völlig verschiedenen Persönlichkeiten zu tun zu haben.

»Eines Tages hat Maddalena gewartet, bis mein Vater das Haus verlassen hatte«, fuhr Emanuele fort. »Sie packte ein paar Kleidungsstücke ein und brachte uns zu Margherita. Alle waren sehr nett zu uns, aber als diese Männer zusammen mit meinem Vater kamen, mussten sie ihn reinlassen.«

»Welche Männer?«

»Polizisten. Sie haben uns wieder nach Hause gebracht, und Mama, so habe ich sie immer genannt, auch wenn sie nicht unsere richtige Mutter war, folgte ihnen. Sie hatte wohl keine andere Wahl.«

Alice schaute zu Giuseppe, der die ganze Zeit über noch kein Wort gesagt hatte. »Warum?« Sie konnte es nicht verstehen.

Emanuele antwortete ihr: »Damals gehörten die Kinder zum Vater, und er hatte das Recht, sie zurückzufordern.

Maddalena konnte gehen, niemand konnte sie davon abhalten, aber uns durfte sie nicht mitnehmen.«

»Das ist ja schrecklich. Und Maddalena ist mit euch nach Hause gegangen?«

Rita seufzte: »Ja, aber nur kurz. Sie und mein Vater haben furchtbar gestritten, Maddalena ist wieder zu Margherita gegangen, dieses Mal ohne uns.«

»Und danach?«

»Sie kam jeden Tag vorbei, klopfte an die Tür, aber Vater ließ sie nicht herein. Er gab die Anweisung, die Tür verschlossen zu halten. Also blieb Maddalena vor dem Haus stehen und wartete. Manchmal konnten wir ans Fenster, und dort sah sie uns dann.«

»Wie furchtbar.« Ein herzzerreißendes Bild. Alice fragte sich, wie ein Mann jemandem, den er mal geliebt hatte, so etwas antun konnte.

»Das letzte Mal haben wir sie an Weihnachten gesehen. Am 25. Dezember 1958, an diesem Tag wurde ich acht Jahre alt.«

»Meine Mutter wurde am 15. Mai 1959 in Marseille geboren«, flüsterte Alice.

Alle schwiegen. »Warum ist sie fortgegangen?«, fragte sie mehr sich selbst als die anderen.

»Das kann ich beantworten.«

Die Antwort ihrer Tante kam überraschend. Alice schaute in Ritas himmelblaue Augen, die gleiche Farbe wie die von Célines und Emmas Augen.

»Sie hatte Angst vor unserem Vater, Er war außer sich und behauptete, Mama würde von einem anderen Mann ein Kind bekommen. Er suchte sie, fand sie aber nicht mehr. Es ist nur logisch, dass sie befürchtete, auch dieses

Kind an ihn zu verlieren. Er tat alles, um sie aufzuspüren, bedrohte sogar Margherita, die es aber schaffte, dass er sie fortan in Ruhe ließ. Wir sind von Lucia aufgezogen worden, einer Cousine meines Vaters. Sie war es auch, die uns die Wahrheit erzählt hat.«

Alice dachte über diese Enthüllungen nach.

»Als Großmutter das erste Mal krank wurde, sind meine Eltern zu ihr auf den Hof gezogen. Es war schön dort. Großmutter hatte Bienenstöcke und Pferde, einen Laden, in dem sie ihre Kräuterprodukte verkaufte, einen Lastwagen, mit dem sie ihre Heilkräuter auslieferte. Ich half ihr bei der Herstellung der Kerzen, Seifen und Heilmittel, die sie ein paarmal pro Woche auf dem Markt verkaufte.«

Ihre Liebe ließ die Erinnerungen wieder aufleben. Alice erzählte von den Tagen auf dem Hof, die sie mit Emma verbracht hatte, wie sie auf Bäume gestiegen waren, im Fluss gebadet hatten. Sie waren glücklich gewesen, damals war das Leben ganz einfach.

Eine längst vergessene Wärme durchflutete sie.

»Und was ist dann passiert?«

Alice schaute zu Rita. Sie wusste, auf was sie anspielte. Sie wollte wissen, wie Maddalena gestorben war. Alices Hände zitterten, ihr Herz klopfte, aber sie wendete den Blick nicht ab.

Der Moment, den sie so sehr gefürchtet hatte, war da. Sie hatte gehofft, diesen Tag für immer vergessen zu können.

»Mitten auf dem Hofgelände gab es einen kleinen See.«

Vor allem war er das Sammelbecken für den Bach, der durch ihn hindurchfloss. Bei starken Regengüssen überflutete er die Felder ringsum.

»Emma war noch sehr klein und ist ins Wasser gefallen. Großmutter kümmerte sich gerade auf dem angrenzenden Grundstück um die Bienen und hörte ihre Schreie.«

Alices Hände waren feucht. Aber sie fasste all ihren Mut zusammen und sprach weiter.

»Als sie zum See kam, war ich bereits ins Wasser gesprungen, um Emma zu helfen. Sie konnte nicht schwimmen. Sie weinte und zappelte, ich wusste nicht, was ich tun sollte.« Sie schloss die Augen. Deutlich sah sie das Bild ihrer Großmutter vor sich. Wie sie angelaufen gekommen war, sie drängte, auf sie zuzugehen, um Emma ans sichere Ufer zu bringen.

Stückchen für Stückchen zog Alice die um sich tretende, weinende Emma an Land. Das Wasser, das ihr den Atem nahm, ignorierte sie. Mallena sah sie währenddessen unverwandt an.

Sie erinnerte sich an die Angst, die nackte Panik, die sie ergriff. Schließlich die starken Arme ihrer Großmutter, die sie aus dem schlammigen Wasser zogen. Dieser Albtraum verfolgte sie ihre ganze Kindheit lang. Die Vorwürfe ihrer Mutter, der sie nicht gehorcht hatte. Sie wusste, dass sie es verdient hatte, jedes einzelne harte Wort.

Und dann hörte sie es.

Ein Lachen, zuerst leise, dann immer lauter. Ein Licht im Dunkel, das sie einhüllte. Ihre Großmutter, die sie in die Arme nahm und sie neckte.

»Selbst ein Baumstamm schwimmt besser als ihr beide. Gott sei Dank habe ich euch beigebracht, wie man sich im Meer bewegen sollte.«

»Aber das ist doch ein See, Großmutter!«

Emmas Protest war so lächerlich, so absurd gewesen,

dass sie beide zu lachen anfingen. Als Céline sie erreichte, kringelten sie sich vor Lachen.

»Es war nicht meine Schuld«, sagte Alice und suchte Giuseppes Blick, langsam bekam sie wieder Farbe im Gesicht. »Es war nicht meine Schuld«, wiederholte sie mit Tränen in den Augen.

»Warum auch?«

Die Frage war einfach, aber vernünftig. Alice versuchte, Antworten in sich zu finden, tauchte erneut in die Vergangenheit ein, aber dieses Mal ohne den Schmerz der Schuld. Ihrer Großmutter ging es gut, ihr war nichts passiert. Eine Woche nach dem Unfall hatte sie einen Herzinfarkt gehabt und war gestorben. Aber die beiden Ereignisse, das wusste sie jetzt, hatten nichts miteinander zu tun. Jahrelang hatte sie geglaubt, Mallena sei ihretwegen gestorben. Jahrelang hatte sie sich die Schuld dafür gegeben.

»Sie hat mir gesagt, wie ich Emma retten soll, und ich habe sie aus dem Wasser gezogen.«

»Sie muss sehr stolz auf dich gewesen sein.«

Alice hörte ihm nicht zu. Sie war in Erinnerungen versunken, durchlebte noch einmal die ganze Szene, alles, was damals geschehen war, was sich ihr ins Gedächtnis gebrannt hatte.

»Ich durfte nicht ohne Aufsicht eines Erwachsenen ins Wasser, und die kleine Emma schon gar nicht.«

»Warum hast du sie mitgenommen?«

»Habe ich gar nicht, aber sie hat bemerkt, dass ich mich weggeschlichen hatte, und ist mir nachgelaufen. Und dann ging alles ganz schnell.« Sie hielt inne. »Wenige Tage danach hatte Großmutter einen Infarkt, sie wurde ins

Krankenhaus gebracht und ist dort gestorben.« Verzweiflung überkam sie. Sie schaute in die Gesichter ihrer Tante und ihres Onkels, die sie voller Mitgefühl und Zuneigung ansahen, dann zu Giuseppe, der sie anlächelte. Und zum ersten Mal in ihrem Leben fühlte sie sich frei.

Jetzt, da sie die alte Wunde ans Licht gebracht hatte, waren die Schuldgefühle, die tiefe Scham fast verschwunden. Geblieben war nur noch eine feine Narbe.

Sie war nicht für den Tod ihrer Großmutter verantwortlich. Es war nicht ihre Schuld.

Seit jenem Moment hatte sie sich hinter Zahlen, hinter Fakten, hinter Gewissheiten verschanzt. Jetzt verstand sie, dass das ihre Art gewesen war, mit dem Geschehenen umzugehen. Eine Reaktion auf etwas, für das sie jedoch gar nicht verantwortlich war.

Die Logik brachte sie zu diesem Schluss, dieselbe Logik, die schon immer ihr Leben bestimmt hatte.

Mit dem Versprechen, so schnell wie möglich zurückzukommen und ihnen auch Amélie vorzustellen, verließen Alice und Giuseppe das Haus der Melis'. Schweigend warteten sie auf die Abfahrt der Fähre. Der Wind hatte aufgefrischt, ungestüm wie ihre Gedanken. Sie musste Céline anrufen, ihr alles erzählen, auch wenn sie sicher war, dass ihre Mutter sie danach nicht mehr sehen wollte.

»Woran denkst du?«

Sie seufzte. »An meine Mutter ... Wenn sie erfährt, was passiert ist, wird sie nie wieder mit mir reden.«

Giuseppe schaute auf den Horizont. »Du ziehst voreilige Schlüsse. Warum lässt du das nicht? Du kannst nicht alles kontrollieren, Alice, so funktioniert das nicht.«

Sie erstarrte. »Du kennst sie nicht, das wird sie mir nie verzeihen.«

»Und du? Kennst du sie denn?«

Sie wollte ihm gerade antworten, als ihr klar wurde, dass sie dazu nichts sagen konnte. Seit sie in Abbadulche war, waren alle ihre Sicherheiten weggebrochen, hatten das freigelegt, was tief in ihrem Inneren verborgen war.

»Ich nehme an, dass Amélie für meine Mutter eine neue Chance bedeutet.«

»Und für dich, Alice?«

»Eine Veränderung.« Die Antwort kam spontan, ohne weiter nachzudenken. Doch da war noch viel mehr.

Er reichte ihr die Hand. Sie war groß und schwielig von der körperlichen Arbeit, von feinen Linien durchzogen. Alte Narben und kaum verheilte Wunden. Diese Hände definierten ihn, zeigten, wer er war. Sie legte ihre Hand darüber, sie war zart und schmal. Sie spürte seine Wärme, ihre Finger fanden sich, verflochten sich ineinander. Und dann schaute sie ihn an. Das war viel mehr als ein Kuss, sie konnte diesen Mann in ihrem Herzen und in ihrer Seele spüren. In ihm erkannte sie sich wie in einem Spiegel.

Giuseppe zog sie an sich und nahm sie in den Arm. Sie standen draußen auf dem Promenadendeck. Alle anderen waren unter Deck. Auf den hohen Wellen tanzten die Schaumkronen, doch die beiden wollten genau dort draußen bleiben: zu zweit, zusammen.

Dann lächelte er sie an. »Morgen ist Sonntag, wollen wir einen Ausflug machen?«

»Wo soll es dieses Mal hingehen?«

»An einen unvergleichlichen Ort, die Halbinsel Sinis,

in der Gegend von Cabras. Wir folgen Emmas Weg, erinnerst du dich?«

Natürlich erinnerte sie sich.

Alice wurde von Gefühlen übermannt, sie dachte über ihr Leben nach, darüber, was sie daraus gemacht hatte. Nichts als Zahlen und Berechnungen. Sie hatte die Kreativität und die Entdeckerfreude aus ihrem Leben verbannt. »Ich habe viele Fehler gemacht und weiß jetzt nicht mehr, wie ich das in Ordnung bringen soll.«

Wieder dachte sie an Gérard, an seine Unterstützung. Aber so sehr sie sich auch anstrengte, im Vergleich zu dem, was sie für Giuseppe fühlte, waren ihre Gefühle für ihn schal und lau.

»Du bist eine so großherzige Frau, Alice, warum schenkst du dir selbst nicht ein wenig mehr Freundlichkeit?«

»Vielleicht verdiene ich sie nicht. Hast du vergessen, warum ich nach Abbadulche gekommen bin?«

Giuseppe ignorierte ihre Provokation. »Manchmal neigen wir dazu, uns selbst gegenüber gnadenlos zu sein, sogar grausam. Mit diesem Leid wollen wir uns für unsere Sünden bestrafen. Aber in Wahrheit tun wir uns nur unnötig weh.«

»Ich weiß nicht, was ich tun soll.«

»Erzähl mir von deinem Projekt.«

Unwillkürlich musste sie lächeln. »Meinst du, dass mich das aufmuntern wird?«

»Da bin ich mir sogar sicher. Du kannst anderen helfen, ihre Ideen umzusetzen. Darin bist du sehr gut. Keiner hat bisher herausgefunden, was wir uns für die Villa vorstellten, du aber schon. Angelica kann es kaum erwarten, dich kennenzulernen.«

Alice dachte nach. Anderen Menschen helfen, ihre Ideen umzusetzen. Das berührte etwas in ihr. Das hatte ihr an ihrer Arbeit immer am meisten Spaß gemacht. Das konnte sie schon gut, bevor man ihr das Rechnungswesen übertragen hatte. Aber das war nur Wunschdenken, ein Traum. Es war genauso, wie sich um Amélie zu kümmern, ohne die nötige Expertise dafür zu haben. Sie musste der Realität ins Auge sehen. Ein Fisch konnte eben nicht fliegen.

»Du hast die Bienen, ein Haus, kannst alles, was dir zwischen die Finger gerät, wieder in Ordnung bringen, zu neuem Leben erwecken. Aber ich habe nur meine Arbeit«, sagte sie langsam und betonte jedes Wort. Das war die einzige Gewissheit, die ihr geblieben war. Im Job wusste sie genau, was zu tun war, was verlangt und bezahlt wurde. Leise und langsam fügte sie Wort für Wort aneinander. Wie eine tägliche Routine. Und dann fragte sie sich, ob das wirklich …

»Was ist passiert, Alice?«

Sie schaute ihn überrascht an.

Giuseppe nahm ihre Hand, küsste sie und schaute ihr dabei tief in die Augen. »Wann hast du entschieden, was du kannst und was nicht? Wann hast du dir diese absurden Grenzen gesetzt? Leben bedeutet Chaos, die Welle überflutet dich, bis du mit den Zähnen klapperst. Du musst sie reiten, und wenn du fällst, wieder aufstehen, um von vorne zu beginnen. Das Floß, mit dem du zu entkommen versuchst, entfernt dich von dem, was du in dir trägst. Spürst du nicht die Kraft in dir? Seitdem du bei uns bist, hast du Licht und Freude in unser Leben gebracht.«

Er schüttelte sie sanft. Er war ihr so nah, dass sie seinen Atem auf ihren Lippen spüren konnte. Dann schloss sie die Augen. Als Giuseppe sie küsste, klammerte sie sich mit aller Kraft an ihn. Es war ein Traum, ein Augenblick. Es war nicht real, nichts davon. Bald würde sie abreisen, und er … würde sein Leben weiterleben, mit Anna und Amélie. Mit seinen Töchtern.

25.

Die Anzahl der Bienen im Bienenstock variiert je nach Jahreszeit. In der Winterruhe gibt es weniger Vorräte und somit auch weniger Bewohner. Im Frühling, wenn der verfügbare Nektar und die Pollen zunehmen, legt die Königin bis zu 2000 Eier am Tag. Im Sommer leben dann bis zu 80 000 Tiere im Stock.

Statt mit dem alten Citroën war Giuseppe dieses Mal mit einem schwarzen Jeep unterwegs.

»Du wirst sehen, wie wunderschön die antike Stadt Tharros ist.«

»Bist du schon öfter dort gewesen?«

Anna war damit beschäftigt, ihre kleine Schwester in allen möglichen Posen zu fotografieren, dann kamen Giuseppe und sie und die Umgebung dran.

»Nur einmal. Emma wollte etwas Besonderes sehen, deshalb haben wir dort den ganzen Tag verbracht.«

Giuseppe war ungewöhnlich still, aber seine Blicke sagten genug und erinnerten Alice an die Wärme des Kusses, an das Gefühl, das sie dabei empfunden hatte: intensiv und umhüllend. Es hatte sich richtig angefühlt. All das war genauso real wie der Gedanke, für immer auf der Insel zu bleiben, von den Früchten ihrer Hände Arbeit zu leben, bei Amélie und den Tanten zu bleiben. Bei Giuseppe, der so wichtig für sie geworden war. Abbadulche war das Paradies, eine Insel des Glücks, auf der Träume und Wünsche Realität werden konnten. Emma hatte es ihr gesagt, aber sie verstand es erst jetzt richtig. Doch der Punkt war ein anderer. Diese wunderbaren, intensiven Wochen konnten kein ganzes Leben ersetzen. Sie waren wie eine Art Klammer: etwas, das bald zu Ende sein würde.

Während Giuseppe Amélie in den Kindersitz setzte, verstaute Alice die Brotzeitdosen. »Ich habe den Tanten doch gesagt, dass außer uns niemand dabei ist«, sagte Giuseppe lachend. Die beiden hatten ihnen genug Vorräte für eine ganze Woche mitgegeben, typisch für diese Generation. Auch wenn Maria es nie laut ausgesprochen hatte, ahnte Alice, dass sie von ihren Erlebnissen im Krieg, von großen Entbehrungen und Hunger geprägt waren. Sie setzte sich auf den Beifahrersitz, und Giuseppe beugte sich vor, um ihren Gurt zu richten. Dabei spürte sie Giuseppes Wärme, roch seinen angenehmen Körpergeruch. Sie schauten sich an. »Bereit?«

Alice nickte. Sie winkten den Tanten zu, die an der Tür standen. »Warum grinsen sie denn so?«, murmelte sie. Sie fühlte sich froh und unbeschwert.

Giuseppe antwortete nicht, lächelte nur breit.

Anna begann zu singen, und zu Alices großer Überraschung versuchte Amélie, es ihr gleichzutun, und stimmte mit ihrer eigenen Version von Quietschen und Glucksen ein. Sie war kaum wiederzuerkennen. Keine Spur mehr von dem schüchternen und empfindsamen kleinen Mädchen.

Der Wunsch zu bleiben, wurde immer größer und mächtiger in Alice. *Du wirst glücklich sein. Bleib hier.*

Einen Moment lang erlaubte sie sich, sich ein zukünftiges Leben in Abbadulche auszumalen.

Alice betrachtete die Oleander zu beiden Seiten der Straße, das Rot und Rosa der Blüten hob sich hell von den strahlend grünen Blättern ab. Obwohl es erst Ende April war, färbte sich das Gras schon gelb. Richtung Oristano wechselten sich goldgelbe Weizenfelder mit Eukalyptushainen ab.

»Hier würden sich die Bienen sehr wohl fühlen.«

»Das dachte ich auch gerade.«

Dann hingen beide wieder ihren Gedanken nach. Es war nicht unangenehm, sie verstanden sich auch ohne Worte. Die Mädchen unterhielten sich in ihrer ganz eigenen Sprache, hin und wieder strich Giuseppe ihr über die Hand. Alice ließ es nicht nur geschehen, tatsächlich ergriff sie ein paarmal sogar selbst die Initiative.

Sie parkten etwas außerhalb von Tharros. Giuseppe hatte die Rückentrage dabei, damit Amélie es bequem hatte und alles gut sehen konnte. Anna war von der Umgebung begeistert, schaute mal hier, mal da, wählte einen Blickwinkel und machte Fotos. Emma hatte ihr einen ihrer Fotoapparate geschenkt, Alice hatte ihn sofort erkannt. Sie meinte, ihre Schwester in den Gesten des Mädchens zu erkennen, in ihrer Art, die Leica zu halten, sich konzentriert umzuschauen. Es war, als wäre ein Teil von Emma noch immer bei ihnen.

Und dann verschlug es ihr fast den Atem. Vor ihr teilte eine Landzunge das Meer. Während auf der äußeren Seite die Wasseroberfläche aufgewühlt war mit hoch aufwirbelnden Schaumkämmen, war das Wasser auf der anderen Seite ruhig und friedlich.

»Hier nennt man es das lebendige und das tote Meer.«

Es bedurfte keiner weiteren Erklärung. Vor Alice erhoben sich zwei Säulen wie eine Eingangspforte zu einem magischen Reich. Das blaue Meer verschmolz mit dem klaren Himmel und den Mauern aus uralten Steinen, den Ruinen der Häuser und der Kultstätten, der tausendjährigen Straßen, deren Pflastersteine durch unzählige Schritte ausgetreten waren.

»In der Geschichte der Welt sind wir nur ein kurzer Augenblick«, flüsterte Alice ganz leise, aber Giuseppe hörte ihr zu, legte seinen Arm um ihre Schulter und zog sie an sich.

Schließlich suchten sie sich ein schönes Plätzchen für ihr Picknick und setzten ihren Spaziergang anschließend Richtung Mont'e Prama fort. Auf diesen Hügeln hatte man zahlreiche Statuen von Kriegern und Würdenträgern entdeckt, alle mehrere Meter hoch. Während Giuseppe ihr die Geschichte erzählte, stellte Alice sich vor, wie die Stadt sich den Besuchern präsentiert haben musste: Monolithen, die auf weiten grünen Ebenen thronten. Ein Bild von großer Macht. Um diese Steintürme, die sogenannten Nuraghen, zu erbauen, musste die damalige Zivilisation schon recht fortschrittlich gewesen sein. Selbst nach Jahrtausenden waren die Nuraghen immer noch da, Zuschauer und Wächter der folgenden Zivilisationen.

»Haben hier einst Elfen gewohnt?«

»Nein, sie lebten in den kleinen Steinhöhlen, den *Domus de Janas.*« Anna lächelte. In ihrem Gesicht lagen ein Strahlen und eine Seelenruhe, die sich Alice in ein paar Jahren auch für Amélie wünschte.

Sie besuchten die Kirche San Salvatore, und während

sie die ausgetretenen Steinstufen vor dem Portal wieder hinunterstiegen, überkam sie ein seltsames Gefühl, eine tiefe Erschütterung. Sie bat Giuseppe, ihr Amélie zu übergeben. Sie brauchte ihre Nähe. Sie ließ sich auf die Stufen nieder, und Giuseppe setzte ihr das Mädchen auf die Knie. Inzwischen ging langsam die Sonne unter, die Grillen zirpten, der Wind hatte sich gelegt, nur eine warme salzige Brise strich ihnen über die Haut. Plötzlich wirkte das Meer wie flüssiges Feuer. Rot und Gold, wo eben noch Blau und Grün gewesen waren. Es war wie eine Art Versprechen, eine Warnung. Von Anbeginn der Zeit ging die Sonne auf und unter. Amélie kuschelte sich fest an Alice, während Anna an der Schulter ihres Vaters lehnte und schlief. Alice war von tiefem Frieden erfüllt, all ihre Sorgen, so schien es ihr, waren verschwunden.

»Bleib hier, Alice. Geh nicht weg.«

Einen Moment lang dachte sie, sie hätte sich das nur eingebildet, aber Giuseppes Finger auf ihrem Gesicht waren echt. Sie drehte sich zu ihm um, versank in seinen Augen. Sie konnte es tun, sie konnte bleiben. Er streichelte ihr Gesicht, küsste ihre Augenlider, ihre Wangen, ihre Lippen. Doch es gab Dinge, die sie ihm nicht erzählt hatte. Da waren ihre Mutter und vor allen Gérard. Sie wollte gerade etwas sagen, doch er nahm das Öffnen ihrer Lippen als Aufforderung, und sie wehrte sich nicht. Danach war nichts anderes mehr wichtig.

Der Tagesanbruch war für Alice immer ein Moment der Einsamkeit und der Angst gewesen. Doch mit Amélie hatte sich das geändert. Vor der Ankunft ihrer Nichte war sie einsam gewesen, jetzt hatte ihr Leben einen Rhythmus.

Seitdem sie in Margheritas Villa wohnte, war das Aufwachen am Morgen zu einem schönen, lustigen und belebenden Ereignis geworden. Die Tanten buken dreimal die Woche Kekse und Brot, wie die Tradition es verlangte. Kurze Zeit später kamen Anna und Giuseppe vorbei, weil Anna erst zur Schule gehen konnte, nachdem sie sich von ihrer kleinen Schwester verabschiedet hatte, und weil er … Nun ja, er dachte sich jeden Tag eine neue Ausrede aus.

Als Alice an diesem Morgen zusah, wie er mit den beiden Mädchen spielte, überlegte sie, welche Ausrede es heute wohl war. Da begegneten sich ihre Blicke, und ihr Herz tat einen Sprung. Er benahm sich wie ein Backfisch, dachte sie.

»Möchtest du mich zu den Bienenstöcken begleiten?«

Aber sicher. »Kümmert ihr euch um Amélie?«

»Geh nur, das Mädchen hat es gut bei uns.« Maria streichelte ihr über die Schulter.

»Ich bin gleich so weit.«

Kurz darauf verließen sie das Haus, sprachen nur wenig, lächelten dafür umso mehr. Alles wirkte neu und strahlend: der alte Laster, der sich die Straße hochquälte; Giuseppe, der ihr erzählte, was er alles vorhatte; seine Bemerkungen zum Wetter; die Hoffnung auf eine gute Ernte. »Die Nester sind voll, wir können die Waben einsetzen. Das wird ein gutes Jahr.«

»Ich habe selten so eine Vielzahl an Blüten erlebt.«

»Das geschieht auch nicht immer, die Bedingungen in diesem Jahr sind ideal. Ein regnerischer Herbst, ein milder Winter und ein schöner Frühling. Kurzum: Regen zur richtigen Zeit.«

Das Leben hier war eng mit der Erde, mit der Natur verbunden, wo die Bedürfnisse der Pflanzen und Bienen mit jenen kombiniert wurden, die hier lebten und sie beschützten.

»Wie geht es Claudio? Ich habe ihn gar nicht mehr gesehen.«

»Er ist noch mit der Restaurierung der Gebäude am Hafen beschäftigt.«

Das war nicht die Antwort, die sie erwartet hatte.

Giuseppe fuhr jetzt Schrittgeschwindigkeit und bog auf einen Weg durch einen dichten Wald ein. In dieser Gegend war sie noch nie gewesen.

»Wo fahren wir hin?«

»Ich glaube, es ist an der Zeit, dass du jemanden kennenlernst.«

Sie sah ihn neugierig an. Wo würde er sie hinbringen? Der Weg führte auf eine helle Lichtung. Sie stiegen aus und gingen zu Fuß weiter über Wiesen. Von den Blüten der Narzissen waren nur Stängel mit kleinen grünen Spitzen übrig geblieben. »Sind das Disteln?« Alice deutete auf einige stachelige Büsche mit weißen und rosa Blüten, die wie Staubwedel aussahen.

»Ja, und das sind Zistrosen«, sagte er und deutete auf hohe Büsche mit kleinen weißen Blüten, die wie von Kinderhand gezeichnet schienen.

Sie gingen in den Wald. Das Wasser, das sich über die Steine im Bach ergoss, schien zu singen. Alice begriff, wohin Giuseppe sie geführt hatte. Sie blieben vor einem mächtigen Baumstamm stehen, dessen Äste bis in den Himmel ragten, die silbernen Blätter glänzten. Zum Gesang des Baches gesellte sich nun ein sanftes Summen.

»Wie wunderschön.«

Der Olivenbaum war riesig. Majestätisch thronte er zwischen den anderen Pflanzen und Blumen. »Er ist der Hüter der goldenen Bienen. In seinem Stamm leben die Ursprungsbienen der Insel.«

Eine Weile betrachtete Alice den alten König, wie Giuseppe ihn nannte. Seine riesigen, an der Oberfläche mit samtigem Moos bedeckten Wurzeln versanken im Boden, gleich neben dem Bachlauf mit seinem klaren Wasser. Hinter ihnen summten emsig die Bienen, deren Stöcke aufgereiht am Wiesenrand standen. Während Giuseppe sich den Overall überzog, sah Alice, die ihren schon trug, nach oben und erblickte sie. Die Biene flog in ihre Richtung. Alices Herz schlug schneller. Sie war auf der Suche nach ihr, sie war wegen ihnen hier. Das wurde Alice klar, als die Biene sich auf ihre Handfläche setzte. Sie sahen sich kurz an, dann flog die Biene davon.

»Was ist los?«, fragte Giuseppe.

»Etwas passiert gerade, etwas Wichtiges.« Das sagte sie einfach so.

»Du wirkst beunruhigt.«

»Nein, gar nicht. Wo willst du anfangen?«

Er deutete auf den Bienenstock. »Der ist am wichtigsten. Ich weiß nicht, ob ich es dir schon gesagt habe, aber den Honig vom Baum verkaufen wir nicht.«

»Nein? Warum nicht?«

»Er ist zu kostbar, deshalb verschenken wir ihn.«

Sie lächelte, das ergab keinen Sinn. Weil er wertvoll war, wurde er verschenkt. Weder logisch noch vernünftig. Und doch gab es etwas zutiefst Bedeutendes in dem, was Giuseppe ihr gesagt hatte.

»Es gibt Dinge, die allen gehören und die so kostbar sind, dass man sie mit Geld nicht bezahlen kann.«

Sie arbeiteten weiter, hatten bereits den Stock untersucht. Die Nester waren voller Honig, die Arbeiterinnen sammelten eifrig jeden Tropfen Nektar, der aus den Rahmen fiel, um ihn in den Waben abzulegen. Fasziniert betrachtete Alice, wie eine Biene aus einer der Zellen schlüpfte. Auf dem Kopf war sie dicht behaart, ihre Gefährtinnen halfen ihr, sich zu säubern, das Gelb wurde immer satter. Nur Augenblicke später reihte sich die Biene in die Reihe ihrer Schwestern ein. Sie wusste, was zu tun war, sie folgte ihrem Instinkt und kannte ihre Aufgabe. Es war alles ganz einfach, ein perfektes System.

Giuseppe brachte die Sperre für die Königin an, die sie davon abhalten würde, in die Wabe nach oben zu steigen. Auf diese Weise blieb die Brut im unteren Teil, und sobald die Bienen die Vorräte aufgestockt hatten, würden sie den überschüssigen Honig in die Rahmen legen.

»Riechst du es?«

Alice schnupperte und fing den Duft der Blumen ein: sanft, süß und doch aromatisch. »Lavendel, oder?«

»Richtig.«

Der ganze Morgen war voller Gerüche. Zuerst hatten sie die Stöcke geöffnet, um zu prüfen, ob die Schwärme bei guter Gesundheit waren, dann um zu schauen, welchen Nektar die Bienen mitbrachten, und jetzt der Duft der Blüten. Jedes Mal hatte Alice die Augen geschlossen, um alle Feinheiten genau wahrzunehmen. Die Imkerei war eng mit dem Geruchssinn verknüpft, und als Alice diesen vernachlässigten Sinn aktivierte, konnte sie ihre Umgebung auf eine Weise wahrnehmen, die sie selbst überraschte.

26.

Die Temperatur im Inneren des Bienenstocks variiert zwischen 33 und 35 °C. Die Bienen kontrollieren sie durch Flügelschlagen und den Einsatz von Wasser. Im Winter, wenn die Temperatur auf wenige Grade sinkt, schließen sie sich zu Trauben zusammen und können so eine Temperatur halten, die ihre Königin und die Brut überleben lässt.

Im Haus herrschte aufgeregte Betriebsamkeit. Selbst die kleine Amélie schien von der Unruhe angesteckt zu sein. Alice war es auf jeden Fall. Voller Ungeduld, aber auch etwas ängstlich erwartete sie das Treffen mit Angelica Senes.

Unglaublich, wie eine einzige Handlung dieser Frau vor vielen Jahren diese Kettenreaktion in Gang gesetzt hatte, wegen der sie heute auf die ein oder andere Weise verbunden waren und an diesem Ort zusammengefunden hatten. So viele Gefühle überfluteten Alice, und sie hatte das Bedürfnis, ihre Nichte ganz nah bei sich haben.

»Nun, *ma douce*, wollen wir einen Spaziergang ins Dorf machen?«

»Gerade jetzt?« Memma saß auf ihrem Lieblingsstuhl und war dabei, eine Teigkugel auf den Boden eines Körbchens zu drücken. Alice sah ihr neugierig zu. »Sie heißen Malloreddus.« Memma war gut darin, Fragen zu beantworten, selbst solche, die Alice noch nicht einmal gestellt hatte. »Kleine Gnocchi«, erklärte sie. »Tu, was der Himmel dir befiehlt, dann hörst du die Engel singen, wenn du sie isst.«

»Die Engel?«

Memma schaute sie an. »Natürlich.«

Alice konnte sich ein Lächeln nicht verkneifen. »Nur wenn du sie machst, Tante.«

»Die Kleine lernt es auch, schau nur, wie sie mich ansieht.«

Amélie war tatsächlich wie hypnotisiert und wollte nichts verpassen, auch wenn das ein wenig merkwürdig klang. »Aber sie ist erst zehn Monate alt«, erinnerte Alice sie.

»Nur die Kleinen verstehen, wie die Dinge wirklich gemacht werden müssen.«

Alice musste lachen, aber als sie Memmas strengen Blick bemerkte, legte sie die Hand vor den Mund und sagte: »Schon gut.«

»Kommt bitte nicht zu spät.«

»Versprochen.« Sie küsste ihre Nichte, die mit einem Teigbällchen spielte, griff nach der Tasche und verließ die Küche.

Anna und Giuseppe waren bei den Bienen, Maria war unterwegs, um Gigliola und Pina den Wocheneinkauf zu bringen. Wenn sie nicht in dieser Stimmung gewesen wäre, hätte Alice sie gerne begleitet, aber sie hatte noch etwas zu erledigen, etwas, was sie viel zu lange aufgeschoben hatte.

Eine frische Meeresbrise hob ihr leichtes Sommerkleid an. Sie hatte es zusammen mit Anna gekauft, als es zu heiß für ihre mitgebrachte Kleidung geworden war.

Alice musste zugeben, dass Anna einen Blick für Farben

besaß. Sie hatten eine Menge Spaß zusammen gehabt und waren am Ende noch ein Eis essen gegangen. Anna hatte ihr anvertraut, dass sie Angelicas Rückkehr kaum erwarten konnte. Die beiden waren eng verbunden, und Alice ertappte sich dabei, dass sie sich eine ähnliche Beziehung wünschte. Sie fühlte sich diesem liebenswerten jungen Mädchen sehr zugetan.

Während sie durch die Straßen der Altstadt schlenderte, blieb sie vor einem Schaufenster stehen. Sie erkannte sich im Spiegelbild kaum wieder. Das Leben an der frischen Luft hatte sie verändert: Ihre Haut war gebräunt, die langen offenen Haare glänzten, ihr Gesichtsausdruck war entspannt. Als die Verkäuferin sie anlächelte, lächelte sie zurück. »Hallo.«

»Alice, schön, dich zu sehen. Wie geht es Amélie?«

Es gefiel ihr, dass sie fast jeden im Dorf kannte. Sie plauderten ein wenig über dies und das, Angelicas Rückkehr, Margheritas Honig, auf den alle in Abbadulche mit Ungeduld warteten.

Früher hätte sie ein solches Gespräch für Zeitverschwendung gehalten.

Ihr war das eines Nachmittags aufgefallen, als sie hinter Margheritas Villa gesessen und den Möwen hinterhergeschaut hatte, die hoch oben am Himmel flogen. Sie hatte die vor Leben wimmelnde Wiese betrachtet und dem Rauschen des Meeres gelauscht. Während sie die Langsamkeit all dieser Momente wahrgenommen hatte, hatte sie gespürt, wie ihre Gedanken sich verflüchtigt hatten, wie sogar die Trauer um Emma ein wenig abgeebbt war. Sie war nicht verschwunden, hatte ihr nur eine kleine Pause gegönnt.

Immer öfter hatte sie sich daraufhin zurückgezogen, um sich Zeit für sich selbst zu nehmen.

Manchmal betrachtete sie den Nachthimmel, suchte die Sterne, deren alte Bezeichnungen Mallena ihr beigebracht hatte, und verlor sich in der Unendlichkeit. Manchmal träumte sie mit offenen Augen. Es kam ihr vor, als ob sie dieses Leben schon immer gelebt hätte – weit weg von Paris, das nur eine blasse Erinnerung war, etwas, das sie mit Mühe wieder in ihre Gedanken zurückholen müsste.

»Ich muss jetzt weiter.«

»Komm gerne wieder, ich habe einige Kleider, die dir hervorragend stehen würden.«

»Gerne.«

Sie ging zum Hafen. Eine Seite der Mole wurde von hohen Aleppo-Kiefern beschattet, durch deren Blätterdach der Sonnenschein und die sanfte Meeresbrise drangen. Während sie die Nummer ihrer Mutter wählte, kam ihr Amélies Lächeln in den Sinn. Sie war glücklich, das wusste Alice. Und sie selbst war es auch.

»Alice, endlich!«

»Hallo, Mama.« Sie setzte sich auf eine Bank und fuhr mit den Fingerspitzen über die aufgeplatzte Farbschicht. Es wäre vergebliche Mühe, ihre Anspannung zu überspielen. »Wie geht es dir?«

»Was glaubst du denn? Ich habe mir Sorgen gemacht.«

»Aber warum? Amélie geht es gut, es ging ihr nie besser. Sie hat zugenommen, sagt ›Mama‹, sie lächelt viel und hat keine Angst mehr vor Fremden. Wenn du sie sehen würdest … Sie ist wie ausgewechselt.«

Schweigen. »Und du? Du wirkst auch verändert.«

»Mir geht es gut.« Tatsächlich war es ihr nie besser

gegangen. Sie fuhr sich mit der Zunge über die Lippen. »Mama, wir müssen reden.«

»Oh Gott, was hast du angestellt?«

Der Tonfall war der gleiche, den sie auch als Kind immer gehört hatte, die gleiche Strenge, die gleiche Mischung aus Verzweiflung und Panik. Normalerweise wäre Alice genervt gewesen, aber heute lächelte sie nur nachsichtig. »Ich bin in Sardinien, in Abbadulche.«

Schweigen. »Du ... du bist wo?«

»Ich habe dir etwas Wichtiges mitzuteilen: Ich weiß, wer Amélies Vater ist.«

»Nein ... Bitte sag mir nicht, dass du das Kind weggegeben hast.«

Weggegeben? Was war das denn für ein Wort? Sie hatte geahnt, dass es nicht einfach werden würde, aber die Angst, die Verzweiflung in der Stimme ihrer Mutter hatte sie nicht erwartet. »Mama, hast du mich überhaupt verstanden? Amélie ist bei ihrem Vater. Sie hat eine Schwester, Tanten und Cousins. Eine große Familie, die sie liebt und die sich um sie kümmern wird. Ich wollte es dir sagen, damit du weißt, wie glücklich sie hier ist.«

Stille am anderen Ende, dann Schluchzen. »Was habe ich dir getan?«

»Bitte?«

»Was habe ich dir getan, Alice, dass du mich so sehr hasst?«

Ihr gefror das Blut in den Adern. »Ich liebe dich, Mama. Wie kannst du nur so etwas denken? Das ist absurd.«

»Ich habe deinen Erwartungen noch nie genügt, dein Vater, deine Großmutter schon. Und Emma natürlich, trotz eurer Auseinandersetzungen. Ich aber nicht, ich nicht.«

»Du irrst dich, Mama. Du irrst.« Dennoch spürte sie, dass in den Worten, die ihre Mutter unter Schluchzen ausgesprochen hatte, ein wahrer Kern steckte. »Ich liebe dich, ich habe dich immer geliebt.«

»Amélie ist alles, was mir von Emma geblieben ist, und du hast sie mir genommen.«

»Ich habe sie ihrem Vater anvertraut, ihrer Familie. Du kannst sie besuchen, Mama. Denk an die Ferien auf dem Hof, die Emma und ich bei Großmutter verbracht haben.«

»Das wird das Gericht klären.«

Schweigen, ein eisiges Schweigen wie eine schwarze Wand. Eine Drohung, die sie aus Wut und Überraschung ausgesprochen hatte. Alice wusste das, und doch schauderte sie es. Sie dachte an Gérards Worte über Familienstreitigkeiten. »Das willst du nicht wirklich. Willst du so deine Liebe für Amélie beweisen? Indem du sie ihrem Vater und ihrer Schwester wegnimmst? Sie liebt diesen Ort, hier ist sie glücklich. Willst du etwa nicht, dass sie glücklich ist?« Alice war kurz davor, ihrer Mutter von Mallena zu erzählen. Die sorgenvollen Mienen ihrer Verwandten kamen ihr in den Sinn, ihr Wunsch zu verstehen, der alte Verlustschmerz. Sie würde es ihr so schnell wie möglich persönlich sagen.

»Bring mir meine Enkelin zurück, Alice. Ich gebe dir eine Woche.«

Céline legte auf.

Und jetzt? Warum musste ihre Mutter nur so impulsiv sein? Hätte sie das nicht anders lösen können? Vielleicht nicht, so war sie schon immer gewesen.

Sie betrachtete das Meer, das Handy noch immer in der

Hand, versuchte noch ein paarmal, ihre Mutter zu erreichen, aber vergeblich.

Alice würde ihr Zeit geben, die hatte sie selbst auch gebraucht. Zeit nachzudenken, Zeit zu verstehen. Eines war sicher: Gehasst hatte sie ihre Mutter nie. Mit der Zeit hatte sie ihre Kindheit analysiert und erkannt, dass sie für ihre Mutter eine ständige Quelle der Enttäuschung gewesen sein musste. Die Welt, wie ihre Großmutter sie ihr beschrieben hatte, war ein Märchen. Nach und nach waren alle ihre Bezugspunkte verschwunden, und sie hatte sich ihre eigenen geschaffen: ihr Studium, ihre Arbeit. Sie hatte alles beiseitegeräumt, was eine potenzielle Enttäuschung darstellte. An allem, was sie sich erarbeitet hatte, hielt sie eisern fest.

Aber jetzt, auf dieser Bank in Abbadulche, fragte sich Alice, ob sie alles richtig eingeschätzt hatte. Sie hatte Amélie nicht nach Sardinien gebracht, um ihrer Mutter wehzutun, nichts lag ihr ferner. Sie konnte sich nicht um die Kleine kümmern. Sie hatte das Richtige für Amélie getan, denn in Paris war sie unglücklich gewesen, bei Céline ebenfalls, aber mit ihrem leiblichen Vater … Giuseppe liebte sie, er würde sich bestmöglich um sie kümmern. Und dann waren da ja noch Anna, die Tanten und Angelica. Sie schaute auf die Uhr. Sie musste sich beeilen, Angelica würde jeden Moment eintreffen.

Auf dem Weg in die Villa überholte sie ein Auto und bremste ab. Giuseppe stieg aus und öffnete ihr die Beifahrertür. »Hallo, Vagabundin. Es ist zu heiß, um ohne Hut unterwegs zu sein.«

Dieser Mann … Alice lächelte, setzte sich und seufzte vor Vergnügen, als er ihr eine Flasche Wasser reichte.

»Danke.« Das Wasser war herrlich kühl. Auch er schien erhitzt. »Sind sie schon da?«

»Sie kommen jeden Moment. Nicola hat mich angerufen, als sie Sant'Antioco passiert haben.«

Alice nickte und legte den Kopf zurück. »Es ist wirklich seltsam, weißt du.«

»Was denn?« Sie waren am Tor angekommen, das für die Gäste weit offen stand. Alice erinnerte sich, dass es nur ein einziges Mal verschlossen gewesen war. An ihren ersten Tag in Abbadulche konnte sie sich gut erinnern, vor allem an das Gefühl der Vertrautheit mit der Umgebung und diesen Mann, der jetzt neben ihr saß und mit ihr sprach, als würde er sie schon ewig kennen. Sie dachte an Mallena und wie sie ihre Heimat beschreiben konnte, indem sie die Essenz dieses Ortes wiedergegeben hatte. Genau das war es, was sie plötzlich – Alice konnte nicht sagen, wie oder wann – zu erkennen begonnen hatte: das Wesen von allem. In diesem Moment musste sie an ihre Mutter denken und spürte einen sanften Schmerz. Célines Drohung hatte paradoxerweise auch ihre eigene Verzweiflung deutlich gemacht.

Alice musste ihr helfen, und dieses Gefühl war neu für sie. Sonst hatte sie immer nur reagiert, auf Célines Beweggründe war sie noch nie eingegangen.

»Geht es dir gut?«

Giuseppe betrachtete sie aufmerksam. Sie nickte, so gerne hätte sie sich ihm anvertraut. Wie wäre es wohl, wenn sie sich gehen lassen, sich zeigen, sich befreien würde? Sie setzte zu sprechen an, aber etwas hielt sie davon ab. Sie versteifte sich und wandte den Blick ab. »Mach dir keine Sorgen, es geht mir gut, ich bin nur ein bisschen nervös.«

»Was ist los?«

Sie tat so, als hätte sie seine Frage nicht gehört, und schaute auf den Camper. Das Symbol einer Trennung. Es gab ein Vorher und ein Nachher im Leben von Angelica. Der Camper war kunterbunt angemalt, auf der Karosserie leuchteten Petunien. Wie viel hatte sich in ein paar Wochen verändert? Wie sehr hatten sie sich alle in diesen Wochen verändert?

Giuseppe öffnete die Tür, stieg aus und wartete auf sie. Als sie auf die Villa zugingen, schmunzelte er: »Irgendwie seid ihr euch ähnlich.«

Erstaunlich, was er da sagte. Angelica hatte Margheritas Villa vor dem Abriss bewahrt, sie war eine Kriegerin, aber Alice selbst war ganz anders. »Da irrst du dich aber gewaltig.«

Giuseppe lachte. Warum sah er sie so zärtlich an?

»Als Angelica damals hier ankam, wusste sie nicht, was sie mit der Villa anfangen sollte. Natürlich hätte sie sich lieber am Tor angekettet, als sie von irgendwem zerstören zu lassen, aber vor allem ist sie instinktiv vorgegangen. Sie war mit dem Camper in der ganzen Welt unterwegs, den kennst du ja. Als sie begriffen hat, dass das hier ihr Platz ist, hat sie ihn für immer stehen gelassen, und Pina hat ihn verwandelt.« Er schüttelte den Kopf. »Nein, besser, sie hat ihn zurückgegeben«, murmelte er. Sie wusste nicht genau, warum, aber das war Pinas erster Gedanke gewesen: Etwas, das seine Funktion erfüllt hatte, konnte eine neue Funktion übernehmen. Wie wunderschön, dachte sie sich.

»Warum ist sie weggegangen?« Die Frage kam ihr über die Lippen, ohne dass sie darüber nachgedacht hatte. Sie kicherte: »Ich bin schon wie ihr geworden. Ich kümmere mich um die Angelegenheiten anderer.«

Er streckte die Hand nach ihr aus, Alice legte ihre in die seine. Und als Giuseppe ihre Hand küsste, zitterte sie.

»Du kümmerst dich um die Menschen, das ist etwas anderes.«

Sie schauten auf die Bucht, umgeben vom Summen der Bienen. Neben der Mole stand eine Gruppe von Menschen, ein herannahender Katamaran zog eine weiße Gischtspur hinter sich her.

»Sie wollte eine Frau treffen.«

»Eine Frau?«, fragte Alice vollkommen überrascht.

Giuseppe nickte. »Ja, eine von Margheritas Frauen. Sie hatte kein Glück.«

Dann hatte Angelica also auch anderen Frauen geschrieben. Das überraschte sie nicht, an ihrer Stelle hätte sie das genauso gemacht. Sie dachte an Emma und fragte sich zum wiederholten Mal, was passiert wäre, wenn sie gemeinsam nach Abbadulche gegangen wären. Dann dachte sie an Amélie. Maria hatte ihr gesagt, dass es keine Zufälle gab, auch wenn Dinge manchmal unerklärlich oder absurd erschienen. Langsam begann Alice, daran zu glauben. Alles auf dieser Insel war unlogisch und dennoch real, genau wie die Hand, die ihre umschloss. Der Duft des Windes, das Versprechen, das in Giuseppes Blick lag.

Giuseppe hielt sie fest.

Sie standen einander gegenüber, und Alice registrierte die Rührung, die in seinem sonnenverbrannten Gesicht lag, in seinem intensiven Blick, den sie fast wie eine Liebkosung auf sich spürte.

»Als meine Frau starb, habe ich nur wegen Anna weitergemacht. Ein kleines traumatisiertes Mädchen, das sich in einer Welt der Stille eingeschlossen hatte. Ich dachte, dass die Lösung irgendwo um mich herum verborgen läge, ich habe mich an alles geklammert, was mir angeboten wurde. Ich habe viele Fehler gemacht, bis ich mich von allem befreit habe, was meinem Ziel im Weg stand.«

»Wie hast du das herausgefunden?«

»Ich habe mich gefragt, auf was ich nicht verzichten kann, und habe mich darauf konzentriert.«

Unverzichtbar. Ob das der Weg war?

Sie schaute zu dem Boot, das gerade an der kleinen privaten Anlegestelle der Villa festmachte. Ein Mann sicherte es mit mehreren Seilen. Kurz darauf gesellte sich eine Frau zu ihm. Nicola und Angelica. Zweifellos, das mussten sie sein. Ihre Bewegungen waren synchron, in Harmonie, wie ein einziger Körper. Dann winkte Maria, und Angelica rannte auf sie zu. Die beiden Frauen trafen sich auf halbem Weg und umarmten sich, als hätten sie sich ewig nicht gesehen. Alice schluckte, aber der Kloß im Hals wollte einfach nicht weichen.

Die Tante hatte ihr eines Tages, als Alice wieder einmal mit ihrer Mutter gestritten hatte, erzählt, dass es in der Vergangenheit große Spannungen zwischen ihr und ihrer Tochter gegeben hatte. Aber jetzt hielten sie sich liebevoll im Arm.

Sie fragte sich, ob auch Céline und sie eines Tages ihre Unstimmigkeiten überwinden könnten.

»Wollen wir zu ihnen gehen?«

Alice atmete tief durch. »Gehen wir.«

27.

Es gibt mehr als 20 000 Bienenarten. Die bekanntesten leben in der Nähe der Menschen und produzieren Honig. In Italien leben die Italienische Biene, die Dunkle Sizilianische Biene und die Kärntner Biene.

Einfach, strahlend, schön. Anders konnte Alice sie nicht beschreiben. Sie hatten nur wenige Worte, aber viele Blicke und vorsichtige Lächeln gewechselt.

Angelica wusste alles über Amélie und sie.

Alice war kein Dummkopf. Hinter dem Lächeln und dem freundlichen Auftreten lagen Entschlossenheit und eine große Kraft. Sie spürte einen tiefen Beschützerinstinkt, der auch Anna und Giuseppe mit einschloss. Angelica beschützte die Menschen, die sie liebte, und zwar um jeden Preis. In ihrem Blick und ihren ruhigen Gesten lag eine Warnung.

Ihr erstes wirkliches Aufeinandertreffen, davon war Alice überzeugt, würde später stattfinden.

Sie beobachtete die Frau weiterhin unauffällig.

Angelica Senes saß zwischen Memma und Maria und aß, während sie ihren Freunden und Verwandten zuhörte, die sich ihr zu Ehren versammelt hatten. Es schien, als hätte ihr jeder etwas mitzuteilen, als ob sie ewig weggewesen wäre. Sogar Lorenzo, ihr Hund, saß neben ihr und schaute sein Frauchen an, als ob er kaum glauben konnte, dass sie wirklich zurück war.

Sie und Angelica mussten etwa gleich alt sein. Giuseppe hatte gesagt, dass sie sich ähnelten, aber Alice sah nur eine lächelnde, selbstsichere Frau, die Ruhe ausstrahlte und Aufmerksamkeit weckte.

Nein, sie ähnelten sich nicht.

Als ob Angelica ihre Gedanken gelesen hätte, drehte sie sich zu ihr um und lächelte sie an. Alice lächelte überrascht zurück.

Auf der anderen Seite der Tafel saß Nicola, ihr Mann, und unterhielt sich mit seinem Bruder. Noch immer war Claudio blass und wirkte mitgenommen.

»Hüte dich vor dem Bedauern, Alice, es ist das Tor zu schrecklichem Leid. Es dringt vor bis tief in deine Seele und vergiftet jede Freude.«

Jetzt, da sie Mallenas Vergangenheit kannte, wusste sie, warum ihre Großmutter diesen Satz so oft wiederholt hatte.

»Magst du noch mehr?«

Giuseppe zerkleinerte die Malloreddus und reichte sie Amélie, die sie mit großer Wonne verspeiste. Ihr ganzer Mund war mit Tomatensauce verschmiert. Paris schien Lichtjahre entfernt.

»Nein danke, das reicht.«

»Dann iss doch.« Er lächelte sie an. Er war nicht von ihrer Seite gewichen, hatte sich um Amélie gekümmert. Natürlich brauchte sie keinen Gefolgsmann, sie kam sehr gut allein zurecht, aber sie konnte auch nicht verhehlen, dass sie seine Anwesenheit genoss.

»Du machst das gut, entspann dich«, sagte er, als ob er ihre Gedanken gelesen hätte.

Beunruhigt wandte Alice den Blick ab. Es war verwirrend, wie gut er sie kannte. Giuseppe brauchte sie nur anzusehen und wusste, was in ihr vorging. Und das war erschreckend. Um sich abzulenken, schaute sie in die Runde. Alle, die Emma in ihrem Album festgehalten hatte, waren versammelt.

»Jetzt ist Amélies Album komplett.«

Giuseppe sah sie an. »Ich habe dir alles gesagt, was ich weiß. Wenn du noch mehr wissen willst, frag mich einfach.«

»Ehrlich gesagt, nein, ich habe alle Informationen, derentwegen ich nach Abbadulche gekommen bin.«

Er wischte Amélies Mund sauber und nahm sie auf den Schoß.

»Wissen ist eine Utopie, etwas, das wir uns ausdenken, um unser Leben und die Streiche, die es uns spielt, unter Kontrolle zu halten.«

»Warum sagst du da?« Es war eine absurde Theorie. »Wissen heißt verstehen.«

Er schüttelte den Kopf. »Unsere Wahrnehmungen basieren auf der Vorstellung, die wir uns von uns selbst gemacht haben. Wie wir in einer bestimmten Situation reagieren werden, wissen wir erst dann, wenn wir sie erleben.«

Damit hatte er nicht unrecht, dachte Alice und trank einen Schluck Wasser. Jemand rief nach ihm, und Giuseppe bat sie, sich kurz um Amélie zu kümmern.

»Natürlich.« Dann gesellte er sich zu Nicola und Claudio, und die drei verließen den Garten.

Amélie strich ihr über das Gesicht, um auf sich aufmerksam zu machen.

»Bist du müde, *ma douce*? Ich bringe dich ins Bett.«

Sie stand auf, ging in die Villa, wickelte Amélie und legte sie in ihr Bettchen.

»Können wir uns kurz unterhalten?«

Angelica stand in der Tür.

Früher als gedacht, sehr viel früher. Angelica Senes verlor keine Zeit. »Sicher.«

»Ich habe deine Pläne gesehen, sie sind beeindruckend.«

»Danke. Das Haus hat mich inspiriert.« Sie sah Angelicas erstaunten Blick und erklärte: »Es ist einzigartig, ein Rückzugsort, an dem man seine Gedanken ordnen, eine Pause machen, zu sich selbst finden kann. Davon bin ich ausgegangen, der Rest war nur noch Kalkulation.« Vielleicht hätte sie weniger leidenschaftlich antworten sollen, aber genauso fühlte sie sich eben. Wenn überhaupt, wunderte sie sich, dass sie so offen darüber sprach.

Angelica schien darüber nachzudenken, sie sah irgendwie seltsam aus, traurig.

»Ist alles in Ordnung?«, fragte Alice besorgt.

»Ja, ich bin nur etwas müde.« Sie beugte sich über Amélie, nahm sie auf ihren Arm und küsste sie auf die Stirn. »Komm, Alice, lass uns ein paar Schritte gehen. Ich möchte dir etwas zeigen.«

Sie gingen über den Flur, im Haus herrschte eine abwartende Stille.

»Das ist mein Lieblingszimmer.« Sie standen vor dem großen Esszimmer. Angelica deutete auf die Fotos, die aufgereiht auf einer der Anrichten standen. Alice hatte sie schon des Öfteren bewundert.

»Margherita ...«

Alice kannte das Bild, Memma hatte es ihr gezeigt.

»Das ist Elodia, Margheritas Mutter, dahinter, das ist

ihre Großmutter. Von Generation zu Generation haben sie das bewahrt, weitergegeben und gelehrt, woran sie glaubten. Sie haben denen geholfen, die Hilfe gebraucht haben, geteilt, was sie hatten. Sie haben die Welt zu einem besseren Ort gemacht.«

Die Traurigkeit in ihrem Blick, die Rührung in ihrer Stimme halfen Alice, sie zu verstehen. »Genau das hast du auch gemacht. Du hast die Villa gerettet, Margheritas Erbe bewahrt.«

»Aber ich habe nichts daraus gemacht. Ich wollte in diesem Haus leben, hatte aber das Gefühl, dass es weder mir noch Margherita gehört, sondern all jenen, die Hilfe brauchen.«

Alice verstand nicht. »Du hast meine Großmutter und die anderen Frauen gebeten zurückzukommen. Darf ich dich fragen, warum?«

Angelica nickte. »Sie haben Margherita gekannt, sie hat ihnen geholfen, doch die Hilfe war gegenseitig. Alle Frauen, die in der Villa gelebt haben ...« Sie zeigte auf Alice. »... haben etwas hinterlassen. Ich brauche Hilfe, um die Türen des Hauses wieder zu öffnen.«

Kontinuität. Deshalb hatte Angelica den Frauen geschrieben. Jede von ihnen hatte einen Beitrag zu einem großen Ganzen geleistet, das nicht etwa zu Ende war, sondern ständiger Pflege bedurfte.

»Viele von ihnen waren noch ganz jung, als sie weggegangen sind. Ich dachte, ich könnte sie um einen Rat bitten, sie könnten mir Geschichten erzählen. Margherita hat mir eine Aufgabe gegeben, und ich möchte sie so gut wie möglich lösen. Deshalb brauche ich jetzt ihre Hilfe.«

»Was hast du vor?«

Sie waren wieder im Garten angekommen. Amélie schlief, den Kopf an Angelicas Schulter gelegt. Sie gingen an den Werkstätten vorbei. »Das Haus wieder öffnen, genau wie in deinem Plan. Die Villa, das Unternehmen. Gastfreundschaft, Ausbildung, Schutz. Ein Ort, an dem man rasten und dann wieder neu beginnen kann. Du kannst Seife kochen, Kerzen ziehen. Meine Mutter hat mir von deiner Großmutter erzählt. Emma hat mir von dir berichtet. Sie hat dich sehr bewundert.«

Hatte ihre Schwester wirklich von ihr gesprochen? Alice wurde von ihren Gefühlen übermannt.

»Wir haben jahrelang nicht miteinander gesprochen.«

»Brücken sind schwer zu bauen, aber unmöglich ist es nicht, man muss es nur wollen. Es war nur eine Frage der Zeit, und ihr hättet euch wieder versöhnt.«

Angelica war freundlich, aber vor allem überzeugt von dem, was sie sagte. Alice wusste, dass sie recht hatte. »Danke.«

Angelica legte ihr die Hand auf die Schulter. »Du bist die Richtige für das Projekt.«

Alice hätte nicht überraschter sein können. Angelica wollte ihr eine solche Verantwortung übertragen? Die Antwort lag in ihrem Blick. Sie hatte Vertrauen zu ihr.

»Würdest du dich gerne um die Villa kümmern?«

»Was genau meinst du?«

»Sie leiten und verwalten, das Projekt umsetzen.«

In den vergangenen Wochen hatte Alice so intensiv daran gearbeitet, dass sie sich den Luxus erlaubt hatte, ein wenig zu träumen. Alle Kompetenzen, die ihr noch fehlten, könnte sie sich aneignen. Sie liebte diesen Ort, die Villa war ihre Freundin. Wieder diese absurden Gedanken … Aber anstatt sie beiseitezuschieben, lächelte Alice. »Das ist ein sehr verlockendes Angebot.«

»Aber?« Sie mochte es, wie diese Frau immer sofort zur Sache kam. Sie wusste Bescheid.

»Darf ich darüber nachdenken?«

»Selbstverständlich. Entschuldige meinen Enthusiasmus, aber als Giuseppe mir das Projekt vorgestellt hat, wusste ich, dass du den richtigen Blick hast.«

»Bitte?«

Angelica schaute in die Ferne, hinaus aufs Meer. Sie strahlte eine tiefe, ursprüngliche Gelassenheit aus. »Jaja hat das immer gesagt. So habe ich Margherita genannt. Sie meinte, dass es Menschen mit dem richtigen Blick gibt. Und du hast ihn, Alice.«

»Singst du noch für die Bienen?« Sie bereute diesen Satz sofort, musste es aber wissen. »Meine Großmutter hat das früher gemacht.«

Angelica schaute sie an. »Und du, Alice? Singst du für sie?«

»Ich würde es gerne mit dir zusammen tun.« Alice spürte, wie sehr sie sich das wünschte. Auf diese Weise würde sie die Geschichten ihrer Großmutter zu neuem Leben erwecken, als wäre sie selbst dabei. Von der Zuschauerin zur Hauptfigur.

»Gut. Du, ich und Anna. So wie es ganz am Anfang war. Und wer weiß, vielleicht werden wir eines Tages eine Überraschung erleben.« Sie streichelte Amélie.

Erst jetzt fand Alice den Mut, Angelica zu erzählen, was Mallena ihr wirklich beigebracht hatte. »Die Bienen sprechen mit mir.« Sie sagte es ganz leise. Das war ihr Geheimnis. Angelica sah sie aufmerksam an.

»Sie kommen zu mir und sprechen mit mir.«

»Das passiert mir auch«. Sic war voller Verständnis, wusste genau, was Alice meinte.

»Hat jede Hüterin eine bestimmte Fähigkeit?«

Angelica dachte kurz nach. »Ich weiß, was sie brauchen. Ich glaube, dass du mehr Glück hast als ich.«

Glück? Aus diesem Blickwinkel hatte sie das noch nie betrachtet. »Beim ersten Mal war ich noch ganz klein. An diesem Tag hat mir meine Mutter gesagt, dass ich eine Schwester bekommen würde. Beim zweiten Mal zogen wir nach Saint-Rémy-de-Provence, auf den Hof meiner Großmutter. Als sie starb, kamen die Bienen wieder. Sie haben jedes wichtige Ereignis meines Lebens begleitet. Sie sind mir immer gefolgt, überallhin.«

»Du hast sie gerufen.«

»Wie?«

»Du, Alice.«

Sie schwiegen eine Weile. »Margherita sagte mir immer, dass in jeder Frau etwas ganz Besonderes steckt, eine Kraft, eine Verbundenheit mit der Erde und der Natur. Man nennt es Instinkt, es gibt noch viele andere Bezeichnungen. Ich glaube, dass es einfach die Fähigkeit ist, unsere innere Stimme zu hören. Der ursprünglichste Teil in uns, der uns in tiefer Nacht daran erinnert, dass wir nicht allein sind und dass alles, was wir brauchen, schon in uns steckt.«

Alice wusste nicht, was sie darauf sagen sollte, spürte aber, dass in Angelicas Worten eine tiefe Wahrheit lag. Sie spürte diese Kraft, seitdem sie das erste Mal einen Fuß auf Abbadulche gesetzt hatte. Sie steckte im Wind, im Himmel, in der Erde und im Meer. Sie spürte diese Kraft jedes

Mal, wenn sie sich um die Bienen kümmerte, Amélie ein Lied vorsang oder sich um die Villa kümmerte. Sie spürte diese Kraft, wenn sie Giuseppe ansah.

Unter den Glyzinien blieben sie stehen, der Wind war noch wärmer geworden.

Angelica deutete auf die Tafel, an der noch immer Freunde und Verwandte saßen. »Als Emma kam, wusste ich genau, dass sie nicht bleiben würde. Auch wenn ich es gehofft hatte.«

Alice hielt den Atem an. »Ich weiß wenig über die Zeit, die meine Schwester in Abbadulche verbracht hat. Was genau meinst du?«

»Als sie kam, hatte sie sich ein Zimmer gemietet. Als ich davon erfuhr, habe ich ihr angeboten, in die Villa zu ziehen. Eine Weile lebte sie im Turmzimmer, aber sie blieb nicht lange. Sie war gerne unterwegs, schlief manchmal sogar am Strand, trotz der Proteste meiner Mutter und von Tante Memma. Die Nachtfeuchte ... Sie aber machte genau das, was ihr in den Sinn kam, ohne an die Konsequenzen zu denken.« Angelica lächelte. »Sie war hungrig.«

»Ja, sie war neugierig auf alles.«

»Sie war voller Träume und Mut, aber sie hatte ihre Ziele noch nicht gefunden.«

Alice seufzte. »Ich glaube, sie suchte nach etwas Einzigartigem.«

»Das denke ich auch.«

Amélie wimmerte ein wenig. Angelica gab ihr den Schnuller, und sie schlief wieder ein. »Ich war früher auch wie Emma, aber dann habe ich etwas verstanden und meine Wahl getroffen.« Sie lachte. »Meine Mutter sagte immer, ich wäre eine einsame Biene.«

Ein treffendes Bild, das einiges über Angelica aussagte. Alice dachte, dass auch sie immer allein sein würde wie die Flamme einer Kerze. Doch nun gab es jemanden, der sie vom Gegenteil überzeugte.

»Da sind wir wieder.«

Alice hob den Blick. Giuseppe und Nicola kamen auf sie zu.

»Sie ist schwer, ich nehme sie.«

Angelica reichte ihm das kleine Mädchen. Sie wirkte müde.

»Ist alles in Ordnung?«, fragte Nicola besorgt.

»Ja, wir haben uns ein wenig unterhalten.«

Er beugte sich hinunter, um sie zu küssen. »Es ist spät, du brauchst Ruhe. Wir sehen uns dann morgen?«, fragte er Giuseppe.

»Natürlich.«

»Es hat mich gefreut, dich kennenzulernen, Alice.«

Sie erwiderte sein Lächeln, verabschiedete sich von Angelica und streifte Giuseppes Hand. Er legte seinen Arm um ihre Schulter. Sie genoss seine Nähe.

»Wirst du das Angebot meiner Cousine annehmen?«

»Du bist sehr direkt.«

Er küsste sie auf die Schläfe. »Das liegt in meinem persönlichen Interesse. Wenn du bleibst, habe ich mehr Zeit.«

»Zeit?«

»Ja, um dir zu zeigen, wie schön es ist, hier zu leben.«

Sie nahmen sich bei der Hand. »Ein sehr schöner Ort.«

»Der beste.«

Nein, nicht der beste, der richtige. Eine vage Erinnerung an Emma stieg in ihr auf, an einen Traum. Ein Ort war nicht gut oder schlecht, er musste der richtige sein. Jeder von uns hat einen Ort, an dem er glücklich ist. Man muss ihn nur finden.

»Ich habe mein Leben in Paris …«

»Davon scheinst du nicht überzeugt zu sein.«

»Ich wusste nicht, dass es so …«

»… einfach sein kann?«

Neu, anders, überraschend. »Vielleicht.«

»Bleib hier und probiere es aus. Du kannst alles machen, was du willst, Alice.«

Es war schon das zweite Mal, dass er sie bat zu bleiben. Beide wussten, dass ihre gemeinsame Zeit fast abgelaufen war. Sie hatte ihre Abreise auf den folgenden Montag gelegt. Alice schaute zu Amélie, die friedlich auf dem Arm ihres Vaters schlief. Er wartete auf eine Antwort. Alice beneidete Amélie, die wie alle Kinder ganz instinktiv handelte. Auch sie hätte sich gerne einfach fallen lassen, wäre ihren Gefühlen gefolgt, ohne über die Konsequenzen nachzudenken.

»Mach einmal in deinem Leben, was du wirklich willst, Alice.«

Die Versuchung war übergroß. Sie schloss die Augen und hob ihr Gesicht, aber er wartete, dass sie den ersten Schritt tat. Es war ihre Entscheidung. Sie waren ein Mann und eine Frau, und vor ihr lag eine Alternative zu ihrem vermeintlich gewollten Leben, das sie so klug für sich geplant hatte.

Die Entscheidung lag ganz bei ihr. Es könnte Realität werden. Sie schaute ihn an, ging einen Schritt auf ihn zu, dann trafen ihre Lippen auf seine, und Giuseppe antwortete. Alles andere war nicht mehr wichtig.

»Alice, hier ist ein Mann, der nach dir fragt.«

Sie zuckte zusammen, drehte sich zu Anna um und sagte zu Giuseppe, der leise geflucht hatte: »Bis später.«

»Ganz sicher.«

Alice verließ die Veranda und ging auf das junge Mädchen zu. »Ein Mann?« Emanuele konnte es nicht sein, er verließ das Haus nicht mehr.

»Er spricht komisch. Memma sagt, du sollst kommen, sie versteht ihn nicht.«

»Ich komme.«

Giuseppe folgte ihr, aber sie meinte: »Ich bin gleich zurück.« Dann sah sie ihn.

Gérard? Was wollte er denn hier?

Ihr blieb keine Zeit, ihn das zu fragen. Er ging auf sie zu, nahm sie in den Arm und küsste sie. Und alle schauten zu.

28.

In der Türkei werden die Bienenstöcke traditionell auf Plattformen in Bäumen aufgestellt, um sie vor den Braunbären zu schützen. Gleichzeitig werden sie dort gut belüftet und beschattet, sodass sie die hohen Temperaturen gut vertragen.

»Was für ein schöner Ort. Jetzt verstehe ich, warum du hier deinen Urlaub verbringst.«

Sie war immer noch zu überrascht, um zu reagieren. »Du hättest mir Bescheid sagen sollen, ich mag keine Überraschungen.«

Gérard warf ihr einen intensiven Blick zu. »Du hast mir gefehlt, ich wollte ein paar Tage mit dir allein verbringen. Jetzt, da das Kind gut untergebracht ist, können wir unser Leben weiterleben.«

Alices Herz pochte wie wild. »Ich … weiß nicht, was ich sagen soll.«

»Nichts, das ist gar nicht nötig. Du siehst wunderschön aus.«

Sie zwang sich zu einem Lächeln. »Die Dinge sind nicht mehr wie früher, ich habe mich verändert.«

»Findest du? Ein bisschen gebräunt vielleicht. Das steht dir gut. Noëlle wird neidisch sein.«

Er benahm sich wie ein Idiot, und das mit voller Absicht. »Hast du gehört, was ich gesagt habe, Gérard?«

»Jedes Wort. Ach, Noëlle bat mich, dir zu sagen, dass sie deine Rückkehr kaum erwarten kann. Du hattest recht.«

»Ich hatte recht?«

»Mit Fournier. Man merkt deutlich, dass du nicht da bist.«

Sie schwieg, das alles war so weit weg: das Büro, Paris, ihre Arbeit. »Ich … Ich bin gar nicht sicher, ob ich zurückkommen will.«

»Wirklich? Das wundert mich nicht …« Gérard lächelte, und Alice zuckte unwillkürlich zusammen. Sie kannte diesen Blick.

Er tätschelte liebevoll ihre Hand. »Das ist der Urlaubseffekt. Man bildet sich ein, dass man ewig an einem Ort leben könnte, dabei ist er nur so schön, weil man einen begrenzten Zeitraum dort verbringt. Manchmal bist du wie ein Kind, Alice. Hungrig nach Erfahrungen. Ich habe erst neulich mit Noëlle darüber gesprochen.«

»Deine herablassende Art gefällt mir nicht, Gérard.« Sie begann sich zu ärgern.

»Das ist mein Mädchen.«

Warum war er so nett zu ihr? Sie war es nicht. Sie hatte sich so verhalten, als würde ihr ihre Beziehung nichts bedeuten. Sie senkte den Blick. Sie wurde Giuseppes erst erstaunten und dann verletzten Gesichtsausdruck nicht mehr los. Den Blick, den er Gérard zugeworfen hatte, nachdem er sie geküsst und in seinen Armen gehalten hatte. Wie dumm von ihr zu glauben, mit der Situation umgehen zu können. Sie hatte sich von ihren Gefühlen leiten lassen mit dem Ergebnis, dass sie einen Mann verletzt hatte, der es nicht verdient hatte. Was zum Teufel hatte sie sich dabei nur gedacht?

»Wir alle müssen hin und wieder träumen, *ma chérie*. Aber wir brauchen mehr als das.«

»Was meinst du damit?«

Mit einer ausholenden Armbewegung zeigte Gérard auf die Umgebung. »Wir sorgen für Wohlstand, ergreifen Möglichkeiten, sorgen für Profit und Arbeitsplätze. Unsere Realität hat etwas Konkretes. Natürlich stehen wir deshalb ständig unter einem unerbittlichen Druck, und es ist leicht, sich von der fremdartigen Schönheit eines Ortes wie diesem verzaubern zu lassen. Und dann? Du weißt genau, dass wir alle Hindernisse überwinden können, die sich zwischen uns und unsere Prioritäten stellen. Amélie ist dafür ein gutes Beispiel.« Seine Worte berührten sie. Natürlich liebte sie ihre Nichte, und doch, das konnte sie nicht leugnen, war sie losgezogen, um ihren Vater zu finden, damit sie ihr Leben zurückbekam.

»Hast du dir nie etwas anderes gewünscht?«, murmelte sie.

»Natürlich habe ich das. Aber da ist noch die Realität, und es ist ratsam, beides nicht zu vermischen. Das Risiko zu leiden, sich zu verlieren, ist groß.«

War sie dabei, genau das zu tun?

»Aber das Schlimmste ist, dass wir andere mit in unsere Illusionen hineinziehen, Menschen, die nicht wissen, wie wir ticken. Das weiß ich, und du weißt es auch.«

Sie musste zugeben, dass Gérards Argumentation durch und durch logisch war. Sie hatte nichts anderes von ihm erwartet. Und wenn sie in Abbadulche bleiben und ihre Meinung dann doch ändern würde? Es war alles so verwirrend. Sie war zwischen zwei Welten gefangen, zwischen Paris und Gérard auf der einen Seite und Abbadulche auf der anderen und … Giuseppe.

Wo gehörte sie hin?

Als Alice in die Villa zurückkam, war alles aufgeräumt. Vom Willkommensfest für Nicola und Angelica war nichts mehr zu sehen. Mit dem Sonnenuntergang schienen auch die Freude und die Leichtigkeit dieses Tages verschwunden zu sein.

Die Tanten waren in der Küche. Sie würde sich noch verabschieden, bevor sie Amélie die Flasche gab. Aber dann fiel ihr ein, dass Giuseppe sie mitgenommen hatte.

»Da bist du ja. Wo ist dein Verlobter?«, fragte Maria sofort.

Alice schüttelte den Kopf und antwortete: »Gérard ist … ein Freund.«

Sie hatte ihn zum Hafen begleitet, er wohnte in Sant'Antioco wie sie anfangs auch.

Obwohl er sie gedrängt hatte, mit ihm zu kommen, hatte sie abgelehnt. Sie konnte nicht gehen, nicht so, nicht sofort. Sie wollte noch Zeit mit Amélie verbringen … Giuseppe alles erklären. Das war sie ihm schuldig.

»Tatsächlich? Freunde hat man zu meiner Zeit nicht auf diese Weise geküsst.«

Alice musste lächeln. Maria zwinkerte ihr zu, und Memma reichte ihr einen Tee. »Damit schläfst du besser.«

Woher wussten die beiden immer, was sie brauchte? Sie setzte sich neben sie und trank in kleinen Schlucken. Anis, Lakritz und Fenchel. Und Margheritas Honig. Die Tanten tranken dasselbe.

»Dieser Mann, Gerardo *o commenti dimoniu si zerriada* oder wie auch immer er heißt. Was will er von dir?«

»Dass ich nach Paris zurückkehre.«

»Wirst du ihn heiraten?«

Die beiden waren so verdammt direkt. »Das war noch nie ein Thema.« Der Gedanke war ihr tatsächlich noch nie gekommen.

»Was wirst du mit Giuseppe machen?«

Sie überlegte, so zu tun, als hätte sie die Frage nicht verstanden, aber das ging nicht mehr. Sie hatte aufgehört, sich zu verstecken. »Ich weiß es nicht.«

»Modern zu sein heißt, nach vorne zu schauen.«

Sie versuchte es mit einer Ausrede. »Er hängt ja immer noch sehr an Mara.«

»Was hat das denn damit zu tun? Natürlich ist das so, und es wird immer so bleiben. Aber das ist die Vergangenheit. Du könntest die Zukunft sein.«

Alice stand auf und spülte ihre Tasse. »Es ist kompliziert.«

»Du musst dich entscheiden, und zwar schnell. Oder die Vögel sind davongeflogen.«

»Wie bitte?«, fragte sie, aber dann wurde ihr klar, dass Memma eines ihrer sardischen Sprichwörter ins Italienische übersetzt hatte, das dann aber wenig Sinn ergab. Lächelnd sagte sie: »Ich werde mit ihm reden.«

»Sehr gut, so gehört sich das.«

Alice duschte, zog eines der Kleider an, das sie zusammen mit Anna ausgesucht hatte – ein türkisfarbenes aus ganz leichtem Stoff, dazu Sandalen. Ihre Kleider aus Paris waren alle im Koffer, seitdem sie die neuen Sachen gekauft hatte. Dann löste sie ihre Haare und verabschiedete sich von Memma und Maria. Die Nacht duftete nach Rosen und Oleander. Im Mondlicht ging sie die Straße entlang, den Weg zu Giuseppes Haus kannte sie gut. Sie klingelte an der Tür und wartete.

Es dauerte eine Weile, bis die Tür geöffnet wurde. Giuseppe schaute sie an, dann trat er beiseite. »Ich habe nicht mit dir gerechnet.«

Seine Stimme war eiskalt. Alice spürte, wie ihr Mut schwand.

»Können wir reden?«

»Bitte.«

Er blieb kühl und förmlich. Sie wartete, dass er die Tür hinter ihr schloss. »Wie geht es Amélie?«

»Sie schläft bei Anna. Ihr geht es gut, du kannst beruhigt sein.«

»Das bin ich.«

Eine Weile schwiegen sie. »Wolltest du dich von ihr verabschieden? Ich bring sie dir morgen vorbei.«

»Ich bin wegen dir hier.«

Er wartete einen Moment, unsicher, wie er sich verhalten sollte. »Komm rein, es ist kühl.«

Als sie durch das Wohnzimmer gingen, bemerkte Alice ein aufgeschlagenes Buch. »Habe ich dich gestört?«

»Ich dachte, du magst keine Floskeln?«

»Manchmal braucht man sie.«

»Was willst du, Alice?«

»Es ist alles so kompliziert.«

»Nein, ist es nicht. Das Leben ist einfach, wir machen es nur kompliziert.«

»Das verstehe ich nicht.«

Er schüttelte den Kopf. »Du verstehst sehr gut. Dein

Problem ist, dass du nicht weißt, was du willst, und in der Unsicherheit verharrst. Triff endlich eine Entscheidung!«

Sie zuckte zusammen. »Aber ich muss so viele Dinge berücksichtigen.«

Giuseppe lachte. »Viele? Nur eins. Was willst du wirklich? Auf was kannst du in deinem Leben nicht verzichten, Alice?«

Sie wich zurück. So konnte sie nicht klar denken, sie bekam kaum Luft. Seine Stimme, die Worte, dieser wütende Blick brannten förmlich in ihr.

Giuseppe blieb stehen, wo er war, die Hände in den Taschen vergraben. Ein Muskel über seinem Kiefer zuckte.

»Ich will …« Sie hielt inne. Wie sollte sie sich ihm verständlich machen? Sie schaute sich um, als würde sie irgendwo dort alle Antworten finden, dann wandte sie sich wieder ihm zu. Einen Moment lang starrten sie einander an, dann schluchzte Alice auf.

Giuseppe kam auf sie zu, legte ihr die Hände auf die Schultern und küsste sie. Alice gab sich diesem Kuss ganz hin, der ihr so viel versprach. Sie musste nur daran glauben, einfach vertrauen.

»Was? Was willst du?«, flüsterte er, während sie seinen Duft einsog. Sie war ihm so nah, dass sie seinen Herzschlag unter ihren Händen spüren konnte.

»Sag mir, Alice, was willst du?«

»Ich …«

Sie hätte ihn anlügen können, ihm sagen, dass sie ihn wollte, dass alles einfach war. Aber sie schwieg.

Giuseppe wartete einen Moment, und noch einen. Schließlich gab er auf. Er löste sich von ihr, wich langsam zurück. Die Hände verschwanden wieder in den Taschen. Jetzt war er weit weg, so weit wie nie zuvor.

Ihre Kehle war wie zugeschnürt, ihr Herz zerrissen. Sie wollte auf ihn zugehen, ihn umarmen, wollte seine Küsse, die Welt, die er ihr gezeigt hatte, sich dem hingeben, was auch immer zwischen ihnen war. Stattdessen blieb sie einfach stehen.

Sie hatte schon zu viel Leid verursacht, nur weil sie sich einbildete, das Leben könne wie ein Traum sein. Giuseppe wurde nun deutlich: »Amélie wird es gut bei mir haben. Das kannst du auch deiner Mutter sagen. Wenn Anna Ferien hat, werden wir sie besuchen.«

Sein Ton war wieder kalt. Er wusste genau, was er wollte, und würde sich mit nichts anderem zufriedengeben.

»Adieu, Giuseppe.«

»Ciao, Alice.«

Er begleitete sie nicht zur Tür, und sie war ihm dankbar dafür.

Beim Aufwachen am nächsten Morgen konnte sie Amélie lachen hören. Sie war bei den Tanten in der Küche. Er hatte ihr gesagt, er würde sie vorbeibringen, und sein Versprechen gehalten. Alice wusch sich das Gesicht, aber die Spuren ihrer Tränen blieben. Ob sie jemals verschwinden würden? Sie zog sich um und hoffte, einigermaßen passabel auszusehen.

»Guten Morgen, *ma douce.*« Als sie ihre Nichte umarmte, warfen sich Maria und Memma einen Blick zu. Nur Angelicas Auftauchen ersparte ihr ein Verhör durch die beiden.

»Du brichst auf?« Angelica küsste Memma und ihre Mutter, bot Amélie einen Keks an und nahm sich ebenfalls einen.

»Ich muss nach Paris zurück.«

»Dann lass uns keine Zeit verlieren.«

Maria nahm ihr das Mädchen aus dem Arm. »Geh, mein Kind.«

Alice folgte Angelica den Weg in Richtung Meer. Sie wusste, wohin sie gehen würden. Die Bienenstöcke standen in einer Reihe, so wie sie sie beim ersten Mal gesehen hatte. Die Kolonien waren zahlreich und robust, ein breiter Flugkorridor öffnete sich vor ihnen.

Als Angelica die Arme ausbreitete und zu singen begann, spürte Alice die Kraft der alten Worte. Die Bienen stiegen hoch in die Luft und nahmen dann auf der Hüterin Platz.

Sie war auserwählt. Sie war eine Honigfrau.

In Gedanken war Alice wieder in Frankreich, nach Mallenas Beerdigung, als sie keine Luft mehr bekam, nicht mehr essen konnte und nur in der Nähe der Bienen etwas Ruhe fand.

Bevor sie die Provence verlassen hatte und in ihr neues Leben nach Paris aufgebrochen war, hatte sie sich von den Bienen ihrer Großmutter verabschiedet. Jetzt tat sie das Gleiche mit Angelica und den Tanten. Mit Amélie, mit Anna, die ihr immer Gänseblümchen in die Haare steckte und wusste, wie man ein Lächeln verschenkt.

Und von Giuseppe.

Jedes Mal wenn Alice auf den Hof ihrer Großmutter zurückgekehrt war, war sie zu den Bienenstöcken gelaufen in der Hoffnung, dass sie noch da waren. Nachdem sich jedoch niemand um sie gekümmert hatte, waren sie nach wenigen Jahren weitergezogen. Von damals war nichts mehr geblieben, und schließlich hatte ihr Vater alles verkauft. Alice fragte sich, was nach ihrem Abschied von Abbadulche von ihr bleiben würde. Dann wurde ihr klar: nichts, rein gar nichts.

»Das ist dein Zuhause, Alice, vergiss das nie.«

»Danke, Angelica.« Sie löste sich aus ihrer Umarmung und warf einen letzten Blick auf Amélie. In den letzten Tagen war sie ihr ganz nah gewesen, hatte sich ihr Bild eingeprägt, und nur weil sie sich immer wieder selbst gesagt hatte, dass sie sie bald wiedersehen würde, hatte sie die Kleine loslassen können. Amélie war auf Annas Arm, auch sie hatte gerötete Augen. Alice wischte sich zum wiederholten Mal die Tränen aus dem Gesicht, innerlich glaubte sie zu sterben. »Ich kann mich auf dich verlassen, oder?«

»Natürlich, Alice. Uns geht es gut, nicht wahr, *ma douce*?«

Es war das erste Mal, dass Anna Alices Kosenamen für Amélie verwendete. Ihr Herz lief fast über vor Liebe für diese beiden Mädchen, die ihr alles bedeuteten. »Wir sehen uns bald wieder.«

Annas Gesicht hellte sich auf. »Ich weiß.«

Sie verließ sich auf ihr Vertrauen und ihre Hoffnung. Für Alice indes war es an der Zeit, ins wahre Leben zurückzukehren.

Memma schloss sie in die Arme. »Pass auf dich auf und iss vernünftig. Du bist viel zu dünn. Ich habe dir Proviant in den Koffer gelegt und auch Kekse eingepackt.«

Deshalb war er so schwer. Alice legte ihr den Kopf auf die Schulter, dann kam Maria an die Reihe, schließlich Pina, die ihr einen bemalten Stein überreichte, einen Marienkäfer.

»Danke.«

»Das nächste Mal bekommst du einen Stern.«

Das nächste Mal ... Sie hatte nicht die Kraft zu antworten.

Selbst Lorenzo warf ihr sehnsüchtige Blicke zu. Sie beugte sich zu ihm herunter und streichelte ihn. »Sei brav, ja?«

»Wir verpassen noch die Fähre.«

Wäre das so schlimm? Claudio war in seinem Geländewagen gekommen, um sie zum Hafen zu fahren. Alice musste an ihre erste Begegnung denken, an Giuseppe, seine Freundlichkeit, seine Hilfsbereitschaft, an Emma. Ihre Kehle zog sich zusammen.

»Und Giuseppe?«, murmelte sie.

Claudio warf ihr einen bohrenden Blick zu. »Habt ihr euch noch nicht voneinander verabschiedet?«

»Doch.« Natürlich hatten sie das. Mehr gab es dazu nicht zu sagen. Und trotzdem hatte sie die ganze Zeit nach ihm Ausschau gehalten, selbst jetzt, auf ihrer Fahrt zum Hafen, konnte sie nicht aufhören, sich nach ihm umzuschauen.

Dann blickte sie in den Himmel und atmete tief durch. Sie musste realistisch bleiben: Amélie war gut aufgehoben, und sie kehrte zu ihrem Leben, zu ihrer Arbeit zurück. Gérard hatte recht, sie definierte sich über ihre Arbeit.

»Emma hat dich sehr geliebt, Alice.«

Was meinte Claudio damit? »Wie viele E-Mails hat dir meine Schwester geschrieben?«

»Das spielt keine Rolle, du musst dich auf etwas anderes konzentrieren. Warum fragst du dich nicht, was wirklich wichtig ist? Für sie und mich hatte das Leben keine Alternative. Das unerbittliche Schicksal wollte es, dass wir nur eine begrenzte Zeit miteinander hatten, und ich habe sie verschwendet. Ich frage mich, ob du nicht den gleichen Fehler begehst.«

Sie schaute schweigend aus dem Fenster.

»Emma wollte, dass du glücklich bist. Warum sonst hätte sie dir ihre Tochter anvertraut?«

»Meine Mutter meinte, sie wäre nicht mehr Herrin ihrer Sinne gewesen, sonst hätte sie sie ihr gegeben.«

»Und du, Alice? Was glaubst du?«

Es dauerte eine Weile, bis sie die Worte aussprechen konnte. »Sie war eine Träumerin, ein wunderbarer Mensch, der immer nur das Gute in den Menschen sah und alles andere übersah.«

Er lächelte. »Unter anderem. Aber sie konnte auch in die Zukunft sehen. Überleg mal, Alice. Du bist hier, weil sie es sich ausdrücklich so gewünscht hat. Sie wusste, dass Giuseppe sich um seine Tochter kümmern würde. Du, so wurde mir gesagt, kennst dich gut mit Zahlen aus. Du solltest eins und eins zusammenzählen. Es ist ganz leicht: Amélie ist glücklich, du solltest ihrem Beispiel folgen.«

»Ich bin nicht bereit dazu, Claudio. Ich ... bin noch nicht bereit dazu.«

»Schwachsinn.«

»Wie bitte?«

Er warf ihr einen Blick zu. »Du wirfst dein Leben weg, weil du Angst hast! Du hast Angst, dabei hörst du nicht auf, dich weiter nach ihm umzuschauen, nach ihm zu suchen. Du weißt, wie das enden wird. Schau mich an, dann siehst du es. Ja, genau so. Das Bedauern gehört denen, die aufgeben. Und es tut weh, weil es endgültig ist. Es gibt nichts auf der Welt, was daran noch etwas ändern kann.«

Alice starrte stur geradeaus. »Ich weiß nicht, wovon du sprichst.«

»Oh doch, das weißt du.«

Schweigend fuhren sie weiter. Der Hafen war voller Touristen. Claudio half ihr mit dem Gepäck. »Adieu, Claudio.«

»Auf Wiedersehen, mein Mädchen.«

Sie nahmen sich lange in den Arm. »Danke für alles. Danke, dass du sein Freund bist.«

Er küsste sie auf die Stirn. »Hab Vertrauen in dich, und höre auf dein Herz.«

Jetzt verstand sie, warum Emma in diesen Mann unsterblich verliebt gewesen war. Unter seiner harten Schale lag etwas Außergewöhnliches, ein verborgener Schatz. Sie lächelte ihn an und stieg nach einem letzten Nicken die Gangway hinauf.

Die Autos waren alle an Bord, der Schiffsmotor dröhnte. Alice strich sich die Haare zurück, die der Wind ihr ins Gesicht geweht hatte. Sie umklammerte die Reling und starrte hinaus aufs Meer. Die Fähre legte ab.

Es war vorbei, dachte sie.

Und dann sah sie ihn. Giuseppe stand allein auf der Mole und sah sie an.

Die Zeit schien stehen zu bleiben.

Alice würde seinen zärtlichen Blick niemals vergessen. Dieses Lächeln, das er ihr trotz allem zum Geschenk machte.

Dann hob er die Hand und winkte ihr zum Abschied.

Und sie winkte zurück.

»Adieu.«

29.

Zu den seltenen Honigsorten gehört der Kaffeehonig, der aus dem Nektar der Kaffeeblüten in Brasilien und Kolumbien entsteht. Anfangs nur als Experiment gedacht, stellen die Imker die Stöcke heute neben den Plantagen auf. Der Honig enthält Spuren von Koffein und hat einen ganz besonderen Geschmack. Das Aroma ist intensiv, der Honig ist bernsteinfarben und von cremiger Konsistenz.

Zum ersten Mal war Alice mit sechs Jahren in Paris gewesen, ihre Mutter hatte sie damals mitgenommen. An ihre gemeinsame Zeit dort konnte sie sich nicht mehr erinnern, aber jetzt, als sie über die Stadt des Lichts flog, tauchten einige Bilder wieder auf. Wie ihr Céline die Haare bürstete, lange Spaziergänge Hand in Hand, vorbei an imposanten Gebäuden, die bis in den Himmel zu reichen schienen. Notre-Dame, die Legende des armen Glöckners und der schönen Zigeunerin, die in Alices Träumen Célines Gesicht besaß. Der Regen in ihrem Gesicht, ihr weit geöffneter Mund, um die Tropfen aufzufangen, das Lächeln ihrer Mutter.

All das hatte sie vergessen, ihre Emotionen waren jetzt dafür umso überwältigender.

»Müde?«

»Ein bisschen.«

Gérard nickte und schaute auf sein Handy. »Ein bisschen« war immer die richtige Antwort, die Fragesteller bohrten nicht weiter, man ließ sich in Ruhe. Ob ihr Leben wohl in Zukunft so aussehen würde?

Das Flugzeug vibrierte, setzte zur Landung an. Nachdem sie mit einem heftigen Ruck den Boden berührt hatten, war es offiziell: Alice war in ihrem alten Leben zurück.

Ihre Wünsche hatten sich erfüllt. Wenn ihr Herz nur nicht so schmerzen, ihr Amélie nicht so fehlen würde: ihr Lächeln, ihr Körper in ihren Armen, ihr fröhliches Gegluckse. Ihre Anwesenheit.

»Es geht ihr gut. Sie kümmern sich um sie, sie wird es gut haben und glücklich sein«, sagte Alice sich immer wieder.

»Du weißt, dass es so ist. Du wirst dich daran gewöhnen, du kannst ganz beruhigt sein«, wiederholte Gérard ein weiteres Mal. »Die Routine wird dir helfen, sie nicht mehr so zu vermissen. Du wirst wieder ganz die Alte.«

Ganz die Alte. »Ja.« Sie hatte keine Lust zu reden, nicht mal zu denken. Sie musste nach vorne schauen, in die Zukunft, an ihre Karriere denken. Alles hing nur von ihr ab. Sie spürte eine seltsame innere Distanz, mit der sie sich von der Welt abkoppeln konnte. Damit es weiterging.

Ein Wagen wartete auf sie. Alice erkannte den Fahrer wieder, als er sich zu Gérard umdrehte. Gérard telefonierte, und sie wartete. Ihr war leicht übel, ein Gefühl, das sie nicht losließ.

Alles war anders: das Licht, die Luft, die Geräusche. Sie fühlte sich verloren. Dann musste sie an Gérards Worte denken: Sie brauchte nur Zeit.

»Entschuldige, Noëlle hat für morgen Nachmittag eine

Sitzung angesetzt. Wenn dir das zu früh ist, kann ich sie bitten, den Termin zu verschieben.«

»Nein, das passt schon.« Vielleicht war es besser so. Je eher sie in ihr Leben zurückkehrte, desto leichter würde es.

»Ich wusste, dass ich auf dich zählen kann. Willkommen zurück, *ma chérie.*« Er nahm sie in den Arm.

»Danke«, sagte sie. Sie setzte sich in den Wagen und strich mit der flachen Hand über die luxuriösen Ledersitze. Ihre Erlebnisse der letzten Wochen schienen Lichtjahre entfernt. Was von beidem war nun Illusion? Der Fahrer hatte nur *ihr* Gepäck hinten eingeladen, Gérards Koffer stand neben ihm. »Fährst du nicht mit?«

»Ich fliege in einer halben Stunde weiter nach New York.«

Er hatte sie also zwischen zwei Terminen abgeholt. Effizient wie immer. Er schien ihre Enttäuschung zu bemerken und beeilte sich, sie anzulächeln: »Wir sprechen nach meiner Rückkehr. Wollen wir am nächsten Wochenende etwas zusammen unternehmen?«

»Sehr gerne.«

Er gab ihr einen Kuss. »Bis bald.«

»Gute Reise.«

Während sich der Wagen seinen Weg durch den Verkehr bahnte, ließ Alice den Kopf gegen die Lehne sinken und schloss die Augen. Sie musste die Bilder vertreiben, die sie seit ihrer Abreise begleiteten. Sie taten ihr nicht gut, aber sie wollte sie auch nicht verlieren. Doch sie musste. Zu ihrem eigenen Besten und zu dem von Anna und Amélie.

Der Rhythmus der Stadt begleitete Alice bis nach Hause.

Als der Fahrer ihr anbot, den Koffer in die Wohnung zu tragen, lehnte sie ab. Sie hatte alle Kindersachen in Abbadulche gelassen, vieles hatte sich ohnehin als überflüssig herausgestellt. Als sie die Wohnungstür öffnete und ihr Appartement betrachtete, überkam sie ein tiefes Gefühl der Leere.

»Willkommen zurück, Alice«, sagte sie zu sich selbst.

Nachdem sie die Tür hinter sich geschlossen hatte, stolperte sie beinahe über einen von Amélies Bällen. »Was machst du denn hier?« Sie hob ihn auf und legte ihn in den Spielzeugkorb, zog den Mantel aus und legte ihn über einen Stuhl in der Küche. Sie würde ihn später aufhängen. Ihre Nachbarin von gegenüber, Madame Clotilde, hatte sich um ihre Pflanzen gekümmert, die prächtig gediehen waren.

Während Alice den Koffer öffnete, dachte sie an die Sommerkleider, die sie in Abbadulche zurückgelassen hatte. Angelica hatte ihr versichert, dass es in der Villa immer einen Platz für sie geben würde.

»Vielleicht in ein paar Jahren.«

Im Augenblick ließ ihr allein die Vorstellung die Tränen in die Augen steigen. Auch als sie sich von Rita und Emanuele verabschiedet hatte, hatte sie die Tränen nicht zurückhalten können. Sie hatte versprochen, ihnen zu schreiben: Briefe, so wie früher.

»Schluss jetzt, konzentrier dich.« Wenn sie etwas schmerzhaft gelernt hatte, dann war es, nicht zurückzublicken. »Du hast es versucht, aber der gute Wille allein reicht nicht.« Morgen würde sie ihre Mutter anrufen. Bei ihrem letzten Telefonat hatten sie nur wenige Worte gewechselt. Alice hatte ihr alle Fotos geschickt, die sie hatte: von Amélie und Anna, von Giuseppe und den Tanten. Ihre Mutter hatte nicht mehr zurückgerufen. Hoffentlich bewegte sie der glückliche Blick ihrer Enkelin dazu, ihren Plan, das Sorgerecht zu beantragen, aufzugeben. Auch weil es ihre Beziehung noch schwieriger machen würde.

Alice teilte die Wäsche in zwei Haufen; einen Teil würde sie selbst waschen, den Rest in die Reinigung bringen. Dann duschte sie und legte sich ins Bett. Während sie in den Schlaf glitt, hatte sie das Gefühl, den Wind zu hören. Niemals hätte sie gedacht, dass sie ihn so sehr vermissen würde.

Sie erwachte im Morgengrauen, machte sich wie üblich fertig, und als sie in der Metro saß – jetzt, da Amélie in Abbadulche war, brauchte sie kein Taxi mehr –, konzentrierte sie sich darauf, ihren Tag zu organisieren. Um sie herum bewegte sich ein Meer aus Menschen, alle waren in verschiedenen Richtungen unterwegs. Gemeinsam und doch jeder für sich, etwas, das Alice in der Vergangenheit stets getröstet hatte. Ein Mann mit angespanntem Gesichtsausdruck sprach in sein Handy. Eine blasse junge Frau schaute ständig auf die Uhr. Alice betrachtete eine ältere Dame im Alter ihrer Mutter. Sie hatte kleine glänzende Augen und verzog ihr Gesicht dann und wann zu einer Grimasse. Alice stand auf, um ihr ihren Platz anzubieten. Die Frau zögerte, ließ sich dann aber mit einem erleichterten Seufzer auf den Sitz sinken.

»Danke, Mademoiselle.«

Die Frau hieß Marcelle und kam gerade von der Nachtschicht. Sie arbeitete gerne nachts, dann hatte sie den Tag für sich. Am Nachmittag würde sie ihrer Schwiegertochter, die bislang noch keine Aushilfe gefunden hatte, in ihrem Blumenladen helfen.

»Nimmt sie auch jemanden, der keine Erfahrung mit Blumen hat?«

Alice hob den Blick und sah eine junge Frau mit kurzen schwarzen Haaren und einem auffälligen Augenbrauenpiercing, die sich ins Gespräch eingemischt hatte. Sie trug Schwarz, aber ihr Gesichtsausdruck war voller Licht und Hoffnung.

»Sicher, man braucht nicht lange, um das zu lernen. Könnte das interessant für dich sein?«

»Sehr.«

Alice war an ihrer Station angekommen, sie verabschiedete sich und stieg aus. Auf dem Weg zum Büro dachte sie an das Gespräch zurück und wie wenige Worte zwischen Fremden manchmal neue Möglichkeiten eröffnen konnten.

Als sie das Büro betrat, waren die Flure noch menschenleer, die meisten Kollegen fingen später an. Am Empfang begrüßte sie der Pförtner mit einem breiten Lächeln. »*Bonjour*, Mademoiselle, gut sehen Sie aus.«

»Danke, Pierre. Können Sie Madame Fabre sagen, dass ich schon im Büro bin?«

»Sicher, kann ich sonst noch etwas für Sie tun?«

Alice lächelte ihn an. »Nein, danke.« Sie drehte sich noch mal um. »Haben Sie einen Hortplatz für Ihre Tochter gefunden?«

»Wie bitte?«, fragte er überrascht. Vielleicht hätte sie ihn nicht so etwas Persönliches fragen sollen, sie war schließlich nicht in Abbadulche. Sie hatte es von Noëlle erfahren, die mit jedem plauderte.

»Leider nein, aber nett, dass Sie fragen.«

Nett? Oh nein, sie konnte sogar noch mehr für ihn tun.

Sie holte eine Visitenkarte aus der Handtasche und reichte sie dem Pförtner. »Ich weiß nicht, ob Ihnen das weiterhilft.«

Pierre riss die Augen auf und gab ihr die Karte mit einem angespannten Lächeln zurück. »Nun, das ist eines der besten Institute der Stadt.«

»Ja, es ist sehr schön, mit flexiblen Abholzeiten, einem guten pädagogischen Programm. Meine Nichte war früher dort, aber nun braucht sie ihn nicht mehr. Der Platz ist aber bis Dezember bezahlt, und das Geld wird nicht erstattet.« Sie senkte die Stimme. »Es wäre doch eine Schande, das nicht zu nutzen, oder?«

Er starrte sie an. »Sie würden Emma den Platz überlassen?«

»Emma?«, stammelte sie.

Pierre holte sein Handy heraus und zeigte ihr ein paar Fotos. »Meine Frau hat den Namen ausgesucht. Ein wenig altmodisch, aber inzwischen denke ich, dass er perfekt zu ihr passt. Sie ist sechs Monate alt.«

»Ein wunderschöner Name«, sagte Alice. Sie gab ihm das Handy zurück. »Rufen Sie Ihre Frau an, und sagen Sie mir dann Bescheid.«

»Das ist nicht nötig, sie wird begeistert sein. Mademoiselle, ich weiß wirklich nicht, was ich sagen soll. Vielen Dank, wir nehmen das Angebot gerne an.«

»Schauen Sie mich nicht so an, ich habe gar nichts getan«, entgegnete ihm Alice. »Das Geld wäre sonst verfallen, Emma kann davon profitieren.«

Am liebsten wäre sie weggerannt. Sie war glücklich, aber auch aufgewühlt. Pierres Tochter hieß wie ihre Schwester.

»Die Welt ist voller Zufälle. Wenn man sich da wunderte, würde man aus dem Staunen gar nicht mehr herauskommen«, murmelte sie und betrat ihr Büro. Auf dem Schreibtisch erwartete sie ein riesiger Blumenstrauß mit Sonnenblumen, Mohn und Petunien. Auf dem Kärtchen stand nur: »Willkommen zurück!« Unter den vielen Unterschriften erkannte sie die Handschrift ihrer Assistentin Viviane. Damit hatte sie nicht gerechnet, wie nett. Alice lächelte und begann dann, ihre alten Akten aufzuschlagen und die Berichte zu lesen.

»Wie, du bist schon bei der Arbeit?«

Sie zuckte zusammen und erblickte Noëlle, die ihr zuwinkte. »Hallo!«

»Du wolltest doch auf mich warten!«

Alice stand auf, und zum ersten Mal, seitdem sie zusammenarbeiteten, nahm sie ihre Kollegin in den Arm. Nach anfänglichem Erstaunen erwiderte Noëlle die liebevolle Geste. »Du siehst wundervoll aus, so schön warst du noch nie. Wo ist dieser Ort, an dem du Urlaub gemacht hast? Da will ich auch hin.«

»Abbadulche, das bedeutet ›süßes Wasser‹. Man nennt den Ort so, weil dort ein jahrtausendealter Olivenbaum steht, in dem Bienen leben. Einmal im Jahr, zur Erntezeit, tropft der Honig in den darunterliegenden Bach und süßt das Wasser.« Sie musste nicht lange nachdenken, die Worte sprudelten nur so aus ihr heraus. Früher war sie eher verschlossen gewesen, aber jetzt konnte sie es kaum erwarten zu erzählen, was sie auf der kleinen Insel der goldenen Bienen erlebt hatte.

»Tatsächlich? Das klingt wie im Märchen.«

»Ja, das ging mir auch so. Aber es ist wahr. Ich habe ein wenig Honig mitgebracht, den musst du probieren.«

»Danke, sehr gerne. Wenn er so gut ist wie der aus deinem Bienenstock auf dem Dach, muss er sensationell sein.«

Alice dachte an Éloise. Sie hätte den Verein nicht einfach verlassen dürfen. Sie würde sie anrufen. Wer weiß, vielleicht gab es ja noch eine Aufgabe für sie.

»Jeder Honig ist anders, der Geschmack hängt von dem Ort ab, an dem die Bienen den Nektar sammeln. Er erzählt von den Blüten, der Landschaft.«

Noëlle schaute sie erstaunt an. »Gérard hat mir erzählt, dass du die Angelegenheit mit Amélies Vater geregelt hast. Es freut mich, dass alles so gut ausgegangen ist.«

Alice zwang sich zu einem Lächeln. »Ja, ein außergewöhnlicher Mann. Er hat noch eine Tochter namens Anna. Amélie hat eine große Familie, es wird ihr gut gehen.«

»Perfekt.« Noëlle deutete auf den Blumenstrauß. »Von Gérard?«, fragte sie augenzwinkernd.

Alice schüttelte den Kopf und reichte ihr die Visitenkarte. »Wir haben dich alle sehr vermisst. Selbst diejenigen, die dich entlassen wollten, haben ihre Meinung geändert. Der arme Fournier, er kann dir nicht das Wasser reichen.«

In ihrem Metier war Wettbewerb ganz normal. Erfolg sorgte für Neid, Gerüchte, manchmal sogar Hass. Sie kannte dieses System gut. Sie hatte es sich selbst ausgesucht und hätte sich deshalb über einen Satz wie diesen freuen müssen, spürte stattdessen aber eine vage Übelkeit.

»Am Nachmittag habe ich mehr Zeit, wollen wir uns auf einen Aperitif treffen?

»Ja, natürlich. Warum nicht?«

Noëlle schaute auf die Uhr und stand auf. »Gut, dann gebe ich dir ein Update. Es ist einiges passiert.«

»Bis später.«

Den ganzen Morgen über kamen und gingen Kollegen und Kolleginnen, um sie zu begrüßen oder über etwas zu informieren. Irgendwann kam Alice die Idee, einfach die Tür abzuschließen, aber da kamen ihr Memmas Worte in den Sinn: »*Wir sind alle miteinander verbunden, alle Tropfen im selben Meer. Was dem einen passiert, wirkt sich auch auf den anderen aus. Das Glück des Einzelnen ist das Glück aller.*«

»Komm rein, Viviane, setz dich doch. Alles in Ordnung?« Ihre Assistentin wirkte verlegen.

»Ja. Ich freue mich wirklich, Sie zu sehen.« Sie legte ein Päckchen auf den Tisch.

»Für mich?«

»Selbstgemacht.«

Alice wickelte das Seidenpapier ab. In dem Päckchen lag eine bunte Perlenkette mit einem kleinen blauen Herzen, sehr zart, fast kindlich schlicht.

Gerührt schaute sie Viviane in die Augen. »Wunderhübsch, danke.«

»Morgen ist mein letzter Tag.«

»Was? Ich dachte, du magst deine Arbeit?«

Sie zögerte. Alice spürte, wie sie überlegte, ob sie ihr trauen konnte.

»Ich möchte etwas Besonderes machen, etwas Großes.«

Etwas Besonderes. »Was hast du dir vorgestellt?« Alice wollte mehr wissen. Es tat ihr leid, eine so gute Mitarbeiterin zu verlieren.

»Ich fange wieder an zu studieren.«

Viviane hatte einen Abschluss in Wirtschaftswissenschaften, das wusste Alice, sie hatte ihre Bewerbungsunterlagen gelesen. »Willst du dich spezialisieren?«

»Nein … oder besser gesagt: ja. Pflegewissenschaften.«

Alice war überrascht. »Das ist etwas ganz anderes als das, was du jetzt machst.«

Sie nickte. »Ich bin schon jahrelang ehrenamtlich im Krankenhaus tätig. Ich möchte etwas Sinnvolles und Wichtiges tun, und hier, entschuldigen Sie meine Offenheit, gibt es nichts außer einer guten Bezahlung. Ich weiß, es klingt verrückt, aber … ich brauche die persönliche Befriedigung. Ich muss wissen, dass mein Tun einen Sinn hat. Dass es einen Unterschied macht.«

Diese junge Frau war mutig und klug. Alice spürte es ganz deutlich. Emma hatte immer gesagt, dass sie die Welt verändern wolle, dass es jeder im Kleinen versuchen solle. Daran musste Alice denken, als sie Viviane jetzt vor sich sitzen sah. Die junge Frau war ganz rot vor Verlegenheit. »Ich muss etwas finden, das meiner Arbeit einen Sinn gibt.«

Alice hätte ihr den Plan ausreden sollen, ihr sagen sollen, dass sie eine Dummheit beging. Als ihre Vorgesetzte hätte sie sie überzeugen können. Aber Viviane war glücklich. Alles andere war nebensächlich.

Später, beim Mittagessen, informierte Noëlle sie über alle Neuigkeiten. Alice knabberte dabei lustlos an einem Crêpe. In dem blauen Herzen von Vivianes Kette brach sich das Licht. »Du musst sie nicht tragen, wenn du nicht willst.«

Noëlle fand Vivianes Geste zwar nett, aber die Kette war für ihren Geschmack viel zu kitschig. »Aber kommen wir zu wichtigeren Dingen. Wir werden in New York eine Filiale eröffnen.«

»Wie bitte?«

Noëlle lächelte. »Das wollte ich dir schon seit einer Weile erzählen. Aber dann sind die Dinge ... Du weißt schon. Gut, konzentrieren wir uns auf die Gegenwart. Gérard leitet das Projekt, er organisiert alles.«

Alice konnte Noëlles Worten kaum folgen. Die Aufsicht über eine Zweigniederlassung war aufwendig, ein immenser Karrieresprung. Es gab noch weitere offene Stellen. Noëlle sprach von den aufregenden Chancen. »Jetzt, da du alle Hindernisse aus dem Weg geräumt hast, musst du dich nur noch bewerben.«

Hindernisse. Das Wort gefiel Alice ganz und gar nicht. Amélie war kein Hindernis, sondern ein wunderbares kleines Mädchen, und sie hatte Alice so viel mehr geschenkt, als sie verdient hatte.

Seitdem die Kleine nicht mehr bei ihr war, fühlte Alice sich leer und erschöpft, verlassen und einsam.

Sie wollte Noëlle gerade davon erzählen, ließ es dann aber sein. Ihre Freundin trug keine Schuld. Alice würde darüber hinwegkommen, musste nur abwarten. Die Zeit heilte alle Wunden.

30.

Propolis ist wie Honig ein pflanzliches Produkt. Die Bienen sammeln Harz aus der Baumrinde, bearbeiten es, indem sie ihm Wachs, Pollen und eine Reihe von Enzymen hinzufügen. Die Zusammensetzung kann variieren und umfasst Mineralien, Vitamine, Säuren und Aldehyde. Propolis wird für die Verstärkung der Waben wie auch zum Abdichten des Bienenstocks verwendet und hat hohe Abwehrkräfte.

Alice war Tag für Tag vor allen anderen im Büro, arbeitete, ging mit Noëlle zum Mittagessen und setzte sich dann wieder bis spätabends an den Schreibtisch.

Als sie schließlich erschöpft nach Hause kam, hatte sie gerade noch Kraft, um Annas und Angelicas Nachrichten zu beantworten. Manchmal erfüllte sie es mit Freude, die Videos von Amélie anzuschauen, manchmal nahm ihr die Sehnsucht förmlich den Atem.

Sie fehlten ihr alle.

Er fehlte ihr.

An diesem Nachmittag hatte der Frühlingsregen nachgelassen. Während Alice einen Blick in den dunklen Himmel warf, bemerkte sie eine Biene auf der Fensterbank. Das kleine Insekt war erstarrt vor Angst. Alice öffnete das Fenster einen Spalt breit und schob die Biene darauf zu. »Du bist halbtot vor Kälte, du Dummerchen.« Sie blies ihr warme Luft zu, bis sie sich wieder bewegen konnte. »Was bist du auch bei diesem Wetter unterwegs? Sag es mir lieber nicht. Und jetzt, ab nach Hause mit dir.« Die Biene flog davon, und Alice verspürte ein Gefühl unbändiger Sehnsucht.

Seit ihrer Ankunft in Paris hatte sie Gérard gemieden, aber heute Abend waren sie verabredet. Er war geduldig und verständnisvoll gewesen. Sie mochte ihn, daran gab es keinen Zweifel. Sie waren sich ähnlich, wie er immer wieder betonte, ein schönes Paar, perfekt. Und doch ... sie konnte sich nicht für ihn entscheiden.

Nachdem Alice alle E-Mails und die Nachricht ihrer Mutter beantwortet hatte, las sie noch einmal den Brief, den sie an ihre Tante und ihren Onkel geschrieben hatte, verschloss den Umschlag und frankierte ihn. Sie würde ihn morgen früh auf dem Weg zur Arbeit einwerfen.

Während sie sich fertig machte, wurde sie den Gedanken an die Biene nicht los, die zu ihr geflogen war. Da klingelte ihr Handy. »Hallo, Gérard.«

»Hallo, *ma belle*. Bist du fertig?«

»Ich komme sofort runter.« Sie legte auf, griff nach ihrer Jacke und der Tasche. Im Aufzug fragte sie sich, wohin er sie wohl führen würde.

Er wartete im Auto auf sie. Als er sie kommen sah, stieg er aus und hielt ihr die Tür auf. »*Chérie*, du siehst großartig aus.«

Seine Lippen auf ihren waren kalt. »Danke, du auch.« Irgendetwas an ihm war anders. »Ist alles in Ordnung?«

»Es könnte nicht besser sein.«

Alice überlegte, was er wohl vorhatte.

Sie fuhren an der Seine entlang, auf Höhe des Eiffelturms ließ Gérard den Fahrer anhalten. Ein kleines Schiff, das in ein Restaurant verwandelt worden war, lag vor Anker. Die Lichter in den Bäumen leuchteten in der Dämmerung.

»Wunderschön.«

»So wie du.«

Er zog sie an sich und küsste sie, Alice zwang sich dazu, sich zu entspannen. Sie waren in Paris, an der Seine, ein faszinierender Mann führte sie zum Essen aus. Sie hatte ihre Stelle wieder, konnte sogar ihre Karriere noch weiter ankurbeln. Sie war zurück in ihrer Welt. Ihr fehlte doch nichts, oder?

Der Maître empfing sie am Eingang und brachte sie aufs Oberdeck.

»Ich habe uns ein besonderes Menü zusammenstellen lassen. Eine Überraschung.«

Sie hatte keinen Appetit. Sie wusste, dass sie abgenommen hatte und mehr auf sich achten musste. Aber es war ihr egal. »Wie schön.«

Sie plauderten über dies und das, und doch dachte Alice den ganzen Abend über an einen anderen Ort, an eine andere Welt.

»Ein lauer Abend, wollen wir noch etwas spazieren gehen?«

Alice nickte. »Sehr gerne.«

Sie verließen das Boot. Die Menschen um sie herum lachten, waren bester Stimmung. Gérard hakte sie unter. »Komm, lass uns gehen.«

Der Fahrer setzte sie am Place Vendôme ab. Einige Orte veränderten sich in der Dunkelheit, der Kontrast aus Licht und Dunkelheit ließ sie besonders wirken.

Gérard sagte: »Lass uns hier reingehen.«

Das Lokal war nett, die Tische draußen alle gut gefüllt. »Wir werden keinen Platz bekommen.«

»Ich habe einen Tisch bestellt.«

Und sie hatte gedacht, er ließe sich von der Atmosphäre des Abends leiten! Sie lächelte. Der Kellner brachte sie zu einem etwas separat stehenden Tisch mit Blick auf den Platz. Die Aussicht war wundervoll. Gérard rückte ihr den Stuhl zurecht, und Alice fragte sich erneut, was mit ihm los war.

»Gibt es etwas zu feiern?«

»Ja, *chérie*. Ich hoffe es jedenfalls.«

Er zog ein Etui aus der Tasche und klappte es auf. Auf schwarzem Samt lag ein mit Diamanten besetztes Armband. »Ich denke, der Moment ist gekommen, unsere Beziehung zu festigen. Wir könnten doch auch zusammenleben, oder was meinst du?«

Alice wartete, dass er noch etwas hinzufügte, aber er würde ihr keine Liebeserklärung machen. Vielleicht war das ja besser so. Wie würde sie reagieren?

»Du sagst gar nichts.«

Alice fragte: »Was willst du, Gérard?«

»Das ist doch offensichtlich, oder?«

Sie suchte in seinem Gesicht vergeblich nach einem Gefühl, einer Regung. »Warum?«

»Was meinst du?« Nervös rutschte er auf seinem Stuhl herum. »Ich verstehe dich nicht.«

»Oh doch.«

Er lächelte erneut, aber nicht mehr so selbstsicher wie zuvor.

»Du willst es kompliziert? In Ordnung. Du bist eine schöne, intelligente und zielstrebige Frau. Du wirst eine wunderbare Mutter sein.«

»Ich möchte keine Kinder.«

»Quatsch, alle Frauen wollen eine Familie gründen.«

Sie hatte doch schon eine Familie. Amélie, Anna ... Sie dachte an Abbadulche, an die Menschen, die sie zurückgelassen hatte, die Menschen, die sie liebte. Alice schaute den attraktiven und faszinierenden Mann an, der vor ihr saß und der sie darum gebeten hatte, ihr Leben mit ihm zu teilen – so emotionslos wie bei einem Vertragsabschluss. Warum wunderte sie sich überhaupt darüber? So lebte er sein Leben. Und sie hatte es bis vor einigen Monaten auch so gemacht. Bevor sie aufgewacht war, bevor sie verstanden hatte. Alice kannte die Welt, die Gérard ihr bieten wollte, aber sie wollte sie nicht mehr.

»Du liebst mich nicht.« Mehr sagte sie nicht.

Gérard zuckte zusammen.

Alice betrachtete ihn, er würde sich nicht geschlagen geben. Er war stolz, sich seiner Sache sicher, schließlich hatte er alles durchgeplant.

»Wir passen gut zusammen, ich bewundere und respektiere dich, du bist die ideale Frau für mich. Denk nach, Alice.«

»Das ist keine Verhandlung, du musst mich nicht überzeugen.«

Sie blieb eine Weile sitzen. Dann schüttelte er den Kopf. »Bitte sag Ja.«

»Du bist mir wichtig, Gérard. Um das zu wissen, brauche ich kein Armband.« Sie schob das Etui von sich. »Ich kann das nicht annehmen.«

Er schaute sie an, seine Augen glänzten. »Ich hätte dich nicht gehen lassen dürfen, oder?«

»Du hättest mich nicht aufhalten können.« Sie beugte

sich zu ihm und küsste ihn auf die Wange. »Adieu, Gérard.«

»Falls du deine Meinung doch noch ändern solltest …«

Leere Worte. Er kannte sie gut genug, um zu wissen, dass sie das nicht tun würde.

»Danke.«

Sie ging in die Nacht hinaus, rief ein Taxi, und endlich fühlte sie sich leichter: Sie war wieder sie selbst. Jetzt war ihr alles klar.

Als Erstes stellte sie ihre Pflanzen zusammen. »Madame Clothilde wird sich um euch kümmern.« Sie schaute sich um. Es gab nichts, was sie mitnehmen wollte außer den Fotos ihrer Familie. Zusammen mit dem Nötigsten packte sie sie in einen Koffer. Sie betrachtete den Reiher, den ihr Gérard vor einigen Monaten geschenkt hatte. In einem anderen Leben. Sie war nicht wie dieser Vogel. Sie würde fliegen. Tatsächlich war sie sogar schon in der Luft.

Dann setzte sie sich an den Computer und schrieb ihre Kündigung.

31.

Die älteste Honigbiene fand man als Fossil in einem etwa hundert Millionen Jahre alten Bernsteinblock im Hukawng-Tal in Myanmar. Sogar die Pollen, die sie gerade gesammelt hatte, sind noch zu sehen. Nachfolgende Funde, die etwa 60 Millionen Jahre zurückreichen, zeigen bereits eine deutliche Ähnlichkeit zur heutigen Biene.

Das Flugzeug landete pünktlich.

Alice hatte sich ein Auto gemietet. Ihre Planung war sehr optimistisch, das wusste sie, aber es musste einfach klappen.

Während sie die Stadt verließ, die Tasche mit allem, was ihr aus ihrem alten Leben geblieben war, neben sich, dachte sie darüber nach, wie sehr sich die Dinge verändert hatten. Wie so oft wanderten ihre Gedanken zu Emma.

»Ich weiß, dass es zu spät ist, dass es ein Fehler ist, mit dir zu sprechen, und ich wahrscheinlich eine Therapie machen sollte, wie Noëlle es mir vorgeschlagen hat.« Sie hatte alles aufgegeben für einen Traum, eine verrückte Idee. Daran gab es nichts zu rütteln. Jetzt musste sie noch herausfinden, was dieses »alles« umfasste. »Wenn du da bist, Schwesterchen, wenn du mich hörst: Es tut mir leid. Alles tut mir leid.« Sie hielt inne. »Und ja, du hattest recht, Emma. Das echte Leben ist etwas anderes.«

Das Grün am Straßenrand verwandelte sich in weite Lavendelfelder, die sich die Hügel hinaufzogen. Alice hielt an einer Raststätte, kaufte eine Flasche Wasser und einen Hut. Ihre Sommersachen waren in Abbadulche geblieben, aber hier in der Provence war das Klima ähnlich wie in Sardinien. Sie setzte sich unter einen Baum, ihre Gedanken rasten, genau wie die Gefühle. Sie hatte instinktiv gehandelt, als sie Gérards Angebot abgelehnt hatte, sich von dem ihr bekannten Leben verabschiedet hatte mit dem einzigen Job, in dem sie jemals gut gewesen war. Jetzt musste sie sich neu sortieren, wobei ihr nur wenige Gewissheiten geblieben waren. Eine davon war, dass sie mit dieser offenen Wunde nicht in die Zukunft blicken konnte.

Alice konnte es kaum erwarten, auf dem Hof anzukommen, gleichzeitig aber fürchtete sie die Begegnung mit Céline. Sie hatte sie so oft hinausgezögert, dass sie ihr jetzt wie ein schier unüberwindbares Hindernis vorkam. Alice passierte Saint-Rémy inmitten von Weinbergen. Sie hatte ihr Ziel erreicht, und als sie in die Einfahrt einbog, klopfte ihr Herz.

Nachdem sie das Auto abgestellt hatte, betrachtete sie die Kletterrose, die sich die Fassade hoch bis unters Dach rankte. Mallena hatte sie anlässlich von Célines Geburt gepflanzt. Die vollen Blütenblätter fanden Verwendung in ihren Produkten. Das wusste Alice genau, hatte sie ihrer Großmutter doch oft beim Sammeln geholfen. Damals hatten ihre Finger und auch das ganze Haus noch lange nach Rosen geduftet.

Sie nahm all ihren Mut zusammen und betrat das Haus.

»Endlich!«

»Papa!« Sie rannte auf ihn zu und umarmte ihn. »Wie geht es dir?«

»Gut, Alice, mir geht es gut.«

»Und Mama?«

Er zuckte mit den Schultern. »Du weißt ja, wie sie ist. Es dauert eine Weile, bis sie sich daran gewöhnt hat, nur Großmutter zu sein.«

Alice nickte. Sie hatte am Vorabend angerufen, um ihr Kommen anzukündigen. Über alles andere hatten sie nicht gesprochen.

»Sind eure Papiere auf dem neuesten Stand?«

»Sicher, das habe ich dir schon am Telefon gesagt. Was hast du vor?«

Sie lächelte. »Vertrau mir, Papa. Pack deinen Koffer, in einer Stunde geht es los.«

»Wer bist du, und was hast du mit meiner Tochter gemacht?«, fragte Simon und tat so, als würde er zittern.

Sie packte ihn am Arm und küsste ihn auf die Wange. »Auf geht's, beeil dich.«

»Und deine Mutter? Sie ist in letzter Zeit nicht gerade gut gelaunt.«

»Wünsch mir Glück.«

Sie ging hinaus auf die Terrasse. Alice wusste genau, wo sie Céline finden würde. Ihre Mutter hatte sich bei Problemen schon immer in den Gemüsegarten zurückgezogen. Alice ging den Weg entlang und sah sie. Die blonden Haare glänzten in der Sonne, sie trug ein Paar Handschuhe und kniete vor einem Busch.

»Mama?«

Céline stand auf. Sie war blass und wirkte angespannt. »Alice? Was machst du denn hier?«

Alice wusste, dass sie wütend und enttäuscht war, aber so konnte es nicht weitergehen.

»Ich hab dich lieb.«

Ihre Mutter riss überrascht die Augen auf, ihre Lippen zitterten. »Ich verstehe dich nicht.«

Alice öffnete das Gartentor und achtete darauf, nicht auf die Beete zu treten, wie man es ihr vor vielen Jahren beigebracht hatte. Dann blieb sie vor ihrer Mutter stehen und sah ihr fest in die Augen.

»Ich hab dich lieb, Mama.«

»Ich ... Warum sagst du mir das? Wenn es um Amélie geht, habe ich aufgegeben, du musst mich nicht mehr überzeugen.«

»Ich bin wegen dir hier. Wegen uns.«

Alice tat das, was sie sich immer gewünscht hatte: Sie nahm ihre Mutter in den Arm und spürte, wie diese die Umarmung erwiderte. Tränen schossen ihr in die Augen, und endlich konnte sie das aussprechen, was so lange in ihr verborgen gewesen war. »Ich habe immer gedacht, dass Großmutter wegen mir gestorben ist, weil ich mich weggeschlichen hatte. Wenn ich gehorcht hätte, wäre nichts passiert. Das hat mich zerstört, Mama, meine Schuldgefühle fraßen mich auf. Deshalb habe ich den Hof verlassen, ich konnte nicht vergessen, konnte mit unserem Schmerz nicht umgehen.« Alice wischte sich die Tränen ab und lächelte. »Aber ihr habt mir gefehlt, ich habe immer an euch gedacht. Und danach sind mein Studium und meine Arbeit zu meinen einzigen Sicherheiten geworden. Ich war von ihnen abhängig. Endlich hatte ich die Kontrolle, und daran habe ich mich mit aller Kraft geklammert. Sie wurden mein Rettungsboot.«

Céline sah schockiert aus. »Aber Großmutter hatte einen Herzinfarkt, Alice! Wie bist du nur auf einen so absurden Gedanken gekommen?«

Alice schloss einen Moment lang die Augen. »Wegen der Sache am See, mit Emma.« Es hatte keinen Sinn, es zu leugnen. Céline hatte es ihr so oft vorgeworfen, und je mehr sie sich gerechtfertigt hatte, desto wütender war ihre Mutter geworden.

»Warum hast du mir das nie gesagt?«

»Du konntest nicht mal mit mir im selben Zimmer sein …« Das war ihr größter Schmerz gewesen: das Leid im Gesicht ihrer Mutter zu sehen.

Céline schüttelte den Kopf. »Der Tod meiner Mutter hat mich niedergeschmettert, ich konnte den Gedanken nicht ertragen, und du warst ihr so ähnlich, hast mich ständig an sie erinnert. Es tut mir leid, Alice, ich habe einfach nicht an dich gedacht, ich war ganz in meinen Schmerz eingeschlossen.«

Dieses Mal nahm Céline sie in die Arne. »Es tut mir so leid, mein Schatz.«

»Mir auch, Mama. Ich muss dir noch etwas sagen. Etwas Schönes, das ich in Sardinien erfahren habe. Es hat mit dir zu tun.«

Sie setzten sich unter einer großen Eiche auf eine Bank.

»Um was geht es?«, fragte Céline vorsichtig. »Ich will nicht über Amélie sprechen …«

»Großmutter ist vor ihrem Mann aus Sardinien geflohen. Vor deinem Vater.«

»Wie bitte?«

Alice ergriff ihre Hände. »Sie haben nur noch gestritten und sich dann getrennt. Er hat ihr den Zutritt zum Haus verboten, und sie durfte seine Kinder nicht mehr sehen. Das hat ihr das Herz gebrochen, denn sie hat sie geliebt wie ihre eigenen.«

Céline war sprachlos, dann griff sie an das Medaillon an ihrem Hals, das Mallena immer getragen hatte.

»Die Kinder …«, murmelte sie.

»Wusstest du von ihnen?«

Sie schüttelte den Kopf. »Sie hat nie über sie gesprochen. Kein Wort. Aber sie hatte dieses Medaillon mit einem Foto darin.« Sie zeigte es Alice. »Solange sie lebte, hat sie es niemals abgelegt. Fragen danach hat sie nicht beantwortet. Ich wusste nicht, wer sie waren, aber sie sahen mir ähnlich.«

»Sie hatte Angst, dich zu verlieren.«

»Aber warum?«

»Ihr Mann, dein Vater, hat herausgefunden, dass sie schwanger war. Er hätte dich ihr weggenommen.«

»Aber das ist absurd!«

»Ja, heute ist das undenkbar. Damals standen die Kinder aber unter der Kontrolle des Familienoberhaupts.«

Sie redeten noch eine Weile, bis Alices Vater auftauchte. »Wir müssen gehen, Mama, es ist spät.«

»Wohin denn?«

Sie lächelte. »Das wirst du schon sehen.«

»Alice, was ist los mit dir?«

Sie verstand Célines Verwunderung gut, ihr Verhalten war völlig neu, selbst ihre Art zu sprechen hatte sich verändert. Jetzt hatte sie es eilig. Alice war, als hätte sie sich schon viel zu lange zurückgehalten. »Ich kann es dir nicht erklären, du musst es sehen. Ich bin mir sicher, es wird dir gefallen.«

Es dauerte eine Stunde, bis sie Céline überzeugt hatte, dass es keine völlig verrückte Idee war, plötzlich zu verreisen. Und eine weitere, bis Céline noch mal neu gepackt hatte, weil Simon andere Dinge für wichtig hielt als sie. Alices Vater blieb ganz ruhig und rief einen jungen Mann an, der sich in ihrer Abwesenheit um den Hof kümmern sollte.

Als sie am späten Nachmittag am Flughafen ankamen, spürte Alice die schmerzhafte Stille im Wagen. Céline hatte sich in eine Wolke des Schweigens gehüllt, aus der sie nicht mal Simon herausreißen konnte. Das Gespräch zwischen Mutter und Tochter hatte nur an der Oberfläche einer komplexen Beziehung gekratzt, die nach und nach durch immer größere Missverständnisse entstanden war. Vielleicht waren Worte genau das Problem. Alice griff nach Célines Hand.

»Erzähl mir alles«, sagte Céline.

Und Alice erzählte: von ihrem Treffen mit Rita, mit Emanuele, ihre unerwartete spontane Zuneigung.

»Wenn Mallena in Sardinien geblieben wäre, wenn sie gekämpft hätte …«

»Das habe ich auch schon gedacht, aber dann habe ich versucht, mich in Großmutter hineinzuversetzen. Was sie wohl an dem Tag gedacht hat, als man ihr verboten hat, die Kinder zu sehen, weil ihr Vater das Sorgerecht zugesprochen bekommen hat. Ihre Ohnmacht, ihre Verzweiflung. Sie musste sie heimlich treffen, die Magd half ihr dabei. Die Vorstellung, dass ihr das Gleiche mit dem neuen Baby passieren könnte, muss unerträglich gewesen sein.«

»Aber sie war eine starke, unabhängige Persönlichkeit.«

»Ich glaube, das wurde sie erst später, Mama.«

Sie schwiegen und hingen ihren eigenen Gedanken nach. Dann sagte Céline: »Es war unerträglich, dass du weggegangen bist.«

»Das tut mir leid.«

»Unterbrich mich nicht, sonst kann ich es dir nicht erklären. Es fällt mir sehr schwer.«

Alice überhörte ihren strengen Tonfall, sie kannte ihre Mutter gut genug. »Sprich weiter.«

Céline strich ihr über die Hand.

»Unser Leben in Frankreich war nicht leicht, besonders am Anfang. Es war geprägt von vielen Vorurteilen. Deine Großmutter war eine sehr schöne Frau. Sie wollte sich nicht integrieren, lebte nach ihren eigenen Regeln, kümmerte sich nicht um gesellschaftliche Normen. Sie sammelte Kräuter und stellte Tees her. Sie hatte einen besonderen Draht zu Tieren, sang für die Bienen, und ihr Honig war berühmt.«

»Ja, daran erinnere ich mich.«

»Aber die Leute waren eifersüchtig, es gab Gerüchte. Natürlich kamen sie, um die Kerzen, die Seifen, den Honig und alles andere zu kaufen, was sie herstellte. Auf den Märkten warteten sie immer schon auf sie. Trotzdem verachteten sie sie. Dann habe ich deinen Vater kennengelernt.« Ihr Gesichtsausdruck wurde weich, Alices Herz schmolz. Ihre Mutter liebte ihren Vater noch immer. »Ich konnte es kaum erwarten wegzugehen, deshalb sind wir aus der Provence nach Lyon gezogen. Dann wurdest du geboren, und ich vermisste Mallena. Ich wusste, was passieren würde, wenn wir auf den Hof zurückgehen würden. Also dachte ich, wenn ich euch alle sozialen Regeln beibrächte, dann würdet ihr nicht so leiden wie ich, ihr würdet ein besseres Leben haben als ich. Ich wollte, dass ihr glücklich seid.«

»Emma war es.«

»Und du?«

Alice sah jetzt alles aus der Distanz. Das Problem lag bei ihr, bei ihrer Fehlinterpretation eines Vorwurfs, den sie als kategorische Ablehnung empfunden hatte, was zu schrecklichen Konsequenzen geführt hatte. Aber Abbadulche hatte sie verändert.

»Ich werde mir mein Glück selbst gestalten!«

32.

Bei ihrer Geburt ist die Biene mit dichtem Pelz bedeckt, der rasch trocknet. Im Laufe ihres Lebens verliert sie ihn. Eine alte Biene erkennt man somit am fehlenden Pelz.

»Ein wunderschönes Haus …«

Als sie den erstaunten Gesichtsausdruck ihrer Mutter sah, musste Alice lächeln.

»Das dachte ich damals auch, Großmutter schien aus einer reichen Familie zu kommen.«

Céline hörte ihr gar nicht zu. Sie stand Hand in Hand mit Simon vor dem Haus und bewunderte die Kletterrose. »Genau wie meine.«

Ihr war die Rührung deutlich anzumerken, ihre Augen waren feucht. Als Rita die Tür öffnete, begann Alices Herz wild zu klopfen.

»Hallo, Tante Rita.«

»Alice, mein Schatz, was für eine Überraschung.«

Alice hatte ihnen nichts von ihrem Besuch gesagt, und als Rita zu Céline schaute, zweifelte sie einen Moment daran, ob das die richtige Entscheidung gewesen war.

»Mama, das ist Rita.«

Die beiden Schwestern schauten sich lange an, dann küsste Simon seine Frau und ließ ihre Hand los. Langsam gingen die zwei Schwestern aufeinander zu.

»Celeste …«, sagte Rita leise. Sie benutzte den italienischen Namen.

»Dann ist es tatsächlich wahr.«

Sie lachten und weinten gleichzeitig und lagen sich endlich in den Armen. Rita bat sie ins Haus, in dem sie gemeinsam aufgewachsen wären, wenn da nicht die Arroganz eines Vaters und die Angst einer Mutter gewesen wären.

Arm in Arm gingen sie über den Flur, dann rief Rita ihren Bruder.

»Emanuele, schau nur, wer da ist!«

Er hob den Blick von seiner Zeitung und nahm die Brille ab. »Oh mein Gott, ist sie das? Ist es Celeste?« Er zitterte und tastete nach seinem Stock. Alice half ihm aufzustehen.

»Ich dachte, es sei an der Zeit, dass ihr euch endlich kennenlernt.«

Er starrte sie an. »Gott sei gepriesen, mein Augenstern.«

Auch ihre Großmutter hatte sie immer so genannt. Wahrscheinlich auch ihre anderen Kinder, wie sie jetzt feststellte.

Céline reichte ihm die Hand und drückte sie fest. »Ich kann es einfach nicht glauben.«

»Hat sie dir von uns erzählt?«

Sie schüttelte den Kopf. »Nein, aber ihr wart immer in ihrem Herzen, jede Sekunde ihres Lebens.«

Sie reichte ihm das Medaillon, das sie um den Hals trug. Mit zitternden Händen öffnete Emanuele es und blickte auf das Foto zweier Kinder, die in die Kamera lächelten.

»Lucia hat es aufgenommen.«

»Die Cousine deines Vaters?«, fragte Alice.

»Ja.«

»Margherita hat ihr die Fotos geschickt.«

Es gab eine Synergie zwischen den Frauen, die ihren Weg gefunden hatten, mit einer schwierigen, manchmal sogar feindseligen Realität umzugehen. Sie arbeiteten zusammen, halfen sich gegenseitig und gaben nie auf.

Zwischen Umarmungen und Erklärungen setzten die drei Geschwister Stück für Stück ihre Vergangenheit zusammen. Hin und wieder trug auch Simon in seinem stockenden Italienisch etwas dazu bei. Emanuele war außer sich vor Glück. Er hatte seine kleine Schwester wiedergefunden, einen Schwager, eine Nichte und eine Großnichte dazu! Seine Schwester und er hatten keine Kinder, und er hatte nie zu hoffen gewagt, dass es doch irgendwo Erben gäbe. Sein Traum war wahr geworden.

Rita servierte Getränke und Gebäck auf altem Porzellan, das alles aus Mallenas Aussteuer stammte, wie Rita erzählte. Alice hatte ihre Mutter noch nie so gerührt gesehen. Céline konnte ihren Blick nicht von ihren Geschwistern lösen. Sie hielt sie bei der Hand, als ob die lange zurückgehaltene Liebe sich jetzt endlich Bahn brach.

Als Alice ging, bemerkte Céline es kaum. Aber sie hatte es eilig: Die Fähre erwartete sie.

Als Giuseppe Alice das erste Mal gesehen hatte, hatte sie mit einem Baby gesprochen, das sie in den Armen hielt. Von diesem Moment an war neben ihrer offensichtlichen Schönheit ihre Sorge um das kleine Mädchen in seinem Gedächtnis geblieben. Damals wollte sie ihm Amélie nicht auf den Arm geben, weil sie ihn nicht gut genug kannte, um ihm das Baby anzuvertrauen. Sie war freundlich, aber bestimmt geblieben. Eine faszinierende Mischung aus Kraft und Klugheit.

Giuseppe hätte ihr gerne zugeflüstert, dass sie ihn mit ihren dunklen Augen verzaubert hatte. Sie waren erfüllt von einer tiefen Melancholie, die ihm vertraut war. Er wusste, sie war verloren, weil auch er sich schon lange so fühlte.

Vielleicht, so überlegte er, hatte er deshalb nicht auf die Zeichen geachtet. Er wollte sie ansehen, alles über sie wissen. Die Bienen hatten sie erkannt.

Sie war für ihn wie Luft und Sonne gewesen, hatte sich in ihn eingeschlichen. Mit Mara war es anders gewesen. Seine Frau war seine erste große Liebe. Aber jetzt war er nicht mehr der kleine Junge von damals. Ein Vergleich ergab keinen Sinn, deshalb ließ er es bleiben.

Er schaute sie schon seit einigen Minuten an. Am folgenden Tag musste er Claudio die Gebäude am Hafen übergeben, und wie immer prüfte er, ob auch wirklich alles in Ordnung war. Die Sirene der Fähre hatte deren Ankunft in der Bucht angekündigt, er wusste selbst nicht, warum er dieses Mal genauer hingeschaut hatte. Alice trug eines dieser eleganten, eng anliegenden Kleider wie schon bei ihrem ersten Besuch in Abbadulche, die Haare fielen offen herab und tanzten im Wind.

Sie überquerte die Straße und blieb dann stehen. Ob sie nach ihm suchte? Hatte er sich in ihr getäuscht?

Sie ziehen zu lassen war eines der schwierigsten Dinge gewesen, die er in seinem Leben getan hatte. Er ging auf sie zu. »Alice.«

Sie drehte sich um. Als sie ihn anlächelte, schien Giuseppes Herz bersten zu wollen. Denn in ihren strahlenden Augen lag ein Ja.

Und während sie auf ihn zulief, tat er das, was er schon so lange hatte tun wollen: Er breitete die Arme aus und drückte sie fest an sich.

Epilog

Es war kein Meisterwerk, aber passabel. Alice dekorierte die Torte und setzte kleine Gänseblümchen aus Zucker auf den grünen Guss, der eine Wiese darstellen sollte. Anna hatte schon die Marzipanbienen darauf drapiert. Sie tupfte den Tellerrand ab und betrachtete das Ergebnis.

»Schrecklich, die hässlichste Torte, die ich jemals gesehen habe.«

»Vielleicht schmeckt sie ja.«

Alice drehte sich zu Anna um. Das Mädchen hatte sich sofort angeboten, ihr zu helfen, als sie beschlossen hatte, Amélies Geburtstagstorte selbst zu backen. Dass sie jetzt das Ergebnis bewundern konnten, war vor allem ihr zu verdanken.

Ihr Lächeln milderte Alices Missmut. »Eine Torte muss nicht gut aussehen, sondern schmecken, und dafür hast du alles getan, Mami.«

Mami. Ihre beiden Töchter nannten sie so. Beide hatte sie nicht geboren, aber beide gehörten selbstverständlich zu ihr, machten sie stolz und glücklich.

Obwohl sie jetzt schon seit einem Jahr in Abbadulche lebte, konnte Alice dieses Glück immer noch kaum fassen. Jeden Tag erlebte sie etwas Neues.

Alles hatte mit Amélie begonnen.

Als sie nach Sardinien zurückgekehrt war, hatte Amélie

ihre ersten schwankenden Schritte auf sie zu gemacht. Anna hatte ihre Rückkehr überhaupt nicht überrascht. Sie hatte immer gewusst, dass Alice wiederkommen würde, es war nur eine Frage der Zeit. Alice musste sie nichts fragen, sie musste nur an das Gespräch denken, das sie eines Tages mit Angelica geführt hatte. Angelica war zu ihrer Freundin und Vertrauten geworden, die ihr gesagt hatte, es sei etwas ganz Besonderes, seiner inneren Stimme zu vertrauen. Auch Anna war Ausdruck dieser Kraft, dieser magischen Verbindung der Frauen mit der Natur und der Erde. Dieselbe Magie, die sie einst abgelehnt hatte, durchfloss jetzt auch sie. Alice streckte die Hand aus, und als ein Insekt sich auf ihren Handrücken setzte, schloss sie die Augen und lächelte. Die Biene blieb ein wenig, dann flog sie zu Anna. Das Mädchen betrachtete sie aufmerksam, dann riss sie die Augen auf und sah zu Alice.

»Gute Nachrichten?«

»Die besten.«

Alice zuckte zusammen. Es gab tatsächlich ein Geheimnis, das sie aber noch mit keinem geteilt hatte, weil sie selbst nicht sicher war. Instinktiv streichelte sie sich über den Bauch.

Die Tür öffnete sich und riss sie aus ihren Gedanken. Anna streckte die Hand aus, und die kleine Biene flog davon, während Giuseppe sich zu ihnen gesellte.

»Seid ihr fertig? Die Gäste kommen bald.«

Er wuschelte seiner Tochter durchs Haar und legte Alice den Arm um die Taille. Als er sie küsste, seufzte sie und sagte: »Maria und Memma werden sich monatelang über mich lustig machen.«

»Nein … höchstens ein paar Wochen.«

Beleidigt drehte sie sich zu ihm um, und dann lachten sie gemeinsam. Giuseppe nutzte die Gelegenheit und küsste sie noch einmal, diesmal mit mehr Leidenschaft. Während sie sich ihm hingab, hörte sie Annas Lachen.

»Die Torte sieht wunderbar aus. Komm.«

Wie oft hatte er das schon zu ihr gesagt? Alice folgte ihm, wie sie es gelernt hatte: voller Vertrauen und Liebe. Während sie über den Flur der Villa gingen, in der das Geburtstagsfest stattfinden sollte, hörte sie Stimmen. Sie kamen von der Terrasse, auf der Alessandra unterrichtete, aus den Schlafzimmern, in denen die Gäste ihr Gepäck auspackten, und aus den Werkstätten, in denen Angelica mit den Gästen Kerzen und Seifen herstellte. Das ganze Haus strahlte Heiterkeit aus, die Wände vibrierten förmlich vor Energie. Die Villa war wieder zum Leben erweckt worden. Als sie in den Garten hinausgingen, dachte Alice an die Frauen, die hier eine Zuflucht gefunden hatten. Würden auch sie eine Spur hinterlassen, wie es ihre Vorgängerinnen getan hatten? Nach einer Weile erreichten sie den menschenleeren Strand, und Alice konzentrierte sich ganz auf Giuseppe.

Sie fragte sich, was er ihr zeigen wollte, aber ein Blick in den Himmel genügte: Die Sonne ging am Horizont unter, das Meer leuchtete in strahlendem Rotgold, genau wie an jenem Tag, als sie sich wiedergefunden hatten. Genau das gleiche Licht, der gleiche salzige Duft. Sie brauchte ihn nur anzusehen, um zu wissen, dass er genau das Gleiche dachte.

»Ein Jahr ist seitdem vergangen.«

»Das schönste meines Lebens.« Es fiel ihr noch immer schwer, sich ganz zu öffnen. Hin und wieder bekam sie ein paar Kratzer ab, aber sie hatte endlich verstanden, was Leidenschaft bedeutete. Ein mitreißendes Gefühl, ein Drängen, das sie dazu brachte, alle Grenzen zu überschreiten. Sie hatte gelernt zu vertrauen. Natürlich nicht allen, dazu brauchte sie noch Zeit.

»Ich hatte nicht erwartet, dir an diesem Abend zu begegnen.«

Alice dachte an jenen Moment zurück, als sie ihn am Hafen gesehen hatte, nachdem sie ihre Eltern bei Rita und Emanuele zurückgelassen hatte. Sie dachte an seinen überraschten Blick, sein Staunen. Wie richtig es sich angefühlt hatte, auf ihn zuzulaufen und sich in seine Arme zu werfen. Erst danach hatte sie sich vollständig und vollkommen gefühlt. In den folgenden Tagen hatte Giuseppe einen Zugang zu Céline gefunden, die ihre Vorbehalte gegen ihn aufgegeben hatte. Simon und sie waren nach Sant'Antioco gezogen. Ihre autoritäre Art war ihr geblieben, aber die Melis' nahmen sie ganz und gar in Beschlag. Im Gegensatz zu ihren Befürchtungen erwies sie sich als eine wunderbare Großmutter für Anna und Amélie.

»Ich war es gewohnt, alles allein zu machen, meine Probleme selbst zu lösen.«

Giuseppe griff nach ihrer Hand und verweilte bei ihrem Ehering, der im Abendlicht glänzte. »Dich zu überzeugen war nicht leicht.«

»Ich konnte mir einen weiteren Fehler nicht leisten.«

»Und deshalb bist du gegangen?«

»Ich konnte nicht zulassen, dir noch mehr wehzutun, als ich es schon getan hatte.«

»Warum?«

»Du warst mir zu wichtig.«

»Das musst du mir erklären.«

Wenn er sich etwas in den Kopf gesetzt hatte, dann konnte ihn nichts davon abbringen. Sie musste lachen. »Ich habe dich eben geliebt, reicht das?«

»Einigermaßen, das ist ein guter Anfang. Aber was ich wissen will, hat mit heute zu tun.«

»Das verstehe ich nicht.«

»Jetzt, hier und heute, was ist da?«

In ihr loderten Freude und Liebe gleichzeitig auf. »Ich liebe dich.«

»So schwer war das jetzt nicht, oder?«

Er zog sie hoch und schubste sie Richtung Wasser, Alice konnte sich gerade noch die Schuhe abstreifen. »Was machst du denn da? Hast du das Geburtstagsfest vergessen?«

Giuseppe zog sie an sich. »Wir sind noch in den Flitterwochen, die Gäste werden das verstehen.«

Sie wusste nicht, ob sie lachen oder sich auf das Abenteuer einlassen sollte. Stück für Stück fielen ihre Kleider in den Sand. Um vernünftig nachzudenken, war es zu spät.

Später, die Sonne war längst untergegangen, gingen sie Hand in Hand zurück zur Villa. Während Alice darüber nachdachte, wie sie ihm ihre große Neuigkeit beibringen sollte – denn jetzt war sie sich praktisch sicher –, meinte sie, in der Ferne ein Feuer brennen zu sehen. Frauen, die im Kreis standen, die sangen und lachten, ihre Kleider wehten im Wind. Ihre Haare waren goldblond, genau wie die von Emma.

Ihre Schwester hatte ihr immer gesagt, dass sich ihr Leben verändern würde, wenn sie aus dem Käfig ausbrechen würde, in den sie sich selbst eingesperrt hatte. Aber

Alice hatte nichts davon wissen wollen, und Emma hatte sie nicht weiter bedrängt. Amélie war der Schlüssel gewesen, um die Tür zu öffnen. Ihre Nichte hatte sie mit Licht und Zärtlichkeit erfüllt und Alice dazu gebracht, in sich hineinzusehen. Zu lieben.

»Was schaust du denn so, mein Schatz?«

Alice zuckte zusammen, der Kreis der Frauen war verschwunden, nur der Mond leuchtete hell am Himmel.

»Ich muss dir etwas sagen.«

»Etwas Schönes?«

Sie hielt kurz inne. »Ja, sehr schön.«

Er küsste ihre Hand, die in seiner ruhte.

»Ich kann es kaum erwarten.«

Nachwort der Autorin

Als ich eines Morgens im Juni nach meinem üblichen Gang zu den Bienenstöcken nach Hause unterwegs war, schaute ich nachdenklich in Richtung Straße. Ich war zwar körperlich erschöpft, aber sehr zufrieden. Es war einer dieser Momente des Innehaltens, in denen die Gedanken frei fließen können. Eine Überlegung ließ mich nicht mehr los. Ich habe über die Bienen und mein geliebtes Sardinien noch nicht alles gesagt. Diese Erkenntnis kam wie aus dem Nichts, und ich spürte, dass da etwas dran war. Danach habe ich mich nicht weiter damit beschäftigt und auf den Gang der Dinge vertraut, denn es dauert, bis die Distanz zwischen Gedanke und Handlung überbrückt ist. Wer auf wen zugegangen ist, kann ich nicht mehr sagen, aber eines Tages war da diese Frau, die Bienenstöcke auf den Dächern von Paris aufstellt und eine Geschichte zu erzählen hat. Die Insel der Honigtöchter entstand aus diesen Bildern, die zu einer Handlung wurden, einer Realität, die tatsächlich nur Fiktion ist. Geboren aus dem Streben nach Schönheit und Glück. Alice und ich haben uns getroffen und sind gemeinsam über den Weg des Honigs gegangen.

Die Beziehung zwischen Bienen und Menschen ist vielschichtig und reicht schon sehr weit zurück. Begleitet von Unverständnis und fragwürdigen Entscheidungen derer, die nichts von der elementaren Rolle dieses Insekts für uns Menschen verstehen oder verstehen wollen. Der Klimawandel, verheerende Seuchen, die Urbanisierung der Landschaft und der exzessive Einsatz von Pestiziden haben die Bienen in existenzielle Gefahr gebracht. Wir müssen ihnen wieder mehr Wertschätzung entgegenbringen und alles tun, um sie zu schützen. Ohne sie würde das Leben, so wie wir es kennen, nicht mehr existieren. In China versucht man, zum Bestäuben der Blüten »Bienenmenschen« anstelle der Bienen einzusetzen, die durch das brutale Ausbringen von Pestiziden vernichtet worden sind. Natürlich nur mit geringem Erfolg. Aber diese Entwicklung sollte uns eine Warnung sein.

Bienenstöcke in Großstädten gibt es schon lange. In Tokyo, New York, Berlin und London zählt man jeweils mehr als 3000 Bienenstöcke, der Trend setzt sich weltweit fort. Auch in Italien gibt es zahlreiche Organisationen, die das Aufstellen von Bienenstöcken in Städten fördern und die Sensibilität der Bewohner für die Bienen wecken wollen. Auf Balkonen und Terrassen, in Gärten und Parks werden immer mehr bienenfreundliche Blütenpflanzen in die Erde gebracht.

In Paris unterstützt die bereits 1855 gegründete Société Centrale d'Apiculture Hobbyimker und bildet neue aus. Bienenstöcke befinden sich unter anderem auf der Opéra Garnier, dem Mandarin-Oriental-Hotel und sogar auf der Kathedrale Notre-Dame. Wie durch ein Wunder wurden sie von der schrecklichen Feuersbrunst im Jahre 2019 verschont. Die Bienenvölker wachen über die Stadt und bestäuben die Blüten, aus denen Früchte reifen.

Überall auf der Welt gibt es Heiligtümer, die der Imkerei gewidmet sind. Von den Höhlenmalereien in der Cueva de la Araña in Spanien bis zu den Darstellungen im Sonnentempel des Niuserre in Ägypten. Auf Schriftrollen und Statuen, als Schmuck und auf Münzen – Bienen wurden seit jeher verehrt. Auch in der Literatur gibt es zahlreiche Zeugnisse, Mythen, Legenden und philosophische Abhandlungen über Bienen. Viele noch heute verbreitete Vornamen wie Melissa oder Deborah verweisen auf Bienen und Honig.

Die Themen Leben nach dem Tod, Reinkarnation und Seelenwanderung werden von Dr. Brian Weiss in seinen Büchern fesselnd beschrieben, ich empfehle vor allem Die zahlreichen Leben der Seele. Aber auch in seinen anderen Werken beleuchtet er bislang unbekannte Aspekte dieser Problematik.

Das *Inability-to-switch-off-Syndrom* (ITSO), die Abhängigkeit von der Arbeit und die damit verbundene Unfähigkeit, sich von ihr zu lösen, betrifft jährlich eine Vielzahl von Menschen und führt zu Stress, Panikattacken und psychosomatischen Beschwerden.

Der »Filmriss« nach exzessivem Alkoholkonsum ist eine Art Vergiftung. Studien zufolge kann sich der Betroffene an nichts mehr erinnern, aber sein Bewusstsein bleibt aktiv. Meist betrifft es Menschen, die nur gelegentlich Alkohol trinken, und es braucht häufig gar keine großen Mengen, damit es zu diesem Zustand kommt.

Darstellungen der Dea Madre (Muttergöttin) finden sich auf ganz Sardinien und zeigen die weite Verbreitung der Nuraghenkultur auf der Insel.

Ich habe unterstellt, dass in einer so traditionsbewussten Region wie Sardinien Werte wie Matrilinearität (in der Linie der Mutter), Naturschutz, die Liebe zum Meer und die Sorge um die Bienen noch immer eine bestimmende Rolle spielen. Eine Lebensphilosophie, die über Generationen hinweg von Frau zu Frau weitergegeben wird.

Ich bin davon ausgegangen, dass alle formalen Kriterien erfüllt waren, damit Amélie und ihre Tante Alice reisen konnten. Auf das Thema »Vaterschaft im juristischen Sinn« bin ich nicht näher eingegangen.

Was Vorgehensweisen und Techniken der Imkerei betrifft, habe ich versucht, alles mit einfachen Worten zu beschreiben. Wenn ich Ihre Neugier geweckt habe, empfehle ich Ihnen zur weiteren Vertiefung Kurse bei Imkervereinigungen, die fast überall angeboten werden.

Heute gibt es bereits Hotels, die sich um das psychische Wohlbefinden der Gäste sorgen und in denen Handys und Social Media verboten sind. Sie bieten vielfältige Programme an, um den inneren Frieden wiederzufinden.

Das heute grassierende Phänomen, dass die Arbeitsbienen den Stock verlassen und damit den Tod der Königin und des ganzen Volkes verursachen, gibt Grund zur Sorge. Für dieses Verhalten gibt es zahlreiche Gründe: Die Klimaerwärmung und die Umweltverschmutzung sind zwei davon. Es wäre interessant zu erforschen, ob Bienenvölker in Gebieten ohne Pestizideinsatz gleichermaßen betroffen sind.

Die gerade geschlüpfte Königin nennt man manchmal »Prinzessin«, diesen Begriff habe ich in diesem Roman auch verwendet.

Bienen sind zwar klein, aber wehrhaft. Man muss immer vorsichtig sein und sich dem Stock nie ohne Schutzkleidung und mit dem nötigen Respekt nähern.

Regionaler Honig ist ein Nahrungsmittel von besonderem Wert, vielleicht gibt es ja auch bei Ihnen einen Imker, der seine Stöcke in der näheren Umgebung aufgestellt hat.

Die Handlung dieses Romans und seine Figuren entstammen allein meiner Fantasie, genau wie Alices Kollegen von der Imkervereinigung und die Firma mit Gérard und Noëlle. Mein Abbadulche und seine Bewohner existieren nur in meinem Kopf, ebenso wie die goldenen Bienen. Alle Ähnlichkeiten mit realen Personen oder örtlichen Gegebenheiten sind rein zufällig. Aber wer weiß, vielleicht wird aus Fiktion Realität, und die Menschen in Sardinien, Italien und der ganzen Welt erkennen eines Tages, dass Bienen und andere Insekten wertvolle und schützenswerte Lebewesen sind. Das wäre wunderbar.

Danksagung

»Dankbarkeit ist das Gedächtnis des Herzens.«

Lao Tse

Es ist eine Freude, Dank zu sagen. Ich denke an all die freundlichen Worte, die ermutigenden Gesten, die wertvollen Gespräche und die aufmunternden Scherze, die mich beim Schreiben begleitet haben. Es ist schön zu wissen, dass so viele Menschen an meiner Seite sind.

Mein erster Dank geht an meinen Mann. Wer weiß, wohin uns die neue Erfahrung führen wird. Ich danke meinen Kindern Davide, Aurora und Margherita. Es war nicht einfach, das weiß ich. Ich werde älter, ihr werdet erwachsen – und müsst jetzt Geduld mit mir haben. Ich danke meiner Familie für ihre Unterstützung und als Quelle meiner Erinnerungen, meinen Brüdern Giuseppe und Francesco für den technischen Support. Eventuelle Fehler liegen allein in meiner Verantwortung. Danke Luca, Erika und Massimo, die unsere Familie vervollständigen. Danke Andreina, Lory, Eleonora. Ich danke Emma, Ilaria und Stefania für die langen Gespräche, meiner lieben Freundin Susanna Zanda, die als Bibliothekarin die Literatur, aber auch die Seele der Leserinnen und Leser kennt. Ich danke Emmanuelle Finot für die Idee mit der Großmutter, die Mauve trug, und für ihre faszinierenden Geschichten. Danke Alessia Gazzola, du warst zur richtigen Zeit an meiner Seite.

Ich danke Anna Ersilia Pavani für die Umarmung, als ich sie brauchte, und Linda Kent: Du bist meine Zuflucht und meine Kraftquelle. Ich danke Francesco Abate für seine Freundschaft und die gemeinsame Zeit, Matteo Porru, der mir stets neue Seiten der Realität eröffnet, Valeria Usala, die anscheinend alles kann. Danke, Ilenia Zedda und Cristian Mannu für die hilfreichen Gespräche. Ich danke Enrico Galiano, Mirko Zilahy, Daniela Sacerdoti, Valentina Cebeni, Silvia Zucca, Francesca Spanu, Giuditta Sireus und Andrea Fulgheri. Danke, Tiziana Putzolu, dass du immer an meiner Seite bist. Danke, Cristina Batteta, geschätzte Buchhändlerin und Freundin. Ich danke Carmen Prestia für ihr offenes Ohr und freue mich auf die gemeinsame Zukunft. Ein herzlicher Dank geht an Stefano Mauri, Cristina Foschini und das ganze Team von Garzanti, insbesondere an Elisabetta Migliavada, Adriana Salvatori und Alessandro Mola, die immer an mich geglaubt und mich unterstützt haben, sodass meine Träume Wirklichkeit geworden sind. Ich danke Rosanna Paradiso, Giulia Marzetti, Cecilia Ceriani, Graziella Cerutti, Monica Tavazzani, Barbara Carafa, Elena Campominosi. Und meiner treuen Leserin Laura Alineri.

Ich danke Laura Ceccacci für unseren gemeinsamen Weg und die gesteckten Ziele, die wir dabei erreicht haben.

Mein Dank gilt den Buchhändlerinnen und Buchhändlern, die meine Bücher empfehlen und Lesungen organisieren, und besonders natürlich meinen Lesern und Leserinnen. Durch sie kann ich meine Träume Wirklichkeit werden lassen. Wer mir schreiben möchte, findet mich bei Facebook unter Cristina Caboni-Autrice und auf Instagram als @cristinacaboni.